行走中国丛书
主编◎张昌山 耿昇

大江高地行
——从云之南到青藏高原

杨福泉◎著

云南出版集团
云南人民出版社

图书在版编目（CIP）数据

大江高地行：从云之南到青藏高原 / 杨福泉著 . --
昆明：云南人民出版社，2018.12
（行走中国丛书）
ISBN 978-7-222-16855-8

Ⅰ . ①大… Ⅱ . ①杨… Ⅲ . ①游记—作品集—中国—
当代 Ⅳ . ① I267.4

中国版本图书馆 CIP 数据核字 (2017) 第 303397 号

项目负责人：赵石定
责任编辑：金学丽
特邀编辑：朱　原
责任校对：董兰文清　周　彦
装帧设计：杨晓东
责任印制：代隆参

大江高地行——从云之南到青藏高原

杨福泉　著

出版	云南出版集团　云南人民出版社
发行	云南人民出版社
社址	昆明市环城西路 609 号
邮编	650034
网址	www.ynpph.com.cn
E-mail	ynrms@sina.com
开本	787mm×1092mm　1/16
印张	18
字数	290 千
版次	2018 年 12 月第 1 版第 1 次印刷
印刷	云南出版印刷集团有限责任公司　云南新华印刷一厂
书号	ISBN 978-7-222-16855-8
定价	60.00 元

如需购买图书、反馈意见，请与我社联系
总编室：0871-64109126　发行部：0871-64108507　审校部：0871-64164626　印制部：0871-64191534

版权所有　侵权必究　印装差错　负责调换

云南人民出版社微信公众号

总　序

　　从黑格尔以来，传统中国长期被欧洲中心主义者视为一个"停滞的帝国"。这一观念出现几十年之后，国人终于认识到，中国正面临着前所未有的深刻变革。清同治十一年（1872年），李鸿章在《复议制造轮船未可裁撤折》中说："臣窃惟欧洲诸国，百十年来，由印度而南洋，由南洋而中国，闯入边界腹地，凡前史所未载，亘古所未通，无不款关而求互市。我皇上如天之度，概与立约通商，以牢笼之，合地球东西南朔九万里之遥，胥聚于中国，此三千余年一大变局也。"光绪元年（1875年），李氏又在《因台湾事变筹画海防折》中说："历代备边，多在西北。其强弱之势，主客之形，皆适相埒，且犹有中外界限。今则东南海疆万余里，各国通商传教，来往自如，麇集京师及各省腹地，阳托和好之名，阴怀吞噬之计，一国生事，数国构煽，实为数千年未有之变局。"李鸿章对世界和中国的这种认识还在多个场合说过。当时的中国，一下子从"普天之下，莫非王土；率土之滨，莫非王臣"的天下，迅速跌进五大洋、四大洲之中的世界，甚至只是亚洲东部一个落后的大国。

　　这数千年未有的大变局，就是以工业革命为主导的近代化及现代化，而中国从传统社会向现代社会转型的这一近代化及现代化过程，至今仍在进行之中。

　　百年间，一些中外人士行走在中国这片古老而又在变动的土地上。行走者中，既有外国的传教士、外交官、探险家，更有中国的文人、学者、科学家、商人、军人，甚至有家庭妇女。他们的游记、札记、考察报告、探险实录等，见证并记录了其自身行走的经历和中国近代化及现代化的过程。当时写下这些文字的人虽身份各异、目的不同，但每一部作品记录的都是作者个人的观察与体验，也记载了他们的所思所想和个性特征。而不同的作品拼合起来，则在横向空间上似画卷一般展现了中国各地的风土人情和社会面貌，而在纵向的时间上则有如电影一样显示了中国在不同历史时期社会变迁的细节与大势。在他们笔下，中国不再是故纸堆中的陈旧记忆，而是活生生展开的现实景象。

　　把历史还原到现场和实际生活，这大概是每一个想了解历史的人的最大愿望。我们从这些作者在中国的行走、体验之中看到了一种活态的中国历史，它们明显区别于以往的正史和官方档案之类的文献资料所记录的静态中国历史，而且，人生的丰富性、视角的差异性及社会的多元性，也尽在其中了。

德国学者赫尔德所倡导的"同情之理解"，作为一种历史研究方法，在中国学者中以陈寅恪等用得最深也最好。如今，我们把这些中外作者的各类作品作为历史文本来阅读、感受和研究，通过这些文本去体验他们在这片土地上的行走、见闻与思考，这也是一种"同情之理解"的实践。今天的人们可以从中感受这些作者所体验的中国社会，从而更具体、更深刻地观察了解中国近代化及现代化进程的艰辛与经验。

将中国放在整个世界大格局中来看，这一百多年的历史，大致就是摇摇晃晃、步履蹒跚地走向世界和走向现代的过程。鉴往才能识今和知来，但由于过去的观念、方法、习惯和经验等因素，有意无意地遮蔽和塑造了我们对于这段历史的认识与解释，因此，云南人民出版社推出的这套"行走中国"大型丛书，是在回头观看百年中国之动静，是在体会"我看人看我"的经验，其实质则是向前进，走向永恒的未来。

青山遮不住，毕竟东流去。历史的洪流和时代的浪潮虽然可能会被拖延，却不可能永远被遮挡。司马相如曾说："盖世必有非常之人，然后有非常之事；有非常之事，然后有非常之功。非常者，固常人之所异也。"李鸿章有言："处数千年未有之奇局，自应建数千年未有之奇业。"这两句话的时间相差2000年，表达的却是同一种心声，谨抄录于此，作为我们对国家和时代的期许。

是为序。

张昌山
2015年5月

目 录

走近山川之神 ··· 1

第一章　大江探奇 ··· 1
  金沙江上金龙桥的故事 ···································· 2
  金沙江畔的热土——大具 ································· 7
  探秘东方大峡谷虎跳峡 ·································· 15
  金沙江畔的古村落三股水 ································ 27
  长江第一湾和石鼓镇 ···································· 30
  大江奇迹石头城 ·· 38
  塔城铁桥思千载 ·· 50
  "元跨革囊"渡口考察记 ································ 55
  在怒江教堂听傈僳语四声部合唱 ·························· 60
  澜沧江畔茨中村 ·· 62
  在澜沧江溜筒渡口 ······································ 70
  澜沧江畔西藏古镇盐井的故事 ···························· 74
  忧思天河雅鲁藏布江 ···································· 81
  三江源探秘格萨尔 ······································ 84

第二章　高原行踪 ·· 91
  滇越铁路上的行与思 ···································· 92
  云南火腿之道：马铃儿响来盐花香 ······················· 103
  三访"茶马古道"名镇沙溪 ····························· 109
  旧影伤怀独克宗 ······································· 122
  国家公园普达措的神秘魅力 ····························· 125
  走进迪庆藏传佛教名寺 ································· 129

藏地奔子栏和东竹林之行 …………………………………… 133
茶马古道上的古碉楼之谜 …………………………………… 139
在卡瓦格博峰下 ……………………………………………… 142
怀念梁从诫先生——回忆2000年梅里雪山下的一段往事 … 145
翻越唐古拉山和可可西里 …………………………………… 151
茶马古道上的本波与东巴 …………………………………… 156
朝拜纳木错和羊卓雍错湖 …………………………………… 172
西藏阿里之行 ………………………………………………… 178

第三章　走在纳西古国 …………………………………… 187

登山识玉龙 …………………………………………………… 188
礼敬雪山之神与纳西保护神——三多神 …………………… 203
探秘玉龙雪山"仙迹崖" …………………………………… 211
玉龙雪山第一村 ……………………………………………… 215
天人合一玉龙村 ……………………………………………… 219
玉龙雪山下的裸美落和东巴谷 ……………………………… 226
老君山九十九龙潭之行 ……………………………………… 229
走进丽江红石林 ……………………………………………… 233
在丽江佛教神山牟波居 ……………………………………… 239
珍珠泉忆旧 …………………………………………………… 245
古关隘邱塘关怀古 …………………………………………… 247
纳西族木氏土司家的出家人、活佛及其传奇 ……………… 251
伤怀泸沽湖 …………………………………………………… 254
丽江小吃"女大腕" ………………………………………… 259
丽江大研古城五一街记 ……………………………………… 262
一个老宅院的前世今生 ……………………………………… 269
走在古城，痴心不改 ………………………………………… 272
后　记 ………………………………………………………… 279

走近山川之神

人们常常将外出旅游说成是"游山玩水",在如今风靡全球的旅游大潮中,传统所说的"游山玩水",已只是观大自然外在之形、赏山川毛发之丽的一种形式,可以说是浅尝辄止的一个层次,而有越来越多的旅人,正日益痴迷于观看山川之形而领悟山川之神的旅行,这其中就有了山川中的文化之旅、精神之旅的神秘和美丽。

山川之神说的就是一种文化、一种精神,人们对文化的感悟和创造,对精神的追求和寻觅,使一切原本无情的山川河流变得有声有情而神奇,使大自然的花草树木也渲染上了奇幻迷离的神秘之光。

以云南最高的两座大雪山为例,梅里雪山和玉龙雪山虽然气势磅礴、雄奇万端,但平心而论,仅以我去过的瑞士、德国、加拿大等国而言,也有气势非凡且从外观上不见得逊色于这两座奇山的大雪山。真正使滇西北这两座大雪山独领风骚的,是那藏族和纳西族的雪山文化、雪山精神。

在藏民的信仰中,梅里雪山卡瓦格博峰是伟大本尊神德姆措格(Yi- damb- De-mchhog)的居处,他在梵文中被称为萨姆瓦拉(Samvara),是快乐之神,相传他是藏传佛教噶举教派的守护神。这一道藏传佛教文化的祥光,使梅里雪山(卡瓦格博)成为藏民的精神家园之一,成为祥云缭绕的吉祥之地,也成为不少旅人心灵的皈依之所。人们从这座雪山上看到的,不仅仅是那万年冰川、千秋古雪,清泉林莽,于是,就有了山下飘扬的经幡,袅袅上升的灵烟,信徒呢喃的心语,苦行者漫漫的朝圣之路,雪山3000米以上之地禁止伐木猎兽的神圣禁忌……

"纳西古王国"的玉龙雪山,是纳西族全民信仰的民族保护神"三多"的化身,是纳西人的一面精神旗帜。在纳西人的神话和传说中,这座山又是过去无数不屈于封建礼教而殉情的情侣们向往的大自然乐园"玉龙第三国"之所在,相传那里日月星辰为灯,彩霞云霓为衣,红虎为坐骑,白鹿为耕牛,野鸡当晨鸡,青春常驻、红颜不老……渲染出一派人与大自然融合一体的浪漫和美丽。于是,白雪莹莹、古树森森、流泉泻韵的玉龙山中就有了很多凄美的殉情之地,玉龙山成了纳西人一座旷古无双的圣山和情山。

山川因有了这文化之神、信仰之灵而具有了一种独特的个性和地域特色,有

卡瓦格博峰，海拔6740米，是云南省的第一高峰，也是藏区著名的神山（2013年摄）

了摄人心魄的魅力，有了任人沉思玄想的空间。它既使旅人的身心怡然于天地山川风花雪月鸟鸣虫吟的美之中，也使旅人的脚步有了一种类似参禅和朝圣的庄严和静默。

我常常旅行，在高山，在深谷，在旷野，在村落……我总是想触摸、寻找和感悟大自然的灵魂和神秘，想知道人和大自然在千百年的互动中所产生的种种神奇和迷惘，为什么人们对深山的一泓清泉会那么虔诚地顶礼膜拜？为什么人们会对着皑皑雪峰热泪盈眶地低吟浅唱？那猎猎飘舞的旗幡中的暮钟晨鼓，长声吟哦，是在向大自然倾诉着什么？那山上森林里人们对神林虔诚的祭祀，与山下那气势磅礴的梯田之间，又有着一种什么样的秘密？当三月风和日暖桃红柳绿的时候，人们为什么来到一个个神圣的泉潭边祭拜山神和水神？当满山遍野开遍了野花的时候，人们为什么把鲜花插满头来过花的节日……

无数的谜语和美丽，蕴藏在气象万千的山川里，如果能带着一颗想贴近山川之神、神交山川之神的心和梦想，你就会在寻觅和领略山川外在之美的同时，也靠近大自然那博大而神秘的心灵。

第一章

大江探奇

金沙江上金龙桥的故事

金沙江和澜沧江上有一些古桥，都有很多神奇的传说。听纳西民歌时，注意到歌里常常提到一座"梓里铁索桥"，颇有神秘色彩，加上这座桥又是从丽江走永胜的一条茶马古道要津，所以一直想去看看。

2000年，终于有个机会去这里，我们先在金沙江畔树底老铜矿那儿一个纳西大妈开的颇有名气的火腿饭店吃饭，然后就开始走路去看梓里金龙桥。那时没有公路，我们沿着金沙江崎岖的小路前行，路不好走，有些路段还有山上的泉水流淌下来，滑溜溜的，我们小心翼翼地前行。初冬的金沙江蓝莹莹的，蓝天上飘着朵朵悠闲的白云，与江水相辉映，看去赏心悦目。金沙江在山谷里发出浩荡沉宏的流水声，我们终于来到了这座闻名遐迩的铁索桥边。

这座铁索桥又称梓里桥，梓里是地名，金沙江的东面永胜县境内有村子名叫"子里"，原属于顺州子氏土司管辖的地盘，以他的姓氏命名这村子。后来该村被纳西木氏土司所有，于是就在村子"子里"的前面加个"木"旁变为杍里，杍为梓的异体字，从此这村子就被称为梓里。而桥名"金龙"则是蒋宗汉（1839—1903年）取的，据前人记载，东面桥亭两侧石壁外基座上镶砌有石雕，一是龙头，一是龙尾，象征这座桥永镇金沙江里的蛟龙，故得此名①。

探险考察中国西南27年并以丽江玉湖村为探险总部的美籍奥地利学者洛克在20世纪40年代去考察过梓里桥，他详细记录了沿途的村子名字，其中记录了梓里江村纳西语称之为埃古支，意思是鸡蛋市场，位于金沙江东面永胜境内。我记得我祖父祖母和母亲也常常讲过这个村子和集市，一些民间歌手也常提到这个鸡蛋集市的热闹。去赶街的路上，还常常有歌手对歌赛歌，一路都很热闹，看来这个鸡蛋集市在那时的丽江也很有些名气的。

金龙桥的位置当时是在丽江县七河乡下金安村（今属丽江市古城区七河乡）与永胜县大安乡下梓里村之间的金沙江上，此桥跨过金沙江连接永胜县大安乡梓里村。据《丽江纳西族自治县志》上的介绍，这座桥是清代贵州提督、云南鹤庆人蒋宗汉修建的。对梓里金龙桥记载得最为详细的是光绪

---

① 杨陆：《梓里金龙桥及其碑、匾、联、诗》，载丽江县政协文史资料委员会编《丽江文史资料（第五辑）》，云南民族出版社2012年版，第56—73页。

丽江市境内金沙江上的金龙桥（2000年摄）

《丽江府志稿》，其中有专条记载曰："金龙桥，在城东八十里古井里渡。光绪五年（1879年），郡绅总兵蒋宗汉创建。用铁链十六条，悬系两岸，宽八尺五寸，长二十六丈，上铺木板，旁护长栏，两头覆以瓦房。共费银一万四千五百一十七两。又捐银二百两，贷石鼓居民，岁收利银二十两，积为修补之资。"[1]

金龙桥因年深日久多有破损，在民国二十六年（1937年），当时的丽江县建设局局长木荫庭与纳西富商赖耀彩先生又主持重修。这位赖耀彩先生一生做了不少好事，修桥补路是其中做得比较多的慈善事业。如今德钦县佛山乡境内澜沧江上的溜筒江铁索桥就是他出资请一个德国工程师设计建成的。我曾经去考察过溜筒江铁索桥，对赖耀彩这位乡贤致力于修桥补路的善举很感动。因为金龙铁索桥是丽江和永胜往返的重要通道，所以1949年之后，地方政府多次拨款维修。1962年曾进行了一次大修。1985年金龙桥被列入了丽江县级重点文物保护单位。2006年5月被列入了国家级文物保护单位。1988年云南保山地区的霁虹桥遭遇水灾毁坏后，金龙桥就成为我国桥面最宽、铁索最多的铁链桥，也是长江上现存最古老的铁索桥。

眼前的金沙江如一条绿色的飘带蜿蜒奔流，金龙桥横跨大江，两岸是高山峻岭，夕阳映在江面上，波光粼粼，涛声如歌。我不禁想起了蒋宗汉为何修建这座铁桥的一个民间传奇故事。

[1] 参见《光绪丽江府志稿》，政协丽江市古城区委员会编印，第91页。

金龙桥和其他云南大江上重要渡口上的桥一样，最初是溜索桥，《丽江文史资料》引唐代《笮桥赞》一诗来说明过梓里渡的险峻："笮桥横空，相引一绳。人缀其上，如猱之缚。转贴如渊，如鸢之落。寻樟而上，如鱼之跃。顷刻不成，陨无底壑。"因此，梓里渡又曾一度称篾缆渡。关于建桥的历史，更有一传奇的记载。《新纂云南通志》引国史馆传中有一记载，颇为传奇："宗汉始居亲丧时，回酋马全保数迫其家，强加以爵秩。宗汉阳许诺，夜间盗走官军营，及金沙江，追口四合，宗汉穷急，无以渡，指江水誓曰：'苟天相吾，幸存活宗汉身，他日必灭尽此贼。'忽一浮槎随流至，因得渡脱去。其后贵仕，乃出资造梓里桥江上，利便行旅，人至今称德云。"指的就是民间所传的杜文秀起义与清军进行拉锯战的"乱世十八年"战乱期间蒋宗汉的一段轶事。

而在民间，还流传着蒋宗汉为什么修建这座桥的故事。我在七河调研时听到当地老人这样讲述：蒋宗汉出身于鹤庆县辛屯乡大福地村。相传他年轻时爱上了本村一家富户的姑娘，那个姑娘也喜欢英俊能干的蒋宗汉，但因为蒋宗汉出身贫寒，他们两个的爱情遭到了女方家的极力反对。但两个年轻人相爱很深，于是就相约一起私奔。他们私奔出去不久，就被姑娘家的人发觉了，于是就派了很多人来追赶。蒋宗汉他俩逃到了金沙江梓里的渡口，恳请船工送他们渡江。但艄公是个受封建礼教思想很深的人，看出了他们是私奔的情侣，不愿意让他们同船而渡，说只能让一个人过江。怎么恳求都不为所动。蒋宗汉没法，只好让姑娘乘船过去，而他自己则泅渡尾随。到对岸后，蒋宗汉恨恨地发誓说以后一定要在这里修建一座铁桥。后来他投军从戎，因作战勇猛且有智谋逐渐升官发达了，终于回来兑现自己发下的誓言，捐资在这个古渡口修建了这座规模很大的铁索桥，不仅造福桑梓也给过去要靠渡船和溜索艰难渡江的商客和村民带来了巨大的便利。

洛克也讲过这个故事，他讲的版本如下：当地人传说，蒋宗汉是同一女子一起私奔，到达渡口（梓里）想过江。过渡船夫知道他俩是私奔，且事先被人警告过，所以拒绝渡他们过江。蒋宗汉于是发誓，如果有朝一日他变富了，他要在这条江上建一座桥，让这些摆渡者无法维生。他后来兑现了他的誓言，就在江上建了这座桥。

洛克还讲到桥头的一块石碑，他说："桥头有一块纪念石碑，叙述蒋宗汉每次去永北（永胜），在过溜索时总感到害怕。的确，过溜索是极端困难的事。他说过溜时，他像猪一样地被捆在溜索上，悬吊过江。由于溜索的中间部分下垂，人常常被悬吊滞留在江心，防守溜索的人不得不把他拖过去。蒋宗汉发誓要修造一座铁索桥以便利交通。梓里是战略上一个很重要的地点，因为它位于内地到西藏的公路上，同时也是从四川和永北到云南西部的要道。根据这块碑石所记，桥是在光绪丙子年（1876年）十一月开工，到庚辰年（1880年）二月完工的。"①

民间传说，修桥时工程浩大艰难，有很多人在修桥时掉到江里淹死了，其中有碑记曰"工人之死于是役者四十八人"，其工程之浩大，可想而知。

金龙桥东连永胜，西接丽江与鹤庆，是过去从四川内陆通往丽江、西藏乃至印度、尼泊尔的交通要塞，在茶马古道丽江路段中有很重要的地位。据统计，在茶马古道活跃时期，每天从金龙桥上走过的骡马都在四五百匹，多时多达千匹。雍正《云南志》乃称："金沙渡有三，上渡在（永北府）城西北一百五十里的梓里。"乾隆、光绪《丽江府志》以旧地名称金龙桥为"古井里渡"，并注"冬春用双木槽，夏秋用溜筒"渡江。这些历史资料的记载说明，梓里为丽江、永胜、鹤庆三县的三角地带，是滇、川、藏的交通咽喉，其地理位置非常重要。所以丽江、永胜两地一旦有什么战事，这座桥就成为险隘防守之要津，有时难免就被拆掉。据载，临到战事将起，"每恃长江为要，此桥之旋修旋拆者非止一次"。1926年，维西镇守副使、丽江团练罗树昌在永胜起兵反唐继尧，兵败退回，便恃此桥死守。又比如在1929年，卢汉将军下令把这座桥切断，以防止胡若愚的军队渡江，有一股铁链被完全割断且上面的木板也被搬走，整个桥梁几乎都被毁坏了。到1935年2月5日就只剩下了两股铁链。1938年1月4日，这个座桥又被重新修建，恢复了交通②。

丽江民间对上述事件有这样的传说：1929年夏，滇军军长张汝骥、胡若愚在与龙云的军阀混战中败退，张部溃走滇西，从鹤庆直奔金龙桥。龙云部卢汉率军追击，并命令鹤、丽两县速将梓里江桥炸毁以堵退路。鹤庆县县长怕两军在鹤庆交战，殃及县内平民，便不予执行。丽江县县长接到电令后，马上召集会商此事。丽江知名人士方贞元、王竹淇都慷慨陈词，说金龙桥是丽江交通要道，输送城乡物质的枢纽，一旦毁去，修复之日难料。此说得到和庚吉、周冦南等支持，最终没有毁桥，张部便渡桥退到永胜。其后，龙云部里应外合，击退张部江防，卢汉的兵部也过了梓里江桥，一直北进，到四川境内活捉了张汝骥，押回枪决。战争结束后，卢汉从鹤庆电召两县县长并绅士会议，旨在查办拒绝执行毁桥人士。方贞元、王竹淇、和庚吉、周冦南等都被要求到会。这几位君子临危不惧，各带随从前往鹤庆赴会，甚至有携带入殓衣物以防不测前往者。诸君到会后，当面向卢汉陈述金龙桥之重要，护桥为人心所向。卢汉听后没有为难他们，诸公得

---

① [美]约瑟夫·洛克：《中国西南古纳西王国》，刘宗岳等译，杨福泉、刘达成校，云南美术出版社1999年版，第165页。
② [美]约瑟夫·洛克：《中国西南古纳西王国》，刘宗岳等译，杨福泉、刘达成校，云南美术出版社1999年版，第165页。

金龙桥附近的金沙江河谷（2000年摄）

以安然返回丽江。这成为保金龙桥的一段佳话①。

  看着眼前波涛汹涌的金沙江水汹涌奔流，夕阳映照在江面上，大江的两岸，正是秋收的季节，麦地一片金黄，而有些地里则绿油油的，远远看去看不清楚种着什么。由于公路早就修通，现在的金龙桥已经不再是过去那样的交通要津，不再有过去那种车水马龙、商旅熙攘的盛况，已经成为金沙江上沉寂的一座古桥。我看着这座古桥梁，想起了茶马古道上那座凝聚了很多历史烟云和英雄传奇、各民族民众悲欢离合往事的桥梁，想起了桥梁在纳西族历史和文化中的重要作用和丰富的象征意义。无论是先民的迁徙还是外出经商、会友等，桥梁都是不可缺少的，这也就形成了纳西族民歌中歌咏桥梁的篇章和句子特别多，桥梁也成为搭建友谊和爱情的吉祥象征物。金龙桥所承载过的历史烟云，已经成为丽江历史和纳西人心史的重要组成部分。如今金沙江上也修建了不少电站，现代化的桥梁增多了，金沙江水也发生了巨变，一段段江流也失去了往日湍急奔流汹涌澎湃的气势。我想，我所看到的汹涌澎湃地奔腾的江流和这沉寂的桥梁，也将永久定格在我的心海里，长久地回忆和怀想。

---

  ① 杨陆：《梓里金龙桥及其碑、匾、联、诗》，载丽江县政协文史资料委员会编《丽江文史资料（第五辑）》，云南民族出版社2012年版，第56—73页。

金沙江畔的热土——大具

我长年漂泊在故乡的山山水水之间，探研丽江和纳西文化。位于纳西神山玉龙雪山下的大具乡是和我缘分颇深的一方热土。我从20世纪90年代以来，多次到大具乡做调查，并在多次徒步穿越虎跳峡时，大具都是我的必经之地。这块神奇的土地，在我的生命和心灵史中，都留下了不可磨灭的印记。

一　"东方大峡谷"的观峡台

滇西北的"虎跳峡"，在《简明不列颠百科全书》《辞海》等权威辞典中，都被列为"世界最深的峡谷之一"。它固然不是世上第一深的峡谷，但由于它那独特的壮丽雄伟之地形地貌和神奇瑰丽的边地人文环境，有很多探险家仍称它为"东方第一峡"。在这一险象丛生的大峡谷中，隐藏着很多天地人神鬼的悲欢离合故事。

大具乡雄踞于下虎跳，来到这里，人们都首先会去"东方大峡谷"的观峡台一览下虎跳的神奇壮美。

金沙江从玉龙县大具乡下虎跳峡中流出（2016年摄）

我在山野的长年漫游中，观天地造化之奇妙、大自然鬼斧神工之壮美有时需要近观细察、辨析毫厘，有时则需要远看遥观、观其朦胧之态，远观近察相得益彰能帮助旅人深入体察、参悟大自然的风神韵致和精神，这是美学上"距离感"的奥妙所在。

　　游玉龙雪山和虎跳峡，便不可忘了这一条大自然审美的规律。好在天地有灵，在玉龙雪山脚下虎跳峡的出峡口造就了一个天然的望峡台地，这就是位于玉龙雪山山麓和下虎跳的大具"观峡台"。

　　行走于玉龙雪山和哈巴雪山之间的虎跳峡小径，两边大山夹峙，逼仄危崖、江流如线，耳畔山风呼啸、涛声如雷，使你在激动振奋于探险的体验之时身心又难免有一种为高山巨流所慑服的压迫之感。直到终于走在下虎跳地段，大具坝那宽阔的良田阡陌和村寨的青瓦白墙、绿树红花一下进入你的眼帘之时，你会豁然感到满目平坝秀色的另一种美丽。此时如果从下虎跳峡的羊肠小路信步走上观峡台，回眸望一望你所走过的虎跳峡，别是一番滋味在心头。

　　在这个位置观虎跳峡是一种鸟瞰的姿态，此时如果是残阳落照之时独对苍山残阳、落霞流云，江河如练蜿蜒飘行于峡谷，在夕阳下闪烁着一种金色与蓝色相间的幽光。在峡谷中如沉雷般的波涛声，因为走向了空旷的野地而有了些如歌的行板。最震撼心魄的是峡谷两边这一对静默相视的雪山兄弟，苍颜肃穆、壁立万仞，上擎高天、下插大江。哈巴雪山一方如长天巨剑劈下的滑石板，当时走在其上时是那样触目惊心，而此时远观却如一面灰白的巨镜镶嵌在巨崖上，看不出原先的那种狰狞之态。

二　"纳西古王国"的传奇之地

　　来到大具，领略大具的历史，会使你知道这是充满传奇的纳西古王国历史重地。

　　回望出峡口所在的丽江大具坝，群山拥围的这一大片坝子平展空阔，丰饶而神秘。金沙江在虎跳峡中时，因两座大雪山的夹峙挤压而艰难暴怒地喘息吼叫多时，一旦冲出峡谷便如脱缰的野马般汪洋浩荡、恣意奔流，经千万年冲积形成了大具这一片盆地。它海拔仅1740米，是丽江10个盆地中海拔最低者，也是丽江境内著名的"热区"。纳西语称之为"打鼓熟补坦"，意为"大具是铁锅底"，可想而知其炎热的程度。因为大具坝子的炎热，这里也是丽江唯一产西瓜的地方，而这种西瓜又是"吃籽不吃肉"的一种独特品种。相传这种西瓜是700多年前蒙古一代雄杰忽必烈率领蒙古军在丽江奉科"革囊渡江"征大理时路过大具留下来的，后来成为纳西族地区的一种名产品，瓜子色泽红润寓有吉祥的象征含义，在纳西人的喜庆场合是不可或缺的食品。

从下虎跳峡上方看金沙江和大具坝子（1997年摄）

大具虽然有"铁锅"之称，而铁锅之上，则又是冰天雪地的清凉世界。大具的汉族村民在坝子里种着只与热土有缘的西瓜，而大具的藏民则在山上放牧着对寒凉情有独钟的牦牛。

大具是一块具有悠久古老文明的热土，在此地曾出土新石器时代的文物和春秋战国时期的石棺墓葬。1253年，忽必烈"革囊渡江"过丽江征大理国时途经大具并为大具取名为"茶罕忽鲁罕"，"茶罕"源于蒙古语"茶罕姜"，意为"白色的姜人"（姜人指纳西人），"忽鲁罕"是归顺蒙古军的纳西头人"和罗卡"的蒙古语音译[①]。元至元十四年（1277年），在大具设宝山县，辖区包括如今的宝山石头城、鸣音乡等地，十六年（1279年）升为州。至今，在大具还保留着明代雄霸滇西北、其势力远达康藏地区的纳西族木土司所筑的碉楼残垣。

三　闻名遐迩的大具东巴纸和传人

造纸是中国的"四大发明"之一，而下虎跳的大具乡也是一个著名的"东巴纸之乡"，这与大具过去是一个著名的东巴文化之乡有关。大具所出的"东巴纸"在纳西族地区远近闻名，是历来各地东巴梦寐以求想得到的稀罕之物。东巴纸是用来抄写东巴经的纸张，用当地人称为"弯单"的一种植物（当地汉语称为

[①] [美]约瑟夫·洛克：《中国西南古纳西王国》，刘宗岳等译，杨福泉、刘达成校，云南美术出版社1999年版，第166页。

山棉树皮，植物学家说这是瑞香科荛花属中的一种）经特殊处理后制成。"东巴纸"厚实、防虫蛀，纸张色泽如象牙色。写成东巴经后，东巴长年累月在家居火塘边诵读，烟火熏染，因此逐渐变成古色古香的模样。

20世纪50年代以后，随着东巴教的衰落，大具的东巴纸也无人再做，这种珍稀的民间工艺逐渐濒临灭绝。1991年初，随着东巴文化研究热在国内外的兴起，大具乡肯配古村东巴后裔、当了10年民办小学教师的和圣文在丽江东巴文化研究所的扶持下，萌发了重新传承这门濒临灭绝的技艺的心愿。他向村中唯一还懂得东巴纸制造方法的老岳父软磨硬泡地学到了初级手艺，后来又不断地自己钻研，终于在前人的基础上做出了质地更为优良的东巴纸。

我于2002年去和圣文先生的家乡调研，他的村子属于大具乡白麦行政村（zzeiperqloq）肯配古自然村，纳西语称之为"珍盘罗"（zzeiperqloq），海拔2600米，在大具算是个高海拔村落了。那时该村有46户200多人，全是纳西人。我们在他家看了他的造纸作坊，以及我同云南生物多样性和少数民族传统知识研究中心（CBIK）的一些同事为保护东巴纸的制作原料作物而实施的人工种植瑞香科荛花的结果，当时看到在和圣文家里的塑料棚里所种植的这种高山植物长势良好。

我在访问和圣文先生时高兴地看到，他正把这一门技艺传给自己的儿子。多年来，出自和圣文之手的"大具东巴纸"，正走向各地东巴和研究者的手，谱写着东巴文化的新篇章。

后来我惊悉和圣文先生因病去世了，一代制作东巴纸的圣手，过早地离开了他的故土和他所钟爱的东巴教圣纸制作之艺！我在这里深切哀悼这位纳西民间工艺大师。所幸我至今还保存着他制作的东巴纸，它将是留在我心灵深处的永恒记忆。

大具的文明积淀是相当厚重的，除了闻名遐迩的东巴纸，纳西族医务工作者1990年在大具乡上里都村老东巴和学增家获得了一本珍稀的东巴象形文《治病医书》（共13张26页），上面记载了有关科内、外科、妇科、儿科的近15种疾病及治疗处方、药物的配制和服用方法等。这是海内外仅存如凤毛麟角般的几册东巴医典之一，它的发现为研究东巴文化中的医药提供了十分珍贵的资料。

四 大具的"木雕之村"

大具是多民族聚居的乡村，这里生活着纳西族、族汉、藏族等民族，因此文化多样性的特点也十分突出。除了上述东巴文化和下文中将要讲到的崖画、石文化等外还有丰富多彩的其他文化，如头台行政村是个远近闻名、历史悠久的木雕村。历史上村人擅长木雕，据1999年我主持的一个项目的调查：上里都村有38户人家，有23人从事木雕业；下里都村有34户人家，有19位村民在从事木雕行业。木雕的内容丰富多样，有斗窗、美女窗、祖先牌位、月饼套模、大门花板和六合门等。窗心的图案由梅花窗、菊花窗、龟背加梅花、四星归月等组成，六合门由"四季博古"构成，"四季博古"由"雄鸡葵花""松鹤同春""鹭鸶踩莲""鹰立菊丛""喜鹊争梅""孔雀玉兰"等图案组成。该村的一些木雕艺人特别擅长雕刻"四季博古"图，有的艺人家里还保留有丽江著名画家周霖、张丽川等人的四季博古图。

随着丽江旅游的长足发展，该村的大量产品销售到了丽江城乡各地，村中有的手艺人还在丽江古城开了木雕作坊。

长江孕育了中华文明，而位于长江上游下虎跳的大具，则是中华文明银河中一颗遥远而美丽的星辰。

一个大具青年木匠在雕刻木窗（1998年摄）

五 雪山下的岩画与摩崖石崖上的秘密

看来远古时人类就对玉龙雪山及其山麓的大峡谷虎跳峡情有独钟，他们在这里留下了神秘的岩画，这岩画应该是他们当时的生活痕迹和精神秘密之一。我第一次看到下虎跳峡中的岩画是在1992年，当时我在大具进行田野调查，听当地人说在下虎跳峡"将军洞"旁边发现了岩画便请人带我去看。

下虎跳在整个虎跳峡中自呈一种奇险雄伟的风貌，峡谷两边的玉龙雪山和哈巴雪山在这里显得特别高峻，特别是玉龙山这边危崖高耸，万丈巨崖从江边刀砍斧削般直插云天，由于两座大山的夹峙，越发显出峡谷的幽深险峻。走到进峡谷的宽阔台地上，就已经听见峡谷中汹涌澎湃的江涛声，俯瞰大峡，江流如线，一条弯曲的小路，紧贴玉龙山的崖壁蜿蜒而下，延伸到幽深的峡谷中。

我们沿着小路走进峡谷，走约一公里左右，便拐进一条灌木掩映的小径，来到一个可容数百人的巨大岩洞，当地人相传这个洞是由金沙江水旋流而形成，洞底沉淀有黄金。这个洞当地人称为"将军洞"，其名缘起于著名的彝族将军张冲，因张将军考察虎跳峡时曾在此洞住宿。岩画就在距这个洞10多米的右面一座大崖壁上，拨开刺蓬前行，我来到崖前，见到崖壁底部插着一些未燃尽的香，显然是常有人来祭拜。崖壁上用朱色的矿物颜料绘着一些图像，比较明显看得清楚的是右边有个长长的三角形，形状有点像东巴象形文字的"山"，三角形底部有一个似东巴象形文字的"湖"或"江"。此外还有一些难以名状的符号，由于年代久远，不少图像已经有点模糊。我对着这绘满神秘符号的崖壁沉思，这些岩画与纳西东巴象形文字之间究竟有没有一种承前启后的关系呢？纳西人很早就居住在金沙江流域。自下虎跳峡的岩画被发现后，又先后在丽江、中甸（今香格里拉市）境内金沙江边纳西人居住地区的巉岩危崖上发现了不少岩画，被学术界称之为金沙江崖画群，其中有大量的动物和狩猎内容的图像。这些发现，为破解纳西族地区的岩画和东巴象形文字之谜提供了越来越多的线索。

当地村民告诉我：过去村里的猎手常常去祭拜那大岩洞边上的巨崖，说是那儿住有山神和猎神；人们认为那儿也是山神的栖息之地，在干旱季节会去那儿祭祀。崖壁上的香无疑是当地人祭祀时所插的。

六　纳西王室的采石场

时隔7年后的1998年，我又一次鬼使神差地来到距岩画点不远处的"老虎游逛之地"，来寻找一个与纳西王室有关的神秘摩岩。

当时我又一次来故土进行田野考察，正在指挥纳西王府（木府）修复工程的丽江县文化局局长黄乃镇君告诉我说最近在大具下虎跳峡口处发现了一个明代的摩岩，与著名的木府采石之谜有关。我一听，便约他一起去大具考察。

有"宫室之丽，拟于王者"之誉的丽江木府盛于明代，纳西族民间和滇西北一些民族中都流传着建造木府的大理石、汉白玉等采自丽江县大具乡境内的传说。

我们乘车来到距丽江县城有90公里的大具，在乡政府所在地的一个饭馆吃过午饭，就去摩岩的古代采石场。采石场在距大具乡政府约3公里处，拉尤村（小米地村）以北，紧挨着下虎跳峡口。这是个历史悠久的采石场，当地人称其为"冷补鲁腊古"，意为"白族人打石头之处"——正与民间相传木氏土司在大兴土木中动用很多白族石匠的史事相吻合。所发现的摩岩在采石场正中，高约一米多、宽约三米多，岩面上竖刻的"万历四三"几个字清晰可辨，只有"年"字稍为模糊但仍可辨认。估计是明万历年间为木府采石的石工在休息时信手凿刻而成的。从周围的土层和大量的鹅卵石沉积等环境分析，摩岩所在的采石场明显曾经是金沙江的古河道。

乾隆年间撰修的《丽江府志略》中记载曰："忠义坊，在土通判署右，高数丈，栋梁斗拱，通体皆石，坚致精工，无与敌者。明万历间，土知府木增奉敕建。"正与摩岩上所刻的"万历四三"（1615年）相呼应。

据在场的大具乡采石民工讲，过去村里的牧羊老人曾看到过摩岩上的这几

在大具古代木府采石场发现的摩崖，上面刻着"万历四三"几个字（1998年摄）

个字，但不以为意。木府恢复重建工程开始后，采石于大具。1997年10月，民工们在此采石，大具乡纳西民工祁向东的哥哥祁有光注意到了这几个字。这才为工程指挥部黄乃镇君所知晓。

在发现这个摩岩之前，除了木府修建采石于大具的民间传说和在玉龙山黑白水流域古道上发现有折断的汉白玉石料，能推测这是明代木氏土司从大具搬运建造木府的石料之外，尚未有能证明具体采石地点和时间的确凿物证，这摩岩的披露于世，揭开了这数百年历史之谜。

历史上，大具是个盛产大理石、汉白玉石的地区，据地质专家勘测，至今在与大具连成一线的虎跳峡不少地段有丰富的大理石和汉白玉资源。虎跳峡、三坝一带的纳西族、汉族等民族中流传着木氏土司在大具打制石鼓等的故事，由此也可以看出历史上大具与纳西族王室采石之间的密切关系。如果联系过去在大具所发现的神秘的石棺葬以及民间关于大禹治水到此筑石门，最后大禹夫妇双双埋葬于大具对面的余科的传说（当地人说"余科"的"余"就是"大禹"的"禹"），玉龙山滚石经金沙江古河道千万年冲击下形成大理石层等的传说，更可以看出大具丰富的石资源和颇有民俗学价值的石文化。

七 当年猛虎何处寻

我在多年游历玉龙雪山和虎跳峡的过程中，也十分注意这个山背后有著名的大峡谷虎跳峡的大雪山与老虎之间的关系。老虎是纳西人信仰的神兽，是东巴教仪式的"门神"。有专门记述老虎来历的东巴经《虎的来历》。在大量的东巴教典籍中，都说到纳西武士的勇猛是老虎和牦牛等神兽赐予的，人的勇猛顽强是向老虎学习的。东巴们在举行祈神镇鬼的各种仪式中，都祈祷自己能获得如老虎那样的神力。"拉汁"（larherq）即"老虎的神威和力量"是祭司东巴和巫师桑帕（桑尼）所希望得到的一种神秘威力。

过去玉龙雪山上是有老虎的，不仅在民歌和民间故事里常常可以听到关于老虎的种种传闻，在一些玉龙雪山的地名里也可以看出雪山上过去老虎很多的历史。相关的材料中也说，区域内过去曾有老虎，但近二三十年来未发现过。

我在玉龙雪山背后的虎跳峡多次进行田野调查时得知这条大峡以虎而得名,汉语中称其为"虎跳涧""虎跳滩",纳西语称"拉磋拉洛古",意为"老虎跳跃和腾跃之处"。峡谷中很多地名都与老虎有关,例如:出峡口下虎跳附近的丽江市大具乡"拉尤"村(即汉语所称的"小米地")的"拉尤"意为"老虎游逛之地","拉本"村的"拉本"意为"虎之村"。在"虎之村"还有被当地百姓称为"拉若拉美肯"的两个石头,意为"母虎和仔虎石",传说是由两只从玉龙山上下来的老虎变的。据下虎跳大具乡小米地的村民讲过去小米地一带常有老虎出没,上辈老人看到过老虎卧在田地里目光如炬的情景;有的听到过老虎惊天动地地长啸和甩尾的声音。

纳西族著名画家木基新的作品《虎跳峡》(1998年摄)

过去虎跳峡一带常有老虎出没是完全可以相信的事,因它在玉龙雪山中,雪山上过去老虎多,有很多地名与虎有关,如:"拉若果爪"意为"小老虎之家","拉辽愣咪游果堆"意为"听得见老虎在吼叫的殉情者游玩之地"。我听雪山周围不少村子的老人讲,过去听到雪山中的呼啸是常事。

老虎是纳西族所尊崇的神性动物,东巴教中有专门讲述老虎来历和故事的经书《虎的来历》。纳西先民认为人的勇猛强悍都是学自老虎,老虎是武士的老师;老虎与牦牛是东巴教神坛、祭场和家庭的卫护者。因此,纳西族地区以虎为地名的山岭、村寨很多,人以虎为名字之一部分的现象也很普遍。纳西人中代代相传着玉龙雪山中有一个"红虎当坐骑,白鹿当耕牛"的爱情圣地——"玉龙第三国"。与玉龙雪山为一体的虎跳峡关于老虎的传说既是当年老虎优哉游哉于适合它们生存的生态乐园时的真实反映,同时,也是纳西人历史上虎崇拜文化的一个部分。

如今,虎跳峡名称依旧,而人间世事已非,神奇的峡谷里早已经不见老虎的踪影,玉龙雪山上的老虎也早已绝迹而不知所踪,只有老虎的故事还留在人间。当年人与虎和睦相处、互敬互畏的往事,只能在残留的民间故事和东巴经中去体会了。

探秘东方大峡谷虎跳峡

我土生土长在丽江玉龙雪山下的古城,22岁才走出四方街求学观世界,在这之前的岁月里,每天与这座常常在云里雾里神秘地变换着姿容的大雪山相伴,我的很多少年梦幻,都与这座纳西人的圣山难分难解。而我想一探雪山背后那神秘莫测的"虎跳峡"的情结,却至1993年才得了却。与这大峡谷的缘分姗姗来迟,却从此缠绵不断,从1993年秋到1998年夏,我因各种机缘穿越这个大峡谷4次,其中有2次在峡谷村寨一住半月,真可谓红尘中有云水关山之缘,身心数次栖息于这空灵奇险的雪域冰峰,深峡江涛间,幸也!

一 穿越峡谷

1993年深秋的一天,我站在了这朝思暮想多少年的"东方第一峡"的上虎跳峡峡口,开始中美合作考察队考察玉龙山村寨人文地理的又一段旅程。与我同行的是一辈子与山结下不解之缘的美国加州大学教授、国际山地协会主席艾福思(J.Ives)教授和他的两个博士研究生,以及云南省社会科学院和丽江的几个同事。

虎跳峡全长约18公里,江水落差达196米,峡谷两岸山峰平均高出江面3000米以上,峡谷两岸最高峰海拔均在5300米以上而江面则只有1800米左右,高差大于3300米。全谷分上中下三段,江面最窄处仅为15—20米,形成万里长江最窄的一段江面。峡谷是在中第四纪或新第四纪时期玉龙雪山大规模上升过程中金沙江强烈下切而形成的。

气势萧森巍峨的云南两座大雪山——玉龙山和哈巴山这民间传说中的两兄弟在虎跳峡口对峙,东南岸的兄长玉龙雪山最高峰海拔5596米,西北岸的弟弟哈巴雪山最高峰海拔5396米。两岸危崖高耸,绝壁穿空,长天如线。他们的妹妹金沙江,从这儿起将一改她往日温顺淳良的性格,开始她一段暴烈猛悍异常的穿峡之行。

在未到峡口前,碧蓝如玉的金沙江还流得那么温和舒缓,她刚在距此不远的"茶马古道"重镇石鼓完成了一个壮举,与澜沧江和怒江在云南境内肩并肩流了447公里的两姐妹分道扬镳,掉头北上,开始她成为中华母亲之河的漫漫征程，转弯处形成闻名遐迩的"长江第一湾"。流不多远，就遇到了当地相传是奉父母之命要阻拦她嫁给倾心相爱的东海王子的玉龙、哈巴两兄弟，于是，温顺的金沙江姑娘发怒了。

峡谷一开始就是"上虎跳"，江面宽度从100—150米骤缩至60—80米，宽阔的金沙江一下子被挤进这狭窄异常的峡谷，于是她发出沉雷般的怒吼，疾如利箭般地向前猛扑，水花激射、白浪滔滔，狂舞的波涛凶猛地扑向山脚的岣岩怪石。那块传说中的虎跳石在如怒龙咆哮的巨流狂涛中颤抖，一大片水雾从峡谷深处向上升腾。下到距虎跳石还较远之处，水雾已如毛毛细雨飘洒到脸上。从峡口远远望去，金沙江如一条泛着幽幽绿光的长蛇，蜿蜒隐进深不可测的峡谷，不知前面还隐伏着多少凶险的玄机。

当时上虎跳上面的"大白岩"还没有如今的隧道，只有长江流域规划委员

上虎跳峡传说中的虎跳石（1993年摄）

1993年我们穿越虎跳峡所走的这条路，当地人和国内旅行者称"下路"（1993年摄）

虎跳峡一边的玉龙雪山峭岩笔立、重峦叠嶂（1993年摄）

会于1965年为勘测水能资源和地质而在巨岩上凿出的一条崎岖小道紧傍深谷而过，上是危崖，下临深渊，雷鸣般的江涛声鼓荡着耳膜。往下望，寒谷深渊，乱流奔涌，令人头晕目眩。从峡口起，相当长的一段路都紧贴在笔陡的山岩上迂回前行，有很多垮掉的路段，人难以下脚，有时要手脚并用，攀着岩上的突出物跨越而过。行进中，又要随时听着上面万丈高崖上的动静，提防不时滚落下来的碎石。1986年洛阳长江漂流队漂虎跳峡时，来自四川的一个青年记者就是不幸死于一个从悬崖上滚落下来的小小石块之下。

峡谷中很长时间都没有阳光，阴森寒凉，风猛烈地尖啸着，与万丈深渊中金沙江发出的如雷涛声混在一起，在长长的峡谷中发出令人毛骨悚然的回声。凛冽的狂风使我们常常站不稳脚，有时要相互手拉手，一步一步在只有数尺宽的崎岖小路上往前挪动。

1993年我们穿峡所走的这条路，当地人和国内旅行者称"下路"，国外探险者称之为Lower Road。哈巴雪山一边多相对平缓的谷坡带，因此山坡上分布着一些村落和农田。而峡谷那边玉龙山峭岩笔立、重峦叠嶂，渺无人迹，草甸和青冈栎树林、箭竹林等散布于绝壁深壑之间，并从山岩间迸涌出一道道清冽的山泉，因此是野生动物出没之地。因为前面是雷霆万钧的滔滔大江，背后是飞鸟难越的玉龙屏障，它们未曾感受过人类的威胁，故有闲情逸致漫步江边。峡谷中核桃园村、雅昌阁村的村民认为峡谷那边水草丰美又多奇花异草，能使病弱羊子恢复强壮，因此常常划着皮筏，在水流较缓处把病弱的羊子送到对岸，让它自由地在那里当一段时期的"野生动物"，过一久又把它们接回，据说接回的羊往往膘肥体壮，而且带上了一点点野性。

我觉得玉龙山那边人迹难至，其实也是大自然的一个福分，动植物可以安然无忧地栖息其中，没有因为人的垦田劈路炸石而导致的灾难；而哈巴雪山这边，由于人类年复一年的开发行为，山体、森林、植被和动物都已经受到很大影响，泥石流频频发生。1998年6月，我曾在核桃园村遇见俄罗斯科学院的一个生态学教授，他极喜虎跳峡，多次来此地，每次都盘桓数天，登上核桃园村子背后的哈巴雪山高处游览并考察地貌和植被。他感叹而忧虑地谈到年甚一年的植被和岩层损坏情况。1994年，我曾在核桃园村"山泉旅店"看到来自瑞士的一家人，夫妇俩和两个小姑娘，他们每天坐在旅店的院子里凝神望着江对面玉龙山的万仞绝壁写写画画，一连数天都如此面壁静坐。我与他们攀谈，他们说是在认真读眼前的这座大山，把各种感受写下来。我欣慕这座山那种可望而不可即的距离美，让人只能朦朦胧胧地去读它的神秘。

走了约4个小时的险要路段后，一直到核桃园村，路都比较平坦。从"大白岩"到核桃园村的路程约14公里。我们在核桃园村的"山泉旅店"住宿一晚后，翌日晨又踏上旅程，走不多久，就到了触目惊心的"滑石板"。一大片宽约300多米的巨型白石板从哈巴雪山山腰直落江底，宛如一把长天落下的巨大宝剑斜插深峡。石板面滑溜溜的，高原明晃晃的阳光在白石板上闪烁着耀眼的强光，晃得人眼花缭乱。这里气温奇高。一条崎岖的小路如一条苍白的飘带挂在这呈85度角的巨大石板腰，人在上面走有恍恍惚惚如上下天梯之感。"滑石板"一直被旅人视为"鬼门关"，前几年有几个国外徒步旅行者在此遭到厄运，或因高温而导致旧病发作而亡，或为滚石所伤。我们在距下虎跳不远的丽江大具旅店里看到国外徒步旅行者所张贴的"告示"，告诫旅人不要在日光酷烈之时过"滑石板"。

"滑石板"这道"鬼门关"在1996年丽江地震后不久的10月26日和28日，两次发生剧烈的山体滑坡，在惊天动地的连绵巨响中，哈巴雪山的大片山体如一条蠕动的庞然天龙滑向江中，把金沙江拦腰截断，使江水断流40多分钟，水位猛然升高，淹没了"下虎跳石"，形成"高峡出平湖"的景象。山体滑坡中升腾的尘埃遮天蔽日，笼罩了哈巴雪山和大具坝子。我1997年12月和1998年6月两次再返此地，见"高原平湖"已经荡然无存，大江依旧滔滔向东。

1994年深秋的再次穿越虎跳峡则始于"下虎跳"，两座大山夹峙下的峡谷气象万千，无数绝壁巨崖如刀砍斧削，千姿百态；江流越发显得细长，如一条闪着莹莹蓝光的长龙蜿蜒穿于万山丛中，忽隐忽现，波涛声如发自地底的滚雷，与峡谷中呼啸的山风混合成沉洪雄壮的大自然交响曲，而这纯然来自大地的天籁之声，却又烘托出大峡谷一种神秘的肃默和静气。鸟瞰深峡、纵览大江，虽然惊心动魄，但颇有可指点江山的感觉。怯目仰望巍峨高山，倍觉人之渺小如蚁。

此路经过本地湾、雅昌角等几个小村子，房舍疏疏落落地分布在极斜的山坡上，墙垣全用大小石头砌成，畜圈也全用石块砌成，上面覆盖上木板并用大石头压在木板上。一小块一小块的田地散乱地分布在陡坡上那如怪兽般蹲伏着的乱石堆中，五颜六色放养的鸡欢叫着在地里悠闲地散着步。路上几次听马铃叮当，见几伙驮着货物的马帮款款而来，有个中年"马锅头"还唱着有当地"江边调"味道的山歌，其声高亢而苍凉。领头的那匹骡神气活现地戴着漂亮的头饰，上面有各种刺绣图案，中间嵌着一面明晃晃的镜子，脖颈上挂一个大铜铃。此为"茶马古道"马帮的古风，既图吉祥，也是炫耀自己的马队。

触目惊心的"滑石板"。一大片宽约300多米的巨型白石板从哈巴雪山山腰直落江底，宛如一把长天落下的巨大宝剑斜插深峡（1993年摄）

二　探险"中虎跳"

沿上下两条路两次穿越虎跳峡，过险关无数，自觉已经饱览了虎跳峡的奇险。当我1997年春节期间在核桃园村进行人类学田野调查时，去了"中虎跳"，方才感到全峡中的险中之险是"中虎跳"这一段，也知道了传说中真正的"虎跳"之处也在此处。

在一个云淡风轻、长空如洗之日，我与虎跳峡奇人夏山泉和新近与他结为夫妻的澳大利亚女子玛佳（Mirgo）一起去走"中虎跳"。玛佳来自澳大利亚的一个产金的大峡谷地区，生平喜欢爬山，她去年嫁到峡谷中后还没有去看过这个名胜，因此对此行十分雀跃。我们从村子的梯田阡陌间很快拐进江边的悬崖峭壁，穿过几个过去村民淘金的地段，很多断崖陡坡上的淘金洞在枯黄的荒草中半掩半露，淘金台、淘金人住的山洞、做饭的石灶等都还完整地留存着。小路全是因淘金人在绝壁边上常年行走而用脚磨出的，非常倾斜，上面又有一层碎石细沙，很滑，人行其上，如履薄冰。数米之外便是深渊，只闻其声不见其容的澎湃江水如沉雷轰击着峡谷，一股股寒森森的水气，不断地从下面的江中冒上来，不慎滑倒的话，在如此倾斜的岩石上根本收不住脚，势必从近在咫尺的崖头上落下黑黝黝的江谷中。我们屏息静气地用心走路，有好几处岩上的路被岩上流下的水漫过，苔迹斑斑，滑溜溜的。望着一两米外深不可测的深渊，头皮直发麻，抱着生死交给峡谷之神安排的心思，决然迈进这鬼门关，侥幸无事。夏山泉讲，如在雨季，是根本不可能走这条路去虎跳峡的。

"中虎跳"的景象比"上虎跳"要惊险得多，江面更加狭窄，疾奔如箭的水流撞在一个个礁石上，激起一阵阵狂涛怒浪。江两岸的峭壁如被一把巨斧一下劈开，齐崭崭地笔立两边，形成最窄的一段江面。熟谙当地掌故和民俗的夏山泉和当地老人都说这儿才是真正的相传老虎跳跃过江的地方，又叫"交弓处"，显然是纳西族传说中"里斯里美公巩古"的意译。纳西人中流传着猎人从江南岸向北岸传送弓箭的故事，因此称相传递送弓箭之处叫"里斯里美公巩古"。纳西族中还流传着猎人追赶老虎至此，老虎一跃过江的故事，因此纳西语又称这"交弓处"为"阿昌拉蹉拉洛古"，意为"阿昌峡谷中老虎跳跃过去之处"。

1931年3月，美国国家地理学会中国云南探险队队长、著名的探险家洛克（J.F.Rock）博士穿越虎跳峡，也从高处拍摄了这一段峡谷的照片并称之为整个峡谷最狭窄之处，因老虎能跳跃过江因此称为"虎跳涧"或"虎跳滩"。这一说法比那些把各个时期滚落江中的巨石说成"虎跳石"的说法更富有神奇色彩。

12年前，在这个惊险奇绝之处上演了核桃园村村民和一群勇士结下生死之谊的感人一幕。1986年9月，中国洛阳一伙血气方刚的北方汉子组成堪称"敢死队"的长江漂流队，以"风萧萧兮易水寒，壮士一去兮不复还"的悲壮情怀首漂虎跳峡。1986年9月10日，队员雷建生、李建勤坐密封舱冒险漂过了上虎跳。12日下午2时，队员郎保罗和孙志岭继续下漂。但密封舱在"满天星滩"被怒浪狂涛和獠礁撕破，孙志岭顷刻间被波浪吞没，后在下虎跳渡口发现了他的尸体。郎保罗死死抓住密封舱上甩下来的一个轮胎，从中虎跳跌下漩涡塘后，侥幸被水流卷到玉龙山一边的岸边，奋力攀住岩石上了岸，但这只是一个极狭小的立锥之地，头上是80多米高的绝壁，左右无路，身陷绝境。郎保罗全身的衣服都已被江水撕碎，冻饿交加，连续几天只能靠吃岩缝间长出的一些草充饥。核桃园村的民众积极参与了救援工作，他们不顾路途危险万状冒险把各种好吃的食品挑到这里，试图用石头坠着食品再用弹弓把火腿肉、包子等射到对面山坳里郎保罗那儿，但都没有成功。后来，核桃园村两个最能攀山越崖的村民携带长绳，从村子下面江水较平缓处坐船渡江过去，在对面异常险峻连猴子都愁的悬崖峭壁上向困住郎保罗的崖头行进。看去不到一公里的直线距离，他们却整整迂回攀越了一天半才到达那个崖头，可以想象路途之艰难。他们从悬崖上把百多米的绳子放下去，好不容易把已被困了5天的郎保罗救了上来，又费尽千辛万苦把他扶持到他们渡江之处并坐大理部队来救援的船到村子，让郎保罗住在夏山泉家里，精心调养。

郎保罗这个核桃园村村民冒着生命危险救出来的勇士，很快又开始他漂流的冒险生涯，在虎跳峡大难不死的他后来却殒命于黄河，"壮志未酬身先去，长使英雄泪沾襟"，也使核桃园村村民唏嘘叹息。我1997年到虎跳峡时听说洛阳漂流队唯一健在的队长王戊军孤身一人不久前重返虎跳峡，他正在多方筹措经费，要在这个写下了他们悲壮的生命之歌的"东方第一峡"建一座纪念碑，以纪念他那些已殒江河、身殉理想的战友们。

三 峡谷人家

如今越来越多的探险旅行者穿越虎跳峡，他们大都关注这里雄奇险峻的山和水，而很少去注意年年岁岁生活在这条大峡谷中的人，他们在峡谷深处度过了漫漫的岁月。

这条如此惊险的大峡谷，在远古时却就已有了人类活动的影子。在下虎跳江岸一个大岩洞旁的岩壁上，前几年发现了为灌木丛所隐蔽的岩画，岩画的内容初步认定与原住民的狩猎生活有

"中虎跳"形成长江最窄的一段江面。纳西族中流传着猎人追赶老虎至此，老虎一跃过江的故事。（1997年摄）

关。此后又相继在丽江境内的金沙江峡谷发现了一系列的岩画。

我在4次的虎跳峡之行中了解到,最早的峡谷土著是纳西人,峡谷的纳西语名字是"阿昌果"。很多村子的名字最初都是纳西语,如峡谷中主要的村子核桃园原名叫"余化滩",纳西语意思是"羊群栖息的低洼地"。我为弄清峡谷原住民的来龙去脉,曾寻踪到三坝乡江边行政村访问现在在那里居住的虎跳峡纳西土著,并在核桃园村做了实地考察。发现除了"余化滩"这一村名外,该村很多田地和宅基地到现在都还保留着纳西语"某某家的地或地盘"这种称呼,因为这些纳西土著的私家田地最初是租给四川的移民来耕种,每年交纳一定的租粮。纳西土著直到20世纪50年代初才放弃这里的土地,也不再来放牛羊,他们现在主要居住在三坝乡江边行政村的恩努村,这里就逐渐形成了以四川移民为主的一个汉族村落,其中有几户先后搬迁来的傈僳族和苗族。

现在的核桃园村村民是清末起陆续从四川迁来的,有的为了逃避战乱,有的为躲兵、逃荒,也有很多人是因听说这里有金可淘而不辞艰险来到这个大峡谷中谋生的。1931年美籍奥地利探险家洛克博士穿越虎跳峡时曾到了核桃园村,当时只有14户村民,而到1997年已形成有81户人家的大村,是虎跳峡村寨中最大的自然村,海拔2377米。

由于这里过去是纳西人的世居地,峡谷周围也多是纳西人的居住地,因此,这里的汉族移民受到纳西族很大的影响。现在60岁以上妇女的穿着全是纳西妇女的打扮,头帕、羊皮披肩、百褶围腰、宽腰大袖的大褂等,都是典型的江边纳西人打扮;住房也保留了纳西人传统的竹篾墙、火塘等古老形式。文化上的影响也很突出,流传着很多近似神话的纳西族土司"木天王"的故事,如木天王在大具打制石鼓,从虎跳峡运送到现在的石鼓的故事;木天王会用竹竿拴住太阳,叫农户多干活的故事。

这里的村民过去经历了很多的苦难,土地贫瘠、交通阻隔,常常饥寒交迫,20世纪50年代之前,还经常遭到来自四川乡城等地的强盗的烧杀掳掠。村民们说,那时,全副武装的强盗一来,手无寸铁的村民只好躲到江边和山上的岩洞里去。后来村里出了个姓郑的有本事有胆量之人,他组织会打铁的村民打造了一门土炮安在险隘上,打退了强盗的几次进攻,村子才比较安宁。

过去很多村民靠淘金谋生,但现在村民已很少有人淘金。他们主要靠在山地上种点麦子、玉米、南瓜等农作物维持平时的生活。大多数家庭的经济收入主要靠每年村里分到的名额,轮流到峡谷上游的一个钨矿去背矿石(即从洞内把开采的矿石背出洞外,每天都有规定的数额),生活相当艰辛。在1966年修出那条用于勘测峡谷的便道之前,村民到桥头(即现在的虎跳峡镇)去一趟要走两天的山

这条如此惊险的大峡谷，在远古时就已有了人类活动的影子，在下虎跳江岸一个大岩洞旁的岩壁上，发现了为灌木丛所隐蔽的岩画

路，买卖东西都十分不易。

四 峡谷传奇

人世间多悲欢离合，名山险关多传奇轶事，虎跳峡是个充满传奇色彩的大峡。1931年，一个后来举世瞩目的传奇人物——美籍奥地利学者洛克成为第一个徒步全程穿越此峡谷的西方探险家，他详细记录了峡谷中的风光、地形地貌、植被和村寨概貌。后来他又一次坐美国空军的军用飞机冒险穿峡考察。洛克的虎跳峡之行在峡谷人家留下深刻的印象和传奇故事。有个流传在核桃园的故事说村民看到洛克在行路时曾将几个石头附在耳旁谛听，好奇的村人待他走远后去看这些石头，敲开有的石头，竟在里面发现有知名的小虫。有些年迈的老人还清楚地记得洛克所坐的飞机飞越峡谷时的情景，他们说飞机飞越中虎跳上空时曾呆立半晌不动，他们解释说是被深峡的风给吸住了。种种似幻似真的传说，都反映了当时近乎与世隔绝的峡谷之民对这个贸然闯进奇险深峡的洋人那种惊奇诧异的心情。

丽江这个"纳西古王国"过去因多凄艳绝伦的殉情悲剧，因此又有"世界殉情之都"的别号。玉龙雪山被殉情者视为死后可去以云霓彩霞织衣、与飞禽走兽同乐共欢的理想国，因此成为一座"情山"。它背后的虎跳峡也成了一个"情峡"，这里流传着无数的山川人物传奇，其中很多都是"问世间情是何物，直叫人生死相许"的故事，如许多不同内容的金沙江姑娘百折不挠寻找远方情人的故事，可谓人间有情、山川亦含情。一个故事说玉龙雪山、哈巴雪山是兄弟俩，金沙江是他们的妹妹。不知从什么时候起，金沙江姑娘悄悄地爱上了一个太阳升起之处的大海之子，被父母察觉。父母不想叫视为掌上明珠的女儿远嫁，便叫玉龙和哈巴兄弟轮流看守着金沙江妹妹。两兄弟约定：哥哥玉龙负责看守上半夜，弟弟哈巴负责看守下半夜，谁失职就不留情地砍谁的脑袋。数月后的一天，夜色如墨，金沙姑娘唱到第十八支歌，哈巴哥哥恍然入了梦乡。金沙江姑娘便悄悄地从两个哥哥的脚下峡谷中溜走了，她所吟唱的十八首歌变成了虎跳峡的十八个险滩。玉龙、哈巴兄弟醒来后悔莫及，哈巴弟弟遵山里古规按约引颈就刑，玉龙含悲挥泪砍了弟弟的头，从此哈巴山成了一座无头的山；玉龙则伤心欲绝、悲泪滂沱，泪水化成了著名的黑水、白水两条河而他则化成了永世凝然不动的玉龙雪山，他背上的十三柄利剑化成了雪山的十三座高峰。

虎跳峡还是纳西传奇中一个著名的"风流鬼"的故乡。"风流鬼"，全是女性。这种鬼共有7个，其中一个叫"阿昌伯堆咪"，她就是虎跳峡的"风之女"。这7个"风流鬼"都是各地殉情而死的女子所变的，因此，在东巴教为殉情者举行的"祭风"仪式上，要安抚这7个"风流鬼"。

在虎跳峡核桃园村、本地湾（伯堆坞）的汉族村民中，"阿昌伯堆咪"这个"风流鬼"的传奇故事与7个风流鬼之首领"阿莎咪"的故事混融在一起。他们说"阿昌伯堆咪"是木天王的公主，被迫嫁给一个她不爱的人，出嫁之日，她骑一匹骡从其父木天王经常挖金子的虎跳峡走过，因怀念旧情人在这里回头张望，被黑风和白风卷贴在虎跳峡雅昌阁村对面的雪山悬崖上，至今仍然在崖上悲声呼唤着她的情人。

与峡谷中的这些悲情故事相比，虎跳峡"山泉旅店"店主夏山泉与澳大利亚女子玛佳带有传奇色彩的姻缘就是一个当代喜剧了。夏山泉1998年时35岁，在他两岁半时家中发生了一场火灾，当时家中无大人，他全身着火如一个火球从家中滚出，大人发现后赶来扑灭了他身上的火，但他已气息奄奄，家里人都认为他没救了。是一个当时住在核桃园的筑路队的医生救活了他，但他的左手已被烧残。他在艰难的风雨人生道上培养了坚强的毅力，初中毕业后回到村里在路边开了全村第一个商店。随着国内外游客开始不断地来探险虎跳峡，他开始苦学英语，凭坚强的意志和很多国外来客的帮助，他成了这个深峡中第一个也是至今唯一一个能比较流利地用英语与外国人对话的人。由于他待人诚恳、服务周到，他的"山泉旅店"成了很多国内外游客喜欢的歇息之地。当中甸还未向国外游客开放时，很多国外的导游书和旅游杂志就已经介绍了这个大峡谷中的"山泉旅店"。

他结了婚并生了3个小女孩，但后来与妻子感情破裂，妻子远嫁四川，他与3个女儿相依为命。1996年9月的一天，命运将玛佳带到了这个峡谷。她来自澳

纳西族民间传说中的7个"风流女"之一阿昌伯堆咪"（左1），即玉龙雪山与哈巴雪山之间的金沙江虎跳峡伯堆村的女子，她骑一匹野骡。她旁边是7个"风流女"中的另外两个

大利亚一个叫"本地沟"（Bendigo）的地方，那儿有一个大峡谷、有金矿，很多华人早在1850年就到那儿挖金。虎跳峡也有个"本地湾"，也有漫长的淘金史。玛佳后来成了这个峡谷的媳妇后，才逐渐地领悟中国人喜欢讲的"缘分"这个词。

这一奇异的跨国婚姻成了虎跳峡一件石破天惊的新闻。提起20世纪30年代洋博士探险家洛克到虎跳峡考察的事，此地村民至今仍会活灵活现地讲这个洋人能听懂石头里毛毛虫讲话等神话般的故事。峡谷中的村民八辈子没料到村里会有一个心甘情愿来这儿生活的洋媳妇，而且嫁的是已有3个小孩的残疾人夏山泉。

我多次来虎跳峡都住在"山泉旅店"，我固然惊奇这有点奇缘色彩的跨国婚姻，但更使我感到有趣的是这一对夫妻平时的生活方式。他们每天都有没完没了的话说。夏山泉自从娶了洋太太后，英语也说得越来越溜了。一说到去峡谷里某个地方玩，玛佳①就像个小孩一样高兴。村里只有这一对夫妇是常常在有余暇时快快乐乐并肩携手去附近"游山玩水"。

五 梦幻虎跳峡

从1995年起，云南省迪庆藏族自治州下了大决心，开始沿下面的那条小路修一条横贯整个虎跳峡的公路。这一下在很多国内外人士中引起了轩然大波，一些从事地质学、地理学和生态学等的学者专家以及国内外的徒步旅游者极力反对修这条公路，认为得不偿失；而核桃园等沿线的村民却又为即将修公路而欢呼雀跃，可以想象，他们祖祖辈辈都人背马驮，受够了没有公路的苦。如从村民的利益考虑修公路是大好事，但国内外很多把这个举世闻名的大峡谷视为理想的探险旅游胜地的人们却对公路的修建感到深深的失望，现代化的进程总是充满了这种矛盾的两难困境。

---

① 不幸的是玛佳几年前在藏区登雪山去世了。

我1997年12月再次到虎跳峡时，公路已有雏形，虽然尚危险万状，但车子已可冒险开进虎跳峡，村子里的人兴高采烈，有的人已经贷款买了汽车。1998年春节，这个村子的村民有史以来第一次看上了电视。那条还常常塌方的新公路上开始常有汽车和拖拉机奔驰，引擎的轰鸣声打破了虎跳峡千万年的宁静之梦。沿路村民的生活多了不少便利，然而很多向往于徒步走这个"东方大峡谷"的游客在峡谷旅店的留言簿上以悲伤而无奈的笔调写下了他们的遗憾。

最近云南省与美国大自然保护协会（The Nature Conservation）达成协议，在滇西北丽江、迪庆、怒江三个地区的"三江并流"（金沙江、澜沧江、怒江）地带建立"大河流域国家公园"，虎跳峡是其中最重要的景点之一。这一重大项目的实施，意味着以后在虎跳峡修电站等的开发计划应该重新审视。

我非常推崇美国著名的建筑学家和人居环境研究专家芒福德（Lewis Munford）的一个观点，休闲地带对城乡的构成非常重要，包括荒野地区对人类的生存是必不可少的。"直到19世纪，美国才逐步认识到荒野是人类社区的组成部分。美国联邦政府把一些动人的自然景观划定为不准人们永久居住的保护区，1872年建立的黄石公园就是其中的第一个。这是发展区域文化的一件大事，它第一次公开确认原始荒野是文明生活的象征，不能不顾后果地把自然环境仅仅用于经济开发。"人类干吗非要住遍名山胜水呢？我多次考察虎跳峡，觉得这个峡谷是天设地设的人间壮丽景区，是大自然提供给人们劳作之余休憩和与自然对话的一个空间，它适合探险、旅游，以它的神奇永远吸引人类以一种对大自然的虔敬态度来观赏它、顶礼膜拜它。但它不适合人类永久居住，在那么陡峭的山坡和乱石堆间上不断开垦出一些贫瘠的土地，森林植被会因人类生产生活的需要不断减少，生态环境会不断地恶化。与其无休止地任这一举世闻名的景观在人类行为中变得千疮百孔，为什么不能考虑把峡谷中仅仅1000多的居民搬迁到更适合居住的地区呢？

按我的梦想，虎跳峡应该是永远山青水绿、林木森森、飞禽走兽出没，给人一种神奇惊险感，有一两条安全的便道横贯整个峡谷，人们在安全保护措施下可在其中从容进行数天徒步旅游的一个神奇峡谷，而不是一条车水马龙、汽油柴油随时散发着毒雾烟障、无数红男绿女坐着汽车大呼小叫招摇而过的峡谷。

当然，在一往无前的现代开发的铁轮下，这仅仅是一个不现实的美丽梦幻。这不切实际的"书生梦幻"无疑将无力地破灭在人类开发自然的豪情巨斧之下。

金沙江畔的古村落三股水

丽江玉龙县龙蟠乡金沙江畔有个山村叫"三股水",在民间很有名。我1970年读初中时参加军训野营拉练,第一次来到这个神奇的地方,当时的印象是:这个山村到处都是泉水和溪流,高岩上瀑布飞流,山间泉水奔涌,到处青竹绿树,是个非常美的小山村。这几年我又有机会去了两次,这个村子如今已经成为丽江金沙江旅游的一个著名风景点,主要吸引人的还是它的泉水和溪流以及非常好的山林植被。

"三股水"位于丽江市玉龙纳西族自治县龙蟠乡宏文村(德盛庄)东北面半山腰上。看一些资料的介绍,这里是三江并流区域中金沙江的雄古到剑川远古河谷和如今石鼓镇"长江第一湾"到虎跳峡段金沙江河谷的交汇处,位于玉龙雪山横断山脉海拔最低的拉市海西山梁的西侧。因此,这里曾是滇西北进藏茶马古

三股水村(2016年摄)

三股水村最大的一眼泉,很有力度的泉水在涌流(2016年摄)

道上的一个要塞。由此可以去往金沙江古渡口,再向北渡江到桥头、香格里拉、德钦、拉萨,向西到石鼓、塔城、德钦、拉萨,向南到剑川、大理、普洱,向东经"冒金地"背后著名的"七十二道湾"铺石古道翻越蒙古哨到丽江古城。

丽江最好的泉水在这里,溪流上新建的竹木水车和水磨都别有创意。我去看三股水村最大的那一眼泉,一股很有力度的泉水在涌流并高出水面。旁边竖了块石头,上面镌刻着"彩云第一泉"几个字。这样汹涌迸出的泉水以前在丽江黑龙潭和清溪村都见得到,而现在在那里已经没有了这样的涌泉了。在泉水周围有烧香台,还竖着一些祭祀纳西族东巴教大自然神"署"的木牌画。在纳西人的信仰中所有的山川河流、溪水井泉,都是"署"这个相传与人类是同父异母兄弟的神祇在掌管着。这个大泉眼的上方,还有"百眼泉",说明这儿的泉眼很多。据村民介绍,以前这里众多泉眼的出水量很大而现在的出水量远远不如以前,这与现在丽江不少泉眼枯竭的现象有关系,与气候转暖、冰川融化等多种因素密切相关。

从大的泉眼里汩汩冒出的清水形成溪流并在高坡奔泻而下形成瀑布,像一个巨大的喷珠溅玉的水帘,接着又汇成溪流哗啦啦低吟浅唱地奔腾向前,一路蜿蜒前行。溪流两边有茂密的竹林,没想到三股水村有这么多苍翠的竹林,形成了一个独特的景观。溪流上有很多木桥,还有一座古老的石拱桥。河流上还特意安置了不少竹子做的水车,还有靠水流之力来舂谷物等的石臼,充分利用了这里丰富的水流资源并形成一个个赏心悦目的乡村景观。溪流欢唱着在田间奔流,农田里有金黄色的油菜花、绿油油的小麦。正是三月时节,田间阡陌上的桃花和梨花也开了、梯田里油菜花也开了,五彩缤纷的田园风光令人赏心悦目。

从大的泉眼里汩汩冒出的清水形成溪流，从高坡奔泻而下形成瀑布，像一个巨大的喷珠溅玉的水帘（2016年摄）

三股水村居住着几十户纳西族村民，南来北往、东来西去。络绎不绝的藏族、纳西族、白族、汉族等民族的马帮在此打尖及补充给养和野外夜宿放牧。这个村有很好的传统民风，据说过去不需要人来指派也不要报酬，每天都会有人从山脚下挑清泉放到半山腰古道旁的石缸里，供过路的人喝水解渴。村里哪里的路烂了，会有人找来石块去铺修。我以前在丽江古城也见到过每天去义务修桥补路的老人。这里有个传统：村民赶马经商赚到了钱的以及路过这里的马帮，会在这里一个特定的泉眼汇聚之地的"德眼泉"放一些碎银子，然后从旁边的双眼泉中拾取一块幸运石以求好运相伴；做生意亏了的会从50公里以外的金沙江边寻找一块自己认为最漂亮的鹅卵石作为信义石投入泉水中，然后从德眼泉中取出回家的盘缠，但不会多拿。"人在做，天在看"这句话已经深入马帮们的心里，他们来年赚到钱后就会投入更多的钱来感恩，周而复始便形成了本地的一种马帮精神。

正因为重德，德能生财，所以这里的茶马古道商贸千百年来都十分繁荣。人们把这个放钱的地方又叫作"冒金地"，纳西话叫"涵冒柯"，也因此把下面的村庄叫作"德盛庄"。德盛庄又叫大胜庄，纳西话称为"叮斯渚"。在村委会所在地，墙上贴了很多白纸黑字的古诗词，是村民自己办的诗词墙报，看来这个村的文风很浓郁，能写古体诗词的村民不少。

我们走过桃红柳绿风光如画的田野阡陌，来到金沙江边的渡口。渡口用很多竖立的木头做成一层层的台阶，渡口长有很多枝叶茂密的大树，现在可以从离此不远的石鼓镇坐橡皮艇漂流到三股水村。

在浩荡东去的金沙江畔，我深深地为这个泉水迸涌、清溪潺溪的古村落祝福。

长江第一湾和石鼓镇

一 长江第一湾

记不清我有多少次来到这个波澜壮阔的"长江第一湾"和石鼓古镇了。无论是在丽江还是在整个长江流域,这"长江第一湾"都是个如雷贯耳之地!我每一次来到这个传奇之地,在这对中华民族历史来讲具有特殊意义的长江第一湾边上,望着那滔滔东去的江水,望着那江边茂密的柳林,望着江边这个古老的小镇,心里都要升起一种激越中混合着惆怅的心绪。

万里长江的上游——金沙江与澜沧江、怒江如三姐妹并排在滇西北横断山脉纵谷地区奔流400多公里,形成著名的"三江并流"景观。金沙江在丽江境内的东、北、西北三面流过,行程447公里,形成一道天然的丽江(包括如今的玉龙县和古城区)边界。此段流淌于横断山怀抱中的长江与纳西人悲欢与共,历尽沧

位于丽江玉龙县石鼓镇的"长江第一湾"(2016年摄)

桑,因此它又有"丽水""丽江""麽些(汉古文献对纳西族的称谓)江"等名称。金沙江在丽江境内的群山峻岭中滔滔南下,流到古老的"茶马古道"咽喉要冲石鼓镇,陡然急转,与澜沧江、怒江分道扬镳,向东北方向奔腾而去,这一拐弯,形成了闻名遐迩的"万里长江第一湾"。这一转弯,对长江有举足轻重的影响,使它不像澜沧江和怒江那样流向国外,而是横贯中华大地,孕育出了古老的长江流域华夏文明。

为什么这里有长江第一湾之称?看资料,获得如下这些知识:从青藏高原奔腾南下的金沙江、澜沧江、怒江三大河流,在南北走向的云岭、怒山、高黎贡山三大山脉的夹持之下,在滇西北境内形成了"三江并流"的举世奇观。金沙江,指长江上游从青海省玉树县巴塘河口至四川省宜宾市岷江口一段,全长2308公里。相传过去沿江一带的居民曾取沙淘金,所以叫金沙江。它流出青海,经西藏从德钦县进入云南,继续南流于横断山区,到了石鼓镇后,因山崖阻挡,便掉头急转向东北而去,形成一个巨大的V形转弯,这一奇观被称为"万里长江第一湾"。据地质资料表明,早在第四纪阿尔卑斯运动前,长江水是沿着横断山脉向南奔流的。后因第四纪阿尔卑斯—喜马拉雅山新构造运动,使石鼓镇南部抬升为高山,迫使江流改道,因而,形成了江流急转的大观。长江第一湾的海拔为1850米。

二 石鼓和大禹治水的传说

长江第一湾畔的石鼓镇现在属于丽江市玉龙纳西族自治县,它位于玉龙县境西部,东邻九河、龙蟠两乡,南接石头乡,西与仁和、黎明两乡相连,北

石鼓因江湾处有一面放在长方形岩石上的大石鼓而得名,这面石鼓是用白色的大理石制成,明朝嘉靖四十年(1561年)纳西土司、丽江世袭知府木高将他在此两次战败"吐蕃"(藏族土司)的战绩铭刻于石鼓上,并题诗纪念(2006年摄)

与金庄乡为界，总面积344平方公里。镇政府所在地石鼓村离县城53公里，海拔1800米。根据2003年的统计数，石鼓镇总人口为18226人，其中纳西族8268人、汉族6744人、傈僳族1832人、藏族33人、彝族283人、普米族147人以及其他民族294人。

纳西话里，石鼓被称为"拉巴"，《元史》中称为"罗婆"或"罗波"，是纳西语"拉巴"的音译。一说是"虎吼"的意思，一说是"谷（罗）鸣"的意思，就我在金沙江区域常年的调研所知，我认为"拉巴"就是"虎吼"的意思，因为在丽江境内的虎跳峡和奉可等金沙江河谷，有很多地名与老虎有关。老虎是纳西族信仰中的神兽，也是守护东巴教的仪式之门的神兽之一，另一神兽是白牦牛。

石鼓因江湾处有一面放在长方形岩石上的大石鼓而得名，这面石鼓是用白色的大理石制成，其直径为150厘米、厚50厘米，现在放置在一个亭子里。我以前听过这样的传说，说这面石鼓是诸葛亮南征云南时所制作而立的。在虎跳峡的村子里我也听过以下的传说，一个纳西王在丽江著名的产大理石和汉白玉石的大具乡下打制成一面石鼓，运到了这里。相传最初在鼓面上没有刻文字，明朝嘉靖四十年（1561年），纳西土司、丽江世袭知府木高将他在此两次战败吐蕃的战绩铭刻于石鼓上并题诗纪念，其诗之题为《破虏歌》《西江月》《醉太平》，文之名曰"大功大胜克捷记"，是研究丽江历史的重要文物。不论我多少次来到这里，这个古色古香的石鼓，总是唤起我的绵绵思绪，回想起发生在这里的历史烽烟和沧海桑田之变迁。

在这个石鼓面上，有一道能看得见的弥合裂缝，民间传说这缝会自动开合，以预示国运盛衰。现在在石鼓亭上可以看到这样的一副对联：民心得失演古今兴亡史，石鼓合开占天下治乱情。

纳西族民间有一个传说，说中国历史上治水的大禹曾来过这里。发源于老君山的冲江河在石鼓汇入金沙江，在江水汇合处，有一尊高约10米的砥柱，当地人称之为"将军断头石"，背后山上有一个"大禹停船处"。相传远古之时，金沙江流到石鼓一带，四周皆山，没有出口，江水日夜上涨，当地百姓眼看没命，恰巧大禹治水来到这里，决定凿山疏流，解百姓之厄。他便派一大将去凿山，不料劳累过度的大将在半路睡着了。醒来后的将军对自己贻误大事悔恨万分，便决定以头颅去撞击雪山，硬是将玉龙雪山和哈巴雪山之间的峭壁撞开了一个通道，浩荡的江流汹涌而去，而将军却化成了石身。

大禹治水的传说也广泛流传在四川省境内的金沙江流域，大禹何以在金沙江形成这样的一个隽永故事，也成为金沙江传奇的一个神秘篇章。

三 石门关和铁虹桥

在高处远眺，在石鼓碑正北面金沙江两岸，是著名的"石门关"险隘。相传这"石门关"是隋朝大将史万岁征云南土著首领爨翫时所开的，相传史万岁在塔城塔扎村还建了横跨金沙江的铁索桥，史称"万里长江第一桥"。元明两朝均在此设立"石门关巡检司"，是兵家必争之地。2017年2月4日，我和几个朋友去考察石门关险隘，离石鼓镇古城大约3公里左右，就是以险要著称的石门关。现在石门关也是个村子的名称，纳西语则称之为"坞罗"，意思是山谷里的村子。据村里的老人介绍：现在全村有43户，以汉族和纳西族为主，还有傈僳族和苗族；上点年纪的村民会讲纳西语、傈僳语、汉语多种语言。

我们走过田野阡陌，远远就看到了在山岩绝壁的石门关古关隘。我们一路爬山，因为抄近路，所以爬得很艰难。冬季枯黄的野草滑溜溜的，费了很大的劲才爬到石门关。石门关上依绝壁、下临大江，在这里鸟瞰，眼前宛如画面，碧蓝的金沙江蜿蜒流淌，两岸村落掩映在绿色和黄色的田野中。这个尚存一些断壁残垣的石门关看上去确实有"一夫当关，万夫莫开"的气势。关隘的遗址里面，在荒草堆中还尚存一个石头香炉，有人放了一些人民币在里面，显然是表示奉献一点功德。明代曾在这里设石门关巡检司，清代亦在此设关驻防。前人曾有"岩关横绝处，石栈曲盘盘。寒月临江白，悲笳入夜阑"来咏叹石门关的险峻。民间还有石门关曾是诸葛亮南征孟获时的点将台的传说；也相传石门关是蒙古军在1253年"革囊渡江"过丽江时，在巨津州（今日巨甸塔城和石鼓一带）遭到纳西人猛烈抵抗鏖战七天七夜的地方，即史书上记载的半空和寨。

传说归传说，这里肯定是明代木氏土司统治时期设置的烽火台，在这里瞭望金沙江一线来进犯的敌情是非常理想的地方。我2016年调研丽江另外一个古代的关隘邱塘关时听当地老人讲过那儿也设有烽火台，一有敌情，立即烧起狼烟告知远近的军民。这些古关隘地势险要，且多在险峻的高处，一烧起狼烟，很远就能看到。石门关的老人告诉我，过去石门关还有一些石头垒的军事工事，后来很多石头被撬了当修水渠的石料，现在就只剩下当下的这个断壁残垣了。它保存的还算比较完整，从附近看这个碉堡状的关隘，依然不失它的雄伟之姿。

从石鼓镇老街走出来，信步走到冲江河畔，就看到了那座著名的铁索桥。这座桥建于清朝光绪十三年（1887年）的铁索桥，用17米长的铁链做梁，上铺木板，两边用铁链做栏杆。这座桥因形如长虹横越冲江河的粼粼清波，因此称之为"铁虹桥"。桥的东西两端都建有桥亭，有"上下天门""退迩庆幸"两块匾额。这座桥后来经过多次修复，更加牢固，如今成为石鼓别有特色的一个景观。听当地的民众讲，这座桥下面的冲江河平时水清如镜，但在雨季，水流陡升，有时几乎靠近桥面。

四 茶马古道要塞

石鼓古镇也是个茶马古道上的要塞，是由丽江前往迪庆藏区的一个要津，是南下大理、北进藏区的重要交通枢纽。我曾读到过家住石鼓的著名学者范义田先生记录的民国年间他在石鼓一带所见到的藏族马帮的情况：

古宗（藏族）地，农产虽缺乏，而矿产丰富，故殷实者亦颇不少。常腰缠万贯，骑马千百，入内地市布匹盐茶归。而普洱茶，尤为其日常嗜好，每年出而载运，为数不下巨万，名曰"赶茶山"；归则又便道往鸡足山精舍顶礼，名曰"朝鸡山"。其出而赶茶山也，适当农历九月之交，维时野无余粮，秋草未死，古宗勒马缓缓而进，黎明即发，过午便息，择水草近处，张幕而处，兼带野牧性质。其马以四五百匹结为一大帮，马上空无所负，惟载帐幕、铜壶、酥油桶、皮粑肉等。断断续续，绵延四五十里，前段已歇，后段犹行。翌晨则由后段先行，以后段在前，前段在后，如此交替，用均劳逸。①

范义田先生这样描述当时常在丽江和石鼓往来的藏族马队：

川藏产良马，素所驰名，而古宗马一种，鬃长毛沉，俊伟多力。昔人于鹤庆倡开松贵会，所以为卖马计也。当农历七月松贵会和丽江赛马会时，古宗常常赛马竞赛，每能奔驰绝尘，多得锦标。其马上驰骋，技颇纯熟，能鞭马先行，由马后腾身而上，又能于急骋之间，俯身向地面拾物，或翻身腹下，由马后胯间放枪而出，可谓浑脱浏漓，操纵自如，故古宗马队夙负精悍之名。民十四年维西镇守副使罗树昌，驻军永北，召中甸古宗马队五百余骑，入驻丽江，石鼓时常经过冲突，市民齐集江上观望，马队傍江岸东下，远远望见尘起，铃铛错乱，执旗者当前而驰，喇叭继之，其后负枪扬鞭继之。装束一律，不辨其谁是官也。古宗于马上大呼'阿呼呼'，其声阴郁壮烈，马即嘶声急驰，前后响应，振动林木。将抵市尾，则又按辔不前，纵一二骑或三四骑，由市中次第飞驰而过，故示其威。②

---

① 范义田：《谈谈江边古宗》，载《云南边地问题研究》（上卷），云南省立昆华民众教育馆1933年，第3页。

② 范义田：《谈谈江边古宗》，载《云南边地问题研究》（上卷），云南省立昆华民众教育馆1933年，第59—66页。

走进石鼓镇的老街,我看到古戏台和一些老民宅还保护得很不错。街上,有人在卖当地有名的石鼓大雪素兰花、金沙江奇石等。石鼓老百姓的草编、竹编、柳编等民间手工艺产品在丽江很有名,我来石鼓多次买过。当地的鸡豆凉粉、紫苏糖等吃食也有名气,我每次来都要去品尝。

五 红军在这里渡过金沙江

如今的"长江第一湾",是驰名中国的"红色旅游"名胜。石鼓渡口已被列入"全国红色旅游经典景区名录"和"云南省重点建设十大红色旅游风景区"。我在这里多次听到民间流传的当年本地民众帮助红军渡过金沙江的种种故事。

1936年4月,长征的中国工农红军二、六军团(后编为红二方面军)18000多人,在贺龙、任弼时、肖克等将领的率领下,从丽江经过。他们在石鼓至巨甸约100里长的江段上渡过了金沙江。在石鼓镇,现有红军渡江纪念碑和红军长征文物陈列室,立有雕塑家袁晓岑所创作的红军战士与船夫紧紧握手的雕塑。每当我来到这里,凝望滚滚东去的江水和那座雕塑作品,想象当年英勇卓绝的红军壮士浩浩荡荡渡江的壮丽景象,回想"纳西古王国"这个名镇的历史沧桑,心底总会泛起一阵阵苍茫壮阔的历史画卷所唤起的激情和思古之幽情。

石鼓镇上的街巷(2016年摄)

六 "茶马古道"名镇

我在调查中得知,石鼓镇在纳西语中称为"拉巴",意为"虎啸(之地)",《元史》中称为"罗婆"或"罗波",是纳西语"拉巴"的音译。南宋末期,蒙古军经过丽江南征大理国,纳西族部落首领麦良亲到奉可金沙江渡口迎接蒙古皇帝宪宗的弟弟忽必烈率领的蒙古中路军。而巨津州(今巨甸)的麼些部

石鼓镇鸟瞰
（2016年摄）

落首领阿塔拉则在石鼓率众阻击由蒙古军将领兀良合台率领的南征大理国的西路军，最后战败被杀。但兀良合台仍然任命了阿塔拉的儿子阿乾任巨津州首领。元代在石鼓设丽江路宣抚司，明代洪武十五年（1382年）丽江的政治中心移到丽江古城后设石门关巡检司，清代设石鼓汛。

长江第一湾江流舒缓，江面开阔，沿江有一望无际的茂密柳林，随四季变换色调，浓绿之色一直延续到立冬小雪，然后转为明亮的黄色，将江水也映出迷离的亮色。这长长的柳林既是绝佳景致，又起到固沙护堤的作用。在如带烟柳中，碧波奔涌，大江东去。当地人常乘一叶轻舟，冲波跃浪，送村民和旅人往来于两岸。

地灵出人杰，石鼓镇出过不少著名的文化人，如曾经任云南美术家协会副主席的国画家周霖、书法家周凡兄弟以及活跃于20世纪三四十年代中国文坛的作家李寒谷和云南著名学者范义田等。

石鼓镇还以多兰花和擅养兰花而闻名遐迩，其中尤以独具形态和观赏价值的兰花精品"石鼓大雪素"而著称。石鼓镇被兰花界冠以"大雪素之乡"。

七　春秋战国时的"石棺葬"

我曾在潜心研究纳西族和藏族的历史关系过程中，认真留意过西南横断山脉澜沧江、金沙江河谷中与纳西族和藏族先民有密切关系的石棺葬。石鼓的格子石棺葬，是这一著名墓葬群中很重要的一个。

在离石鼓街15公里，有个富饶的小坝子格子（现为一个办事处）。在清末民初，就已经形成了热闹繁荣的格子街。在格子曾出土了大批春秋战国时期的石棺墓葬，是迄今在丽江境内发现的石棺葬最多的地方。格子石棺墓葬群对研究横断山脉的石棺葬文化有重要意义。在格子，还出土了唐代吐蕃时期的藏文碑，此碑被列为国家一级文物（现收藏在丽江市博物馆）。

滇西北最早记载有石棺葬的汉文史籍是清朝乾隆八年（1743年）编纂的《丽江府志略》，其中有这样一段文字："石鼓（今丽江县石鼓镇）之山，峭拔耸秀，又有长江迎面朝来，昔有人谓此为牛眠吉地，欲移防汛衙门于其处，方平基锄地，下有石棺。启石棺再挖，有方铜钉一茎，宽五寸余，挖深至五六尺，此钉不可动摇，遂惊为神异，覆土瘗之。"①

2016年3月阳春三月，我再次来到石鼓镇。登高眺望，绿色的金沙江沉静地从北方蜿蜒而来，到了石鼓镇前就转一个大弯向东流去。长江第一湾旁的柳林绿荫和江水相映，天上飘着一些悠闲的白云，田野里的油菜花一片金黄，与其他绿色的农作物点缀着原野，活跃着一种生命蓬蓬勃勃的活力。

远山如黛，近景怡人，禁不住吟咏几句，表达自己心中对这伟大的"长江第一湾"的敬意和对石鼓镇的衷心祝福：

巨流奔涌天上来，三江并流到云南。
两江咆哮走海外，独有长江向东转。
环抱中华由此始，从此江流壮大观。
金沙江畔景如画，神奇长江第一湾。
柳绿花红菜花黄，古镇沧桑看风烟。
茶马古道留胜迹，江山如画读新篇。
夜月清辉醉江月，大江浩歌入心田。

---

① 乾隆《丽江府志略》，丽江县纳西族自治县县志编纂委员会1991年翻印，第339页。

大江奇迹石头城

丽江除了有个闻名遐迩的世界文化遗产——丽江古城外，在距这个古城120公里的金沙江河谷里还有一个古城，这是个奇特的城，它建在一个蘑菇状的巨大石头上因此称为宝山石头城，宝山是汉文地名。1993年，宝山石头城被云南省人民政府列为省级重点文物保护单位；2006年，宝山石头城被评为国家级文物保护单位。

1992年起，我4次到这个宝山石头城进行考查。途中要穿越玉龙雪山的干海子、黑水白水、鸣音乡山村，沿途可饱览如一条银龙长舞天边的玉龙雪山十三峰和与它隔虎跳峡相望的哈巴雪山的壮丽景致。春季，路旁林子里蓬勃怒放的杜鹃花和各种野花，使大地洋溢着一派热烈的生机与野性的美丽。

去宝山石头城沿途所见的"玉龙雪山十三峰"（2009年摄）

一 古王国的历史重镇

宝山石头城是个谜一般的神奇之地,西汉时属益州郡邪龙县,东汉时属永昌郡。到唐朝时,有7个麽些(纳西)兄弟来到此地,分居罗邦(即宝山)、大匮(今大具乡)等7寨并以宝山古城为中心形成强大的村寨联盟。

南宋理宗宝祐元年(1253年)秋,蒙古皇帝蒙哥命其弟忽必烈率军南征大理国。他们从甘肃临洮出发,先至四川雅安后兵分三路,忽必烈率领中路军经满陀城(泸定)过大渡河到木里县,继而到今宁蒗县永宁,再西越牦牛岭到金沙江边,从奉科卞头(今拉卡西)渡口"革囊渡江"后翻过太子关抵达宝山,再经大具到丽江坝。闻名遐迩的昆明大观楼长联中提到的"元跨革囊",即指此事。

当时木氏土司的先祖阿琮阿良(麦良)是纳西族的一个大酋长,他审时度势,迎降强大的蒙古军并亲自到剌巴(或剌伯,即宝山的纳西语名)迎接忽必烈。忽必烈根据宝山在纳西语中意为"白石寨"的原意将宝山取蒙古语名为"察罕忽鲁罕",意为"白色的山寨"①。

有的民间传说中说麦良的先祖是麽些4个氏族之一的尤氏族,他们是在迁徙到宝山白石寨居住后逐渐发迹的,至今宝山有地名曰"尤本古"(意为"尤氏族居住的地方")和"尤鲁瓦"(意为"尤氏族居住的岩石村"),由此亦可佐证此说。麦良迎降蒙古军后,先后被忽必烈授予"茶罕章管民官""茶罕章宣慰司"等官职,"茶罕章"即"白色的姜(羌)"之意。这是木氏土司统一纳西(麽些)各部落,成为"纳西古王国"霸主的肇始。宝山在元朝至元十四年(1277年)设为县,至元十六年(1279年)升为州,管辖今大具、大东、鸣音、宝山、奉科以及今中甸县的白地、哈巴、东坝等地,是当时丽江路宣抚司所辖的7个州之一,可说是个纳西古王国的历史重镇。

1992年4月的一天,我一大早坐车沿玉龙山东麓的林间公路往北颠簸数个小时,越过著名的白水、黑水两条河流,穿过以保留古俗而著称的高寒山区鸣音乡,首先来到宝山乡政府所在地果乐村。在大体了解了乡里的一些基本情况后,便从乡政府出发去宝山石头城(下宝山村),当时没有公路必须步行前往。

二 "革囊渡江"的忽必烈传说

先是忽上忽下地走过连绵不断的山路,然后便开始沿十分陡峭的山路一直下山。这山路漫长得没完没了,我虽自小爬山溜坡,算是个山里人,但像这次这样连续下几个小时陡峭的山坡去目的地可还是第一次。

---

① 关于麦良迎接蒙古军有不同的说法,一说他是在今丽江市玉龙县石鼓(亦称剌巴)迎接以兀良合台率领的蒙古西路军,有的说迎接蒙古军的不是麦良而是宝山当地的纳西首领,这里沿用民间相传最广的一种说法。

沿途看到来自宝山石城的纳西青年女子身负沉重的货迎面爬坡而来,听说她们把货背到乡政府所在地后还将背着有一百多斤重的化肥回到宝山石城,不禁惊叹她们非凡的坚韧耐劳和使人吃惊的体力。

走在这条当年忽必烈在纳西王麦良导引下进军丽江的古道,想起种种民间的传闻,有个故事说忽必烈感念麦良鼎力相助之情谊,临别时以一个蒙古宫廷乐队相赠,后来这宫廷乐队逐渐与纳西传统民间音乐相融而成为著名的世界上最早的"交响音诗"之一——"白沙细乐"。

还有一则古老的民间故事,说忽必烈到纳西古国后,与一个纳西大酋长的女儿一见钟情,两人缠绵忘情于雪乡。后忽必烈率军征缅甸,行前海誓山盟,说他回来后一定娶她。忽必烈一去久久不返,纳西酋长之女误以为忽必烈已变心,便将生下的小孩拴在一块木板上放于江面,自己则跳江殉情而死。那小孩后来被人在金沙江边一个叫"本雷此"的地方救起。忽必烈回来后,十分悲痛,将这个孩子封为纳西亲王。有的故事中说,与忽必烈生死相恋的就是纳西王(即麦良)的女儿达勒阿莎咪。

传说归传说,但忽必烈的"革囊渡江"灭大理国,使云南首次作为一个行省纳入中央王朝管辖范围。纳西酋长麦良正式成为王朝官员,借助蒙古政权之力结束了"酋寨星列"的割据局面,成为统治整个纳西族地区的土官并被任命为"副元帅""金紫光绿大夫"(朝廷尚书级的一等官阶)等,奠定了其明代成为滇、川、藏交界地区霸主的基础。如此看来,这条古道和我将要到达的宝山石头城,自有它非同一般的历史意义。

我在宝山石头城期间,城中的一些老人还能讲木氏土司的不少故事,一些老人还能说出忽必烈是怎样从奉科渡江后先来到宝山白石城,整顿兵马后在纳西酋长的领路下直下大具。

宝山石头城的纳西老人(2007年摄)

三 万夫莫开石头城

好不容易到了宝山石头城外面的村子，天已擦黑，找到个人家搭地铺睡了一夜，第二天便急不可耐地去石头城。所谓石头城因其建在一块有点形似大蘑菇的巨岩上而得名。其浑然天成，是一个天生的岩石城。城四壁陡峭，势如刀削，猿猴也难攀。城里的居民在四周加筑了一圈五尺高的石墙，使石城更易防御和掩护。整个石头城只有前后两道门可以出入，石门一关便俨然成了一个封闭的巨石，有"一夫当关，万夫莫开"之势。

这座宝山石头城在纳西语称之为"剌伯鲁盘坞"，意为"宝山白石寨"。

这座奇特的石头城位于今丽江市玉龙纳西族自治县东北部金沙江河谷，地处玉龙雪山东北支系牦牛岭东麓、金沙江西岸，海拔1720米，距县城126公里，地理坐标为东经100°10′49.5″、北纬27°28′30.8″。

宝山石头城属于宝山乡宝山行政村（现为村民委员会）宝山自然村的一部分。据1999年的统计数，宝山自然村有192户人家共902人，其中有98户430人住在石头城，居民98%是纳西族。据村中的一些老人讲述，宝山城内一些居民的祖先是从泸沽湖边的达朱（今泸沽湖边有达朱村）搬迁过来的，有的说他们就是来自"达朱鲁盘坞"，意思是"达朱白石村"。因此，他们在送去世者灵魂回归祖先之地时要送到"哥旅"地，直译即"上方"，指的是泸沽湖边一带地区。

宝山石头城鸟瞰（1991年摄）

石头城大门（2007年摄）

这种民间传说使我想起《元史·地理志》所记载的宝山州的纳西人来历："其先自楼头（宁蒗县永宁）徙居此二十余世。"史料所记载的正可与民间的口碑资料相印证。

我走进石头城时，石城门口坐着几个纳西老妇头戴黑色头巾，其装束与其他地方的纳西多有差异。与其对话，她们能讲流利的纳西西部方言，但本地人之间则讲一种我听不太懂的纳西方言。

从石门进入城内，城里居民的房屋依岩石的高低之势而建成，崎岖不平的石板路蜿蜒于起伏的巷道。这里的石板路自与丽江古城的石板路大相迥异：丽江古城的石板路是一块块的五花石，而宝山城里的石板路则是直接从浑然一体的岩石上凿出的石路，陡峭处凿有一级级粗糙的台阶。城内居民天天要在这石路上吆牛喝马，赶羊运粪。

走在这狭窄的岩石路上，在我的眼中，这古城里的岩石路更像一条经人凿修的山间石路。从路旁的民房里不时地走出几头牛或一群羊：牛悠闲地走着，甩甩尾巴拉下一堆堆粪；而羊却不安分地在巷道里你挤我拥地乱窜，常常与背着一大捆草和做圈肥的栗树叶子的当地妇女狭路相逢。羊不顾一切地仍旧乱窜，常常引得妇女们大声地骂这些淘气鬼一通。有时，还会碰到用马驮载着东西往来于街巷中的村民。

宝山石头城的纳西先民建立了一套完整的防御体系。石城南面绝壁边沿，建有宽约0.5米、高2米的城墙，设有瞭望窗；城的东面用石头砌成墙，长约380米、高3米。宝山石头城建有东、西两座城门。城的西面空阔旷远，筑有烽火台和众将台，守护着古城西门。城中还筑过一座三层的炮楼。

城内民居建筑具有鲜明的地方特点，民居由正房和地楼组成，一般坐向是正房朝南、地楼朝西。正房为两层木结构楼，穿斗式梁架并设有外廊，多两面厦、两步厦和骑厦楼。地楼一般二至三层，石基较高，垒土坯墙，以闷楼居多。楼下做畜圈，楼上做厨房和储藏室。注重门楼、外廊、门窗隔扇、梁枋装饰。房屋青瓦坡顶、随岩就势，鳞次栉比。房屋依山就势，蜿蜒起伏，别有风致。

宝山石城里有不少家庭凿岩为渠、凿石为缸，有不少桌、凳、灶、床乃至给家畜喂食的槽都是就自然岩石雕凿而成的。此外，房屋的柱子就地依山石做礅而立，楼梯、阶梯也依天然石料凿成。

生于辛亥年、在1992年已经70岁的城中居民和乃秀老人对我讲述说，在20世纪50年代以前，来自中甸（今香格里拉市）东旺等地的强盗经常来这一带烧杀抢掠。1949年这些强盗还气势汹汹地来过一回，人们躲到城里把城门一闭，在城墙上又甩石头又射箭，荷枪实弹的强盗在城下被打得团团乱转而无可奈何，只好气急败坏地把古城外的民房烧了出气。

四 石头城民俗文化漫录

宝山石头城的传统文化是十分丰富的。就东巴文化而言，东巴教有"四大派"之说，其中的一派就是"宝山派"，指如今丽江宝山、奉科、鸣音、大具这几个乡的东巴，因上述地区在历史上属于宝山州因此称为"宝山派"。在这些区域里，很少受到佛教、道教等外来宗教的影响，纳西族的传统文化习俗保留得比较完整，因此，"宝山派"对纳西族东巴教的发展产生过较大的影响。1950年以前，仅宝山行政村（今宝山村民委员会）就有40多个东巴祭司。在丽江民间还相传着宝山大东巴格趣格巴的传奇故事。相传他精通东巴教经典和礼仪，祈神镇鬼的本领很大，能使青松枝条和柳条扎的马和鹿跳跃；干旱时求雨更为灵验。因他本事太大，引起了木氏土司的忌妒之心，后来就想方设法用孔雀胆把他给害死了。后人为纪念这位大东巴，在他家乡永绿湾后山上为他建庙塑像，永久供奉。民间有一种说法，说位于丽江坝庆云村（属于今古城区）著名的"靴顶寺"中所供奉的神祇"靴顶老爷"，就是宝山这个神明东巴格趣格巴。他有一次作法求雨时，脚上的黑靴飞落到头顶，因此又被称为"靴顶老爷"。他保佑着远近纳西人生活的区域风调雨顺。东巴们在大旱之年都要在"靴顶寺"内举行仪式，把这位神的偶像抬着游乡，据说以此法求雨往往非常灵验。

民间相传的另一个故事，也与上述故事有共同点，说的都是宝山人杰地灵使纳西王惊忧惧怕的事。民间传说宝山是一块风水宝地，盛产米粮也出过不少怪杰。"木天王"（明代纳西和藏族民间对木氏土司的称谓）十分惧怕那里的能人猛士有朝一日夺去他的江山，便派人日夜监视。一天晚上，一颗明星落到江对岸的阿主山上，木天王知道那里真的要出圣人，便急忙带上宝刀领着兵马到宝山坐镇。果然，有一天狂风大作、浓云乱卷，一条闪闪发光的龙从半空飞向阿主山，一到江边就低头喝起水来。木天王妒火发作，乘龙不备举起宝刀就砍，把龙脖子斩断了。这条龙原来是阿主山圣人的前身，被害后龙头变成了石头城，龙身变成了阿主山。

除了祭天、祭大自然神"署"等这些纳西族传统的节日外宝山石头城的纳西人还保留着一些丰富多彩的节庆，如"洗牛角"，可以说是一个牛的节日。在农历五月种完稻谷后举行。到时，各个崇窝（家族）的家户轮流进行。人们在牛角上挂

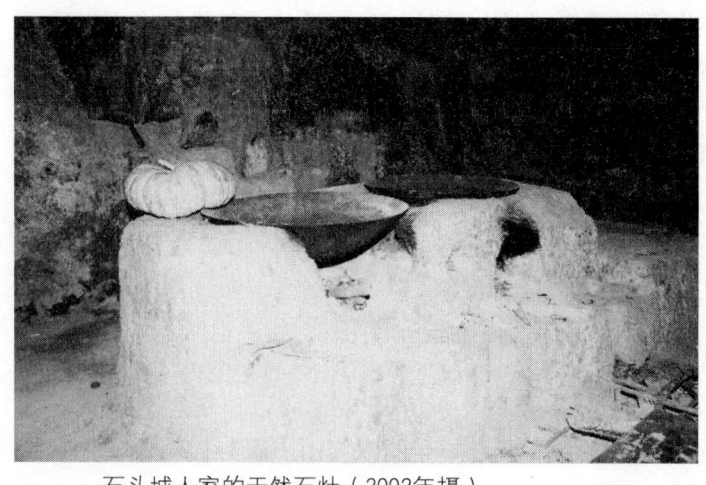

石头城人家的天然石灶（2002年摄）

上鲜红的绸或布带，由各户的男子洗牛角和牛全身，然后给牛喂用面粉和草混合的食物表示对耕田辛苦的牛的犒赏。

宝山石头城的纳西人还有"喊谷魂"的节日，在收割完谷子后举行。男女在打谷时齐声呼喊："哦雷鲁！哦雷鲁！"继而咏唱祈吉利求丰收的歌。

宝山石头城的居民十分重视祭祖，一年祭祀两次，在农历六月的祭祖称为"塔补"，农历七月半举行的祭祖称为"波敬"。

记得美籍奥地利学者洛克博士曾在他所写的长文《开美久咪金的爱情故事》中说到宝山过去的一种习俗，该地保留着婚后"从母居"的习俗，即夫妻双方婚后各居母家，直至有个孩子后女子才离开娘家去夫家。《南诏野史》中曾记载有纳西先民"越析夷"的这种习俗："既婚之夜，男女

相传丽江坝庆云村（属于今古城区）著名的"靴顶寺"中所供奉的神祇"靴顶老爷"是宝山神明东巴格趣格巴，他有一次作法求雨时脚上的黑靴飞落到头顶，因此又被称为"靴顶老爷"（2016年摄）

不同室，及回女家，有妊方归。"香格里拉市三坝乡白地的纳西族过去亦有过这种婚后"不落夫家"的习俗，我因时间关系，未能对这一问题进行较深入的调查。

石头城的纳西人朴厚好客，我们走进几户人家参观访问，好客的主人拿出当地产的水果、核桃、瓜子等招待我们。有些家庭还保留有古老的木构架织布机，一些妇女还用它们来织传统的麻布衣服。

在石头城上举目四望，石头城周围的山坡上全是层层叠叠十分壮观的梯田，金黄的麦浪在山风夕阳中波涌起伏、溢彩流金。田野阡陌上一簇簇的绿树又给金黄色的田野点缀上缕缕苍翠，清泉在山间奔流，清亮无比。

这满山满岭依山就势修成的梯田，使人惊叹纳西人在这金沙江河谷里创造的农耕文明。宝山的梯田是很有独创性的，那就是独具一格的"自流灌溉"系统。当地人不是采取上田满了让水流向下田的方式，而是在每块田的下面修有暗渠，

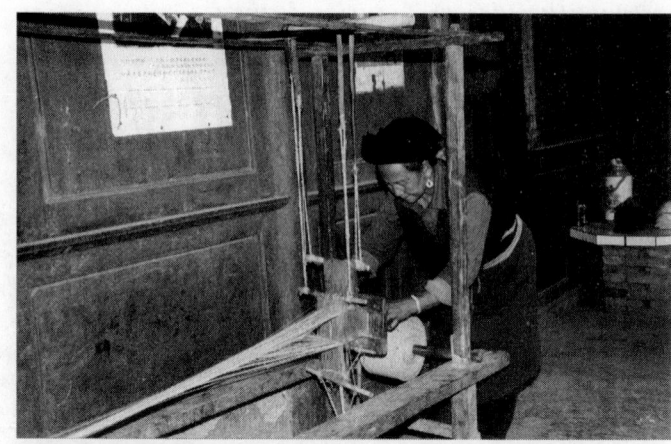

正在家里织麻布的石头城老太太（2002年摄）

石头城外的梯田一瞥（2002年摄）

形成一条由暗渠和水口形成的浇灌网络，堵住暗渠水口后水便会流灌整块田地，田里水满后打开暗渠水口再堵上灌田水口，水由暗渠流下便可以浇灌下层田块。很多水口都是用石头砌成统一的规格，并有固定的堵口石块。用这种灌溉方式，就不会产生田块间相互夺肥的现象。这种梯田建设的独创，充分显示出古代纳西族人民的聪明才智。

浇灌田地时，宝山石头城的人有一套约定俗成的规矩，用石头压上树枝表示在浇水，待浇完一家再浇第二家。从古至今，石头城从未发生过抢水争斗现象[①]。

五　直插云天"太子关"

石头城城东面有一座门楼，下面越过连绵的梯田，就是在峡谷里湍急地奔流着的金沙江。从这门楼上往北一望巍峨壮观的太子关近在眼前，山势险峻，直插

[①] 参见杨树高《把根扎在石头上》，未刊稿。

云天。

　　石头城的和乃秀老人告诉我忽必烈的军队就是越过这关上的天险下来的，因他是蒙古帝国的太子，因此自他越过后就有了"太子关"之名，史书上又称之为雪山门关，历史上是麽些和吐蕃的边界。如乾隆《丽江府志略》中说："雪山门关，在城东北260里旧宝山州东北，当麽些吐蕃之界，险峻天成。元太弟忽必烈，由吐蕃入大理，破石门关，即其地也，一名太子关。"据说木氏土司曾撰"剌宝太子关，伸手摩得天"十字，叫人刻在太子关的岩石上，至今仍可辨。

　　20世纪50年代，纳西人在太子关山腰开了一条驿道，开凿出了长90米和80米的两个隧道。因此，现在要过这太子关已经比较容易。而在过去，过这关是一件使人心惊胆战的惊险之旅，常常要如猿猴般依附着峭壁攀援。有的路段由几段柏木凿上台阶搭在峭壁空隙和深渊之上以便人从其上越过天堑，两边全是深不可测的悬崖，过去常有失足落崖者。

　　在这个可仰观太子关的门楼下，一层层梯田沿山势伸向峡谷中的金沙江。几个割草的小孩正在门楼下惬意地唱着一首民歌《呀哈里》。以前我只知道在中甸白地纳西人中流传着《呀哈里》，没想到这儿也有这很有点名气的民歌而且有独特的音调韵味。我于是兴致勃勃地走下石城门楼，同这几个小孩攀谈，最后终于向他们学会了这首歌。

　　太子关不仅是蒙古军征大理国中路军进军路线的一个险隘，同时也是历史上著名的"茶马古道"的要塞。过去，永宁马帮沿这条路线到丽江进行贸易活动。西方著名的探险家、留居丽江达27年之久的西方著名探险家和学者洛克博士也曾多次沿这条路线往返于丽江和永宁之间。

石城外的太子关

（2002年摄）

自从20世纪80年代以来，一直有零星的国内外徒步旅游者行走于从丽江到永宁的这条路上。我想，以后可以逐渐将这条著名的古道开辟为一条集山川江河之奇和多民族风土民情之胜的徒步游路。既可在像宝山石头城、"革囊渡江"的奉科、蒙古军到永宁后赴丽江之前安营扎寨处"日月和"（在开基村和开基河之间）这样的历史事件发生地发思古之幽情，还可以在途中将其作为具有山野情调的宿营地，这样既可增加村民的收入又可以让游客领略当地的民情习俗。此条游路可吸引背包旅行者、专项旅游者和喜欢探险的旅游者。

六　江边岩洞的岩画

在宝山头城附近金沙江河谷里，还隐匿着不少远古文化的秘密。

近年来，在丽江市、香格里拉市金沙江沿岸纳西族聚居区域，连续发现了一批古代岩画，仅在丽江市境内的金沙江边就发现了12个岩画点，学术文化界将其称为"金沙江岩画群"。

金沙江岩画的主要范围就在环绕古宝山州（今宝山、大具、大东、鸣音）的金沙江两岸的岩洞和悬崖上，主要分布在宝山乡的夯桑柯、花衣、太子关等地。

夯桑柯岩画位于宝山乡高寒行政村界的金沙江边的崖洞中，其中既有野牛、母岩羊、山驴、獐子、盘羊、刺猬、猴子以及中箭的野牛等，也有惊惶地面对密集扔来的石块的母鹿子，此外还有可能是象征箭镞的三角形符号。岩画中还有不少姿态各异的人物形象，如绘有持弓箭的猎人、手上提着一只野兽的人物形象、头上戴头饰的人物形象、像纳西族东巴象形文中东巴祭司的形象。还有一幅图像是一男一女骑着一只身躯很大的公山驴：男子手持似弓的一物双脚叉开骑在前面，女子坐在男子后面，长长的头发被风吹而飘向脑后；山驴身上还有长长的

宝山夯桑柯岩画（2017年翻拍于宝山石头城博物馆）

毛。此外，还有似在举臂高呼的人物形象。

上述岩画显然反映的是当地先民早期的狩猎生活。

岩画全用朱红色的天然红土和矿物颜料画成。据丽江东巴文化研究所学者和力民的实地调查，这种朱色矿物颜料在宝山石头城附近有两个产地，20世纪50年代前当地人还用这种矿物质颜料彩画东巴教祭祀中用的木牌和卷轴布画[①]。

宝山石头城是丽江山水人文世界中的一方神奇秘境，她等待着有缘走进她的怀抱中的旅人，去细细地解读、品味她的神秘、朴野和壮丽之美。

七 祝福今天的石头城

2015年我再次去宝山石头城，沿途和到了石城以后有不少感慨。其中感到最大的变化有二：一个是从丽江城里去石头城的道路已经全部铺了水泥路面，比原来的路况好多了；再一个变化是看到由于附近阿海电站的修建，原来汹涌澎湃的江流已经没有了，再也看不到"大江东去"的江河气势，金沙江已经"高峡出平湖"。我去时是10月，江水呈湛清的绿色，几乎看不见流动之状静悄悄地卧在山间。这很使我怀念以前两次来的情景：夜卧石城，明月临床，清风吹过山野，哗哗的江流之声陪伴自己入眠。大江的野性已经看不到了，它已经被利用江水发电的人类改造成了如今这悄默无言流淌的样子。如今金沙江上游水电开发的力度很大，一个接一个的电站把这条大江截流成一段一段平湖。我祈愿一个个水电工程能给本地民众带来实实在在的实惠，更要确保大江两岸的动物植物和水文山体能长久安全，造福这千百年和它生死相依的各族民众。

---

① 和力民：《金沙江流域夯桑柯岩画》，载和湛主编《丽江文化荟萃》，宗教文化出版社2000年版，第8—10页。

塔城铁桥思千载

玉龙县塔城乡是个神奇的山乡。纳西民间有一句人人都知道的谚语，纳西语叫作"咪根塔展祖"，意思是"女人之星落到了塔城"，指塔城乡美女多。塔城乡纳西族、藏族、傈僳族等杂居，各民族相互之间通婚也多，所以相貌姣好的女子确实比较多，难怪有这样的民谚。历史上塔城著名的东巴也层出不穷，比如清代有东巴王之誉的东五就是塔城乡巴甸村的人。著名歌手也不断出现，现在活跃在云南歌坛的几个纳西著名歌手，也都来自塔城。

塔城乡位于玉龙县西北部，离丽江古城145公里，是纳西族最早的居住区之一。它在中国西南史上声名显赫。隋朝时，有个叫史万岁的将领受命南征云南土著首领爨翫。史万岁在现在塔城乡的塔扎村境内修建了一条横跨金沙江的铁索桥，以利军队行动和军需往来，历史上称"万里长江第一桥"，意为这座铁索桥是长江上的第一座桥。

我每次到塔城，有空都要去史上有名的"万里长江第一桥"遗址去看看，凭吊千年前纳西人历史上一段悲怆的史事，也凭吊这座闻名遐迩但如今沉默江底已经千年的铁索桥。1989年我第一次到铁桥遗址处考察时正是深秋，墨绿色的金沙江水平静地流着，发出那种只有大江才会有的沉静的但蕴藏着无穷力量的水涛声。两岸的悬崖峭壁，是那1000多年前锚固铁索之处。常听人说，当江水至清时，尚可看见沉没江底的巨大铁索。可现在要想在金沙江上盼到清澈见底的江水已非易事，那沉睡江中千年的铁索，带着千年前的历史风烟，已永远埋葬在大江深处。我看着江水，心潮起伏，回想往事，思绪万千。

公元7世纪，正是盛唐时期，崛起于青藏高原的吐蕃势力开始向外扩张，于唐调露二年（680年），吞并了西洱河各个部族，史载"浪穹州蛮酋傍时昔等二十五部先附吐蕃"[①]。吐蕃势力也进入了当时麽些人居住的领域，公元680年（唐调露二年），吐蕃在今丽江塔城设神川都督府和"铁桥节度"。吐蕃所设的这"铁桥节度"，即以丽江塔城金沙江上的铁桥而得名。麽些所聚居的大部分区域基本上在这"铁桥节度"的辖区内。那时，在麽些人（纳西族在史书中的旧称）居

---

① 苏晋仁编：《通鉴吐蕃史料》，西藏人民出版社1982年版。

有"万里长江第一桥"之称的唐代塔城铁桥遗址（1989年摄）

住地区称为城的就有铁桥西城，就是塔城、铁桥东城和三赕（在今丽江坝）、昆明城（今四川盐源）、台登城（今四川冕宁）等。唐代将流经这一区域的金沙江称为麽些江，说明当时麽些人在金沙江流域分布的盛况和影响。在唐代，麽些人所分布的地区处在唐、南诏、吐蕃三个政权之间，有铁桥之险和盐、铁之利，成为这三大力量的逐鹿中心。麽些部落在动荡多变的政治环境中，与各方都有较多的经济文化交流和矛盾纷争。

关于塔城铁桥，樊绰《云南志》卷六有这么一段记载："铁桥城在剑川北三日程，贞元十年，南诏异牟寻破东西两城，斩断铁桥。"《大元一统志》"丽江路古迹"条记载曰："铁桥，在巨津州之北，其处有城，亦名铁桥城，吐蕃尝置铁桥节度于此，桥或谓吐蕃所建，或谓隋开皇三年，史万岁及苏荣所立，或谓南诏阁罗凤结吐蕃时所作，岁月日久，故无的说。唐南诏异牟寻叛吐蕃复归唐，唐兵攻破吐蕃断铁桥之后，此桥废，基址尚存。"

刘文征编纂于明朝天启年间（1621—1627年）的《滇志》中这样记载铁桥："铁桥，在巨津州北一百三十余里，跨金沙江，桥之建，或云吐蕃，或云隋史万岁及苏策，或云南诏阁罗凤与吐蕃结好时置。吐蕃尝置铁桥节度，后异牟寻归唐，与韦皋合兵破吐蕃，断铁桥，即此。所跨处穴石，锢铁为之，冬月水清，犹见铁环。"①

　　清朝初年顾祖禹所撰的《读史方舆纪要》引旧志云："其桥所跨处，皆穴石熔铁为之，冬月水清，犹其铁环在水底。"可见那时如果碰上水清之时，沉没江底的铁桥还可以看见。

　　当时置于吐蕃铁桥节度势力之下的麽些人区域包括永宁（今宁蒗县永宁乡），永宁在藏语中称"答蓝"（Thar-lam），其意为"到涅槃之路"（Road to Nirvana），也就是汉语名称永宁的意思；《元史·地理志》丽江路永宁州曰："永宁州，昔名楼头赕，接吐蕃东徼，地名答蓝。麽些蛮泥月乌逐出吐蕃，遂居此赕。世属大理。宪宗三年（1253年），其三十一世孙和字内附。至元十六年改为州。"《读史方舆纪要·云南纪要》中亦有相关记载："永宁府，《禹贡》梁州徼外地。旧名楼头赕，与吐蕃接界，又名茶蓝，后为麽些蛮所据，麽些蛮泥月乌者，逐出吐蕃而居其地。"②

　　塔城铁桥不仅是军事战略要地，还是周围各民族重要的经济贸易的纽带，是唐代麽些蛮地区畜产品对外贸易的集散地。作为当时纳西族人主要聚居地之一的铁桥以东从云南丽江到永胜、四川盐源一带，是牛羊遍野的畜牧区。所以历史记载，当时人们赶着上千的羊群来铁桥一带的集市交易。

　　威名赫赫的铁索桥为什么最后沉没江底了呢？这与一段重大的历史事件相关。纳西人在这段特殊的历史时期处在吐蕃与南诏这两大势力之间，不得不小心翼翼地周旋于两大势力之间，"夹缝中生存"，所以和这两大势力力图保持一种均衡的关系。纳西与吐蕃上层之间相互通婚，结成了政治上的联盟关系。唐代，在西藏腹地"本佛之争"中失势的不少本教教徒被放逐到滇川纳西族地区，本教便在这一地区传播。本教和纳西人的本土原生性宗教相融合而逐渐形成了东巴教。在唐代，有的麽些部落与南诏也保持着很好的关系，包括上层之间的通婚。唐代诗人白居易的《蛮子朝》一诗中曾提到南诏王子到京城长安朝拜唐朝皇帝时，其导从是"摩沙"（纳西）人。而置于吐蕃铁桥节度势力范围核心地带的塔城、盐源一带的麽些部落，与吐蕃的政治联盟关系要比丽江坝区的麽些部落更为密切。

　　吐蕃势力大时，南诏王也服从吐蕃，但同时也与唐朝保持联系。由于历史上麽些蛮与吐蕃之间有特别密切的关系，所以南诏对麽些蛮一直都很不信任，充满戒备之心。《新唐书·南蛮上·南诏上》中就记载，南诏王异牟寻很怕麽些蛮难

---

① [明]刘文征：《滇志》，古永继校点，王云、尤中审订，云南教育出版社1991年版，第135页。

② 方国瑜主编：《云南史料丛刊》（第五卷），徐文德、木芹、郑志惠纂录校订，云南大学出版社1998年版，第777页。

测,怕麽些蛮会当吐蕃的向导,所以要"欲先击之"。

唐王朝曾在天宝十年(751年)发兵攻打南诏,被南诏击败,唐兵死了6万多人。南诏投靠吐蕃,在天宝十一年(752年),吐蕃册封南诏首领阁罗凤为"赞普钟"(意为赞普之弟)。但后来吐蕃和南诏双方也发生种种矛盾,吐蕃在南诏管辖地征收重税,还要求南诏每年出兵为吐蕃效力。双方矛盾日益加剧,天宝战争后不到半个世纪,南诏就开始"弃蕃归唐"了。贞元十年(794年),南诏在洱海边的点苍山神祠与唐朝使臣举行盟誓,南诏之主异牟寻面对天、地、水三大自然神与五岳四渎之灵,率文武大臣发誓,归顺唐朝。

从《旧唐书·南诏传》的记载中,我们可以看到当时南诏与唐朝联手后进攻吐蕃铁桥节度的过程:当时吐蕃在北方与回纥发生大战,死伤很重,于是就向南诏征兵,要求出兵万人。异牟寻定好计谋,回话吐蕃说现在南诏兵力弱,只能派兵三千。吐蕃嫌少,要求派五千,异牟寻佯装答应,于是异牟寻先派兵五千作为先驱赴吐蕃之地,而自己则亲自率领数万兵马,悄悄地跟在这五千兵的后面,昼夜兼程,乘吐蕃没有准备之际突袭并攻陷了十六个城堡、生擒了五个吐蕃大将、俘虏了十万吐蕃兵。最后,把塔城铁桥也击沉江底,显然是防范吐蕃以后卷土重渡金沙江来攻打南诏管辖之地。

击断铁桥后,南诏对当时的纳西先民(麽些人)最大的打击接踵而来。南诏在原吐蕃的神川都督辖区内,新设铁桥节度。之后,南诏依照其一贯的做法,进行强制性的移民,比如南诏曾迁西爨之民往永昌,迁施蛮往蒙舍,迁顺蛮往白崖。由于吐蕃神川都督府辖境内很多部落的麽些人与吐蕃关系密切,因此南诏进行移民的主体即是当地被视为与吐蕃亲善而可能是今后对南诏不利的麽些部落。樊绰《云南志·名类》载:"南诏既袭破铁桥及昆明等城,凡虏获万户,尽分隶昆川左右及西爨故地。"《新唐书·南蛮传》亦曰:"异牟寻攻吐蕃,复取昆明城以食盐池……因定麽些蛮,隶昆川西爨故地。"从中可知,将近万户五六万的麽些人被南诏强徙于滇池地区。这对当时的纳西人来说是个元气被重创的历史挫折,一万多户五六万人,当时应该是占了纳西族先民人口很大的比例。

站在1000多年前的塔城铁桥遗址处,江水无言静静流。想到南诏强制移民的这个历史之难,我的思绪回到1000多年前,仿佛看到五六万纳人被迫离开他们的家园的惨痛景象——扶老携幼,背井离乡,哀鸿遍野,生离死别——这是一种什么滋味呀!他们被迫迁徙往滇中各地,也不知南诏最终是怎么叫他们定居的,是聚族而居还是分而治之都难知晓,但可想而知这些纳西族人心中的痛楚——离开了世代聚居的地方,离开了自己熟悉的神灵和家园,来到一个陌生的地方。关于这些背井离乡的纳西人之后的命运,几乎见不到史籍记载的蛛丝马迹。

本书作者在玉龙县塔城乡署明村与小朋友合影（2006年摄）

我想起离塔城铁桥不远处的巨甸镇境内金沙江边有个达勒村，相传有个名叫达勒阿莎咪的美女。她的爱情故事在东巴经和民间都有记载和传说，相同的情节是：达勒阿莎咪爱上一个牧羊青年，但她的父母却把她许配给一个她不相识的远地村子的人家。在出嫁那天，她骑着一匹骡，走到金沙江边红岩地时，突然想到梳子忘在家里，便回首一望。忽然，左边刮白风，右边刮黑风，黑风和白风把达勒阿莎咪及她所骑的骡子吹到对面金沙江边的红石崖壁上。从此，达勒阿莎咪就成为风鬼，永远留驻在石壁上。在东巴经和一些民间故事中说，达勒乌莎咪被风与云卷到金沙江边的悬岩上后，她便住在这九十九座白岩七十七座红嘴的悬崖上，住在九层白云和七层风之上。从此她成为云与风之母，领着风鬼、云鬼、毒鬼、争鬼、殉情鬼作祟人间。与纳西人同属一个汉藏语系藏缅语族彝语支的云南彝族撒尼人传说中的"阿诗玛"的多种文本都说阿诗玛后来被狂风刮到岩上，变成岩石上的女人或崖神。有的文本中说她被卷贴到悬崖上后，还会给人带来祸害，如她叫喊的回声会使人耳聋、耳鸣。①很多情节与纳西族阿萨咪（乌莎咪又称为"阿莎咪"）的故事相映成趣。我有时想，阿莎咪与阿诗玛这两个姓名相近，最后又都化身为石人的不幸女子之间是否有着神秘的关系呢？这个很相似的故事文本的传播是否会与唐代纳西先民被迁往滇中地区有些关系？我和我的一些同事有些猜想，但这需要更多语言学、民族志资料等的实证，不过是个猜想而已。而1000多年前就被迁往滇中去的纳人的后裔至今如何，这迄今还是个谜。

---

① 李缵绪编：《阿诗玛原始资料集》，中国民间文艺出版社1986年版，第117页。

"元跨革囊"渡口考察记

清代诗人孙髯翁撰写的著名大观楼长联中,提到"宋挥玉斧,元跨革囊"。而"元跨革囊"的主要渡口,就在丽江市玉龙纳西族自治县的奉科乡。2009年春节,我回丽江过年,其间到了早就一直想去的"元跨革囊"渡口考察。

一

奉科乡位于玉龙县境东部,东邻宁蒗彝族自治县拉伯乡,南接玉龙县宝山乡,西与香格里拉市隔江相望,北与四川省木里县一江之隔。乡政府所在地距玉龙县城168公里,海拔2100米。坐越野车沿玉龙雪山的公路向东北方向行进,一路可以看到非常壮观的"玉龙十三峰",白雪皑皑、山势崔嵬,逶迤如一条玉龙劲舞长空。由于当时正在奉科修建梨园电站,加快了从丽江城去奉科的公路建设,路况已经很不错。

越往奉科方向走,玉龙雪山就越发显出它那不积雪、少森林的石灰石巉岩的地貌。沿途一路可看到很多的云杉、冷杉和栎树,在海拔高的地方,树木长得都不高大,而在地势稍低的地方,云杉、冷杉和栎树都高大挺拔、直插蓝天。当地人说的"树胡子"缠绕在云杉和冷杉树上,十分好看。沿途玉龙雪山山坡上长有大片纳西人祭天必须用的栎树,叶子黄生生的,与山峰、蓝天和白雪交相辉映。我们在途中还看到了位于四川亚丁的"三大神山"的两座雪峰:央迈勇(海拔5958米)和仙乃日(海拔6032米)。

通往奉科乡政府所在地联营盘村的约40公里公路十分崎岖不平,一些路段常常塌方,车子颠簸着艰难前行。一路上,可以鸟瞰错落分布在金沙江河谷里的梯田和农舍。从乡政府所在地出发,沿田间阡陌步行,就到了金沙江边当年忽必烈"革囊渡江"的渡口。当地人称这个渡口叫"古空美",意思是"大渡口"。

南宋理宗宝祐元年(1253年),蒙古皇帝蒙哥命其弟忽必烈南征大理国。忽必烈率军从甘肃临洮直下四川,过大渡河。他统率的中路军经四川盐源来到宁蒗的永宁,又从永宁的日月河启程,来到与奉科隔江相望的今永宁拉伯的拉卡喜里附近渡口。据说,是当地纳西人献计用"革囊"来渡江,蒙古军接纳了这个建议。在纳西人用象形文字记载的创世纪《崇般图》中,就有纳西远祖崇仁利

"革囊渡江"所在之地,当地人称"古空美",意思为"大渡口"(2009年摄)

恩躲进革囊从大洪水中死里逃生的故事情节。但另一种说法是蒙古军的革囊是他们行军作战必备的装备之一,早已有之。

所谓革囊,就是将剥下的完整牛、羊皮的四肢、肛门等处扎紧,充气后作漂浮器材,纳西人称之为"次笃"。用绳索将多个这样的皮囊绑在纵横交错的木、竹架子上,就成了皮筏。蒙古军队用这种革囊和皮筏渡金沙江,史称"革囊渡江"。据当地人介绍,从奉科北面的三江口直到奉科以南的宝山石头城的金沙江沿线,共有9个渡口,而古空美渡口是最大的一个。民间相传,当年忽必烈就是从这里渡江的,据说西岸村头还有一个"渡江指挥台"遗址。

当时,统治着以今天丽江古城一带为核心的大片领地的纳西酋长麦良(阿琮阿良),面对蒙古大军压境,他审时度势,为免桑梓生灵涂炭,当机立断到渡口迎接忽必烈大军。而蒙古将军兀良合台所率领的西路军在进入丽江境内后,在金沙江沿线巨津州等地受到当地纳西首领禾牒、禾失等纳西民众的顽强抵抗。

二

"革囊渡江"也与丽江古乐中的"白沙细乐"有关。民间相传,麦良和忽必烈成为非常好的朋友,忽必烈离开丽江南征大理时,以一个宫廷乐队作为"别时谢礼",赠送给麦良,其乐即相传至今的纳西古乐组成部分"白沙细乐",因此又译为"别时谢礼"。纳西族著名民间歌手和锡典("白沙细乐"传人)曾撰文说,他13岁时跟伯父学习演奏"别时谢礼"时,老人对他讲,元世祖忽必烈征大理时"革囊渡江"到丽江,离别时,忽必烈将随军宫廷乐工的一半赠送给了麦良作为谢礼,"白沙细乐"第一乐章名《一封书》,即是表达离别谢意的乐曲。清乾隆八年(1743年)撰修的《丽江府志略》中的"风俗卷"中写道:"夷人各种,皆有歌曲、跳跃、歌舞、乐工,称'细乐'。筝、笛、琵琶诸器与汉制同,其调亦有《叨叨令》《一封书》《寄生草》等名,相传为元人遗音。"另据清光绪二十年（1894年）撰修的《丽江府志略》记载："先是元太弟革囊渡江，其音乐相传有胡琴、筝、笛诸器，其调有《南北曲》《叨叨令》《一封书》《寄生草》等名。及奠期，主人请乐工奏曲灵侧，名曰细乐。缠绵悱恻，哀伤动人。其发引也，亦以乐送之。"

音乐史家何昌林教授则认为："公元1253年忽必烈在丽江白沙宫将'细乐'（后称'白沙细乐'）的乐器与乐师赠给土司阿琮阿良一事虽出于民间传说，正史并未记载，但丽江今存南宋末年所制的火不思（色古笃）3架及流传着一种特殊乐器毛笔形'细管'（波波），却证明这种传说是真实可信的，因为除了丽江外，云南别的地方没有火不思这种乐器。"由此分析，"白沙细乐"很有可能是一种融合了蒙古音乐和纳西音乐的乐种。

"革囊渡江"是云南和丽江历史上的重大事件，忽必烈进入纳西族地区后，对当地部落首领先后授以"茶罕章管民官""茶罕章宣慰司"等官职，这是丽江土司土官制度的雏形。元至元十一年（1274年），元朝廷设置了"丽江路军民总管府"，"丽江"这个地名从此产生，次年改置"丽江军民宣抚司"，并正式将丽江纳入了云南行省的行政区辖，加强了同内地的联系。宣抚司这个职务都由麦良的子孙承袭，纳西"尤"（叶）氏族首领麦良家族成为一统"纳西古王国"的土官，基本统一了"酋寨星列"的纳西地区各部落。麦良家族后裔在明代成为在滇川藏赫赫有名的"木氏土司"。

忽必烈率领的蒙古军过丽江，在民间留下了许多传说，除了上述的"白沙细乐"外，还有一些地名，相传也与蒙古语有关。比如今丽江古城的密士巷，在纳西语中称为"阿溢灿"。相传忽必烈率领的蒙古军过丽江时，曾有军队驻扎此地，纳西语称蒙古军队为"阿溢"，"灿"意为"村子"，"阿溢灿"即意为蒙古军队住过的村子。在古城大石桥的东北面，原来有一个小草坪，纳西语称其为"阿溢闹歹"，意为蒙古人练兵的地方。"闹"是形容蒙古军人操练时那种舞刀弄棒、喊杀连天的样子，"歹"指场地。

在奉科，也流传着一些与"革囊渡江"的蒙古军相关的说法。在奉科纳西人中，有相当多的人都姓"树"。关

"革囊渡口"的金沙江一瞥，这个景象现在已经消失了（2009年摄）

于奉科乡、宝山乡的"树"姓纳西人的来历，有多种说法，其中一说是"树"姓与纳西族过去的树、尤、梅、伙4个古氏族中有关。这次在奉科，我听到关于"树"姓与蒙古军有关的一种新说法——据熟谙本地风土民情的奉科纳西人树万光介绍，民间传说树家先祖是蒙古将军，曾奉命去打四川，不幸战败，全军覆没，这位将军和一些部下侥幸脱身，流落在奉科生存。后来他投奔了与忽必烈相熟、本地最大的纳西酋长木氏土司，木土司指定他要有个姓，而姓中必须含有一个"木"字。这个蒙古将军左思右想就是想不出，后绝望地靠在一棵树上，无意中摸到树，一下子有了灵感，就以树为姓。关于树姓与蒙古军特殊关系的传说，我这是第一次听到。

三

如今奉科的树姓已经发展到200多户，姓树的奉科纳西人认为自己是"阮西"。在纳西语里，阮西人是指那些沿金沙江河谷居住的纳西人，是纳西族的一个支系。据树万光和奉科乡卫生院王院长（也是奉科人）说，奉科"阮西"的语言与宝山乡的纳西语有差别，与本地的摩梭人和江对面宁蒗县拉伯乡的摩梭人的语言也有差别，而与今香格里拉市三坝纳西族乡洛吉（行政村）"阮可人"的语言却很相似（阮可也是阮西人）。

20世纪20至40年代，美国的传奇探险家、纳西学家洛克多次从奉科渡口渡江去宁蒗县永宁，他在《中国西南古纳西王国》一书中，详细描写了他从奉科渡口过江去永宁的情景，并拍摄了不少照片。我们这次来到这个渡口，恰恰就是当年洛克渡江之处，与我同行的好朋友夫巴带来了几张洛克在此渡江时所拍摄的照片。我们还看到了洛克所描述的在江水暴涨的季节，常常被水淹没的"巨大的长方形岩石"。我们考察时正是冬季枯水时节，江畔那黑色的大岩石矗立着，奉科乡文化站在石上写上了"革囊渡"几个大字，远远就可以看到。据介绍，现在江水在雨季也不会淹没这个巨大的岩石。而我们在与这个岩石高度差不多的地方，是踩着熠熠生光的

"革囊渡江"的纳西村民　洛克摄

纳西村民在"革囊渡江" 洛克摄

沙地而行。显然，这些沙地是从前江水漫上来而逐渐形成的。

洛克在《中国西南古纳西王国》里结合史料和实地考察，考证了永宁拉伯和奉科的这个渡口，就是忽必烈率军"革囊渡江"之处。书中还记载，洛克渡江时，渡船水手们属于纳西人的一个氏族，叫"阮西"，正与如今奉科的"阮西"人居多这一点相吻合。从奉科这边的渡口，可以看到江对面属于宁蒗县拉伯乡的"拉卡西里"等村落，与洛克当年所描述的渡口地理位置也正相吻合。

这个具有重要历史意义的古渡口，是玉龙县奉科和宁蒗县永宁两地相互往来的一个重要渡口。由于其历史知名度，如今也成为国内外特别是西方探险旅行者、背包旅行者从丽江去永宁的一个必经渡口。我看到渡口停泊着一条木船，岸上有船夫立的一块木牌上，写着"革囊渡口"，并在上面留了手机和座机的号码，想渡江的人可以通过这个号码呼唤船夫。

站在这个具有重大历史意义的古渡口，江水沉静无声地从眼前流过，两岸层峦叠嶂、莽莽苍苍。岸上的山坡上生长着一种红黄相间的地衣，在高原的阳光下熠熠生辉。江山如画，两岸的奉科乡和拉伯乡，在改革开放以来有了长足的发展，但目前还是丽江最贫困的山乡。我期待着目前正在奉科境内修建的梨园电站，以及为形成新的旅游环线而正在修建中的丽江到宁蒗永宁的新公路，能通过水电和旅游的效益，给奉科和拉伯的山乡民众带来新的发展机遇。

在怒江教堂听傈僳语四声部合唱

2012年5月下旬，我到怒江傈僳族自治州去调研当地少数民族文化保护和传承的情况。5月下旬的怒江，由于是雨季，江水汹涌、浊浪翻卷，而怒江两岸则是林木葱茏、有各种野花怒放在山水之间。

沿着高黎贡山山麓怒江畔的公路驱车前行，从怒江州府驻地泸水市的六库镇北行17公里，我们便来到了怒江傈僳族自治州泸水市上江乡付坝村百花岭自然村。这里有个远近闻名的百花岭教堂，我们去教堂参观，这天有很多傈僳族男女村民穿着盛装到教堂来唱歌。在教堂的大门边，我看到一块上江边防派出所赠给教堂的匾，上面写着：爱民固边，模范教堂。

在19世纪末，来自法国等国的天主教传教士不远万里来到怒江传教，百花岭村的村民逐渐成了天主教的信徒。傈僳族村民大都有来自山野天籁的唱歌天赋，天主教传教士充分利用傈僳族民众喜欢唱歌的天性，把天主教的一些圣歌翻译成傈僳语，久而久之便产生了悠扬动听的无伴奏四声部合唱。

百花岭农民组建了合唱队，以傈僳语四声部合唱为突出特色逐渐吸引了很多人慕名前来欣赏，名声渐渐传了出去。合唱团曾应邀多次到昆明、北京等地演唱并参加了两届国际合唱节，受到了广泛的欢迎。

我们来到教堂，随即20多个男女村民走上教堂的讲坛开始演唱，歌声一起如怒

1964年时所拍的傈僳人在怒江上过溜索（云南省社会科学院图书馆供稿）

20纪60年代初，怒江的傈僳族姑娘在犁地（云南省社会科学院图书馆供稿）

江的洪波汹涌，山风吹拂动人心扉。我非常惊讶，这些不识谱的傈僳族村民不仅会用多声部演唱本民族的山歌，还能唱苏格兰民歌《友谊地久天长》、贝多芬的《欢乐颂》等世界名曲。我记得他们唱了《欢乐颂》《大地之歌》《平安夜》《哈利路亚》等西方歌曲，还唱了《友谊地久天长》，此外还用傈僳语唱了几首经典的中国革命歌曲。他们对四声部歌唱技巧掌握的娴熟程度竟然如此之高，令人叹为观止。他们那如波浪般昂扬起伏的多声部歌唱回荡在教堂里，飞出去和怒江峡谷的山风汇合，飞扬在高远的蓝天和大江的上空。

看着这些傈僳族村民在忘情地歌唱，他们在唱歌时那质朴而黑红的脸上洋溢着灿烂的微笑，眼睛里闪烁着柔和、快乐而虔诚的光，我想这就是内心的信仰与音乐融合为一体时所体现出来的一种宁静安详和充实吧。他们是每天都在生存环境和物质条件十分艰辛的大峡谷里劳作谋生的农民，而他们在脸朝黄土背朝天的劳作之余对着蓝天大地和他们信仰的上帝歌唱，把人生的喜怒哀乐、悲欢离合都融进歌声，而歌声里折射出他们内心涌动的希望之光和生命的热情，以及对人世的温暖和善的向往。而这些，无疑都得益于今天中国共产党和政府尊重各民族信教自由的政策。

村民唱毕，我问其中的一个村民，什么时候学会了唱这四声部合唱，他说还是小伙子的时候就会了，信仰和唱歌使他感觉到人生非常有意义，日常生活也充满了温暖和快乐。

澜沧江畔茨中村

一

高原的蓝天上飘着形状各异大片大朵的白云，我和两位同事坐车从德钦县城出发去燕门乡茨中村。车子沿着澜沧江前行。6月的澜沧江，已经因为雨水多而变得黄浊。澜沧江两岸是苍茫寂静的群山，树木很少，土黄色和褚红色构成了大江两岸景色的主调。

我们这次调研有藏学家章忠云同行，她建议我们随路去看了卡瓦格博大转经必须要去"借钥匙"的起点永久村，这里的永久寺是外转卡瓦格博"钥匙"的领取之处。

这里是外转经的起点。所谓"借钥匙"是去村里的一个白色的转经塔借开启转山之门的钥匙，方式是去白塔旁的寺庙里点上一盏酥油灯，祈祷神佛。章忠云领我们专门去看了相传是真正藏钥匙的一个大石头，要沿着一条并不易走的小路下去才见到这块大石头，上面还刻着一个羊头。羊在滇西北各民族的文化中是一种神性动物，比如卡瓦格博神山属羊，纳西族神山玉龙雪山也属羊，香格里拉著名的大宝寺也有神羊领路到这个宝地的传说。据章忠云介绍，这个石头意指卡瓦格博守护的胜乐金刚宫殿大门。在永久村，一些藏族妇女正在洗涤碗筷，看到我们，善意地笑说是当天要去附近过一个节日。

这个借钥匙的佛教习俗，使我想起我的家乡丽江著名的佛教寺庙文峰寺上面也有一个相传是藏着钥匙的石头，所以要去鸡足山朝拜转经的人都首先会到那里去借钥匙，相传这是释迦牟尼十大弟子迦叶尊者

在卡瓦格博神山外转经的起点，相传这是真正藏钥匙的一个大石头（2016年摄）

为后世朝拜鸡足山的人们留下的。在位于香格里拉市的大宝寺，也有藏钥匙的传说，转山的人也要去大宝寺转一下表示借了钥匙打开神之山门，开始转山之旅。看来这"借钥匙"的民俗普遍流行于滇西北有藏传佛教信仰的民众中。

茨中村就在澜沧江畔，远远就看到了那座闻名遐迩的天主教教堂，这个天主教教堂在2006年5月25日被国务院批准列入第六批全国重点文物保护单位名单。这个教堂与背后的绿色山峦和周围的藏民农舍，十分协调。村子依傍着郁郁葱葱的一座山，据章忠云在她所写的《藏族志·聆听乡音——云南藏族的生活与文化》中介绍，这座山叫阿土奔登（ribdagaatugspunbdun），是座神山，翻过这座神山就是怒江傈僳族自治州贡山县的地界。我们进了茨中村，找了个藏民开的客栈住下来。在高处看这个天主教堂，山色如黛，绿茵茵的大片葡萄园簇拥着它，显得典雅而惬意。

茨中村位于德钦县燕门乡，平均海拔1800米。村子坐落在地处澜沧江峡谷两岸的一个缓坡地带；东与怒江傈僳族自治州贡山县接壤，西接德钦县霞若乡茨卡通村，南与燕门乡巴东村相连，北与燕门乡春多乐村衔接。据家乡就离茨中村不远的章忠云介绍说，在1992年以前，澜沧江上没有通往茨中村的桥梁，茨中村村民都是依靠溜索来往于澜沧江两岸。

据云南民族大学老师郑向春2008年访问茨中村纳西族老人刘文增的介绍，茨中的"茨"意思是热，"中"意为"水塘"，"茨中"在纳西语中是热河出水的地方[①]。而据章忠云的调查：有的村民说"茨"是藏语tsho，村庄的意思；"中"是藏语drug，六的意思。村里的刘文增老师（扎西绕登）说之所以叫茨中，是因为古时候茨中有六个海（湖），在藏语中"茨中"即mtshodrug，意思是有六个海的村庄[②]。我把后面这两种对村子名字不同的解释都录在这里。

茨中村的民族构成有些复杂，有纳西族、藏族、傈僳族和汉族等，但以纳西族和藏族为主。我2008年第一次在茨中调研中获悉，茨中村居民普遍认为这个村最早的居民是纳西族。美籍奥地利学者洛克在《中国西南古纳西王国》中，对纳西族在茨中的分布情况也有零星的记载，他在书中这样写道："澜沧江两岸的所有村庄并非都为纳西人所居住，因为他们的村庄经常与藏人村庄相交错，比如西岸的茨中为藏人与纳西人所居住。""茨中是一个分散的藏人村庄，有大约30户人家，其中有几户纳西人。"

2008年我和省政协民宗委调研组来到茨中村调研时，了解到该村的宗教信

---

① 郑向春：《景观意识："内""外"眼光的聚焦与融合——以云南迪庆州茨中村的葡萄园与葡萄酒酿制为例》，《青海民族研究》2011年第2期。

② 章忠云：《藏族志·聆听乡音——云南藏族的生活与文化》，云南大学出版社2006年版，第99页。

葡萄园中的天主教堂（2016年摄）

仰有纳西人信仰的东巴教、藏族信仰的藏传佛教宁玛派、藏传佛教噶举派、藏传佛教格鲁派和天主教。其中藏民信仰宁玛派的居多。清代以后，德钦藏族以信仰藏传佛教格鲁巴（黄教）为主，有些地区则依旧信仰宁玛派。茨中村位于维西和德钦之间，维西境内有很多纳西族，信仰东巴教和藏传佛教噶举派的比较多。茨中村有的村民是从信仰噶举的地区嫁过来，也就带来了自己的信仰。归途中我们去离茨中村不远的云岭乡的红坡村，嘎丹·羊八景林寺（红坡寺）的扎西活佛告诉我们，他们与维西的噶举教派纳西族的活佛和僧人都有交往。这说明茨中村的宗教信仰也受到德钦和维西两地的影响，所以形成了东巴教和藏传佛教多教派并存的情况。

明代，受到明王朝支持的丽江纳西族木氏土司的势力到达如今的迪庆藏族自治州乃至西藏自治区昌都等地区，茨中村的纳西族是明代纳西族木氏土司势力进入云南藏区时派驻这里的士兵后裔。关于茨中地区世居民族纳西族的来源，历史上有过记载，《滇云历年传》中这样记载："丽江土府，元明时俱资以障蔽蒙番。后日渐强盛，于金沙江外则中甸、理塘、巴塘等处，江内则剌普、处旧、阿墩子等处，直至江卡拉、三巴、东卡皆自用兵力所辟，蒙番畏而尊之曰'萨当汗'。"[①]我在德钦澜沧江沿线的调研中，多次听到藏族老人讲述，"木天王"进入藏区后，在往前推进的过程中，都沿途修建土碉楼，以利士兵驻守。茨中也有这样的土碉楼遗址。"木天王"还把种植红米水田等农业技术引进到了澜沧江河谷地区，相传茨中的水田最初也是"木天王"移民的纳西人开垦的。

这次我很期待能碰到几个纳西人或能讲纳西话的村民。

在村头，我们碰到了几个在路旁闲聊的村民——两个老太太和两个老大爷——两个老太太都身着本地的藏装，缠着红色的头帕，看去都已经70岁以上了。我询问他们现在是否还有能讲纳西族话的，他们说有的，很多老人都还听得懂。其中的一个老太太开始用纳西话和我对话，她说的纳西话带有一点点藏语的口音，但我都听得懂而且可以和她对话。老太太告诉我，她年轻时村里说纳西

---

① [清]倪蜕：《滇云历年传》，李埏校点，云南大学出版社1992年版，第528页。

在茨中村碰到的几个还会讲纳西话的老人（2016年摄）

话的人很多，所以会讲的人也多，现在村子里说纳西话的人已经越来越少了，家里一般就讲藏话了。其他三个老人也用纳西话不时说点什么，其中一个老大爷是从德钦县佛山乡巴美村上门到这里的，纳西话讲得很好。我注意到另外一个老太太说纳西话时还常用一些古词汇，比如她说老奶奶用"阿姿"，这个词在纳西语中是对祖母和老太太的称呼，在丽江只有边远山区的纳西人仍然在使用，现在很多纳西族聚居区已经用显然是汉语借词的"阿奶"代替了。

我问过去纳西人在村里的祭天场在哪里时，几个老人都说了具体的地点，一个老太太说就在不远处河边长着很多楸木的地方。楸木在纳西语中是"次母"（ceelmee）——看来他们还真记住了不少传统词汇。得知我很想去看看的愿望后，其中一个老太太就说"我领你们去吧"，于是我们就跟着她走。

茨中村背靠青翠的神山，山林茂密，植被非常好，眼睛看着这样的青山感到很舒服。有一条水流很大的河从山上哗啦啦流下来，在水渠里飞速地流向村里。纳西人祭天的地方就在如今村子主道旁边的山坡上，如今这里已经盖了房子。老太太用手指给我们看，盖了房子的地方是原来祭天射箭处，再往上一点就是祭天坛。我走上去，看到砌得比较整齐的一道石头墙遗址，可能是祭天坛的遗址。祭天处长着很多树木，但显然祭天仪式已经荒废多年了。迪庆藏族自治州境内澜沧江沿线依然保持着祭天习俗的有佛山乡的巴美村，再沿澜沧江上去与德钦接壤的西藏芒康县盐井纳西族乡也还保留着祭天习俗，而茨中村的祭天仪式现在已经没有了。

据领我们去看祭天处的老人讲，我们碰到的这4个老人除了从巴美村上门到这里的老人外，其他几个都不是纳西族，有两个是藏汉通婚家庭的后裔。但这4个老人都能说能听纳西话，说明了一个问题：他们年轻时，纳西话应该是茨中村通用的公共交流语言，所以这个年龄段的村民都能听会说纳西语。这次的茨中行已经找不到能详细讲述纳西族祭天习俗的老人了。章忠云在2006年采访过的刘文增老师已因病去世。刘文增的父母都信仰天主教，他从小就在教堂里看

茨中村纳西人过去祭天的地方（2016年摄）

教士们酿制葡萄酒，因此自己也学会了酿葡萄酒。他能讲很流利的纳西话，对村里保留的纳西民俗非常熟悉。这次我们到茨中，看到这个老师建于2006年的"纳西阁"住宅兼客栈依然还在。"纳西阁"就是"纳西人家"的意思。可惜他们家人这几天离开村子走亲戚去了，没能访问到。

根据2001年迪庆藏族自治州民族宗教事务委员会编辑出版的《迪庆藏族自治州民族志》第115页的记载，茨中村传统的纳西祭天群体分为"普督"和"洼格"两种并以"洼格"群体居多。他们的祭天活动开始，正月初六日上山砍祭木，用黄栎树、刺柏象征天神、地神和天舅"许"，初十日上午烧天香、下午举行射箭活动且祭天时只能讲纳西语——这些习俗和丽江的祭天习俗一样。

三个70多岁的老人虽然不是纳西族但都能说纳西话，说明在他们年轻时，纳西语在茨中的使用率很高，有语言环境，所以大家都能说而且词汇量也很大。但随着人口的变动、民族的识别以及迪庆藏族为主体民族地位的形成，纳西族文化和语言是逐渐衰落了，祭天习俗等也逐渐不再举行。

据了解，除了纳西人的祭天这种自然崇拜之外，茨中村信仰佛教的村民最重要的佛教活动之一是祭祀神山，有保护神山的乡规民约。茨中显然保留了崇拜山水的本土信仰传统习俗，难怪茨中看去如此满目苍青、郁郁葱葱。

清代余庆远在《维西见闻录》中就说到维西有一种"麽些古宗"，显然就是融合了藏族和纳西族特点的居民，或是深受纳西习俗影响的藏民，或是深受藏族影响的纳西人。《维西见闻录》里还讲到"（维西）人信佛，崇奉喇嘛，视麽些微尤谨，习勤苦，善治生，甚灵慧"，看得出当时纳西人的一些文化生活习俗。

从这些记载里，我们可以想到纳西族藏族两个民族的相互影响，在清代初期就已经很突出了。

二

茨中村是典型的多民族多元文化并存的村落，村里有国家级文物保护单位"茨中天主教堂"，村民包括藏族、汉族、傈僳族、纳西族、白族、怒族等7种民族，信仰藏传佛教、天主教和东巴教。而令我惊讶的是，根据章忠云在2003年的调研，在这个藏族为主的有500多村民的村子里信仰天主教的有355人（其中208人是藏族，纳西信徒有80人），而信仰藏传佛教的只有241人。信众以天主教最多，而且藏民信仰天主教的人如此之多，在藏区是很少见的，只有茨中和我去过的西藏芒康县盐井乡才有这种很多藏民信仰天主教的情况。天主教能在藏传佛教力量非常强大的藏区历经百年这样发展下来，真不是一件易事。

古色古香的天主教教堂，在整个村子的建筑中显得十分醒目，建筑风格古朴而典雅。进入汉式木门，我们走进一座砖木结构的四合院，坐西向东的经堂和钟楼是砖石建构，而二层楼的四合院很像大理或丽江的民居。楼上是丽江纳藏结合建筑风格的"走马转角楼"，一个楼梯上走上去，就可以畅通无阻地在四面楼间走动，这是过去人们为了方便和搬运货物而设计的。

1861年鸦片战争之后，法国强迫清政府与之签订了《中法北京条约》，促成了天主教在中国西部地区发展的便利条件。天主教法国巴黎外方传教会趁中法签订"北京条约"之机，再次要求清政府准许传教士进入藏区。随后，法国传教士顾德尔、丁德安等在云南的德钦、维西和贡山等地建立教堂并开始传教活动。1866年，德钦县最早的教堂在德钦县今属于巴东村委会的茨姑村建成，主持修建茨姑教堂的正是法国传教士顾德尔。天主教进入康藏地区后，与本地藏传佛教的冲突与摩擦时有发生，1905年先后在阿墩子（今德钦）、"打箭炉"（今康定）、贡山一带爆发了藏传佛教僧人与民众捣毁教堂"杀死传教士"的三次激烈的反洋教运动。在"维西教案"中，愤怒的民众捣毁了沿澜沧江怒江的多所教堂，其中就包括茨姑教堂①。后来清廷干预，平息了康藏地区的反洋教运动。德钦"千总"同意划地拨款，让天主教会在茨中另建一座教堂，这就是现在的茨中教堂，建后成为当时"天主教西藏教区云南总铎主教堂"。当时是由法国传教士彭茂（Emile-Cyprien-Mondeig）设计并主持兴建茨中天主教堂的，在1914年竣工。传教士在建造茨中教堂时，有意地融入了汉式建筑和

---

① 刘鼎寅、韩军学：《维西教案与藏族人民的反侵略斗争》，《云南社会科学》1990年第5期。

茨中村人家
（2016年摄）

纳西族建筑的风格，在钟楼和经堂内还采用了藏式建筑的装饰，比如楼层间隔上的装饰性飞檐，以及飞檐下的藏式雕花托举等。

我信步走进茨中教堂侧面的葡萄园，满目苍翠。葡萄园的尽头有两棵大树，树叶长得很茂密，其中一棵是桉树，纳西人称之为"雅佳利树"，另一棵是月桂树，都是传教士当年从欧洲带来种下的，至今已近百年。那棵高大的桉树要四个人才能合抱，据说这可能是云南树龄最长的桉树。

传教士当年在教堂的后院开辟了两亩葡萄园，播种了从法国带来的葡萄籽"玫瑰蜜"（rose honey），并酿制葡萄酒。从此，茨中村就有了种葡萄的传统和葡萄酒酿制技术，代代相传至今。我在村里，喝到了村民酿制的很不错的葡萄酒。

后来，这种葡萄种也通过滇越铁路传播到了云南省红河哈尼族彝族自治州，促成了曾是国宴用酒的"云南红"。坐落于云南省红河哈尼族彝族自治州弥勒市南乡坝的"云南红"葡萄酒厂，主打产品就是用法国"玫瑰蜜"葡萄酿制的"云南红"，已经有较大规模，如今还有游客参观酒厂的旅游项目。

2011年，在昆明召开了"变化中的乡村"中法圆桌研讨会，我也应邀参加。以法国汉学家谢阁兰先生的名字命名，旨在促进中法两国文化、教育、科学研究机构及企业间的对话交流的谢阁兰基金会与国务院研究室联合举办了这次研讨会，谢阁兰基金会主席、法国前总统吉斯卡尔·德斯坦出席了这次会议。在会上的讨论中也谈论到了云南的红酒业，提到"玫瑰蜜"这种葡萄种子，据说这个种子因为一场根瘤蚜虫病的浩劫在法国绝迹了，而由传教士带到茨中等地的"玫瑰蜜"葡萄种子却躲过了这场灾难。后来吉斯卡尔·德斯坦总统一行还专门去考察云南农业,包括考察红河哈尼族彝族自治州的"云南红"酒业。

在教堂侧面的葡萄园里的绿荫中,看到有两座并排的坟墓,墓穴都是圆拱造型,墓上有十字架。北侧墓穴的墓碑上刻着法国传教士伍许冬神父的名字,他死于1920年的"维西教案";另外一座已经没有姓名的墓穴埋葬的是瑞士传教士于伯良,他来茨中不久,就因为患脑膜炎去世。看着这两座坟茔,心里也很感慨,这些传教士心里是有着多么坚定的信仰,才会离开家乡,远渡重洋,冒着与当地原住民的宗教信仰剧烈冲突的危险,毅然决然来到中国遥远的西南边疆传教,最终客死他乡。想到这,真不能不佩服他们如铁的意志和坚定的信仰。如今他们已经长眠异国他乡,但却传播了他们的宗教信仰,在藏传佛教和东巴教的信仰影响那么深远的偏僻山村却逐渐发展了这么多的藏族和纳西族以及其他民族的信徒。这不能不说是一个奇迹。而且引起我注意的一点是,茨中村天主教在传教过程中是采用藏文书写《圣经》传播的方式,这让本地藏民还学到了藏文,因为不懂藏文是读不懂圣经的。

从宗教信仰的角度而言,茨中村的天主教信仰也是一个奇迹。我曾于2002年在西藏芒康县的盐井纳西族乡调研,在那里看到了西藏唯一存在的天主教教堂并采访了藏族神父鲁仁弟。当时盐井村信仰天主教的村民说,他们过圣诞节时,教堂会邀请云南德钦县茨中教堂的教友,以及当地藏传佛教刚达寺的寺主、僧人和村里的信佛群众前来聚会。教民们在教堂里做完弥撒后,所有的教民和被邀请者一起载歌载舞,跳当地人喜欢的弦子舞。这次在茨中村了解到,信仰天主教的村民在过节时也会邀请盐井信教的村民前来欢度节日,信仰其他宗教的茨中村村民也会来教堂里欢度节日并唱跳藏族歌舞。这种多元宗教的和谐共处,在当今澜沧江畔的藏族社区已经形成,我觉得这样的和谐局面是那么难得。

滚滚澜沧江流淌万年,在两岸留下了多少的世事沧桑。茨中村这个青山绿水的村子就像江畔的一颗明珠,藏族、纳西族、汉族、白族、傈僳族等族村民以及不远万里来到这里的异国他乡人,用他们的双手创造了人世间一片吉祥和谐的天地。我离开茨中村时再回望那绿茵茵的青山和葡萄园,回望那古老的教堂,深深地为这个村子祝福。

在澜沧江溜筒渡口

在"茶马古道"上，我多次走进与丽江紧邻的迪庆藏区的高山大峡，探索这片神奇土地上的纳西和藏文化之谜，探索神话中称为两兄弟的这两个民族在历史上的文化、宗教和商贸上的交流。纳西"木天王"①在藏区的不少历史遗迹亦一一奔来眼底，真是满目青山，亦满眼沧桑。

汹涌澎湃的澜沧江上，虽已有桥梁，但仍供不应求，江上仍然高悬着滇西北古老的交通工具——溜索，当地百姓过溜索如家常便饭。1991年，我目睹了当地妇女身背竹篮，镇定自若地从这边从容过溜，风驰电掣般滑向对面西藏芒康地界去赶街的情景。

1997年9月，我与几个同事去位于澜沧江西岸的德钦县佛山乡溜筒江村调查，溜筒江村的老人鲁茸告诉我们：从芒康的盐井乡到这里总共有7个溜索，现在的溜索是钢丝拧的，而过去，村民是从附近的山上砍来竹子做溜索，将一根竹子一剖成四，拧成竹绳，360根竹子可拧成一大股溜索。这些编溜索的活都是溜筒江的村民干的，工钱一年大约可得200大洋。过去，3个月就要换一次溜索，有时过往的商旅多，也有20多天就要换一次的时候。过溜索时，人掉下去的倒是不多，但有时马掉下江里的事会发生，一年可能有一二匹。而满载货物的驮架掉下江里的事常常发生。

我记起常年在滇西北探险的西方学者洛克在他的一本书里曾经描述过过溜索对这些可怜的马匹的折磨，它们对过溜索是那样惊恐万状，以至于溜到对岸后，有的马匹瘫成一团，要休息好长时间才能继续驮东西赶路。

据鲁茸老人讲，过去每个月经过溜筒江来回的骡马多时有1000多匹，少时也有800多匹。马帮经过溜筒江的溜索运到西藏去的物质主要有红糖、茶、粉丝、木碗、瓷碗、布料、绸子等，有的大老板还运白银、铁等物。而从西藏、康区的芒康、察瓦龙等藏区运来的物资有虫草、羊皮衣、绵羊毛、麝香、丝绸等。过去，溜筒江的溜索还有从德钦派来的士兵守着。

溜筒江渡口还是见证纳西族木氏土司在改土归流前以丽江知府身份效忠国

---

① "木天王"是康巴藏区民众过去对纳西族木增等几位著名木氏土司的称呼。

德钦境内的"茶马古道"上，如今老幼妇孺仍在潇洒自若地用溜索飞渡大江（澜沧江）天堑（1991年摄）

家、维护祖国统一实绩的一个著名要塞。过去，这里是"茶马古道"上著名的险关要隘和军事重地，史书中有"溜筒锁钥""三淀南流，溜筒以济"之说。清康熙五十九年（1720年）随云贵总督蒋陈锡进藏平乱的杜昌丁撰写《藏行纪程》一书，其中说：溜筒江"入出口货物均集于此，乃是康藏入滇的门户，滇藏贸易的中心"。康熙五十九年，为平息新疆伊犁蒙古兵准噶尔部在西藏引起的动乱，安定西藏地方，朝廷命川滇同时出兵西藏。丽江土知府木兴奉命"亲领土兵五百名"与其子木崇一起"逢山开路，遇水搭桥"。由于朝廷军队的都统伍哥、副都统吴纳哈等多是皇亲国戚，过金沙江不敢坐猪槽船，过溜筒江又不敢用溜索，五百纳西将士在木兴父子的统领下，在金沙江、溜筒江上架浮桥。溜筒江中，礁石密布、乱流汹涌，纳西将士死伤不下百人。从《藏行纪程》的有关记载中也可看出纳西将士在架设溜筒江浮桥中死伤的情况："土人系竹索于两岸，以木为溜，穿坯条缚腰间，一溜而过，所谓悬渡也。俗名溜筒江，时畏竹索之险，故俟桥成。是日巳刻，水高桥二尺余，波浪冲击……过片刻，桥即冲断……死者系丽江麽些兵造桥工匠役也。"

纳西土司木兴父子在这次参与进藏用兵的过程中，因想借助云贵总督蒋陈锡、巡抚甘国璧之力将中甸、德钦、巴塘、里塘诸地从四川总督年羹尧的势力范围中重新划归云南，按旧制置于木氏土司的势力范围，因此陷入了与年羹尧的矛盾纷争中，又因无意中杀了"耽搁公文，拦截军饷"的年羹尧心腹巴松，最后被年羹尧诬告于朝。木兴"惊悸成疾，食不下咽"，于康熙五十九年（1720年）十月从军旅中挣扎回到家中，十一月初九病死。其子木崇充当随营钦差都统伍哥的开路先锋，"卧雪餐霜，复染寒湿，遂成浮肿症"，等到班师回丽，请医调治而不愈，也于康熙六十一年（1722年）二月三十日病故（参看《木氏宦谱》）。

第二年，即1723年，清廷就在丽江实施"改土归流"，宣告了历经元明清三

溜筒江村的藏族老人鲁茸除了知道不少这"茶马古道"天险的故事外，还知道一些"木天王"和"姜"（纳西）的故事（1997年摄）

1948年纳西著名商人赖耀彩、藏族著名商人马铸才等捐资修建的铁索桥"普渡桥"（1997年摄）

朝、有470年历史的"木天王"土司统治时期的结束。木兴与木崇父子间隔很短地先后亡故，这无异于是奏响了木氏衰落的丧钟，是木氏土司统治覆灭的征兆。

横越澜沧天险的溜筒江古渡，记录了纳西土司在元明清三朝一直效忠朝廷东征西伐历史中最后一曲悲壮而凄怆之歌。夕照中，我站在这江涛汹涌的大江边，心中有一种历史继替人事变更无常的沧桑之感，禁不住怅然凝望浊流汹涌的江水，凭吊那些数百年前在此化为孤魂野魄的纳西儿郎。

纳西土司当年奏末世之音于此寒凉古渡，而在20世纪三四十年代，一代纳西商业巨子则在"茶马古道"大显身手、大振雄风，浩荡马帮入康巴、走西藏、闯印度，为抗日战争和滇西北商贸的繁荣写下了辉煌的篇章。1948年，纳西著名商人赖耀彩、藏族著名商人马铸才等和德国工程师安神父齐心合力，在这过去留下纳西将士斑斑血泪和旅人伤心史的溜筒古渡，修筑成了被人称为"普渡桥"的铁索桥，彻底结束了旅人和朝圣转山者在这"茶马古道"要塞冒险靠溜索渡江的历史。至今铁索桥边尚有一座记载着赖耀彩行这大功德的石碑，由著名的丽江文人、清末进士、曾任清兵部主事的和庚吉撰写碑文。

黄举安写于20世纪40年代的

《云南德钦设治局社会调查报告》中写道:"本年,经由丽江富商仁和昌老东家赖耀彩先生的倡导,修建滇藏交通必经的孔道——溜筒江,旋得各方善男信女的响应。赖先生以年逾古稀的人,竟然率领工匠十余人,由丽江到距德钦以北七十余华里的溜筒江边修建一座近代化的伟大桥梁,桥身计用直径一寸粗的铁绳十根,并有扶手四条,系于两岸坚固石崖,由本年(民国三十七年,即1948年)四月开工,至十月完竣。桥上可以同行三十匹负有货物的骡马。在边区说来,这是件伟大工程。"(载《德钦志讯》,1988年第2期)

当我走在这有点晃荡的铁索桥,走向江对面的溜筒江村去进行我的田野考察时,我心中油然升起的是对这些造福于后人的先辈们深深的敬意和钦佩之情,淡忘了纳西王室的兴衰故事和在此丧生的纳西人在我心头留下的阴影。

澜沧江上的溜索渡口,溜索用竹篾拧成,缠绕在柏木桩子上,溜索大约每3个月换一次,取决于过溜繁忙与否(洛克摄)

在澜沧江上过溜索的本地人。在秋天,成百上千的朝圣者每天从这里渡江去朝拜多卡拉(洛克摄)

澜沧江畔西藏古镇盐井的故事

在西藏，昌都市芒康县的盐井乡是一个无论从文化上还是从地理物产上来讲都非常独特的神秘之地。

2002年，我有机会参与西藏昌都地区、四川省甘孜藏族自治州和云南省迪庆藏族自治州三地联合组织的"茶马古道"考察队，从云南的德钦去西藏芒康县盐井，一路沿着沉雄壮伟的澜沧江前行，两岸高山植被甚少，一片荒原气象。路上多处塌方，我们频频下车往车道上添土垫石，费了不少劲，才到了盐井。

现在盐井的正式名称是"西藏自治区芒康县盐井纳西民族乡"。它地处西藏自治区东南端，位于横断山区澜沧江东岸芒康县和德钦县之间，平均海拔2400米左右。东北与四川巴塘相邻，南与云南德钦接壤，西与西藏左贡县扎玉、碧土、门孔等相连，气候相对炎热，盛产青稞、大麦、玉米、小米等农作物以及苹果、

位于澜沧江边的盐井村落（2002年摄）

梨子、石榴、核桃、西瓜等果品。

盐井是西藏一个神奇的地方，历史上是吐蕃通往南诏的要道，也是滇茶运往西藏的必经之路。盐井盐田这道人文景观现在是"茶马古道"上唯一存活的人工原始晒盐风景线，难怪同行的上海社会科学院旅游研究专家王大悟先生向西藏昌都政府大力提议应该致力于将盐井申报世界文化遗产。

盐井也是一个在西藏迄今唯一有天主教教堂和信徒的地方。纳西族和藏族的本土文化、纳西族的东巴教、藏族的藏传佛教和19世纪传入的天主教文化，和谐地共存在这个横断山的峡谷古镇里。

一 "茶马古道"上的古老晒盐业

盐井山高谷深，沿江两岸三叠纪红色砂岩有盐泉，据资料介绍，其含盐量高达30.7克/升。当地盐民将泉口扩大，就地势在泉口上层修建高1.8—2米的方形平顶木棚，顶盖10厘米厚的不透水红黏土层，四周略高，作为晒盐的盐田。将盐泉水提至盐田，经3—5天盐水自然蒸发，析出盐分，即为"藏巴盐"。

盐业是盐井乡的主要经济来源，井口和盐田全分布在境内澜沧江两岸。过去西藏政府称盐井为"察洛"，而地方上的藏族则称"察卡洛"，纳西人则称"察卡"。不论是"察卡"或"察卡洛"，都是纳西语的地名称谓。"察"的意思是食盐，"卡"或"卡洛"是"洞眼"的意思，翻成汉语即"盐井"。

盐井在纳西族和藏族的历史上，是个围绕着盐曾发生许多战事纠葛的神秘之地。相传在吐蕃统治前和统治时期，盐比金子还贵，因此争夺盐井的战争就很多。历史上著名的格萨尔史诗中的《姜岭之战》，就是描述姜国（纳西）王与岭国之王格萨尔之间因争夺盐池而发生的战争。当地人传说，盐井就是姜岭两国发生战争的地方。

到盐井乡，我们一行一大早就到澜沧江江边去看盐田。

当地的纳西族女子用长圆形木桶从江边的盐井内将盐水一桶桶背出，然后爬上一个个平顶木棚倒于一块块盐田之中。一两天后，井盐便在峡谷暴烈的阳光和强风的暴晒和吹拂下呈现出来。在2002年，从事盐业的村民每人每天能得到的平均收入为40元左右。

江边晒盐最好的时间是当地人所称的"桃花月"，即农历三月百花盛开之时。这里产的盐头道盐最好，也最白；二道盐中有点土；三道盐则是喂牲口的。盐产量多年来变化不大，一般就是年产150万公斤左右，每公斤可卖到1.6元左右。下盐井村共有64户从事盐业的专业户，他们的盐主要销到西藏的左贡、芒康、察隅，云南的德钦、丽江，以及四川的巴塘、理塘等地。

巴塘、理塘的人常常赶着马帮来此地驮盐，我们看到一队队骡马穿街而过，

澜沧江边的盐田和正在晒的盐（2002年摄）

赶马人和街上走着的人大声亲热地打着招呼。据介绍，至今当地人和周围地区的人皆喜欢食这里的盐。人们也习惯用此盐喂养牲畜，说能催膘。据说母畜吃了这种盐后还容易发情，有利于牲畜的繁衍发展。

　　盐井是"茶马古道"上的要冲，据当地人介绍，过去达赖喇嘛规定"茶马互市"只能有3个过道，盐井即其中之一。盐井是商品集散地，周边18个地方的人都来此地做买卖。芒康有18个头人到这里买盐，运到拉萨。巴塘、理塘的人过去去拉萨要经过盐井。因此，盐井被远近的人看作一个风水宝地。现在每天还有来自察瓦龙的大群马帮到此买货，每次来的马匹100多匹。察瓦龙属于西藏察隅县，位于云南、西藏、缅甸、印度三角交叉地带，是"茶马古道"上著名的马帮繁盛之地，至今马帮仍然十分兴旺。

　　下盐井村博闻强识的纳西老人下关告诉我，由于这里是"茶马古道"的集散地，他年轻时每天都有四五百匹马在澜沧江上过溜索来来去去。下关的父亲赶马走过13次拉萨，爷爷也走过拉萨。因此他过去也赶马做生意，有20匹马，雇了一个帮手（称为"劳都"），往拉萨运茶、糖、粉丝，从拉萨运回氆氇、卡其布等，货物一般拉到丽江出手。过去沿途山上豹子多，因此进森林前要先鸣枪威慑豹子，晚上露宿要烧篝火。"茶马古道"上的商帮以丽江"崇"（商帮）最有名。从盐井赶马到德钦要走6天，到丽江要走21天，到拉萨要66天。察瓦龙的众人至今仍然赶马到这里来做生意，拉来糌粑等物，来此地买米、盐巴、麦子、油等。

　　藏区多神山，盐井也有个神山，叫达弥尤。相传达弥尤神山是卡瓦格博神山的3个女儿之一，"曲孜卡"温泉是女神达弥尤忧伤慈悲的眼泪化成的。相传很久以前盐井瘟疫成灾，百姓在绝望中又无力医治，女神见到后心生怜悯，垂泪化作温泉供百姓治病祛灾。相传她的眼泪化作了108个泉眼的水，最后形成了曲孜卡温泉。这温泉据说可以治百病，从古至今，远近的人们都有到温泉泡澡的习俗。

二 纳西族和藏族的融合

明代，盐井曾经是强大的"纳西古王国"的木氏土司所占领的地方，当地的纳西人很多就是当时来征战的纳西士兵的后裔。如今，盐井的纳西男子和女子都已经穿藏装了，但据当地纳西妇女讲，他们的耳环缀饰保留着纳西族的传统样式。盐井的纳西人平时都讲一口流利的藏语，但纳西语也没有忘了。我在考察过程中与几个背盐女用纳西语对话，她们都还行，其中有个叫玉珍的纳西语讲得最好，后来知道她是下关老人的女儿。

如今的盐井，纳西族、藏族以及其他民族的和睦相处，东巴教、藏传佛教和天主教的和平共处，成为一个多元文化汇聚而且和谐共存的福地。

据下盐井村的纳西人黄国生老人（64岁）讲，纳西人聚居的下盐井村有205户1200多人，整个盐井乡有678户3913人。黄国生老人一家在下盐井居住已经6代了，祖先是从德钦佛山乡的纳古村搬来的。

下关老人已70岁（生于1933年），属鸡。他一身藏装，但能讲流利的纳西语。当年他父母去佛教神山——大理鸡足山朝拜，在下关（今大理市市府所在地）生下了他，因此取名为下关。他的妻子是藏族人，已63岁，她前后生了4个儿子和3个女儿。大女儿叫玉珍，嫁给一个纳西人；二女儿则嫁给同村的一个藏人。大儿子娶的是纳西女子，二儿子则到藏人家当了上门女婿。他的子女在填表时都填自己是纳西族。

过去的很多调查者都说盐井已经完全没有纳西族东巴教的礼仪习俗，但这次下关告诉我，村里至今还保留着祭天仪式，时间是在每年农历的正月初五和初八。有祭天群，分为哈迪、哈绿、哈汝（哈意为群，迪、绿、汝分别意为大、中、小）三个祭天群，下关属哈绿群。每个群体都有祭天场。属于哈绿的共有36户，每6户为一个小群体，因此每年祭天时共用6头猪。初五那天有3户祭，初八那天又有3户祭。村里尚有3个东巴，下关是其中的一个（但他不是世传东巴，而是自小耳濡目染学的，他们已经没有经书只能念口诵经）。东巴有时也到黄教（藏传佛教格鲁派）的寺庙祭拜。他说，中华人民共和国成立前，藏族头人曾禁止过当地人信仰东巴教。如今，村子里的老人认为应该把祭天的习俗保持下去，并提倡说纳西话。下盐井的纳西人至今仍然还在祭祀纳西族全民信仰的民族保护神"三多神"。

下盐井的纳西人称父亲叫"阿乌"，母亲叫"阿美"，大伯叫"阿补底"，叔叔叫"阿补季"，舅舅叫"阿古"，姑妈叫"阿尼"。这种亲属称谓保留了古纳西语亲属称谓的特点，与丽江塔城山区等地尚保留着的亲属称谓十分相似。

我采访了盐井乡政府所在地街子村的一户人家，这是一个纳西族、藏族、汉族三族合璧的家庭。房东纳西女主人63岁，名叫齐日培迪，显然是藏族名，其名字是活佛取的。男主人叫冯道成，62岁，汉族，其祖先来自四川，是清朝驻藏大臣赵尔丰的部下。女房东尚能讲一些纳西语，但由于丈夫和子女都不会讲纳西语，因此在家就说藏语。他们家属于哈迪祭天群，这个祭天群共有40多家。其儿子，一个在昌都电视台工作，一个在左贡县教书。我们去时其大女儿在家，她的名字叫斯郎堂玛，是活佛给取的名，39岁，已不会讲纳西话。

藏族和纳西族的习俗在这里相互交融，据了解，街子村有几户纳西人家有一夫多妻和一妻多夫的。纳藏通婚的家庭不少。

在"茶马古道"上长期的纳西族、藏族的贸易中，滇西北藏区和纳西族地区产生了一种别具地方和民族特色的"房东伙伴贸易"。它是在滇藏贸易历史上出现的一种特殊的经商形式，特别流行于纳西族和藏族之间的贸易中，历史上，它随着纳西族和藏族之间经济、文化交流的增多而得到长足的发展。从一些历史记载中可看出，在明代木氏土司统治迪庆时期，与藏商的贸易交往十分频繁，也可以看出当时就已有了"房东伙伴"的商业贸易习俗。这一贸易习俗清代以后在丽江纳西族地区得到更大的发展。从西北和西南的其他例子也可看出，这种最初基于经济互助、贸易往来的"伙伴家庭"关系，以各种不同的方式存在于相互在商贸和生产上交往较多的相邻民族。这种各民族特定的基于家庭的伙伴关系，是促进和睦和谐、相帮互扶的民族关系的重要动力。

我此行到西藏芒康县盐井纳西族乡调研，了解到当地也盛行这种房东伙伴贸易。每年，来自西藏和青海的藏区牧民都要来盐井买本地产的井盐，这是一种红色的盐，是在澜沧江边的盐井里挑出来盐水暴晒风干后制成的，藏区牧民认为这种红色的井盐对牦牛、羊等牲畜的繁衍和长膘非常有效，远胜过青海等地的湖盐。牧民

背盐的盐井村纳西老太太（2002年摄）

笔者采访了盐井一户纳西族、藏族、汉族三族合璧的家庭并和他们合影留念（2002年摄）

与盐井的纳西族和藏族人家形成了像丽江古城纳西人那样的"伙伴家庭"关系，一户牧民家庭固定地买一户盐井伙伴家庭的盐，交换方式是多样的：或用酥油换盐，或用青稞等粮食换盐，也有直接用钱买的。据了解，这种"伙伴家庭"的形成已经有好几代了[①]。

三 西藏唯一的天主教传播之地

在整个西藏，只有盐井乡才有一个天主教堂。19世纪以来，西方国家的不少传教士竭力试图在西藏传播天主教，结果都以失败告终，盐井是唯一的例外。当地藏民既有信仰天主教的，也有信仰藏传佛教的，历史上，这两个宗教在这里曾经发生过血与火的冲突。如今，两教早就握手言欢、和谐共存，佛陀和基督的智慧和慈悲的光环在这个横断山的深山小镇里融为一体教化人心、造福世人，成为西藏一个独特的文化亮点。

据史料记载，盐井天主教堂最早是在19世纪60年代由法国传教士吕司铎兴建的。当时法国传教士装扮成商贩进入这片以藏传佛教和东巴教为人们精神信仰核心的领域，开始了他们非常艰难的传教历程。

我们此行去拜访了位于上盐井村的天主教教堂，这个教堂的全名为"圣母敬教之佑堂"。教堂的整体充分体现了天主教传入后随俗施教的风格，教堂的建筑从其形式到内容类似于藏传佛教的佛殿或经堂。里面的装饰也有不少藏文化的痕迹，如神像的藏族唐卡画形式、神像边的哈达围饰等；《圣经》也是用藏文写的。

---

① 关于纳西族藏族的"房东伙伴"贸易，可参看杨福泉《略述丽江古城及茶马古道上的"房东伙伴"贸易》，《西南民族大学学报》（人文社会科学版）2015年第12期。

教堂的神父鲁仁第33岁，至2002年1月，已当了6年的神父。他曾在北京天主教神学院学习，在西安晋升为神父。据他介绍，在上盐井村，有69%的人信天主教，大多是藏族，有五六个纳西族。现在总共有500多个信徒，其中女信徒比男信徒多。信徒中60%是30岁以下的。藏族信徒多是文盲，要一家一家地去传教并向信徒耐心地讲解教义，非常不容易，但鲁神父说他很乐于去一家家做传教布道的工作。据他介绍，现在教民每天做两次弥撒，即早晚各一次。到礼拜天，所有教民都集中在教堂分早中晚做三次弥撒，神父用藏文讲解圣经。现在鲁仁第神父是西藏自治区的政协委员。

　　在如今的盐井，不少家庭内，既有信仰天主教的成员，又有信仰藏传佛教的成员。家庭成员相互尊重各人的信仰，也有一些出嫁或入赘后改宗转奉对方所信仰的宗教的情况。

　　据当地的村民说，这里的教民过圣诞节时，教堂会邀请云南德钦县茨中教堂的教友和当地藏传佛教刚达寺的寺主、僧人以及村里的信佛群众前来聚会。教民们在教堂里做完弥撒后，所有的教民和被邀请者一起载歌载舞，跳当地人喜欢的弦子舞，常常通宵达旦。而盐井的藏传佛教刚达寺在每年过"跳神节"时，也会邀请神父及其教民去观赏寺庙僧人所跳的藏传佛教的"跳神舞"。

　　神父让我们喝教堂里自酿的红葡萄酒，其制作工艺是19世纪时来的法国传教士传下来的，产量不高，每年产量150多公斤。

四　西藏的文教发达之地

　　除了上面所说到的这些藏族、纳西族、汉族多元文化的魅力，盐井在西藏又以学校教育发达、人才辈出而著名。芒康县委原副书记益西老人介绍说，盐井人的心理素质、风俗习惯等在整个西藏都有突出的特点，学校教育比较发达。过去有"西藏老区"之誉（犹如过去所称的红军"老区"）。1950年，在盐井创办了小学（人民解放军办），他们这批当地的藏族、纳西族两族老干部都是这个学校的学生，他是第一批学生。学校办学从未间断，至今已经有50多年了。从这里的学校毕业后到内地工作的当地人至今有505人，有省、地、县几级干部，有研究生、大学生等200多人，有一个还当了西藏自治区的政协副主席。仅仅上、下盐井两个村在外地工作的纳西族就有298人。

　　离开盐井这藏东第一镇，继续沿着"茶马古道"前行，我心中对这条古道的博大与神奇多了一分更深的了解。

忧思天河雅鲁藏布江

2011年9月,我第三次到西藏,从青海坐火车进藏,一路领略可可西里的大荒之美、大野之美,又心旷神怡在怒江源头措那湖的湛蓝清澈里,想起2009年进藏时到纳木措湖边,那种水天相连雪影波光的大美对我的震撼。我一路以行吟赋诗的浪漫方式,歌唱这青藏高原的慑人之美。

此行我来到了雅鲁藏布江边,这条有"天河"之称的大江,在我的梦中流淌了很多年,我这是第一次来到它的身旁。与清澈无比的尼洋河同行一天,惊愕地看着这条清清的河流无奈地融进了浑浊的雅鲁藏布江,我原来还以为雅鲁藏布江在这季节应该是比较清澈的。

我们去往雅鲁藏布江大峡谷,与这条大江同行一天。使我遗憾的,是所见的

雅鲁藏布江上翻滚着的滚滚沙尘(2011年摄)

雅鲁藏布江一路都是浑浊的。当时我想这也许是季节的原因，所以也有些释然。而当我从雅鲁藏布江大峡谷返回林芝市的路上，没想到竟然遇上了类似沙尘暴那样的景象。

路上一阵大风吹过，我看到雅鲁藏布江上翻滚着滚滚沙尘，弥漫在整条大江上，好久好久没有消散。而这无疑与雅鲁藏布江两边堆积的大量沙丘有关。林芝市米林县丹娘乡境内的雅鲁藏布江北岸，有一处著名的景观，被名之曰"佛掌沙丘"，不想这江边竟然会有如此巨大的沙丘，我感到惊愕。

查资料，发现早在2000年，珠峰环境科考队就得出了雅鲁藏布江流域中段地区沙化日趋严重的结论。报告中说那些年，这一地区气温上升，鼠害严重，以至于地表植被遭到破坏，经常出现沙尘暴天气等，都是导致土地沙化日趋严重的原因。

我刚刚读到《新华文摘》2011年第7期所刊载的藏族作家嘎玛丹增的长篇散文《杰玛央宗的眼泪》，写的是雅鲁藏布江之源的冰川杰玛央宗（rjemag.yangvdzoms）。冰川日益在退缩，这逐渐导致了雅鲁藏布江水源地的沙化，杰玛央宗冰川附近的仲巴县县城，因为日益严重的沙害已经数度搬迁。嘎玛丹增这样写道："雅鲁藏布江源头第一县，荒凉到出乎我们的意料"，"眼前满目秃山荒原，可谓触目惊心！"严重的沙化造成了草场萎缩，草畜矛盾日益突出，以畜牧业为主的仲巴县经济受到沉重打击。

上游如此触目惊心，而如今我在远离雅鲁藏布江上游1000多公里的林芝河谷平原，竟然也看到了这样触目惊心的沙山和沙尘暴。这使我在一路低吟浅唱的愉悦中，陡然升起了另一种深深的忧思。青藏高原不仅是很多人的朝圣之地，还是亚洲的水塔，是长江、澜沧江、怒江这三条大江的发源地，是滋润中华大地乃至东南亚的圣土，雅鲁藏布江上游和中游沙化严重的现状，对我们敲响了警钟，也提醒我们，在领略诗意西藏时，也不应忘了西藏目前面临的类似生态危机。

我注意到，中科院兰州沙漠研究所的靳鹤龄等学者在1997年就发表了《雅鲁藏布江中游下段土地沙漠化成因、趋势及防治对策》。他们的研究表明，雅鲁藏布江中游下段河谷林芝市土地沙漠化比较严重，沙漠化土地集中分布于沿江河漫滩和阶地上。科学家们在对沙漠化土地类型、分布调查的基础上指出，自然因素是土地沙漠化的基础，处于主导地位，而土地资源过度利用加剧了沙漠化的过程，沙漠化土地在相当一段时间内呈发展的趋势。今天在林芝所见，沙化的趋势还在蔓延。

我静悄悄驻足在雅鲁藏布江边的"佛掌沙丘"之前，心里完全没有欣赏这"佛掌"的愉悦心情，而是为这巨大的沙山横亘在雅鲁藏布江的岸边揪心！长此以往，沙丘是否会逐渐蚕食我们这条作为西藏母亲河和"天河"的河流呢？这条圣河期待着我们更多的关爱和拿出有效的行动来保护她。保住了她，我觉得也就是保住了青藏高原和世世代代生活在这里的人们，也保住了每天受着"亚洲水塔"滋润的我们。

我所看到的纳木措湖、措那湖等高原湖如此清澈绝伦，几近一尘不染，其中一个重要的原因，就是因为湖周围人类的开发行为比较轻微，不过是一些适度的放牧。看来，除了"全球气候转暖"的因素，人类如何制约自己的开发行为，是让雅鲁藏布江重新焕发青春容颜、摆脱沙原魔爪的重要因素。

据一些讯息，雅鲁藏布江中游地区目前通过植树种草和工程防护，已经有些效果，比如山南市通过植树种草等，在雅鲁藏布江南岸的防沙治沙面积已达到了近3万公顷，建成了一条长达160公里的绿色长廊。到2015年，将全面遏制山南市土地沙化的势头，初步使沙化开始逆转。

此时此刻，我只能在心里祈愿：人们啊，更有效地行动起来吧！制约自己的开发行为，保持生态平衡，保护这条青藏高原的母亲河、对子孙后代的发展至关重要的"天河"。

林芝市米林县丹娘乡境内的雅鲁藏布江北岸，有一处著名的景观"佛掌沙丘"（2011年摄）

三江源探秘格萨尔

位于我国青藏高原腹地的"三江源",因为是长江、黄河和澜沧江(湄公河)的源头汇水区,素有"中华水塔"之美誉;位于北纬31°39′—36°12′、东经89°45′—102°23′,行政区域涉及玉树、果洛、海南、黄南4个藏族自治州的16个县和格尔木市的唐古拉乡,总面积为30.25万平方公里,约占青海省总面积的43%。"三江源"是我国面积最大的自然保护区,我国海拔最高的天然湿地(平均海拔4000多米),也是世界高海拔地区生物多样性最集中的自然保护区。

多年来,这充满魅力的广袤高原一直深深地吸引着我,让我向往多年。这两年,我有机会到"三江源"的几个主要地区考察,来到了这片神秘高地。我去的"三江源"之地是青海省果洛藏族自治州的达日县和玉树藏族自治州的治多县,两地都是"三江源"的"重地":达日县主要是黄河源,黄河就从县城边上

"三江源"之地的雪山一瞥(2011年摄)

流过；治多县则有"长江第一县"之誉，除了有无数大大小小的长江上游汇水溪流，作为长江主要上游河流通天河（古称"牦牛河"）的支流聂恰曲河也穿城而过。来到这两地，我心里油然生出一种类似朝圣的感受。

在这伟大的"母亲河"之源，满眼是壮丽的山川、广袤的草原、成群的牛羊、清清的河流和高地上湛蓝的长空以及离你很近的白云，这些都使我产生一种离天很近、离神也很近的感觉。而居住在这里的藏族民众那种在高天大地的怀抱和神圣的信仰中凝结而成的精神文化之光，更使我心醉神迷。

我深深感到，"三江源"不仅仅是"中华水塔"，还是充满人类文明魅力、信仰魅力的文化宝地，伟大的自然环境和人文精神构成了"三江源"独特的魅力。

一 来自雪域高原的天籁之音——格萨尔

在"三江源"的灿烂文化中，格萨尔文化无疑是最灿烂而神秘的。位于"三江源"区域的达日和治多这两个县，是格萨尔史诗流传得最广、格萨尔吟唱艺人最多的藏人聚居区之一，而这伟大的格萨尔史诗，形成了"三江源"的人文奇观。

格萨尔史诗主要流传于我国青藏高原的藏族、蒙古族两族中，在土族、裕固族、纳西族、普米族等民族中也有部分流传。学术界认为大约从北宋开始，一些说唱艺人就开始传唱格萨尔的故事。《格萨尔王传》成为一部世界上少见的活态史诗，也是世界最长的史诗，据说有120多卷100多万行2000多万字。仅从它的字数来看，远远超过了世界几大著名史诗，是荷马史诗《伊里亚特》《奥德修纪》和印度史诗《罗摩衍那》等的总和。在2006年，《格萨尔王传》被列入第一批国家级非物质文化遗产名录；在2009年10月1日，格萨尔史诗入选"世界非物质文化遗产"名录，成为举世瞩目的世界文化遗产瑰宝。

多年来，我多次到青藏高原考察，发现目前《格萨尔王传》最为流行，艺人最多的地方都是在位于大江大河之源的游牧区域，青海省的果洛藏族自治州、玉树藏族自治州和西藏的那曲市等，都是格萨尔流传最为广泛、民间艺人也特别多的地方，其他滇川藏格萨尔盛行的地区，也大都和大江大河、雪山草地密切相关。格萨尔文化显然与青藏高原的游牧文化和江河文化有一种天然的神秘联系。"三江源"重地——果洛藏族自治州的达日县和玉树藏族自治州的治多县，都与格萨尔文化有密切的关系，都被视为格萨尔文化的重要发祥地，这里的山山水水，都浸润在浓浓的格萨尔史诗的文化氛围中。民间传说治多县是《格萨尔王传》中的女主人公、绝世佳人、格萨尔王妃嘉洛·森姜珠姆的故乡和出生地，因而治多县的山、河、湖和与格萨尔相关的遗迹很丰富，有关格萨尔王和珠姆的传奇故事也很多。治多县近年来在县城里建了以珠姆塑像为核心的"珠姆广场"，形成治多县县城的文化中心；以珠姆取名的桥梁、宾馆等建筑也多了起来。

果洛藏族自治州的达日县一带则相传是格萨尔王"赛马称王"前的第一领地，是格萨尔幼年时就来生活的地方。在《格萨尔王传》中有"格萨尔王第一宫"之誉的狮龙宫殿遗址就在达日，还有多数民间相传的格萨尔的其他神迹。我去时，狮龙宫殿已经建成了，雍容堂皇而有突出的藏式建筑特色。果洛藏族自治州在2014年正式被文化部批准为"格萨尔文化（果洛）生态保护试验区"。

还记得，2013年我来达日县参加中国青海玛域格萨尔文化达日论坛，就设在新建成的格萨尔狮龙宫殿外面大草甸上搭的大帐篷里，参与论坛的有州县领导、活佛、僧人、民间艺人和来自全国各地的学者。2014年7月，我又到玉树藏族自治州治多县参加第二届全国嘎嘉洛文化学术研讨会。这两次考察，使我对"三江源"的格萨尔文化有了更深切的了解和认识。

印象最深的是，我看到了这部举世闻名的活态史诗在"三江源"地区藏民中有那么大的影响。藏族民众听格萨尔史诗演唱是日常最重要的文化娱乐活动之一，杰出的格萨尔艺人也因此层出不穷。他们无论在帐篷里还是在草地上、广场上吟唱起格萨尔史诗，妇孺老幼听众都听得如痴如醉。学校里也设有讲授格萨尔的课程。格萨尔文化在民间如此有活力，如此受欢迎，这使多年目睹我国很多少数民族口传民间诗歌衰落状态的我惊叹不已！

《格萨尔王传》是千百年来广泛流传民间的史诗，我这次在"三江源"地区看到，它不仅仅在牧民中有深远的影响，在藏传佛教的活佛和僧众中也有很大的影响。在治多县和达日县隆重的格萨尔史诗研讨会和群众集会上，当地最有名望的活佛都来参加并发言，很多僧人也来参加。达日县的藏传佛教查岭寺还有格萨尔藏戏团，僧人登台演出了脍炙人口的格萨尔传奇"赛马称王"，演艺高超，受到群众的热烈欢迎。

二　格萨尔艺人神秘在哪里

到"三江源"，除了灵山圣水和高僧大德等，最感染我的就是那些高原的歌者、舞者和那些神秘的格萨尔说唱艺人，以及那些痴迷民间艺术的观众。

2013年，在海拔4300米的果洛藏族自治州达日县城广场，我观看了大型的格萨尔和藏戏演唱会，目睹了成百上千的当地民众喜气洋洋来观看演出，犹如过盛大的节日。来自果洛藏族自治州、玉树藏族自治州和西藏昌都等地的格萨尔艺人登台献艺，新老民间艺人欢聚一堂，把已列入世界非物质文化遗产、民间相传为"神授"或冥冥中习得的英雄史诗咏唱得荡气回肠。来自寺庙僧众和达日县女子学校的藏族学生们则分别演出了藏戏《格萨尔赛马称王》。台上的演员们一个个龙腾虎跃、长吟短唱,而台下的观众则如痴如醉。有的僧人一边手捻佛珠一边看,老人们则一手摇着转经筒一边聚精会神地看,看到精彩处,眼睛放光、表情亢奋,情不自禁地发出一阵阵欢呼声。而与我多年前在藏区看各种藏族歌舞不同的是,现在很多中青年藏民都拿着手机或数码相机在拍摄演出的场景。

2014年在"长江第一县"治多县,我也目睹了很多格萨尔艺人的演唱,有在牧民万人集会上的演唱,有在草原上和神湖边的吟唱。艺人们说唱起来犹如流泉潺湲,长河泻韵,滔滔不绝。他们你唱我答,说山道水,唱神叙人,神思畅游于人神之界,灵感迸发在青山绿水之间。如此滔滔不绝,长时间几乎没有停顿的咏唱,使我惊叹不已。这些民间艺人有的还很年轻,民间普遍流传着他们某年某月某日忽然做了一个梦,梦见格萨尔或其他神灵在梦中传授了史诗给他们,第二天醒来后,忽然千句万句长诗奔涌来脑海,一张口,就开始滔滔吟唱。有的艺人告诉我,他们可以不停歇地咏唱五六个小时,有的艺人能吟唱上百部的格萨尔传说。真是一种神奇的高原民间艺术现象!

来自西藏昌都、只有19岁的格萨尔说唱青年艺人斯塔多吉也在这"三江源"之地一展风采。他就读的西藏大学专门为他置办了好几套格萨尔艺人的盛装。他穿着盛装在达日万人集会上登台演出,受到本地民众的热烈欢迎。他告诉我说,他出生和生活的村子里没有格萨尔艺人,没有师傅传授格萨尔史诗,他的家庭里也没有能吟唱格萨尔的。在他9岁时的一个晚上,做了个奇怪的梦,梦见有两个人把他带到大草原上,教授他咏唱格萨尔。醒过来后,突然格萨尔的故事就如画面一般不断呈现在脑海里,自己有一种冲口而出的歌唱冲动,当时他也不知自己唱的就是格萨尔。从此,他咏唱格萨尔史诗一发而不可收。我2008年在拉萨第一次听他和其他十多个资深著名的格萨尔艺人演唱,他当时才13岁,是最小的一个,但他用还稚嫩的嗓音如泉水般汩汩流淌的格萨尔史诗演唱,给我留下了深刻的印象。他后来被西藏大学文学院特招进去,读完了本科,现在已开始在西藏大学的格萨尔研究所吟唱格萨尔,研究人员对他的格萨尔吟唱进行记录整理,据说已经记录了100多部。

这种相传梦中神授的格萨尔艺人比较多,也形成了格萨尔文化的神秘现象。从"三江源"区域诸多格萨尔歌手的情况看,其中有很多是属于此类,但现在也有一些是拜师学艺学会格萨尔史诗的,形成了格萨尔艺人的多样化。这些神奇的格萨尔艺人,成为"三江源"地区一道闪烁着灵光异彩的人文风景。

受高海拔的自然环境和气候等诸多因素影响,"三江源"地区藏民的生活很艰辛,但我两次的"三江源"之行,牧民给我留下了信仰笃诚、笑对人生、诗意栖居的强烈印象。在达日和治多,牧民们艰辛地劳作、放牧,从事辛苦的各种牧业和农业劳作，但他们的生活始终有歌舞相伴。逢年过节，民间集会很多，有热闹非常的朝山、赛马等活动，远方有客人来都是盛情相待。在高原集会上，可看到藏民穿着五彩缤纷、美不胜收的华装丽服，翩然起舞，纵情高歌。

"三江源"的牧民痴迷本民族的民间艺术，许多行吟歌者舞者非常受欢迎，这也是能洋洋洒洒歌吟几天几夜的格萨尔艺人在藏区层出不穷的原因。藏族民众大多能歌善舞，在广袤的草原或雪山上，在碧蓝如玉的神湖畔，常常听得见牧民的歌声。在达日县，我获悉县里没有专门的歌舞团，如果需要参与州或省里举办的演出，临时在各个单位或乡镇抽人，能歌善舞的骨干很多，排练几天就可以上阵演出，也说明了当地文化艺术活动的群众基础非常好。《格萨尔王传》以及其他说唱艺术在达日的繁荣，其群众基础好是关键因素。

来自昌都的青年格萨尔艺人斯塔多吉在青海省果洛吟唱格萨尔史诗（2013年摄）

在这寂寥旷远的高原，唱歌起舞本身就是一种超然世外的精神生活和生活方式。它启示我们，保护和传承民族文化艺术，最重要的是要有发自内心挚爱母族文化的儿女们，有了挚爱就有了坚守，就能生生不息地把母族文化传承下去。多年的民族文化调研让我深切感到，要保护好和传承好各个民族优秀的传统文化，最关键的一条，是首先要保证有这些文化艺术赖以生长发育发展的土壤和环境，即"文化生境"。要保护好民俗这块土壤，让民众从民俗活动中感受到生活的愉悦、快乐和乡情与亲情，让他们在代代相传的民俗文化活动中感受到独特的文化情致和魅力，感受到传统文化与他们的生活是密不可分的，是他们的物质生活和精神生活所需要的。如果有了这一点，各种乡土艺术、民间信仰等，都会融会到民众的日常生活中，成为他们物质和精神生活的一部分。

"三江源"的达日和治多两地之行，让我觉得这里厚重的民间文化的群众基础、草根基础，是这里《格萨尔王传》以及其他乡土艺术的传承得以繁荣和出色的根本。一切民间艺术能否繁荣发展，都取决于草根基础，取决于文化生境。要有促成民间文化繁荣的文化生境，来自政府和各种社会力量的扶持是重要因素，除此，社区民众的文化自觉和热情，也是至关重要的。如果没有民众的自觉意识和文化热情，仅仅有外在的扶持和呼吁是无济于事的。

我看到，"三江源"地区格萨尔民间说唱的繁荣，是基于藏族同胞发自内心对自己民族文化的由衷喜爱，已经把它化作自己的精神世界的重要组成部分，也成为他们的生活方式，无论当今的文化怎么变迁，他们都和自己的母亲文化相依相守、不离不弃。一代代传承下来的《格萨尔王传》等史诗还是支撑他们信念和心灵的精神力量和审美之泉。

当今"三江源"地区的藏族民众也接受了外来文化，年轻人也会唱很多传入的流行歌曲。在达日广场和治多草原举办的格萨尔大型演唱会和赛马会上，我看到很多不同年龄的藏族民众，在用手机不断地拍照，娴熟地用现代化的技术传扬自己的文化。来自西藏昌都杰出的格萨尔说唱青年艺人斯塔多吉，还用微信来传播与格萨尔说唱有关的各种信息。这些现代科技手段成为当代很多西藏、青海等藏区青年人传播和交流文化的工具，但他们并没有因为接受了现代科技文化就逐渐淡忘了自己的母亲文化，他们始终那么热爱自己的乡土文化，因为这种基于草根社区的热爱，才有了像达日县和治多县这样繁荣的格萨尔文化。这对如今我国各地各民族的乡土文化传承是一个很好的启示。在"三江源"地区，我还看到了非常壮观的玉树康巴舞蹈、雍容华贵绚丽的康巴藏装、根据《格萨尔王传》史诗中"尕嘉洛氏家族"神奇牦牛帐篷而缝制的巨大的"蓝羽九天窗"牦牛帐篷（该帐篷已经入选吉尼斯世界纪录），还有壮观的格萨尔狮龙金殿。我还看到了经历了大地震的玉树和果洛各族人民，在全国人民的大力援助下，用自己坚韧的精神和勤劳的双手重建家园。如今的玉树和果洛州生机勃勃，各种充满藏族文化特色的建筑给"三江源"增添了活力四射的人文魅力，而玉树藏族自治州府所在地则塑起了铜雕的格萨尔，象征着"三江源"地区藏民世代传承英勇顽强的精神。"三江源"藏族民众所创造的各种物质和非物质文化遗产，如草原上空闪亮的星星，给这大江大河的发源地增添了人类文化的奇情异彩。他们和这清冽的雪水、肃穆伟大的冰川、雄伟壮阔的雪山草原一起，构成了"三江源"的独特魅力和精神的感召力。

格萨尔的现代化身——生态守卫者

"三江源"也是英雄辈出的故乡，古代有格萨尔，如今有索南达杰等为了这江河的生态和藏羚羊等生灵与贪婪的杀戮者殊死之斗的英雄汉。他们是"三江源"一道壮丽的人文景观！

我在2011年的青藏行中曾有机会穿越可可西里，对为保护藏羚羊而献出了生命的英雄杰桑·索南达杰由衷致敬！这位"三江源"的藏族汉子曾担任治多县委副书记，在1992年创立了治多县西部工作委员会（西部工委），开展可可西里生态保育和藏羚羊保护等工作。1994年1月18日，在与盗猎者的搏斗中不幸中弹身亡。1996年5月，国家环保局、林业部授予索南达杰"环保卫士"的称号，治多县在昆仑山口塑起了杰桑·索南达杰纪念碑，建立了杰桑·索南达杰自然保护站，激励着后来者。

来到英雄的家乡和英雄献身的可可西里，一种钦佩和崇敬油然而生！当年的英雄格萨尔为藏民的生存南征北战，戎马一生，为他的子民建立了美好的家园；如今的英雄索南达杰等当代环保卫士们，为了"三江源"的生态，为了保护藏羚羊这柔弱无助的生命，尽全力守护着这片土地和生灵，甚至抛洒热血献出自己的生命！

伟大的"三江源"！作为一个中国人，我永远感恩这片哺育了中华大地的大江之源、顶礼朝拜这片闪烁着超迈的精神之光的土地。

第二章

高原行踪

滇越铁路上的行与思

一

我在2009年终于有了两次机会,沿着早在少年时代就慕名向往的滇越铁路进行考察。

云南省政协把对滇越铁路的考察作为2009年度的重点调研项目,组织了部分政协委员和专家对滇越铁路的两次调研考察。该项目的重要目的之一,是力图保护这条在中国交通史、铁路史和对外开放史上具有重要意义的百年铁路和与其密切相关的沿线历史文化遗产,并争取让它在今天重新焕发生机,为国为民造福。

当我两次踏上滇越铁路,一路看去,在世路沧海桑田的变迁中,感受到了作为中国第一条国际铁路的滇越铁路那布满斑斑历史印迹与世事烟云而显得沉甸甸的历史,重新感受了百年风云中尝遍酸甜苦辣的我的祖国所走过的一段历程。

作为中国第一条国际铁路的滇越铁路,从1903年开工、1910年建成通车,到2010年已经走过了100周年的岁月。这是一条凝聚着中国人的辛酸血泪史和艰苦创业史、奋争史的铁路;同时,它也是一条因对外开放而在云南开启了西方现代

当年在滇越铁路
上奔驰的蒸汽机火车
(2009年摄)

滇越铁路蒙自芷村的火车站，越南共产党领导人胡志明曾在芷村居住过两年（2009年摄）

工业文明之光的铁路。

走在滇越铁路上，心里一方面想起清朝政府丧权辱国接受法国修建滇越铁路条款的国之耻辱，而另一方面也想起了这条铁路建成后所起的客观历史作用，想起了那些中国近代史上与这条铁路密切相关的一幕幕历史风云和辉煌往事。

这条翻山越岭跨河穿谷的滇越铁路，为云南历史上建设时间最早、建设难度最大、在中国和世界铁路建设史上最具影响的铁路工程之一。因其险峻卓绝的设计和浩大的工程，被当时世界有名的英国《泰晤士报》称之为与苏伊士运河、巴拿马运河齐名的"世界三大工程奇迹"。滇越铁路的建成通车，使云南迈出了进入现代交通运输时代的第一步。在当时特殊的历史条件下打开了云南面向世界开放的大门，让云南人最早看到了西方世界现代工业文明的曙光，促进了云南现代文明的进程，使云南成为中国近代工业化发展最为迅速的地区之一。

滇越铁路也为一批中外仁人志士提供了成就为国为民大事业的历史舞台，朱德、叶剑英、蔡锷、李烈钧、胡志明、武元甲等一批人杰借助滇越铁路从事为国为民的革命事业。滇越铁路也成为新思想、新文化、新理念传入云南的一条通道，比如孙中山所领导的同盟会的很多材料，也是借助这条铁路迅速在国内传播。最早传入云南的《资本论》，也是从这条铁路传入的。云南的熊庆来、聂耳等精英才俊，借助滇越铁路出国求学；而西南联大的朱自清、冯友兰、陈寅恪、刘文典等一大批著名学者教授和他们的学生，也从滇越铁路来到今属云南红河哈尼族彝族自治州的蒙自并成立了西南联大文法学院，在云南教书育人、传播新思想新文化，极大地推动了云南的文化教育事业。滇越铁路改变了云南乃至我国西南交通格局，打通了近现代国际贸易大通道；滇越铁路把西方的思想、工业技术、医学以及西方的一些生活方式等带进云南，深刻地影响了云南民众的思维、观念和生活方式。

我沿着滇越铁路一路看去，心里常常百感交集、喜忧交织。喜的是看到沿途还有不少保护得比较完整的历史文化遗存和遗址，比如红河哈尼族彝族自治州境内以气势磅礴、鬼斧神工的人字桥为代表的诸多滇越铁路的建筑遗址。古院旧园、断壁残垣、黄墙红瓦、锈迹斑斑淹没在衰草尘土里的寸轨乃至老树枯枝新芽，都在岁月风雨的剥蚀中向人们展示着云南一段难忘的历史和云南人的心史。

开远市的法式建筑北机口机车库迄今保存还完整，当年护国运动名将蔡锷坐火车从滇越铁路秘密回国作义举时曾悄然留宿在这个机车库。民间还流传着蔡锷将军和他的部下在这里挫败了袁世凯在云南的走卒妄图摆"鸿门宴"谋害他的传奇故事。

位于蒙自市东南部山区的芷村镇南溪路非常热闹，我在这条滇越铁路的名街上看到熙熙攘攘来自各地的城乡居民，琳琅满目的货物，老街上人声、音乐声喧哗，充满了生活气息和浓郁的商业街气息。

这条古街上有一幢有阁楼的老房子，它与越南共产党的胡志明主席有一段奇缘。在20世纪三四十年代，胡志明当年风尘仆仆来往于滇越铁路从事革命活动时，曾多次在这里居住过。据介绍，芷村在20世纪三四十年代是滇越铁路的一等火车站，曾有8户法国人作为滇越铁路工作人员在这里居住，住在这里经商和做工的越南人更多。当时的芷村曾是个滇越铁路边的繁华之地，商号林立，店铺众

滇越铁路上著名的碧色寨火车站，过去曾扮演着滇越铁路沿线第一大站的角色（2009年摄）

碧色寨车站站房是红瓦黄墙的法式砖木结构建筑，碧色寨车站还有个碧石铁路站房、哥胪士酒吧、大通公司等遗址（2008年摄）

用石块垒墙的民居建筑群也有地方特点（2008年摄）

多。1932年胡志明坐火车从滇越铁路来到了芷村，由于芷村当时有100多户越南人居住，位于芷村火车站后面的南溪街又是越侨的居住地（南溪街上当时设有咖啡馆、面包厂、照相馆、歌舞厅等，非常热闹），胡志明机警地选择了南溪街当时最大的赌场阁楼作为自己的办事处及住所。胡志明在芷村断断续续住了大约两年时间，从事革命活动。直到抗日战争爆发，国民政府为防止日寇利用滇越铁路侵略云南，炸断了滇越铁路，胡志明方离开芷村回到越南。

据介绍，在修筑滇越铁路的过程中，有12000多名劳工死亡。此外还死了80多个法国技术工程人员，他们死后主要葬在开远至芷村一带的铁路边上，当地人将这些坟墓称为"洋人坟"。

我们来到了滇越铁路上著名的碧色寨火车站，它位于云南省蒙自县城东北12公里处的草坝镇碧色寨村山梁上。碧色寨车站是滇越铁路上最重要的一个火车站，它也是中国人自己筹款修建的个（个旧）碧（碧色寨）石（石屏）铁路上米轨与寸轨交会、换装的一个特等车站，它反映了当年云南人民和法帝国主义抗争、自力更生修建个碧石铁路的一段难忘历史并在过去曾扮演着滇越铁路沿线第一大站的角色。

　　碧色寨成为滇越铁路的第一大站后，法国、英国、美国、德国、日本和希腊等国的人纷纷来到这里开设洋行、酒楼、百货公司和邮政局，每天有40余对列车在此经停。据相关资料记载，最盛时，这个小小寨子的人口达到2000多人，而这里在滇越铁路修建前仅仅是一个有几十人的小村子。2009年我们来到碧色寨时尽管很多建筑群已经只剩断壁残垣，但相对来说，碧色寨车站站房、个碧石铁路站房、哥胪士酒吧、大通公司等遗存遗址，保护得比较好。这里用石块垒墙的民居建筑群也有地方特点，今后如果能保护发展成一个具有浓郁的地方民俗特点的村落，其村寨民俗景观将会与碧色寨的铁路历史建筑群相得益彰地形成别样人文魅力。

　　坐车沿崎岖的山间公路，经过长途跋涉，我们来到了位于红河哈尼族彝族自治州屏边县北湾圹乡度箐与倮姑站之间的滇越铁路人字桥。这座鬼斧神工的铁路桥，一下慑服了我。这座横跨巨崖深谷间的桥梁，桥长71.7米、宽4.2米、高102米。据介绍，整个人字桥为桁肋式铰拱钢架架桥，全用钢板、槽钢、角钢、铆钉连接而成。此桥跨度为67米，距谷底102米，所用材料全在法国制成。它看上去宛如一个巨人张开双腿跨立深谷间，气势磅礴。在我国，只有两座桥载入《世界名桥史》，一座是隋朝工匠李春设计的赵州桥，而另一座就是滇越铁路上的这座人字桥。这座作为建筑奇迹的铁路桥梁有180吨重，100年来，它承载过南来北往的数十万趟列车，运送旅客人次以亿计，运输货物数千万吨。而至今，桥梁的一个铆钉一个螺丝都没有更换过，可见工程质量之精湛、技艺之卓越。在各种豆腐渣建筑工程数不胜数的当下中国，我不禁对人字桥的设计者、法国著名工程师保罗·波登先生和中国修建这座桥梁的劳工们肃然起敬，他们是真正的英雄！抗日战争期间，日寇飞机多次来轰炸人字桥，都无功而返。人字桥如今依旧巍然屹立在深谷间。

　　人字桥也浸透了中国劳工的血和泪！据史料记载，修建这座仅67米长的人字桥，由于修桥工程的异常艰险，在为期一年零八个月的施工中，中国劳工就死了800多人。据说，当年法国当地报纸惊呼：中国工人在人字桥上的施工是"死亡之上的舞蹈"。这座神奇的人字桥，亲历和见证了近现代中国与世界的一系列大事件：河口起义、护国起义、抗日战争、解放战争、援越抗法、援越抗美……她承载的荣辱与沧桑胜过世界上任何一座著名的铁路桥梁。人字桥在2006年被我国

远望人字桥（2008年摄）

国务院公布为"全国重点文物保护单位"。

我走在桥上山风习习吹来，苍山滴翠，山峦如黛；往下眺望，山下是苗族人聚居的五家寨，当地政府帮盖了扶贫的新房。有几个苗族农人正在山地里干活，田野阡陌宛在画中，远远地一列火车穿越山峦鸣笛而来，机车头上的"东方红"三个红色大字使人怀想起新中国成立后这条铁路为国为民所做出的巨大贡献。

我来到位于玉溪市华宁县的滇越铁路盘溪火车站，当地人给我们讲述了这个火车站当年的繁荣往事，包括和火车相关的地名等。在火车站旁，有36棵枝叶繁茂、枝干挺拔高大的香樟树。据介绍，这是多年前滇越铁路火车站的职工种下的。在这些树旁还幸存有两幢当年火车站的法式建筑，黄墙红瓦，和饱经沧桑的绿茵茵的香樟树成了滇越铁路历史沧桑的见证者。省政协调研组向当地有关部门提出将这些古树挂牌保护的建议。

二

在此次滇越铁路的考察中，也触发了我的一些忧患之思。因为我在沿途见到了滇越铁路和个碧石铁路沿线一些重要的历史建筑和各种相关文物的毁损状况。比如我们在石屏火车站考察时，有个上百年历史的法式建筑机车库，就正在我们的眼皮底下被拆除，而且已经被拆除了大半了。我们质问当地火车站的工作人员，回答说是不知道这个机车房已经被红河哈尼族彝族自治州政府列为文物保护单位。从这里反映出，铁道部门和地方政府之间在保护铁路文化遗产方面需要更多的沟通和达成共识。另一方面，我也感觉到铁路部门对沿线与铁路密切相关的文化遗产的保护比较淡漠。尽管昆明铁路局已经建立了铁路博物馆，收集了不少铁路历史文物，有很大的贡献，但对沿线诸多文化遗产的保护，还欠缺有力的保护措施。这应该与铁路部门对沿线与铁路相关的历史文化遗址和建筑物的历史价值缺乏认知有关，这反映了我国国民和国家机关对历史文化遗产价值的认识普遍欠缺的一面。因此，上述石屏车站把具有历史文化遗产价值的历史建筑拆除的现象在滇越铁路全线比较普遍。我后来曾到个碧石铁路经过的建水团山村调研，这是个碧石铁路沿线的文化名村。村里的人告诉我，原来这里也有一个非常有特色的火车站台售票处，但不久前被拆掉了。

上文中说到的碧色寨火车站虽然还有不少滇越铁路历史建筑遗存，但很多保护力度还不够，有的被盲流人员所居住或用作畜厩。而上文提到的那个蔡锷将军留宿过的开远机车库，则成为一个堆放杂物的地方。在个旧鸡街火车站，我们看到一大堆已经被拆除的珍贵的铁路寸轨堆放在路旁，如果不好好保护，其命运和那些已经被废弃而扔弃在山野蔓草荒烟中的寸轨铁路的命运也差不多。

此次考察，我深深感到，我们在加强保护我国珍贵的历史文化遗产方面还需加强力度，只有铁路部门和地方政府通力合作与共同保护，才能共同促进滇越铁路和个碧石铁路的保护和再利用的工作。红河哈尼族彝族自治州建水县文物部门和铁路部门的合作就做得很不错，他们和拥有铁路及其沿线建筑产权的铁路部门谈好，产权归铁道部门但保护权则归地方文物部门，这样，建水县文物部门保护住了如乡会桥火车站等一些非常珍贵、中法合璧的建筑群。

一列"东方红"火车奔驰而来即将过人字桥（2008年摄）

当年蔡锷将军乘滇越铁路回云南途中留宿过的开远机车库（2009年摄）

随着铁路部门规划建设的泛亚铁路东线玉（溪）蒙（自）线将在2010年建成通车，蒙（自）河（口）线已在2009年开工建设，一旦此线建成通车，滇越铁路传统的营运功能就将丧失，有可能因为停止使用而结束它的百年历史功能，如鸡街到个旧的路段那样被废弃在荒野间。由于滇越铁路已经处于将要停用的前夕，昆明铁路局为做好停运前的准备工作已经开始收缩战线，一些车站停业、有的人员已经撤离。据介绍，2007年关闭了一个车站，2009年关闭了10个车站。如果不采取有力、有效的措施加以保护，有百年历史、承载着中国近代一段充满了风雨沧桑和酸甜苦辣辛酸国史的滇越铁路，已经危在旦夕。可以设想，假如整条滇越铁路都废弃了则那些众多的沿线的铁路历史文物古迹也将不保，将逐渐被毁灭在蔓草荒烟之中，日后要想恢复必将付出巨大的代价，而且有很多东西将是不可恢复和修复的。

滇越铁路的命运向何处去？！一切将取决于我国对这条中国第一条国际铁路遗产的取舍和对待历史文化遗产的态度；取决于一个泱泱大国对待一条在中国交通史、铁路史和国际交流史上具有深远意义的铁路历史文化遗产的态度。

三

2009年7月，胡锦涛总书记在视察云南时提出，要把云南建设成为中国面向西南开放的重要"桥头堡"。与此同时，中共云南省委八届八次全体会议在昆明召开，全委会确定"把云南建设成为我国面向西南开放的重要桥头堡"为2010年云南要做好的重点工作之一。

本书作者考察已经被列入世界文化遗产名录的印度大吉岭铁路和老火车（2011年摄）

如何把云南建设成为我国面向西南开放的重要桥头堡？我觉得，除了守好国门、维护边境稳定以及大力推动云南和东南亚、南亚国家的经济贸易交流之外，桥头堡的意义还应该包括促进和对外展示文化建设、促进国际文化交流，还应该体现在历史文化遗产、民族文化遗产的保护和弘扬等方面。特别是需要在对待历史文化遗产方面体现一种大国精神、大国风度、大国模式，对周边国家起到一种示范的作用。

我认为，对历史文化遗产的保护和传承对促进国家之间全方位的交流和相互的沟通有很重要的作用。我们应该通过对滇越铁路的保护，向东南亚、南亚国家乃至世界展示中国在历史文化遗产、少数民族文化遗产保护方面的一种姿态和精神，以及具体的方式方法，逐渐形成我们的"中国模式""中国经验"。

滇越铁路的历史意义、规模和特点，都不亚于如今已经获得世界文化遗产的几条国际历史老铁路。

建于1848—1854年的奥地利（Austria）赛梅林铁路（Semmering Railway），全长41公里，是世界上第一条穿越高山地区的铁路。它在1998年被评为世界文化遗产，是世界上第一条获此殊荣的铁路，它极大地促进了当地旅游业的发展。

印度类似的百年铁路大吉岭喜马拉雅铁路（Darjeeling Himalayan Railway），因为保护和再利用得法，早在1999年就已经获得了世界文化遗产称号，成为保护良好的历史文化遗产瑰宝，并推动了当地旅游经济的发展，使民众大受裨益。

大吉岭铁路总长约80公里，行驶一种迷你的爬山火车，昵称为玩具火车，在1999年以环山铁路系统的经典之作被纳入世界文化遗产。这条铁路当年修建的

用孟加拉文、印度文和拉丁文书写的大吉岭车站站牌（2011年摄）

滇越铁路蒙自市芷村火车站所见的苗族老太太（2009年摄）

主要目的是运输喜马拉雅山区的木材。百年之后的1999年，这条铁路因"采用大胆创新的工程施工解决了穿越高山自然风景区建立高效铁路的问题，并仍然充分运用和保留了该地区原有风貌的完整。它是交通运输系统的革新，是影响和推动多元文化地区社会经济发展的杰出典范，是世界许多类似发展地区值得借鉴的模式"而被列入世界文化遗产。一条老得几乎难以经营的铁路，就因为历史文化价值的被发现与认可而重新焕发出了无限生机并带来了滚滚财源，世界的旅游者把它称为"世界知名的玩具火车"，乘坐它观光是每个人一生应该走一趟的"人生的旅程"。

台湾阿里山森林铁路与智利至阿根廷的安第斯山铁路，目前都在积极地进行申报世界文化遗产的工作，并为此而设立了专门机构。阿里山森林铁路观光，目前已经成为台湾省最著名、畅销的旅游产品之一。滇越铁路与这些铁路相比，在自然景观、工程景观和人文景观方面毫不逊色，且还有独特优势。滇越铁路这条在国际上特别是欧洲有很高知名度的铁路，对于促进我国与东南亚和南亚国家之间的文化和经济交流以及建设中国通向东南亚、南亚国际大通道都具有重要意义。

世界遗产委员会于2003年设立了文化线路遗产项目申报，对陆地道路、水道或者混合类型的通道等文化线路遗产进行保护。世界遗产委员会《行动指南》中对文化线路遗产的意义评价为"它代表了人们的迁徙和流动，代表了一定时间内国家和地区内部或国家和地区之间人们的交往，代表了多维度的商品、思想、知识和价值的互惠和持续不断地交流"。它的本质是与一定历史时间相联系的人类交往和迁移的路线，包括一切构成该路线的内容：除城镇、村庄、建筑、闸门、码头、驿站、桥梁等等文化元素之外，还有山脉、陆地、河流、植被等和路线紧密联系的自然元素。

2008年10月，国际古迹遗址理事会第十六届大会在加拿大古城魁北克通过了《关于文化线路的国际古迹遗址理事会宪章》，标志着文化线路正式成为世界遗产保护的新领域。2007年9月，国家文物局确定了丝绸之路联合申报世界文化遗产第一批申报推荐项目名单，丝绸之路有望成为我国首个与他国联合申报世界文化遗产的项目。2009年4月10日、11日，2009年中国文化遗产保护"无锡论坛"在无锡举行。丝绸之路、大运河、茶马古道这三条"文化线路"遗产的保护成为本届论坛的核心内容，海上丝绸之路申遗同样备受关注——泉州、广州、扬州、宁波、蓬莱五城市初步被纳入海上丝绸之路"申遗"计划，世界上最长、工程量最大的运河——中国京杭大运河将于2014年申报世界遗产。

四川"中国蜀道"申报世界文化线路遗产项目正式启动，蜀道沿线的12个城市及国内外有关专家学者、行业人士，于2009年11月11日在四川省广元市举办的论坛上共同发表了关于中国蜀道文化线路保护与申遗的《广元宣言》。此次论坛由四川省委宣传部、省文化厅、省建设厅、省旅游局和广元市政府主办，以"中国蜀道文化线路保护与申遗"为主题。

滇越铁路历史上涉及中国、法国、越南三国，沿线涉及十多个民族及无数的村落文化，是一个典型的跨国、跨族、跨界的文化遗产，很有潜力成为中国首条以铁路为载体的世界文化线路遗产。我于2009年在越南文化体育旅游部文化艺术研究院的一次讲演中，展示了滇越铁路的一些照片，包括胡志明在芷村的故居等，也得到了越南学者们的热烈共鸣和反响。期待着中越两国共同保护这条对两国都有非凡历史意义的铁路，并一起向联合国教科文组织申报滇越铁路为世界文化遗产。最近传来消息，越南铁道部对共同保护和申报滇越铁路为世界文化遗产的热情很高，非常积极，这为日后两国联手共同保护和申报滇越铁路为世界文化遗产的前景奠定了较好的基础。

我们期待着滇越铁路能够完整地保存下来，并在新的历史时期促使它焕发出新的活力和生机，为民众造福。同时，也让这条记载着近代中国的屈辱和奋争的历史、也记载着中国对外开放历史篇章的铁路，成为我国进行爱国主义教育和近代史教育的一个活着的历史文化遗产。

云南火腿之道：马铃儿响来盐花香

在人们的字典里，较之盐马古道，茶马古道恐怕是更为熟悉的词语。不过，作为一个多年来行走在大江大河拥围的滇川藏地区的丽江人，我知道，盐马古道对于当地人来说，是另一条同样重要的路线。

百味盐为先，云南的火腿有数十种，色香味各不相同。不管是在1915年国际巴拿马博览会上荣获金质奖的宣威火腿还是产自丽江市永胜县、获得第六届中国国际食品博览会金奖的三川火腿，抑或是大名鼎鼎已如神话般传唱的云南诺邓火腿，论起精髓，当地人便会热情地带你去看当地的古盐井：没有上好的盐，都只能是一个虚妄的传说。

据《云南通志》记载："汉代，云南有两盐井，安宁井和云龙井。"据考证，汉代的云龙井就是如今的诺邓盐井。公元前109年，汉武帝派兵征服云南，设郡置县，其中有"比苏县"，有人认为"比苏"为古僰语"有盐的地方"之意，地点即以今云龙县的沘江流域为核心（沘江即"比苏之江"）。汉魏六朝数百年间，云南与内地始终若即若离，到史万岁征滇至唐天宝战争之前有100多年结束了割据局面，但南诏崛起后又与唐王朝分裂。其时，有樊绰所编的《蛮书》

云南禄丰县黑井是过去著名的产盐之地，这是当地著名的黑牛盐井（2007年摄）

介绍南诏物产，言及"细诺邓井"的盐，实际就是原来的"比苏"地区所产。《蛮书》是云南的第一部史志，书中提及的地名现在大都消失了，唯有"诺邓"之名至今依旧。公元1383年，明政府在诺邓置"五井盐课提举司"，下辖诺邓井、顺荡井、山井、大井和师井这五个盐井，盐课提举司的衙门旧址至今还完整地保留在诺邓村里。到了明嘉靖时期，再增加石门井、宝丰井、天耳井共成八大盐井，但习惯上仍称为"五井"。云龙的运盐古道也被人们认定为广义上的云南"盐马古道"。这条古道北通丽江、维西，南向保山、临沧，东到大理、昆明，西到腾冲、缅甸。

云南楚雄彝族自治州大姚县石羊古镇也是著名的产盐地，有2100多年的制盐历史，官方大规模的盐业生产始于唐代，清代中期年产销量达到鼎盛时期，有"盐都"之称。于是也就产生了著名的盐马古道。据石羊志书记载，公元前285年（秦昭襄王二十二年）石羊就有驿道通向外界，称为"白井驿道"。随着石羊盐产销量的扩大，到清代古驿道发展为两条主干道：一条称为"博南道"，由西经镇南（今云南楚雄彝族自治州南华县）、云南驿到叶榆（大理），在大理中转后发往滇西各地；一条由东至苴却（永仁），过金沙江进入四川转运至西藏。山间铃响马帮来，古道在崇山峻岭间延伸，石羊的食盐销往滇西府、厅、县及至四川、西藏等地。清末民初，每天进出盐区的马匹多达四五百匹，商贩二三百人。那时古道上一路骡马，铜铃叮当，响彻山野。藏商从盐马驿道上驮了盐走，最终转上通往藏地的"茶马古道"。

云南还有著名的黑井古镇，位于云南省楚雄彝族自治州的"恐龙之乡"——禄丰县，自古以来是个产贡盐的地方。据《黑盐井志》记载："土人李阿召牧牛山间，一牛倍肥泽，后失牛，因迹之，至井处，牛舔地出盐。"古代，黑井的人掘池储卤，用原始的薪炭法制盐；南诏大理国时期，掘池汲卤，用釜煎盐，黑井的盐成为专供王室的贡盐；元代，中央政府置威楚路提领管黑盐井盐运使司。但在这2000年中，黑井仅仅开挖了两三口盐井。明洪武年，朝廷在黑井设正五品的盐课提举司，直隶于省。到清朝，黑井盐业到达鼎盛，盐税占到云南盐税的64%。盐业促成了黑井的繁荣。黑井有史前十八犁田新石器文化遗址，万春山腰有元代摩崖，始建于元的古盐城桥，明清护城堤和长788米的顺河桥，明清风格的民居，以及文庙、诸天寺、龙祠、飞来寺、香山寺等古寺庙，还有古碑刻、石雕（万春山顶古墓石雕人马）、古塔、石牌坊、古墓（青铜墓葬、元代火葬墓群等）、古戏台。

盐对人的重要性不言而喻，藏族著名的史诗《格萨尔王传》里，就有专门讲述岭国和姜国争夺盐池的战争的专章，折射出史籍所载的四川盐源一带吐蕃

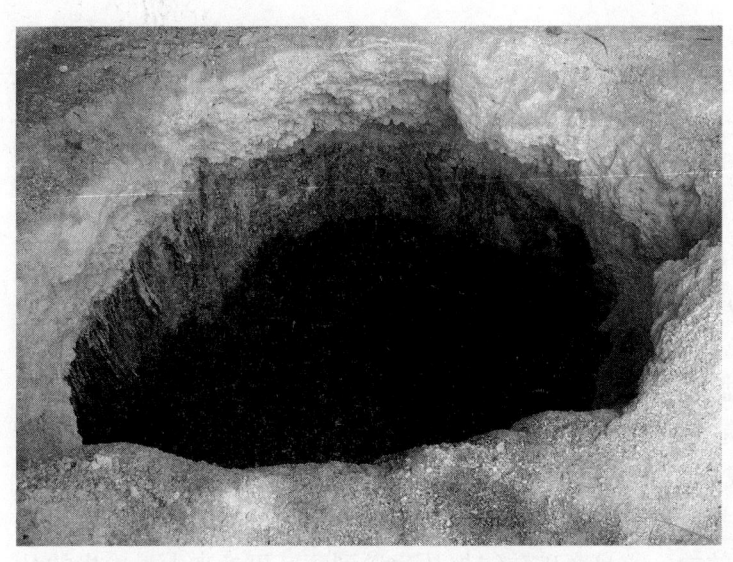

云南禄丰县黑井
山上两口古老的盐井
（2007年摄）

和麽些（纳西）人的"盐池之争"。在唐代，吐蕃南向扩张就因为看好南诏地区丰富的资源包括"细诺邓井"的盐；明政府派王骥"三征麓川"时特别提高了"五井"的"盐引"（盐商纳粮领盐运销的凭证）价；清代嘉庆年间，滇西地区人民曾为"五井"等地盐的"官销"问题发生过一次震惊朝野的暴动。汉武帝实行盐铁专卖后2000年来盐铁生产销售都直接由中央政府管理，进行"官卖"，但明清以来盐商们非常活跃，朝廷不得不在政策上有所改革。诺邓、顺荡等地盐质甚佳，盐商各争市场，故明代后期出台一项行盐政策"地方台井之盐，专行大理；五井之盐，专行永昌（即保山）"，定销滇西"八府州县"，至此，保山、腾冲直至缅甸一带的食盐主要由"五井"地区供应。

产盐区迎来了往来不绝的各地商贩，运盐古道自然形成，各种因盐而繁荣的街市建筑也应运而生，除了民居外，诺邓村有玉皇阁、文庙、武庙、龙王庙等明清时期的众多庙宇建筑，盐井、盐局、盐课提举司衙门以及街巷、驿路等古代建筑。诺邓至今流传的一首诗，道出了当年诺邓盐业的盛况："万驮盐巴千石米，行商坐贾交流密，百货流通十土奇，铭铃时鸣释道里。"这首自明代开始传诵的诗歌，可以告诉我们当地盐业的繁荣景象，也可以让我们想象当年骡马成群、商贾云集、货物琳琅满目的盛况。

禄丰的盐运古道有两条，即黑井盐运道与白井盐运道。黑井道路联结滇中地区的几大著名盐井，步行走捷径而驮马则迂回而行，分为步道和马道。这些运盐道路四通八达，把盐运往四面八方。走在盐马古道上，一路可看到古石桥、古亭子和石板路上的马蹄印，以及沿路的各民族村落，农舍阡陌，清流绿树，风景如画。如今的古道，有的依旧马铃叮当，有人和马络绎而过；有的古道，则已是满眼蔓草荒烟，行人寥落。过去云南盛产盐巴的这些古镇，后来因为海盐的引进而逐渐衰落，盐马古道也逐渐寂寥。盐村繁华如风飘逝，而很多因盐而生的诸多历史文化遗产，却依旧在古道上熠熠生辉、造福后世。盐和茶的故事，代代相传。

由于盐是国家重要的税收来源，政府对盐的重视毋庸置疑，但"私盐"现象也一直存在。在盐马古道的青石板，留下官方马队的印迹的同时，也见证了另一些黑夜里的身影：一些人悄悄用背篓贩运私盐，也有马帮收取好处费帮助运输私盐。运送私盐的风险很大，但仍旧有人愿意冒险。滇西一带对"五井"的盐情有独钟，有些地方到儿女婚嫁时一定要用红布包一块诺邓盐作为"彩礼"。诺邓盐的成分是"氯化钾"，用钾盐喂牲口既可防治疫病，也能催膘。据说母畜吃了这种盐后还容易发情，因而有利于牲畜的繁衍发展，所以"诺盐"成为藏区最受欢迎的盐，一旦突破防线把盐运送到藏区可换来大量珍贵的马匹、药材和毛皮。

盐马古道上也流传着许多故事，讲述"五井"的学子赴省进京赶考的寒苦、各地商人沿途担惊受怕的遭遇、赶"三月街"的女子在路上的见闻、跑缅甸的淘金者在路边的吹嘘以及每个寨子的匪事、兵争、官司、逃匿出走、贩卖私盐……最有趣的还是马帮的故事。那时，只要在深山老林里，在没有尽头的古道上，远处传来一阵马铃声，紧接着你就会听到赶马人唱的山歌了：

云南禄丰县黑井镇一口历史悠久的盐井，盐渍斑斑（2007年摄）

小哥出门要去哪？
赶着几匹大骡马，
一路踩山花。
漕涧梁子吆下去，
界头岭岗往上爬；
桥街盐巴换洋布，
好送女人家。

"漕涧梁子"指的就是怒山；"界头岭岗"即高黎贡山；而"桥街"则指腾冲与缅甸交界的街场，就是现在的猴桥口岸。这首山歌的年代不长，那时候，盐马古道上已经出现了异国人的身影。鸦片战争之后，云南也开始走向世界，英国生产的布匹与"五井"生产的盐巴在中缅交界的街场上进行交换，滇西更热闹了。

2007年，我曾经探访过黑井一带的盐马古道，每天都见到云南矮小但非常善驮重物的马驮着日用品在石板路和土路上走过，只是如今马驮的已经不是盐而是各种山货和日用品了。因盐而繁荣建起的一些石牌坊还完整地矗立在黑井的街上，有"节孝总坊""德政坊"等，其中的德政坊有这样的文字说明："德政坊，因民盼征盐税而施德政得名。"此外还有建于元代的五马桥。黑井街上有店铺挂着一排排本地腌制的火腿出售，也是这里的特产。有个本地老人从小就从事制盐的工作且痴迷本地盐业史，常常自愿带客人去看盐井，讲述盐马古道的故

走过著名的云南产盐之地黑井的马帮（2007年摄）

事，为表示自己是行家还专门挂了一个胸牌。他领着我们去看位于山上的古老盐井，盐水依旧汩汩涌流，一路可见白色的斑斑盐渍。原来远近闻名的盐厂依旧还在，只是很多设备已经锈迹斑斑被废弃不用了。

至今依旧还繁荣的古道盐业，在茶马古道重镇之一的西藏昌都市芒康县的盐井乡。它地处西藏自治区东南端，位于横断山区澜沧江东岸芒康县和德钦县之间，历史上是吐蕃通往南诏的要道，也是滇茶运往西藏的必经之路。盐井盐田这道人文景观现在是"茶马古道"上唯一存活的人工原始晒盐风景线，至今，我们在这里还可以见到古老的晒盐业。盐井山高谷深，沿江两岸三叠纪红色砂岩的盐泉被扩为盐井，当地的纳西族女子用长圆形木桶从江边的盐井内将盐水一桶桶背出，然后爬上木棚——倒于木棚顶上的一块块盐田之中。一两天后，井盐便在峡谷的烈日暴晒和强风吹拂下呈现出来。在2002年，从事盐业的村民每人每天能得到的平均收入为40元左右。

江边晒盐最好的天是当地人所称的"桃花月"，即农历三月份百花盛开之时。盐主要销到西藏的左贡、芒康、察隅和云南的德钦、丽江以及四川的巴塘、理塘等地。巴塘、理塘的人常常赶着马帮来此地驮盐，我看到一队队骡马穿街而过，赶马人和当地居民大声亲热地打着招呼。对我们云南人来说，这就是最好的生活。

三访"茶马古道"名镇沙溪

我的家乡丽江的邻县剑川县,现在属于大理白族自治州,这个县的主体民族是白族,县城里的居民90%以上都是白族,是个文人辈出的文献名邦。剑川与丽江山水相连,过去属于丽江专区,所以人们常常将"鹤丽剑"并称,"鹤"指与丽江相连的大理白族自治州鹤庆县。我到过剑川很多次,但知道这个县有个"茶马古道"名镇沙溪镇寺登街则是在2001年,那时我来参与从事一项关于文化生态保护村的调研工作。

一 "世界建筑保护遗产"寺登街

2001年底,一条新闻惊动了云南,这年10月11日,剑川沙溪镇寺登街被列入2002年第101个世界性濒危建筑保护名录,这是自丽江古城入选"世界文化遗产"后"茶马古道"名镇的又一盛事。这次和寺登街同期入选为"世界性濒危建筑保护名录"的还有北京的长城、上海的欧雪尔·雷切犹太教堂。而寺登街被学术界公认为是"茶马古道"上一个历史悠久的名镇,有的甚至将它称为"茶马古道上唯一幸存的集市",这个说法倒是有些夸张,但寺登街完整的古建筑和民俗鲜活地保存着的集市原貌确实使我惊叹不已。

我是在2001年12月第一次走进寺登街的,寺登街在位于剑川县西南部的沙溪镇。沙溪是一个居民以白族为主,汉族、彝族和傈僳族共居的地方,有22497人,其中白族就占了84%。

一路上田野阡陌连绵纵横,风光如画,沿途的白族村落里还保留着一些古色古香供着主宰文运的神魁星的"魁阁",在青瓦泥墙或白墙的农舍映衬下显得古意深沉。

寺登街的四方街一瞥,民居多是"前铺后院"的形式,和丽江古城等都体现了"茶马古道"集镇民居的特点(2007年摄)

寺登街位于沙溪坝子的中心，是沙溪经济、文化中心，自古以来一直是沙溪贸易往来的集散地。远眺寺登街但见远山如黛，绿树掩映，青瓦泥墙人家，一派古朴清幽的气象。据地方史料的记载，沙溪寺登街形成于元末明初。明代已经初具规模，清末至民国时期因茶马古道而繁荣。

据介绍，寺登原来并不叫寺登，而是叫南塘。寺登这个名字是后来才叫起来的。民间传说是因这里有兴教寺而得名。"登"是白族话，意为"地方"，"寺登"就是寺庙所在的地方。

来到寺登街，一种古色古香而朴厚的古镇风神迎面而来。这里有个成曲尺形的四方街，南北长约64米，东西宽约22米。整个街面用很美观的红砂条石铺筑而成，与丽江古城的五花石板路相比较，另是一番风格。四方街的正中位置是当地一年一度火把节火把杆的插孔。四方街的四面，是很多幽静古朴的小巷，也有些像丽江古城的四方街，小街小巷如星光般从四方街辐射向四方。

街中心有两棵高大的古槐树，它们十分对称地生长在街子偏中的南北两边，绿荫如盖。据当地老人讲，这树已经有数百年了，树下是人们纳凉谈天的好去处。

街四周的民宅和丽江古城的民居风格有很相似的一点，即"前铺后院"。民宅临街的全是商铺，商铺大部分有长条的木柜台供商贸交易之用，而里面则是院落。这一点看来是丽江、大理等地作为"茶马古道"集镇民居的普遍风格，据说寺登街很多人家过去都开马店，供南来北往的马帮及客商住宿、存货和让驮马歇息。据当地人讲，寺登街的马店在商铺通往后院的门楣上悬挂写有"公店"二字的招牌，表示后院就是马店。

寺登街集市上的村民们（2008年摄）

这街道周围的居民看去悠然惬意地生活着。由于寺登街的游客还不多，所以这里就有一种宁静闲适的日常生活气息，有各种各样的店铺，包括理发铺、裁缝铺等做各种手工活的店铺以及卖花籽糖等本地食品的铺子等。当地妇人劳作之余在街道上三三两两闲聊家常、喝茶，男子抽着水烟袋谈天说地，小孩在四方街上玩游戏，这和如今商铺林立、外地商户不断增多的丽江古城相比,别有一种生活的情致韵味。

我在2007年再次来寺登街,刚巧碰上当地赶街,来自四乡的农人在这里出售山货、蔬菜、农具等,非常热闹。

二 中瑞联手,"沙溪复兴"

寺登街入选"世界性濒危建筑保护名录"后,剑川县的政府和各界人士很明智,他们积极与瑞士联邦理工大学国家区域与地方规划研究所开展合作,双方在2002年8月不仅签订了"沙溪寺登街街区复兴项目",同时还签订了共同组织实施的备忘录,以推动沙溪复兴工程。沙溪复兴工程包括了6个不同的项目,共同构成一个颇有远见的区域规划,包括四方街修复、古村落保护、沙溪坝可持续发展、生态卫生、脱贫和宣传。每一项目根据计划的工作阶段逐一进行,从单体建筑延展到整个古村落,再扩展到整个沙溪坝。

我到寺登街后,在著名的兴教寺里,碰到已经在这里开展工作的瑞士专家们,我和项目组的负责人雅克菲恩纳进行了交谈,当时他是世界濒危建筑基金会委托规划复兴工程的瑞士联邦理工大学空间规划研究所的项目经理。

雅克博士说,寺登街的修复工作,要基于严格的保留历史原貌的原则,古镇现在的状貌是到哪个历史时段的就维持在这个时段,不刻意复古。我印象很深刻的是这个瑞士学者还谈了他关于丽江古城的一个观点。我们说到1996年以后修建的丽江古城东大街,这是个丽江古城如今很火爆的旅游步行石板路,沿途清溪潺潺、鲜花盛开,著名的大研古乐队、东巴宫、无臂书法家和志刚的书斋等都在这条笔直宽敞的石板路上。雅克博士对我说,他认为丽江古城道路的传统风格是曲曲折折的,不是这么一马平川的,这样做违背了丽江古城原有的建筑格局。他说的是丽江古城道路网那种曲折回环、曲径通幽的风格。我知道丽江的这条名街在1996年前是个沿街钢筋混凝土建筑林立、患了严重的时代钢混建筑病的街道,1996年2月3日丽江大地震后明智的丽江政府借机拆掉了这些垃圾建筑,逐渐修建了如今很受旅人欢迎的东大街,所以我对这条街还是比较欣赏的,但雅格博士的这番话我觉得也是有道理的。这次交谈,使我对这个瑞士的项目组刮目相看,断定他们肯定会把寺登街的修复保护工作做得很成功。

沙溪修复和复兴的原则做到了最少的人为干预,最大地保留原貌、保留历史信息,对年代并不久远也并不是重要历史文物的一个马店,也要用修复文物的方法来做,尽量做到修旧如旧,原汁原味。这已经是沙溪保护和修复的一种独特的模式。

我觉得,就我所见所闻而言,在目前"茶马古道"上,沙溪古镇的保护和修复特别是修旧如旧、保存历史信息方面是做得最好的,值得作为一个范例来学习和推广。

我后来获悉，在2004年5月20日，沙溪寺登街区域被联合国教科文组织指定为"世界遗产遗址脱贫的可持续实践"项目框架内的示范案例研究。2004年11月28日，"中国剑川沙溪复兴工程庆典"在寺登街古集市隆重举行。2005年10月，沙溪在有全世界11个国家的34个项目参与的竞争中获胜，获得2005年联合国文化遗产保护杰出贡献奖。

2007年我再次回到寺登街，果然看到这里的民居建筑、寺庙、戏台、寨门等依旧古色古香，依旧可看到斑驳陆离的历史印迹，但又明显看得出是经过了精心的重新护理和修整却又不露痕迹、没有给你一种重新修建焕然一新的感觉。据当地人介绍，兴教寺修缮时，所用的油漆都要调得与历史的原色一致。原有的那种有历史沧桑和有历史毁损陈迹的，也不能给它换新。寨门原来是土墙，有些剥落的地方，这次看到依然是原来的样子，但已经在加固和防止继续剥落方面采取了精心的措施。

我激赏这种做法，完全按照村镇保存到当代的历史原貌进行保护和修复而不是采取那种忽视当代的状貌，一味根据历史的记载或传说来推断并重新修建恢复历史的方式，使人真正看到了一个经历了历史和社会变迁的风雨沧桑的古镇原貌。

三 古老的"阿吒力"寺院——兴教寺

在寺登街的另一头有兴教寺，兴教寺的历史已经有500多年，是国内仅存的明代白族阿吒力佛教寺院；2006年被列为全国重点文物保护单位。阿吒力是佛教进入白族地区后，与当地的民间信仰融合后形成的一个佛教分支，又有"白密"之称。这种别有特点的佛教南诏时在大理十分鼎盛，至今大理依然信众很多，很多白族家里都有佛堂。阿吒力这个教派有个特点，允许修行人在家里带发修行。我在泸沽湖边"天边女儿国"调研时，也得知那里的藏传佛教也允许僧人在家修持，看来这是滇西北信仰佛教的一些民族颇有些家庭、

寺登街上的"阿吒力"兴教寺大门（2007年摄）

生活和信仰兼顾的"人情味"。

《新纂云南通志》记载说："兴教寺，城南60里沙溪街，即杨升庵、李元阳咏海棠处，明永乐十三年（1415年）建，殿宇巍峨，佛像佛龛，工作尤精。"

这是个一进三院落的寺，寺门前有两个石狮。我信步走进寺里，寺院很清寂，前院和后院里长着几棵高大的古树，浓荫森森更增添古寺的肃穆清寂气氛。

寺庙大殿的建筑很有特色，殿堂内没有一根柱子，斗拱浑朴大气，四周宽敞的回廊有些藏经佛教寺庙回廊的风格。

兴教寺的壁画很有名，现存大小20多幅。根据原来壁画旁的题字判断这些精美的壁画是在明永乐十五年（1417年）绘的，作者是沙溪甸头禾村的白族民间大画师张宝。我第一次来时看到大殿的墙壁内外残存的壁画，有的斑驳陆离、有的则还十分清晰，据说壁画的内容还反映了南诏时期的一些宫廷生活风情。2007年再度来时，发现经过精心修缮的壁画更为清晰，但又原样保持了壁画原来那种古朴和久远的原貌。

2007年我来兴教寺时，注意到在寺门前一侧那个破损的石狮子身上有一个直径约为17厘米的圆形孔，里面插着一杆约两丈高的木杆子高高竖起，问当地人，说这叫"天灯"。过去，每到夜晚，当地人会在木杆上高高挂起巨型的酥油灯。老人们还记得，在民国年间，每到黄昏降临，就有专人提着油壶，爬到5尺高的石礅上，从杆子顶端将酥油天灯慢慢降下，添满酥油，把灯点燃，再把它上升到顶端。这是寺登街的一个重要标志，过去，在对面山上赶路的马帮会远远看到这灯，知道寺登街要到了，心里会产生即将到目的地的温暖。这个著名寺庙门前的"天灯"，还给人们一种精神的寄托和鼓舞的力量。

四 四方街上古戏台

寺登街的中心有个古戏台，与兴教寺两相对应，中间有两棵古树，似乎是在呵护着这两座寺登街的瑰宝。

古戏台建于清朝嘉庆年间（1796—1820年），在清咸丰、同治年间（1851—1874年），毁于回民杜文秀起义时期的战乱中。清光绪六年（1880年）重建，民国三十六年（1947年）又重修过一次。戏台是三层，其特点是把魁星阁和戏台的功能融为一体。戏台的底层是商铺，中层则是戏台，有前台和后台，还有演员化妆更衣的地方。前台两边加盖檐厦，乐队就在这里伴奏。第三层是魁星阁，我2007年去时，专门登上第三层的魁星阁去看了，见当地民众集资重新塑了魁星的塑像。全国各地的魁星塑像多是面目狰狞、金身青面、赤发环眼，而寺登街魁星阁所塑的魁星没有狰狞之状。他上身赤裸，从其两边上翘的胡子和相貌看，有些

寺登街戏台（2007年摄）

印度或波斯人的面相。魁星右手握一管大毛笔，民间称为朱笔，意为用笔点定中试人的姓名；左手持一只墨斗，右脚金鸡独立，脚下踩着海中的一条大鳌鱼（一种大龟）的头部，取意为"独占鳌头"。据当地人讲，过去很多去应试的当地士子都要来祭拜魁星，求他保佑自己考上。现在，也会有要考大学的年轻人来拜一拜魁星，传统的信仰还在民间有遗留，但已经不像过去那么风靡了。

这座三重檐式设计的戏台建筑很别致，飞角高翘，宛如一只想向天飞翔的凤凰。而那种历史的沧桑厚重感，又使你想起这座戏台上下演绎过的人生的悲欢离合。

逢年过节，当地农民就在戏台上唱戏，主要是演滇剧。听老人说，过去在寺登街歇脚的马帮，都喜欢看戏。现在，每到节庆，寺登街也隆重地举行群众性的演艺活动，演奏本地的洞经古乐和白族密宗"阿吒力"佛腔以及演出白族的大本曲、霸王鞭、吹吹腔等白族传统音乐歌舞。

关于魁星阁和兴教寺为何建成这样两相呼应的状态，当地人的一种解释是神佛也可以坐在家里看大戏与人间俗民同乐，人们认为神佛和俗世一样也是喜欢看戏的。

五 名镇马店——欧阳大院

寺登街保留了很多古朴的白族民居和有地方特点的寨墙。本地传统的"三坊一照壁"和"四合五天井"很多，而知名度最高的当地老民宅之一是"欧阳古院"，也称"欧阳大院"。这座大院始建于清末。欧阳家族的祖辈欧阳跃光是当年的"马锅头"（即茶马古道上的马帮领队），他在"茶马古道"上奔波多年，赚得一些钱后盖了这座有1300多平方米、气势非凡的大院。

欧阳大院有3个大院且每个大院有11间房，是典型的"三坊一照壁"，院子里有客房、戏台、马圈、厨房。据说这是个在茶马古道上有名的大马店，现在的人戏称欧阳大院是"茶马古道"上的五星级马店。据老人讲，过去"茶马古道"兴盛时，来欧阳大院投宿的各地客商络绎不绝、门庭若市。

大院十分宽敞，雕梁画栋，门、窗、屋檐精雕细刻。各种形状的窗格古朴别致，其中正堂六扇门上的窗格间精细地雕刻着数百个"福""寿"，每个字的写法各不相同，堪称一绝。我登上楼梯去看，见到楼上有供奉祖先的神龛，用红木雕刻，古色古香，技艺相当精湛，体现了剑川木匠闻名遐迩的绝技。

大院的前廊用八角青砖铺地，庭院则用当地特有的红砂石板方石和条石相间铺砌而成，拙朴而美观。

除了欧阳大院，寺登街还有赵家大院、赵氏家宅、杨家大院等为代表的白族传统建筑群，从这些建筑群中，还可以见到当年寺登街作为茶马古道上经贸繁荣之地曾经辉煌的流风余韵。

六 古朴的寨门和"古宗巷"

在通往寺登街的四条主要通道当口，原来设有3座把卡守关的寨门，称为东寨门、南寨门、北寨门。后来由于历史上的种种原因南门、北门均已被拆除，仅剩一座东寨门，这寨门过去主要用来防卫和抵御土匪和流寇的侵扰。由于沙溪是个富庶的"茶马古道"重镇而寺登街又是沙溪商贸的中心，于是就成了土匪和流寇垂涎三尺的"大肥肉"，匪患不断。为了保护家园和过往客商、居民的安全，当地人就在寺登街四面出入街场的要津建筑了防卫性质的碉楼——寨门，寨门底层有大门、上层有防卫工事。

东寨门，当地人叫它"街子门"。它是南下大理、东到洱源县和鹤庆县的必经之路，过去南来北往的马帮多走此门。门前的石板上，当年马帮留下的马蹄印还很清晰，东寨门距古桥玉津桥仅有100米，紧靠唐代时被南诏封为"四渎"之一的黑惠江。门楼全用土坯砌成，呈拱形，中间可容两匹马并行通过。寨门上下左右的四个位置上有4个瞭望口，供城门关闭时向外眺望，遇有土匪流寇来袭时

寺登街由"马锅头"起家发迹的欧阳家"欧阳大院"富丽精工的大门（2008年摄）

又是进行防御的射击口。东寨门巷，是过去滇藏"茶马古道"过寺登街北上的必经之路。

我在6年间三进寺登街，这座土坯砌成的寨门给我的印象都是一样的，虽然已经经过了严密的修复保护但完全不露痕迹，旧貌依然。这使我记起了2002年和雅克博士讨论时他提到的一个观点，即乡土建筑是在变迁中的历史，上面有着不同时代的印迹要保留这样的信息，因此，建筑上有些在历史上被破坏的痕迹，也应该保留下来，留住每一个时代遗留在建筑上的历史痕迹。面对眼前这个保持了历史原汁原味的寨墙，我明白了沙溪修复和保护的理念。

从沙溪的模式，我想起了丽江古城的木氏土司衙门，即如今很有名的木府博物院的重建。在清咸丰年间杜文秀起义引发的战争中，木府大都被烧毁，仅有一座"木家院"幸存。但在修复工作中因为没有意识到如上所说的这种保留建筑的历史变迁信息的重要性，所以就被修复得焕然一新，那些历史的斑斑陈迹和历史伤痕都看不到了，想来特别可惜。

寺登街的街巷非常安静、朴厚，和当下我的家乡丽江古城很不相同，也与我去过多次的大理古城和剑川古城的街巷截然不同。这里的街巷虽也是用石板铺路但路两边的民居多是用土坯（云南方言称之为"土墼"）为墙，除了木结构的雕刻部分，民居的外墙等很少精工细雕、粉墙装饰的痕迹因而有浓郁的乡村民居气息。丽江古城在过去也有很多是这样用土坯砌成的墙。走在寺登街的小街小巷，总觉得有一种浓郁朴实的乡村泥土气息，扑面而来。

我在寺登街看到有一条街巷被称之为"古宗巷"，古宗是滇西北各民族对藏族的称谓。据了解，古宗巷分为"北古宗巷"和"南古宗巷"。北古宗巷是指从四方街广场北上，经过寺登街密集的居民区，过北寨门入藏区的一条巷子。也许是因为穿过寺登街居民区的缘故，这条巷是寺登街绵延最长的巷。以前，这条巷里古宗客商和马帮云集，北上去藏区的商队马帮，也必须经过这条巷，因此，沙溪居民将它称为"古宗巷"。

而南古宗巷是指寺登街四方街广场往南经过南寨门而去的那条巷，这条巷连接着滇西盐区盐井与沙溪的"盐马古道"的道路。过去，滇西盐区盐井的食盐都是通过这条巷进入寺登街，是很多来往于滇西盐区盐井与沙溪盐运马帮必经之路。

这条"古宗巷"使我想起了丽江古城也有一条与藏商关系特别密切的一条街巷，纳西话叫"串独坞"，新中国成立前巷内尚有旅马店20多家，

寺登街上的街巷（2007年摄）

藏族商人多住在此巷马店中。在阿溢灿和积善巷的交接处有一个空地，纳西话叫"汝启歹"，意思是"卖草场"，是跑"茶马古道"的马帮买草的地方。过去，藏族商人和纳西族商人之间实行一种"房东制贸易"，这是滇藏贸易历史上出现的一种特殊的经商形式。来自西藏、康巴的藏族商人运货到丽江、中甸等地后，就住在比较固定的"房东"家里，房东帮助藏商进行贸易。

从寺登街的"古宗巷"和丽江古城的"串独坞"，我们可以看到"茶马古道"上藏商和滇西北各民族之间在长期的商贸交流中所建立起来的那种亲密关系。

七 神奇的石宝山石窟

沙溪这个"茶马古道"名镇的境内还有个神奇的文化奇观，即石宝山石窟。在石宝山崖壁上，隐匿着十多个石窟，这些石窟在1961年就被国务院颁布为国家首批重点文物保护单位。学术界有一种说法，"北有敦煌，南有石宝山"，认为石宝山石窟是西南地区独有的与云冈、龙门、大足等石窟齐名的石窟。由此可知它的知名度之高。

我是在2001年年底首次走进石宝山石窟的，后来又有机会两次再访这块宝地。记得首次来到这里看到森林掩映的深山里有如此满目神韵、灿烂非凡的石窟

艺术，我有一种恍然如在梦中的感觉，如梦幻般领略了这个南诏、大理国时期（738—1253年）的艺术瑰宝。

石窟原是印度的一种佛教建筑形式。佛教提倡遁世隐修，因此僧人选择崇山峻岭的幽僻之地开凿石窟，以便修行之用。洞窟内雕刻有表示教义和供信徒们所崇拜的偶像，这种作品被后人称为石窟艺术。

据长期研究石宝山石窟的白族学者董增旭先生介绍，石宝山石窟分布在方圆3公里左右的石钟寺、狮子关、沙登村三个地区的岩壁上，现存共16窟，共有139躯造像。

石宝山石窟的开凿始于晚唐即南诏国劝丰祐天启十一年（850年），经五代、历两宋止于大理国段兴智盛得四年（1179年），历经300多年的时间陆续开凿而成。

南诏这个唐朝时期赫赫有名的中国西南少数民族地方政权的社会文化，在石宝山的石窟艺术中得以再现。石窟把南诏历史上不同时期3个代表性的历史人物和他们的宫廷生活场景，通过石刻艺术真实地记录了下来，其中有南诏王听政、议政、出巡和坐朝的宏大场面。

（一）甘露观音（剖心观音）与波斯国人

石宝山有些石窟的造像给我留下相当深刻的印象，如第7号石窟的"甘露观音"，又称"剖心观音"。她的面相温柔慈祥，似笑非笑，体态丰腴，看去非常安详宁静、仪态万方。她的嘴角微微含一缕神秘的微笑，妩媚而端庄，因此有人称之为"东方维纳斯"。从雕凿手法上看，"甘露观音"的雕工细腻，有"衣带当风"的唐宋遗韵；而从脸型上看，又宛如一个典型的白族妇女脸庞。透露出雕塑家在造型时不拘成规，将神佛造像与当地风情民俗结合起来的艺术创新精神。

第11号窟里的造像为"波斯国人"。整个石宝山石窟共出现了4个外国人的形象。从雕像上看来，当时来大理的外国人共同的特征都是深目高鼻、手持拐杖，有的身边还带有狗。波斯国人的石刻像，反映了大理地区与东南亚、西亚各国人民友好往来的历史。

（二）石窟里的女性生殖器"阿央白"

石宝山石窟最奇特也可说最著名的，是第八窟的"阿央白"。"阿央白"是白族话的音译，"阿央"是"姑娘"的意思，而"白"是"瓣"的谐音即女性生殖器。"阿央白"的造型非常独特，是一个硕大的貌似女性外阴的石刻供于佛教莲座上。它一直是当地白族青年男女顶礼膜拜的对象，前来顶礼膜拜的人多了，竟将雕像前磨出两个深深的跪痕。当地有这样的民间传说，孕妇们许愿时按习俗在"阿央白"上抹些香油，就能顺利生育。可能是被人长期抹油所致，这个石刻的颜色乌黑发亮。

女性生殖器出现在庄严神圣的佛教神窟里，与神圣的佛陀、菩萨和帝王一起供奉，并被当地老百姓顶膜拜礼，这真是世界绝无仅有的现象。这一奇特现象引起了国内外学者的浓厚兴趣和研究争论：有的认为"阿央白"是原始生殖崇拜的产物，这个石窟的造型应该是最早的当地生殖崇拜民风的反映，过去石宝山歌会的谈情说爱乃至野合的古风与"阿央白"崇拜有内在的联系；有的则认为"阿央白"是受佛教密宗崇拜的造像而产生的……众说纷纭，尚无定论，这石宝山的"阿央白"之谜，还有待进一步解开。

八　歌会与年轻的"歌后歌王"

有了寺登街，有了石宝山，沙溪这个"茶马古道"名镇既是一个商贸名镇，也是一个神灵云集的秘境和艺术之苑，而闻名遐迩的石宝山歌会，还使它成为一个歌舞之乡、浪漫之乡。

我2001年到剑川因开展文化生态村建设而来寻访民间艺人，就找到了剑川石宝山歌会著名的歌后李宝妹，并在她家里领略了她那圆润清亮、充满山野味的白族民歌。人们介绍说，她多年来在石宝山歌会上唱败了无数歌手，包括一些名震四乡的老歌手，连续三年蝉联"歌后"之冠。我去访问的那年她才23岁，人们称她为"石宝山上的百灵鸟"。我在剑川的"木匠之乡"狮河村等地看到她的歌迷很多，不少年轻的木匠一边干活一边听她的歌带，有时还跟着唱呢。有时，在剑川的街头，从卖音像的店铺里也会传出李宝妹悠扬清亮的歌声，我看到来赶街的白族老太太会驻足入神地听她的歌声，可见李宝妹在当地受欢迎的程度。

李宝妹不仅嗓音清亮圆润，而且她的绝活是能根据不同的场合、不同的听众以及赛歌的对手的歌词，即兴创作应对。即兴创作应对是看一个民歌手是否能进入民歌对赛的基本条件，然后就要看她（他）所编写的歌词内容的水平高下，结合即兴创作的水平、唱歌的技巧、嗓音等从中决出歌后和歌王。石宝山歌会人山人海，歌者荟萃、高手云集，能在这样的赛歌会上拿"歌王""歌后"之冠确实要有真本事。

姜中德则是稍晚的"歌王"。这两个来自山野的白族歌手，不仅在白族地区名震四乡，而且很快在全国民歌界如亮星闪耀。由中国民族民间文化保护工程领导小组和文化部民族民间艺术发展中心共同主办、两年一届的中国南北民歌擂台赛，是全国民歌专项比赛的最高赛事。2004年8月在山西省左权县落幕的第二届中国南北民歌擂台赛上，来自云南省红河哈尼族彝族自治州的彝族歌手李怀秀、李怀福姐弟,以排名第一的成绩摘得此次大赛桂冠——中国"民歌王"称号,而来自大理剑川的白族歌手李宝妹、姜中德则获得了最佳歌手奖。

2008年我再次来到剑川参加有名的石宝山歌会,与歌后李宝妹、歌王姜中德再次相逢,再次听到了他俩的歌声,看到了他们在石宝山歌会上深受民众欢迎喜爱的热烈场面。这两个年轻的歌王歌后,在剑川县政府的大力支持下,走村串寨传承白族民间音乐,在乡村里带起了不少年轻的徒弟,白族的民间歌舞艺术在他们的手上正薪火相传。

石宝山第7号石窟的"甘露观音",又称"剖心观音"(2008年摄)

一年一度的剑川石宝山歌会是白族地区盛大的民族传统节日,会期于农历七月二十七日至八月一日举行,剑川、云龙、兰坪、鹤庆、丽江等县市成千上万白族民众不约而同地到石宝山来对歌唱歌比歌。满山遍野,都是来参加歌会的人们。人们穿上各地不同特色的白族盛装,除了在舞台上对歌和演唱民歌外,还在山野里丛林中乃至石宝山的石钟寺、宝相寺、海云居、金顶寺这些平时肃穆的神佛之地,这里一堆、那里一伙地对歌。人们唱歌的唱歌,跳舞的跳舞,烧香的烧香,逛山的逛山,一派生机勃勃的民俗节庆盛况。据说常常会有赛歌对歌中棋逢对手的情况,歌手你问我答,妙语如珠,竟有连日连夜对唱而不分胜负的。

关于歌会的由来,流传着不少神奇美丽的传说。其中一个传说,相传石宝山形如石钟的巨石原先是一口金钟。每当金钟敲响,山下的沙溪坝子便风调雨顺。后来,有一条九头恶龙口喷烈焰把金钟化为石钟,并随时兴妖作法,常给坝子带来旱灾虫灾。

石宝山歌会上民众的热闹场面(2008年摄)

沙溪有一对名叫阿石波和阿桂妞的情侣，他们得到本主神灵的暗示，得知用自己的歌声可以破除恶龙的妖法，于是就邀约了十个姐妹天天上山对歌，终于击败了恶龙。阿石波和阿桂妞也在与恶龙的搏斗中失去了生命。为了纪念这对情侣，人们便年年上山对歌，成了代代相传的石宝山歌会。

唐代时被南诏封为"四渎"之一的黑惠江和上面的石桥

现在，它既是民间歌舞盛会，也是年轻人结交异性朋友、谈情说爱的好机会。他们弦歌互答，以歌为媒，以诗情画意的方式表达爱慕之情与爱恋之意。正如有的歌手所唱的那样："石宝山上对歌场，歌如灵泉不断根；歌如满山树叶子，声声结心音。"

入夜，人们点燃盛大的火把，围火歌舞，民众共欢。火光中，一张张山野民众的笑脸，给石宝山这块佛地艺苑增添了浓郁的人间诗情画意，真是地地道道民间的歌舞狂欢节。

"茶马古道"一路走去，到处都可以看到人们这样以弦歌相伴、笑向人生的日常生活方式，它给艰苦辛劳的山民人生增添了一缕缕的人生诗意与激情。

旧影伤怀独克宗

独克宗古城被烧毁的那天（2014年1月13日），我刚好到云南香格里拉做一个云南社科院与中国社科院联合的调研。听到独克宗在当天凌晨突发大火，数百栋民居被烧毁的消息，我吃惊不小。我在2013年10月中旬还漫步在独克宗，拍了不少照片，难道这些已经都成为"飘逝的旧影"吗？我有些不相信地自问。

到住处匆匆吃过晚饭，我迫不及待地去看火灾后的独克宗古城。因为大火刚扑灭，里面还比较危险，所以消防队在古城进口处设了岗，劝阻人们不要进去。我看到位于古城边缘、属于国家级文物保护单位的古建筑镇公堂还安然无恙，龟山上巨大的转经筒和寺庙也都还完好无损，于是心存侥幸，期盼独克宗古城还有劫后幸存的大片民居。

第二天一大早，我们心焦火燎地再去看独克宗古城。昨夜香格里拉下了大

2014年1月独克宗失火被烧后的景象（2014年摄）

雪，大地白茫茫一片。我们踏雪来到独克宗古城入口处，门岗为安全计依然还设有警戒线，得悉我们是来调研香格里拉民族文化的学者，最后让我们进去了。

不进则已，一进去，我的心真的像掉进冰窟里一样凉了！

原来古色古香的木结构建筑鳞次栉比、经幡飘荡、商铺林立的一个美丽古城，如今满目断壁残垣，一片废墟。很多地方还在冒着烟，到处弥漫着刺鼻的焦味。有些土石下面，还有忽明忽暗的火炭。消防队和武警部队的战士们在清理着堆积如山的灰烬，一些佛像佛塔也带着火烧后的印记静默着。有一只火狐色的猫，在凌乱的废墟里蹒跚而行，凄凉地哀叫着。几只失去家园和主人的狗，在烧焦的乱石堆里寻寻觅觅，无望而又有所期待地寻找着食品。我熟悉的那些雕饰精美、伟梁大柱的豪华木屋哪里去了？古城上空猎猎飘扬的五彩经幡哪里去了？满街琳琅满目的商品哪里去了？我熟悉的独克宗古城美丽的一切，都已经灰飞烟灭了！

香格里拉市曾名中甸县、香格里拉县，从1989年起，我就常常来这里进行民族学调研。印象中那时的独克宗古城就是几条铺着石板路的老街，街旁分布着一排排的民房，街上还常见到赶马人和脖子上系着铜铃、打扮得很漂亮的马群走过，叮叮咚咚的马铃声悠然地回响在古城的上空。老街两旁的很多民居屋顶上盖着木板瓦，上面用很多石头压着，原因是这里风大，用石头压顶以防大风吹走木瓦片。独克宗是茶马古道的一个重要驿站，来自丽江、鹤庆、剑川等地的马帮，来到独克宗古城购销货物，然后继续往前去阿墩子（德钦县城），在阿墩子准备充分后就走入相邻的西藏芒康县盐井乡，踏上漫漫旅途去往拉萨。

唐朝仪凤、调露年间（676—680年），吐蕃在今丽江玉龙县塔城一带设神川都督府，在独克宗的大龟山设寨堡，属于铁桥东城。据《道光云南志钞·边裔志下·西藏载记》记载，在清朝顺治十八年（1661年），藏族、汉族、纳西族、白族等民族就已经在丽江和中甸进行频繁的"茶马互市"。云南马帮向藏区输出的主要有毡、布、绵绸、沙金、朴硝、铁、金、银、丽江马和大量茶叶。从西藏输入的主要有虫草、贝母、鹿茸、麝香、红花、黄连、绿松石等。

随着香格里拉品牌的效应，独克宗古城在最近七八年日益繁华起来，各地来这里经商的商户增加，各式各样的酒吧和客栈也应运而生。我在2013年10月来这里时，在龟山上鸟瞰独克宗古城，看到了十分壮观的木结构楼群，也看到了很多屋顶用石头压着木板瓦的传统民居。五彩缤纷的经幡在蓝蓝的天空下面飘荡，来自天南海北的游客在古城里流连忘返。暮色晚霞中，很多旅人和本地各族民众在广场上随着藏族音乐纵情起舞。入夜走在独克宗古城，悠扬的音乐从灯火温柔迷离的屋子里传出，飘荡在夜色中的古街上，有藏族的、汉族的、西洋的、传统

2013年的独克宗古城街巷

的、现代的。有月色的夜晚，月光高挂在迪庆高原的天上，如银的月光，清冷地照耀着独克宗古城，独克宗又有"月光城"之誉，好美的名字！

如今一场大火，转瞬之间一切成空！2014年1月11日凌晨，独克宗古城一个商户用电取暖时的粗心，就导致了这场大火！没想到一座房子的失火，很快就绵延成了"火烧连营"。悲叹之余，也不禁叹息我们土木结构的文化遗产，在火灾面前常常是这么脆弱。

一切都已烟消云散，只能寄希望于今后独克宗古城的恢复重建。我殷殷期待着，今后重建的独克宗，能充分利用当代先进的防火技术，在消防、用材和房屋结构等诸多方面有更好的举措。

国家公园普达措的神秘魅力

我从1991年起,多次走进位于今香格里拉市的国家公园普达措,我过去多次去过的碧塔海和属都岗湖是其中两个重要的景区,也是今天游客去得最多的两个湖泊。据我的朋友藏学家王晓松的研究,今天的普达措是梵文音译,意思是"舟湖",最早的文字记载见藏传佛教噶举黑帽系第十世活佛《曲英多吉传记》(1604—1674年)第50页。书中这样记载:"……如是,法王往姜人(指纳西人)辖下的圣地以及山川游历观赏,在建塘边上有一片'八种德'(甘甜、清凉、柔和、轻质、纯净、干净、不伤咽喉、有益肠胃)的名叫普达的湖泊。此地僻静无喧嚣,湖水明眼净心。湖中间有一形如珍珠装点之曼陀罗般的小岛矗立其间,周围环绕普达措湖水,周围是无限艳丽的草甸,由各种药草和鲜花点缀。山上森林茂密,树种繁多,堪称建塘天生之'普达胜境'。相传岛上建有一个佛殿。"①

藏在森林草海深处的碧塔海是香格里拉市一个宛如仙境的高原湖泊,纤尘不染,像一颗圣洁的巨大绿玉镶嵌在静默的深山密林中。由于这个湖如此美丽所以最初曾被一个女魔占据,藏族民间因此称碧塔海是"魔湖",又称毒湖,民间传说藏族史诗英雄格萨尔王曾在这里镇压过这个女魔。

相传明代的纳西土司曾在此修建过寺庙,至今还能在湖中看到当时王室用来在湖上荡舟的"猪槽船"(用整棵大树凿空而成,因形似喂猪食的木槽而得名)。上述记载说到十世噶玛巴曲英多吉说碧塔海小岛建有佛殿,这应该与历史上噶玛巴十世曲英多吉和木氏土司的密切交往相关,这座佛殿相传于清康熙十三年(1674年)被毁。

为什么这座寺庙会被毁,这与历史上藏传佛教格鲁巴和噶玛巴两个教派的争端有关。公元1610年(万历三十八年),西藏信奉噶玛巴教派的辛厦巴家族首领噶玛·彭措南杰占领雅效地区,宣布独立,发兵后藏。公元1613年(万历四十一年),噶玛·彭措南杰攻取彭波和内邬宗。1618年(万历四十六年)7月,他的儿子噶玛·丹觉旺波率兵攻克卫地(前藏),占领全藏,推翻了帕莫竹巴王朝,

---

① 参见《王晓松藏学文集》,云南民族出版社2008年版,第281页。

建立了噶玛巴教地方政权（即藏巴汗政权）。藏巴汗政权建立后，拥立噶玛巴黑帽系十世活佛为"全藏法王"①，对格鲁巴（黄教）采取了种种高压政策，以确立噶举派在藏区的宗教权威地位。黄、白二教斗争日趋激烈。黄教领袖五世达赖喇嘛和四世班禅大师密商后求援于西蒙古厄鲁特四部之一的和硕特部首领固始汗，请他出兵帮助黄教排除异己。固始汗便率军于1639年至1642年之间经康区入藏，推翻了四川信奉本教、反对黄教的白利土司顿月多吉，占领了德格、甘孜、邓柯、白玉、石渠、玛尔康等部落，击败了木氏土司在藏区的军事力量。接着推翻了西藏的藏巴汗政权，统一西藏，并于拉萨哲蚌寺建立黄教政府即甘丹颇章政权，统治了青海、康区和卫藏大部分地区。

一对藏族青年男女在湖畔茂密的树林里拍结婚纪念照片（2013年摄）

"全藏法王"——噶举派黑帽系十世活佛曲英多吉在黄教和白教的斗争中逃避往"姜地"（即丽江），避藏于纳西土司木增家里，土司木增待之如上宾。十世活佛与木增及其继任者木懿在木氏土司的辖区内帮助弘扬噶举派教义，为明代至清代著名的噶举派（白教）滇西十三大寺的形成奠定了坚实的基础。原来迪庆的松赞林、大宝寺等很多寺庙最初都是噶举教派的寺庙，后来木氏土司失势后，这些寺庙都逐渐改宗格鲁巴派了。碧塔海小岛上的噶举派寺庙，也是在那个时期被毁。

现在这座寺庙已经由统管滇西北噶举十三寺的十七世噶东宝活佛白玛塔清恢复重建，并从印度请来了莲花生佛像供在寺内，还塑有文殊、观音菩萨的塑像。夜静风清时掩映在密林中的这座小寺庙，在月光下，也许在和静谧的湖水交流碧塔海所经历的沧海桑田之变，在思念曾经共患难过的高僧大德噶玛巴十世、文武

---

① 平措次仁编著：《藏史明镜》（藏文），转引自冯智：《明至清初滇藏政教关系管窥》，《中甸县志通讯》1990年第3期。

全才的木增土司等人。

除了这一泓清澈神秘的湖水，深秋最撼动灵魂的美还有湖畔那漫山遍野的霜秋彩叶，层林尽染，有深红色的，有橘黄色的，有橙黄色的，有苍青色的。深秋的栎树叶子也显出一种黄绿相间的色彩，加上不时可见的林子里那红红绿绿的经幡，与湖水相辉映，显出一种融清寒与艳丽于一体的美。

在湖边有一段树林，树上则挂着长长一片素白的哈达，湖中映出这一片纯然的白色。我2013年深秋去那里，还看到有一对藏族青年男女在湖畔茂密的树林里，穿着香格里拉藏族特点突出、色彩鲜明的藏装，原来是要拍结婚纪念照片。在碧塔海西面的森林里，是一大片湿地草甸，牛和马悠闲地徜徉其中。深秋时节，满目苍黄，与清波荡漾的碧塔海形成鲜明的对比。

2016年7月，我再次去普达措。此时正是夏天，下着小雨，烟雨蒙蒙，属都湖和碧塔海周边都开满了杜鹃花，属都湖湖边更多一些，杜鹃花的色彩也是五颜六色，以粉红色的居多，本地人说的树胡子（松萝）也很美，和杜鹃花交织在一起。我想起我的朋友王晓松在湖边讲述的"杜鹃醉鱼"的传说，说在这个杜鹃花开的季节，湖边浅水处常常会漂浮着一些游鱼，似乎像喝醉了酒，醺醺然地在湖面上打盹，是因为杜鹃花花瓣落于湖中，鱼儿吃了花瓣会如醉酒般漂浮在水面上。其实据晓松解释，这是因为在这个季节湖边有一种叫水草乌的植物，鱼儿会因此而轻微中毒，并非杜鹃花的原因，但人们因为看到那么多的杜鹃花花瓣落到湖中，落英满湖，就想当然地解释为"杜鹃醉鱼"，也有些诗意。

夏天来，碧塔海边的草地则是满目苍青，绿茵茵的，在绿草中又开着很多黄灿灿的小花，牦牛在草甸上徜徉吃草，看去另是一番心旷神怡的感受。雨中游湖，微微的雨淅淅沥沥地下着，撑一把雨伞在湖边走，别样感受，山水一色，有种朦朦胧胧的美。

与碧塔海相距约10公里的属都湖在本地藏民的传说中却是个神湖，属都的意思是奶酪如同石头一样结实好吃。因为这个湖是属都岗旁边的湖，人们称之为属都湖，是因牧场而得名。我从1990年开始，多次去过属都湖和碧塔海，那时这两个高原湖泊几乎没有游客，湖水清澈，牧场与湖水和山林连成一片显得非常静谧。湖畔的草甸上，牦牛、黄牛和马在安详地吃草。1991年夏天，我和加拿大福伊尔·汉妮教授到村寨调研之余也随藏学家王晓松一起来到了碧塔海和属都湖，在属都湖碰到了我大学中文系的系友、诗人于坚。汉妮教授也很喜欢诗歌和艺术，所以和于坚谈得很投缘。晓松和我也参与讨论，我还兼翻译。我们谈诗歌，谈在高原草甸和森林里的感受，谈这里的神灵和信仰，谈藏民的生活。

碧塔海的旅游业也经历过很多风风雨雨，普达措国家公园还没有建立时，村

深秋最撼动灵魂的美还有湖畔那漫山遍野的霜秋彩叶、草甸和牛马（2013年摄）

子里的藏民组织牵马旅游，虽然也有效益但危险性大，马队对湿地草场的破坏性也比较大。后来成立了国家公园后，统一用电瓶车运送客人，或者在木栈道上步行游览。附近村民都得到了可观的补偿，而且就业者也增多，形成了国家公园裨益民生的良好机制。公园建设逐渐规范化，属都湖和碧塔海周边的木栈道和各种植物动物的标牌文字说明也很正规。

2016年7月再来时，碧塔海和属都湖中都有现代大游艇在湖中游弋，引擎声打破了湖的宁静和安详。我觉得这样神秘和具有宗教信仰氛围的湖，可以学泸沽湖一样用有本地特色的木船。四川境内的泸沽湖一度出现了机动游艇，后来因为遭到了云南这边民众的强烈反对，最后相关公司放弃了游艇。我觉得像碧塔海和属都湖这样有着很深的藏民信仰和美丽传说的圣境，旅游设施应该和周围的氛围相吻合，让旅游设施也成为景区人文景观的一部分。

走进迪庆藏传佛教名寺

一 噶举教派与木氏土司

每次走进迪庆藏族自治州,我都要去朝拜那一座座古老的寺庙。如今,迪庆的藏传佛教,以格鲁派(黄教)占主导地位。在身心沐浴于佛光中的同时,我往往也想起16世纪初叶时藏传佛教噶举派(白教)在滇西北地区的辉煌历史,而这个教派在滇西北地区的发展和繁荣是与木氏土司的大力扶持分不开的。

迪庆藏族自治州现有的很多著名寺庙原来都是属于噶举派的,如迪庆最大的黄教寺庙松赞林寺之地原建有噶举派则厦寺,1674年被支持格鲁巴派的蒙古和硕特部拆毁,1679年在此废墟上创建了格鲁派松赞林寺。仅从明代至清初,在中甸(今香格里拉市)境内修建的较大噶举派寺庙就有大宝寺等29座。

我很多次去已成黄教赫赫大寺的松赞林寺。1999年5月,我在这个旧日的白教已踪迹全无的格鲁派寺庙中意外地看到该寺八大康参(即分寺)之一的"卓"(即纳西)康参已经落成,建筑宏伟壮观,在说明文字中说,这是松赞林寺的第一康参,享有"康参设施虽差,但有金版'甘珠尔'之誉";"大凡游松赞林寺,纳西康参是必拜之寺……人们在约定俗成地遵循着这一原则,也许是因为这座康参是丽江木天王所建之由",它有"民族康参"之誉等。

我无意去考释这文字说明中的正误,但从这说明文字中可以看出木氏土司早年在松赞林寺旧址修建噶举派寺庙的历史陈迹,看出明代和清初在迪庆藏区扶持藏传佛教的丰功伟绩。一如他刊印发行《大藏经》一样,在藏族民众中留下了极其深刻的印象。怪不得我多次从滇川两地的僧人和民众中获悉,康巴地区不少寺庙中都在正殿上供有"木天王"(即木增)的像,称为"木王殿",如西康地区《义敦县志》中的"遗迹"一节中对木氏土司有这样的记载:"昔金沙江有一婴儿骑木漂至丽水,经人拯救献于土酋为义子,生有异表,嗣后称霸,以木为姓,称为木天王,死后人民神之。凡所辖之地东由打箭炉(康定),西至察木多(昌都)以南,各寺院皆塑有其像于正殿,名曰木王殿。"滇川藏区的人们牢牢地记住了这个有浩荡功德于藏传佛教的"卓贡玛孙诺饶丹"(意即福泽永恒的纳西王)。

在松赞林寺的纳西康参里，我与正在里面念经的纳西僧人纳瓦格登做了短暂交谈。他是小中甸的纳西人，但现在已经不会讲纳西话。他告诉我，这个康参与其他康参不同的还有一点，就是这里有"拖乌"佛。该佛身着花格僧衣、骑着黑马，据口碑传说该佛具神佛一体之特征，专爱惩恶扬善，因此民众碰到不公平之事，常常祈求于该神。纳西康参的僧侣限额是70名，过去曾有过40名纳西僧人，现在只有7人。我想，纳西黄教僧侣的稀少自然与过去信仰白教有关，同时与纳西土司在藏区势力的衰落也有关系。听松赞林寺僧人和藏族学者讲，该寺最著名的松谋活佛一世的经师，是三坝白地的一个纳西高僧。松赞林寺在举行一般法会时，都由佛教僧侣主持，但在卜算当年收成如何且念什

松赞林寺八大康参、之一的卓康参（1999年摄）

么经等事时，则多由小中甸的纳西东巴来占卜。从这种现象中可以看出，过去纳西东巴教与藏族宗教活动之间的关系。

二 被遗忘的大寺遗迹

我多次去过原属噶举教派的几个寺庙。在1997年和1999年的5月，我两次去位于离中甸城15公里硕多河上游东山上的大宝寺，这是个与噶举教派大宝法王和木氏土司有密切关系的古寺。寺庙所在地树木葱茏，景致怡人，林间有佛教信徒放生的很多羊和鸡在悠闲地溜达。看到人来，有的羊跑过来靠近你，用黑亮亮的眼睛盯你，看来是来索吃的，无疑信徒已经给惯了它们食物。

使人感慨的是，寺庙的建筑已颓败毁坏，两次去都没有多少改变。1997年整个寺庙只有我们几个人来光顾这近乎被遗忘的当年纳西木氏土司的大寺遗迹。寺中只有两个僧侣和一个杂工，没见到什么来朝拜的信徒，院房显得十分冷清。大宝寺属于松赞林寺的一个分寺，与如今香火旺盛、香客如云的松赞林寺等格鲁派寺庙相比，显得分外寥落寂寞。

1999年5月看到了一些来朝拜的藏民，大多是妇女，她们把一袋袋糌粑面

倒在寺中的一个大木桶里，还在经堂的佛像或达赖、班禅像前或侧殿大宝法王及其保护神神龛上虔诚地奉献上一些钱物。

建于明代的大宝寺，过去是名声显赫的一个大寺。关于它的修建，有这样一个传说：西藏大宝法王十世（指噶举派黑帽系十世活佛曲英多吉）以其慧眼见外地有一名山，上坐菩萨五位，金光照体、祥云护身，却没有寺院护持。

大宝法王便布衣芒鞋去寻访此地，欲寻得后在此盖一大寺。他的护法变成一只神羊随其前往。他到处寻访，最后寻找到现大宝寺之处时神羊角上忽闪射出夺目的金光，神羊咆哮掘蹄，竟从地下挖出一只金牛。大宝法王即坐于此山遍视山景，五位原来所见的菩萨又现身于此，于是大宝法王便在此建一大寺，法王自己亲塑法身五座。

三　借钥匙开启神圣之门

藏文版《噶举派高僧传》记载："丽江木王的幼子'噶玛米旁丹碧尼玛'出家，筹建建塘（指中甸）仁昂拉康（即大宝寺）主殿。"据英国学者道格拉斯（N.Douglas）等所著的《噶玛巴：西藏的黑帽喇嘛》所载，纳西土司木懿为建该寺出了不少力，木懿最小的儿子米庞丹宠白尼玛在此寺受戒为僧，成了噶玛巴（即大宝法王却英多杰）的亲炙弟子。由于此寺是大宝法王所建的，因此名曰大宝寺。

如此显赫的大寺，在朝代继替的风雨和宗教教派的纷争中顿成明日黄花。但据大宝寺附近格诺村的村民讲，尽管现在大宝寺十分破败，但它在滇、川两地藏民的心目中仍然占据着神圣的位置。

每年四至五月和九至十月，两地藏民去西藏朝拜，都要来大宝寺向大宝法王借钥匙。认为只有向大宝法王借到钥匙，去西藏朝圣才会有好的结果。我注意到寺中一个非常有趣的现象：寺庙的正殿中供奉着释迦牟尼、宗喀巴等神佛的塑像和黄教的达赖、班禅活佛的相片，但在正殿右侧幽暗而不起眼的一间房屋中，却正面供着大宝法王的护法神而左面供着大宝法王。大宝法王骑着一头羊，描绘的即前面所说大宝法王随神羊来寻找建寺灵地的故事。香客都非常虔诚地来叩拜这大宝

来大宝石借转山钥匙的藏族妇女（1997年摄）

寺的真正主人，向僧人求净水来摩顶。尽管"木天王"所扶持的噶举派时代的辉煌已如日落西山，但可以看出它在民众中的影响不是那么容易消失的。数百年过去，传统的影子仍存，很多人还依循着噶举派的古规来大宝寺"借钥匙"，去打开神圣之门。

大宝寺的一大奇观是在寺外有相当壮观的经幡、祈祷旗，一排排、一簇簇五颜六色的，特别在中间的佛塔上更是插满了五色的经幡，在树身上也贴满了写满六字真言和求超度亡灵的白色祈祷布。据说这都是来自滇川两地的朝拜者张挂的，在古老的苍松翠柏间衬托出一种庄严和肃默。

在寺庙所在的山上和山脚下，有一排排十分壮观的玛尼堆，玛尼堆的石块上雕刻着精美的佛像、佛教八宝图案和藏文六字真言。这壮观的经幡和玛尼堆，也反映出一种与颓败的寺庙截然不同的虔诚信仰。

四　佛地圣境怀古

我离开大宝寺时，高原的夕阳正从云层中散射出淡黄而显得静柔的光，照耀在大宝寺颓败的院墙上。古老的苍松翠柏在夕阳中静默着，彩色的佛教纸旗和布旗在高原的风中剧烈地抖动着，仿佛在怆然诉说着昔日这一方宝地的灿烂故事，讲述着当年纳西王与一代宗教宗师一起建盖大庙以及纳西王室的王子虔诚皈依佛法遁入空门的往事，曼吟着流转的时光中消逝变迁的人间世事。

小中甸是迪庆藏族自治州高原牧场风光特色突出的一方宝地，每到农历五六月，宽阔的草原上绿草如茵，杜鹃花和各种野花铺在草地上，黄色、黑色的牛群在草海花甸上悠闲地吃草，一派佛地的吉祥和睦景象。我每次走过小中甸，都要想起470年前发生在此地的佛门盛事。藏族学者铎嘎鲁撒特勒在《藏文目录学》一文中写道："在西藏最早刻印的全本《甘珠尔》（《大藏经》）是纳西王索南绕登（木增）于公元1609年，接受住锡杂日湖畔的噶玛红帽僧第六世曲吉旺秋的建议刻印的（从刻印到完成共历时十五年）⋯⋯"后来，木增将这一套藏传佛教历史上第一次刊印的《大藏经》全本、被公认为是《大藏经》最好的版本的丽江版《甘珠尔》迎至他支持建盖的小中甸康司寺，并进行隆重的开光典礼，相传举行开光典礼时空中还出现了吉祥的白光团。

嘉靖八年（1529年），纳西木氏土司在小中甸建盖了巍峨的"木天王"宫，相传丽江版《甘珠尔》木刻亦曾庋藏于此宫中（现在拉萨大昭寺里还珍藏有木增奉献给大昭寺的大藏经108卷）。数百年风雨过去，昔日这曾因高扬佛教文明之帜而天雨流芳、风云际会之地，如今亦已只剩断壁残垣和委顿泥尘的纳西土司宫殿的石狮残骸。

藏地奔子栏和东竹林之行

一 走进名村奔子栏

奔子栏,这是个"茶马古道"上很有名的藏族村落群,我小时候就从丽江老人的口中听到它的名字,那些当年跑西藏的纳西"藏客",常常把它挂在嘴边。从1990年以来,我经常在迪庆藏区和纳西人聚居的地区奔波,从事人类学田野调查,奔子栏是我多次来过的地方。

奔子栏是"茶马古道"由滇西北进入西藏或四川的要塞,远在吐蕃王朝时期这个地方就是由西南入吐蕃的古道,也是由滇入藏的"茶马古道"的必经之路。1959年5月前,奔子栏属于维西县第六区,设县级办事处,辖奔子栏区、霞若区(含拖顶)、羊拉区。同年5月,奔子栏划归德钦县。

奔子栏古称"奔莫"或"奔不","奔子栏"是藏语,意为"美丽的沙堤","奔"是美丽的意思。"沙堤"因其位于金沙江西岸的沙坝而得名,这是个北去西藏和四川以及南来云南的马帮驻扎的一个重要驿站。从这里往西北,就去往西藏;逆江北上,即是四川的德荣、巴塘;沿江而下就是维西、大理,往东南行就去往中甸(今香格里拉市)。金沙江就在村子的旁边流过,由于历史上南来北往的客商云集,奔子栏也成为一个多元文化交融之地。据了解,丽江"皮匠之乡"束河的村民也曾在这里开过商铺。

奔子栏地处山地河谷地带,属亚热带气候。奔子栏村的村民以藏族为主,只有极少部分是嫁到此地的其他民族,藏族占全村人口的99%以上,是一个典型的以农为主、经商为辅的藏族村寨。这里物产丰富,是德钦县最好

奔子栏村民制作的系列木碗(2014年摄)

的一个平坝，海拔2050米。由于地处河谷之地气候比较温暖，当地藏民的民居建筑全是平顶碉楼式，非常美观。在1990年，听乡长的介绍，当时的全乡共有71个自然村，人口有1439户8550人，其中藏族为8356人。

这个地方的藏族善于制作木质生活用品，特别是藏式木碗、糌粑盒等，远销到其他藏区。我们访问了几个家庭，看了他们制作的各式木碗，还了解了本地语言和问候语方面的一些情况。

据了解，这里的藏语属汉藏语系藏缅语族藏语支康巴方言的南路土语群，与四川的巴塘和西藏的芒康等地的藏语比较接近，这几个地方的藏人之间基本可以通话。在迪庆藏族自治州境内，奔子栏的藏人与中甸（香格里拉）和维西两县的藏人交谈时，虽然语音有些差异，但不影响交流。

2002年6月，我随同滇川藏三省"茶马古道"联合考察队再次来到奔子栏，再去探访了1991年访问过的藏民家庭。同行的晓松说这里藏族的过节习俗很奇特，其中有汉族式的春节，这个汉式的春节对奔子栏的藏族来讲是一年最隆重的节日，而藏历新年在这里却不怎么盛行。当地的藏民过十五天的春节，从正月初一过到正月十五，与我家乡丽江的乡村一样。而纳西族最大的节日是祭天——

1949年前，在丽江纳西族中，春节和祭天都是最隆重的节日。看来，像丽江和奔子栏这样作为"茶马古道"重地的地区，由于与汉族的交往多，在文化方面受汉族影响是比较突出的。怪不得奔子栏的藏族除了传统的天葬、水葬之外，也有土葬习俗。

三次和我同行的迪庆藏学家王晓松告诉我说，奔子栏的女子长得漂亮的比较多，其原因是因为这里的藏族和其他民族通婚的比较多，是混血的原因。我多次到奔子栏，确实看到不少相貌姣好的女子，看来晓松的话还是有道理的。我想起故乡丽江也有个"美女之乡"塔城，那里相貌姣好的女子也多。因塔城是过去与藏族交往很多的地区，两个民族交错而居因此纳西族、藏族两族通婚的也多，这或许也是塔城成为著名的

身着藏族和纳西族混融服饰的奔子栏藏族村民（1991年摄）

"美女之乡"的原因之一吧。

奔子栏藏族妇女的服饰非常独特，白麻布织的百褶裙，很像中甸（今香格里拉市）三坝白地纳西族妇女的百褶裙。上身是鲜艳而有刺绣图案的红丝绸上衣，再套一件有很多图案的夹袄，头上则缠大红布的帕子——丽江塔城一带的纳西族未婚的妇女头上也缠这种头帕，这种服饰明显地与中甸藏族妇女的服饰有差别。

奔子栏隆重地过为期15天的春节，而其中将藏族、汉族两族的各种节庆习俗融合在一起了：初五、初六这两天主要是朝拜神山，奔子栏、书松一带的村民祭拜的是位于村子西北方向的日尼神山。

二 去噶丹东竹林寺

1991年7月，我们在奔子栏与噶丹东竹林寺的活佛舍孜·丹增确佩相遇并在当地的一个饭馆一起吃中午饭。当地百姓在他吃饭时也不离去，在外面看着他。活佛和我们一吃完饭，一离开饭桌，周围的一些藏民就跑过去抢着把活佛吃过的剩菜剩饭风卷残云地吃完了，我算是目睹了藏民对活佛敬若神明的信仰习俗。

我们和当时是迪庆藏族自治州佛教协会秘书长的舍孜·丹增确佩活佛一起去东竹林寺。他生于1955年，3岁时坐床、6岁时进了寺庙。东竹林寺所在地的海拔为2700米，位于德钦县奔子栏乡书松村南宁干顶东坡上，距香格里拉市105公里、距奔子栏23公里，滇藏公路从寺后蜿蜒而过。

东竹林寺鸟瞰（1991年摄）

在寺庙里，我们又拜访了另外一个活佛噶达（音译），据说他是第七世噶达活佛了。东竹林寺历史上共有9位转世活佛，到1991年时有5个。这位来自德钦拖顶乡的噶达活佛给我们讲述了东竹林寺的一些历史和现状。

东竹林寺原名"冲冲措岗寺"，据说其意为"仙鹤湖上方之寺"，建于1574年左右。该寺原来是属于噶举教派（白教）寺院，在公元1674年因参与噶举派僧人反抗蒙藏联军的战乱（噶举派与格鲁教派之战），战败之后被强制改为格鲁教派。1677年，随着格鲁巴派在云南的兴旺，这个寺庙就被强令改宗格鲁巴教派（黄教）院。康熙皇帝与五世达赖喇嘛在康区立誓建立上部显宗寺院十三座，下部密院十三座。东竹林寺为下部密院十三座之最后一座，五世达赖赐名为"噶丹东竹林"，有"成就了上部十三显院，下部十三密院的事业"的含义。该寺曾为德钦县境内格鲁教派三大寺中规模最大的寺院，1957年尚有活佛9人、僧人564人。

东竹林寺在"文化大革命"中被毁，1983年开始重建，政府给了重建款71万元并重新选择了寺址，历时7年建成了今天的规模，规模比原来还大了一些。当时（1991年）有僧人300多个，30岁以下的僧人占70%。据舍孜·丹增确佩活佛说，在新中国成立初期，该寺的僧人有1000多人。我在1997年再次到东竹林寺调查，那时，僧人已经增加到了480个。

每年农历十二月十五到第二年的农历的十一月十五，全寺僧人集中在寺庙里学经，僧人皆自带口粮而来且每天要念3次经。噶达活佛有些惆怅地说，原来的寺址比现在寺址的风水要好。据当地藏学家王晓松介绍，僧人中对原来的寺址是否吉祥有过争议，看来我们采访的噶达活佛是持原来的寺址比现在好的观点。

据噶达活佛和王晓松介绍，东竹林寺与香格里拉市的松赞林寺不同的是，该寺不设康参而是在各地建立"安吹"，"安吹"意为寺院搜辖的静修点。其原因是因属于东竹林寺的教区多是崇山峻岭、山高路远，特别到冬季雪封山后僧人和信众集中到东竹林寺很困难，因此就在奔子栏、叶日、书生松、霞若、拖顶、则通和喇普7个教区设立了7个"安吹"，以方便信众举行法事活动。

噶达活佛领着我们参观了东竹林寺很多珍贵的文物，特别著名的是噶达活佛亲传的那些唐卡画。当世噶达活佛也和他的前世一样，善书画，是制作藏传佛教面具等的高手。1997年9月我再次到东竹林寺时，第四世巴康活佛向我们特意介绍了一幅据说是西藏著名的热振活佛用自己的鼻血绘的"吉祥天母"图。

三 能保佑人生儿育女的日尼神山

我们从东竹林寺出来，由王晓松领去看位于寺东面的日尼巴俄多吉神山。据王晓松介绍这座神山名字的意思是"心的英雄金刚"，有神奇的力量，除了能给人平安吉祥之外还有个神秘的功能——能保佑人生育。王晓松指给我们看山腰的一个地方，隐隐约约看到那里有个约高8米的土柱其状如男子性器，被当代藏民当作有生殖力的圣物崇拜，常常有夫妻到这里祭拜求子。

在东竹林寺的背面则是"格尼曲松"神山，左边则有"赞格奔松"神山，右边还有个"当世神"护持，可见从藏传佛教的理论上来讲东竹林寺的地望气势非凡，是吉祥如意的弘法胜地。

我们在离东竹林寺不远的金沙江边的路上，看到了在四川德荣境内的金沙江湾。六月的江水如练，静静地环绕过这座小山向东流去，非常壮观。这里的海拔是2500米，我在这里还高兴地看到了可用来造纳西族东巴教经书用纸的荛花静静地在山野里开着，花儿黄灿灿的，与各种野草相映生辉。

三 来到书松村的尼姑庙

我们从东竹林寺里出发来到了书松村，这里赶马人多，上年纪的不少人过去都去过西藏。书松在藏语中是"梨树丛"之意。该村的坡地上还竖立着明代纳西族木氏土司建筑的碉楼。书松村有个尼姑庙，属于东竹林寺管辖，这也是云南唯一的一个藏传佛教的尼姑寺，据说也是整个康巴藏区唯一的一个。我们随同舍孜活佛去这个尼姑寺。一路上，有从该寺下山来的尼姑，见到活佛，非常虔诚地行礼。

到了寺里，该寺的一个领班经师老尼盛情地接待我们一行，给我们端来酥油茶、奶渣等食品。女主持在当地的藏语里称为"衣则"，据说本地藏语称之为"翁则"是尼姑庙的领班经师之称。据"衣则"的介绍，这个寺原来是东竹林寺的原址，在"文化大革命"期间东竹林寺被毁坏，1982年起，有少数过去就出家的老僧尼，到东竹林寺重新归寺修行。1985年东竹林寺搬迁到新址后，这座旧的东竹林寺正式成为书松的尼姑寺。当时有尼姑49人，其中20多岁的尼姑有27个、70多岁的有1人。舍孜活佛介绍，新中国成立前，这里的尼姑有90多人，大部分是来自德钦县和中甸县（今香格里拉市）的本地人，而小部分来自青海、四川等地。据介绍，结婚后的妇女一般不能当尼姑，但如果是丈夫去世等原因则可以出家当尼姑。我1997年再次到尼姑寺，那时尼姑已经增加到了69人，最老的已经有84岁、最小的17岁。这个尼姑寺是在1985年恢复的，当时只有7个尼姑。到2004年，我从一个材料上看到这个尼姑寺的尼姑已经增至130多个。

据她们介绍，在每年的农历一月和四月，要举行祭观音的仪式，念一个月的经，这期间每两天才吃一顿饭，要吃素，禁忌相互说话。尼姑庙里供着千手观音塑像，她们介绍说，她在尼姑庙里是最大的神。千手观音旁边供着白度母、绿度

何耀华教授、日本学者中根千枝教授、加拿大魁北克汉妮教授等人和东竹林寺尼姑寺的尼姑交流（1991年摄）

母和藏传佛教格鲁派祖师宗喀巴的塑像。

据"翁则"介绍，藏传佛教的男僧人要学密宗和显宗，而这里的女僧（尼姑）则只学显宗。尼姑如果努力学习3年就有望获得"衣则"，但如果不努力修持学习也可能一辈子都得不到这个学位。藏传佛教的很多法事都与密宗密切相关，因此，书松尼姑寺举行法事时要请懂密宗的男僧人来主持法事，而东竹林寺有大的法事活动时尼姑们也去帮忙。平时来这个寺里朝拜进香的，则不限男女，因为尼姑的使命是普度众生所以不限男女。从僧人的地位而言，男僧人的地位比女僧人要高，可能男僧人学习的佛教内容比尼姑多也是个中原因吧。

那天在寺庙里，日本学者中根千枝教授问起当地有没有女活佛，活佛和尼姑住持说，在整个藏区只有过一个女活佛，即在位于山南浪卡子县的桑丁寺，离拉萨约有一天的路程①。

舍孜·丹增确佩活佛向与我们同行的日本的中根千枝和加拿大的汉妮两个教授献哈达，并说这里的尼姑们和她们都是女子、都是姐妹们，都在为众生而修持和努力工作，希望都为这个世界的平安吉祥而努力祈祷，也希望她们两个再来这里。说得很动感情，那个70多岁的老尼姑可能因为激动而热泪横流，我看着这场面也很感动。

---

① 笔者后来查了一下资料，该寺位于浪卡子县羊卓雍措湖西南的山顶上，是噶举派香巴噶举支系创始人的后代、西藏唯一的女活佛第一世多吉姆于1436年建，并成为永久的驻锡之地。1986年政府资助重新修复主要的经殿并对外开放。现有佛殿及僧舍约1200平方米，僧人20多人。

茶马古道上的古碉楼之谜

在"茶马古道"上,我多次走进与丽江紧邻的迪庆藏区的高山大峡,探索这片神奇土地上的纳西和藏文化之谜,探索神话中称为两兄弟的这两个民族在历史上的文化、宗教和商贸上的交流。纳西"木天王"在藏区的不少历史遗迹亦一一奔来眼底,真是满目青山,亦满眼沧桑。

明代的纳西木氏土司在明王朝的扶持和授意下,为占领藏地和慑服强悍的康巴藏人而大动兵戈;但在占领了藏区后,则又能审时度势地采取种种措施促进藏区的社会和生产发展,并尊崇藏传佛教,倾力弘扬佛教教义,获得藏区民众的好感。久而久之,木氏土司家族中也产生了很多虔诚的佛教徒,产生过出家的土司继承人,也产生过转世的活佛。我想,这种尊重和融身于当地宗教信仰与文化中的姿态,是木氏土司在激烈的民族战争爆发之后,逐渐能在藏区

在今香格里拉市和德钦两地的澜沧江峡谷丛山峻岭中,还可以看到那用土夯筑的明代碉楼(1997年摄)

树立威望,并被尊奉为"天王"和享受藏民香火于各个寺庙中的主要原因。

数百年历史风雨过去,在金沙江和澜沧江峡谷中残留的一座座古老的碉楼和藏区高原上的一座座与木氏王室有关的古寺,无言地诉说着那个时代佛光最终镇伏兵燹之灾并促进了纳西族、藏族两族人民友谊的边地故事。

走在中甸(今香格里拉市)和德钦两县的澜沧江峡谷丛山峻岭中,时时可以看到那用土夯筑的明代碉楼,有的已只余断壁残垣之状,有的则还保存得比较完整。这种碉楼的来历有两种说法,一种说法是当时藏民军队夯筑碉楼作为堡垒,

抵抗木氏土司军队的进攻。清乾隆年间余庆远撰写的《维西见闻纪》中说："万历间，木氏土司浸强，日率麽些兵攻吐蕃地，吐蕃建碉楼数百座以御之。维西之六屯、喇普、其宗皆要害，拒守尤固。木氏以巨木作碓，曳以击碉，碉悉崩，遂取各要害地，屠其民而徙麽些成焉。自奔子栏以北，番人惧，皆降。于是自维西及中甸，并现隶四川之巴塘、里塘，木氏皆有之。"

从1989年到2017年，我十多次进中甸（今香格里拉市）和德钦两县调查，在远离德钦县城的奔子栏和佛山乡纳古行政村等地，我注意到沿途有不少这种土碉楼。当地老人对它的解释则与《维西见闻纪》所载不同，他们称这些碉楼为"姜"人的碉楼。"姜"人即是从古到今藏人对纳西人的称呼，沿袭了藏族著名史诗《格萨尔·姜岭之战》中对纳西人的称谓。他们解释说这些碉楼是木天王进兵藏区时修筑的，每攻下一个地方木天王就下令筑一个碉楼，留下一些士兵戍守，然后再往前进兵。1997年到德钦县佛山乡溜筒江村调查时，该村藏族老人鲁茸告诉我，他们称这种碉楼叫"阿贡姜"，意思是"木天王筑的土堡垒"。

佛山乡纳古行政村离德钦城有70多公里，坐落在澜沧江边。当时（1991年）的行政村村长阿鲁是个纳西人，家在离村公所10公里之外的巴美村。他会讲藏语和纳西语，其纳西语与丽江纳西语有一些差异，带藏语口音，但我们能相互听懂。阿鲁告诉我，巴美村和离村公所约6公里的松顶村的纳西人都是在明代随木天王打仗而流落到此的，他家祖上到此居住已经有八九代了。现在巴美村是藏族和纳西族杂居，以前还举行祭天仪式，到1962年后就不再举行了。过去村中有东巴，现在已经没有了。17岁以下的村民已经不会讲纳西语。木天王政权衰落后，戍守的纳西士兵逐渐地被同化于藏族中，1997年我去时，在整个行政村的805个村民中，仍然自称是纳西人的只有132人。很多人信仰藏传佛教，但村中没有寺庙，村民需到江对面西藏芒康县盐津的一个寺庙里去做法事。有的村民还信仰了天主教，主要是受过去在盐津传教的教士的影响。

从德钦城到纳古村，一路上都可见到稀稀落落矗立在澜沧江边的土碉楼，纳古村村公所后面也有一个庞大的残破土碉楼，一旁一蓬蓬枯黄的草在风中瑟瑟抖动着。作为木天王进藏士兵后裔，阿鲁这个纳西汉子的身影在这残破的土堡衬托下显得那么孤单。澜沧江波涛浑浊，狂暴凶猛的水流拍打着两岸光秃的崖壁，涛声仿佛歌吟着历史的无数旧梦。我想起《三国演义》上开篇的那首《临江仙》："滚滚长江东逝水，浪花淘尽英雄。是非成败转头空。青山依旧在，几度夕阳红。"想当年纳西王木氏曾拥雄兵越关山，锐不可当，终成霸业显赫的"木天王"。几番历史风雨，几度王朝继替，昔日霸主辉煌转瞬成为过眼云

烟。凭兵戈战事带来的荣耀，往往经不起历史老人的一击，只有造福于民、润泽人类心灵的善举，才会千秋不灭、百世流芳。看木天王在藏区率先刊印发行《大藏经》、弘扬佛教、广建寺庙、引进先进的农耕技术、促进商贸繁荣等举措，至今乃为藏区民众称誉不已，便足以说明这一道理。

在卡瓦格博峰下

2014年深秋,再次来拜谒卡瓦格博雪山,很幸运,我看到了冰清玉洁的神山全貌。卡瓦格博,意为"白色的雪山",藏语称之为"念青卡瓦格博"。卡瓦格博海拔6740米,在横断山脉"三江并流"的腹地,是梅里雪山主峰、云南最高峰,相传是藏区八大神山之一。神山下的明永冰川,是一座大陆性低纬度冰川。它从海拔6000多米的雪山穿越山腰的茫茫森林,一直延伸到海拔2000多米的江边,是"茶马古道"的必经之道。

自1991年以来我6次来朝拜卡瓦格博,其中4次是在飞来寺遥遥祭拜,另有2次到了神山的明永冰川下并触摸了这座圣洁的神山。

这次住在飞来寺附近的一家客栈。天未亮,我就急切地起床去看卡瓦格博。天边朦朦胧胧的,酝酿着一派清虚之气。渐渐地,晨光微曦,雪山慢慢明亮起来。淡青色的天幕下晶莹纯净的冰雪连绵不绝,横亘天边,大气磅礴。再过一会儿,雪山顶部渐渐地呈现出微微的红色,太阳正在升起,阳光开始投射到雪峰顶。一抹橘红色的光芒落在卡瓦格博顶峰,宛如天上落下的轻纱披在雪峰上,白雪、青石、橘红色的阳光交相辉映,呈现出一派明丽非凡的意境!

我回想起发生在1991年初的那场震惊中外的山难,17位中日登山队队员全部

卡瓦格博神山远眺

(2014年摄)

缅茨姆峰，相传是卡瓦格博峰的妻子（2014年摄）

罹难在卡瓦格博山上。而这场山难，引发的是不同文化观念和信仰的冲突，以及体育和文化精神的碰撞。

说起登山，我理解很多登山壮士的一腔豪情，就如流行在他们中的那句名言："山在那里，所以我要攀登！"而对生活在卡瓦格博雪山下的藏族同胞来说，神山是他们灵魂和生命皈依的圣地，登顶是对神山的亵渎。而登山家们可能还从来没有考虑过，一座他们梦寐以求想要征服的雪山，千百年来与当地民众生死相依，与他们的生命和信仰不可分割。他们在举步登山前，或许并没有思考尊重当地民众的情感、信仰和文化传统的问题。

多次在迪庆听高僧和老人讲起，卡瓦格博山上所有的野兽都是卡瓦格博山神的家畜，所有的树木都是卡瓦格博山神的宝伞，禁止猎杀和砍伐。人的生活又需要资源，为了解决既保护神山又满足人的生存需要的矛盾，当地藏族同胞在历史上形成了一条"日卦"（意为封山）线。依海拔高低、距村庄远近等标准，为每一个村子的山林划出一条线：这条线以上为封山区，禁猎禁伐；这条线以下为资源利用区，既可打猎亦可伐木。比如，我去过的卡瓦格博雪山下的明永村和雨崩村的"日卦"线，大体在海拔3000米到3400米。当地居民规定：禁砍"日卦"线以上的树林，山上的一草一木都不能动，否则山神会怪罪；"日卦"线以下可以砍一些烧柴和建房用的木材，但不可乱砍，而且木材不允许出售到外地，否则罚款。可以想象得出来，当对这座神山有如此崇敬之情的藏族同胞们听说登山者要来攀登他们的圣山，而且要登顶"征服"它时的心情——这种举动不啻是亵渎了他们心中的日月。

1991年7月，我到了德钦的飞来寺，从这里眺望面前的卡瓦格博山。神山云

卡瓦格博神山和明永冰川（2016年摄）

遮雾罩，偶尔露出一点雪峰，随即又隐匿在厚重的云层里。飞来寺附近，立起了一座纪念这17个登山壮士的纪念碑，他们的骸骨，无一能够收回，都埋葬在了雪山上。

多次到卡瓦格博山下，听到不少藏民对攀登卡瓦格博神山非常反感的情绪和言论，我深切地感受到了藏族同胞对这座神山的崇敬之情。人类常常把登上一座山的顶峰说成是"征服了山"，这是非常可笑的！过去，人们受"人定胜天"观念的影响，不自量力地在大自然面前所表现的狂妄自大和虚荣，常常导致悲惨的结局。如果说人以自己的渺小之躯挑战大自然多少表现了一种英勇悲壮的精神值得嘉许的话，那么，像登顶卡瓦格博山之举，已经牵涉到了一个是否尊重当地民众的信仰和民俗的问题。

我认为，登山者应该尊重当地人的信仰和意愿。我的家乡也有玉龙雪山这座纳西人的神山，丽江地方政府很明智，多年来一直谢绝任何登山者企图登顶的要求。至今，玉龙雪山依然是处女峰，我因此而感到高兴。

2000年4月，迪庆藏族自治州和德钦县政府、美国大自然保护协会、民间环保组织"绿色高原"联合在德钦召开了"梅里雪山保护与发展国际研讨会"，30多名中外专家以及当地干部、活佛、群众参加了这次会议。我也参加了这次会议，印象最深的是在会议中，当地藏民所表现出来的对卡瓦格博雪山那种深沉的信仰和情感。这次会议后不久的2001年，德钦县人大常委会正式立法，禁止任何登山队伍攀登这座神山，这可能是中国乃至全世界唯一一座因为是神圣而禁止人类攀登的山。可以说，中国的云南德钦在尊重本地神山文化方面，率先走出了具有历史意义的一步。

怀念梁从诚先生

——回忆2000年梅里雪山下的一段往事

初冬之际,惊闻"自然之友"创始人梁从诚先生于2010年10月28日在北京病逝,享年78岁。我很惊愕!我一直觉得梁从诚先生应该更长寿些的,直观的感觉是因为2000年我们一起登梅里雪山,我觉得他精神健旺而且身体也不错。他曾多次到海拔很高的高原西藏、青海和云南的藏区,可见他的身体还是相当不错的。

我和梁先生的相识缘起于1999年和2000年的两次相遇和同行。1999年由云南省社科院等单位的一些中青年学者发起,并得到云南省委、省政府的支持,在云南召开了一个"云南民族文化、生态环境及经济协调发展高级国际研讨会",国内外学者来了不少,美国副国务卿芭尼·柯恩女士也来参会,梁从诚先生也应邀在大会上做了演讲。他在大学毕业后曾在云南大学教书(1958年至1962年间),与云南有较深的缘。记得他结合自己的经历,讲了对云南文化保护和发展的一些观点,我印象较深的是他提到了文化的变迁和保护之间的关系。

2000年10月,我和梁从诚先生再次相遇在云南德钦梅里雪山(卡瓦格博峰)

本书作者(左)和梁从诚先生(右)2000年10月在卡瓦格博神山明永冰川下合影(2000年摄)

下,我们是来参加美国大自然保护协会(TNC)和迪庆藏族自治州与德钦县政府联合召开的"梅里雪山保护与发展国际研讨会"。

我自1989年以来多次到云南迪庆藏族自治州从事田野调查。1990年12月,发生了中日联合登山队攀登卡瓦格博时遭遇雪崩而全军覆没的大悲剧。在可以远眺卡瓦格博峰的飞来寺附近,立起了一座纪念这17个登山壮士的纪念碑,他们的骸骨无一能够收回,都埋葬在了雪山上。

我在迪庆藏族自治州感受和听到了不少藏民对攀登卡瓦格博神山非常反感的情绪和言论,我深切地感受到了藏民对这座神山的崇敬之情。过去,人类常常把登上一座山的顶峰说成是"征服了山",我觉得非常可笑!在中国,过去受"人定胜天"观念的影响很深,人类不自量力地在大自然面前所表现的狂妄自大和虚荣,常常导致悲惨的结局。如果说人以自己的渺小之躯挑战大自然还多少表现了一种英勇悲壮的精神值得嘉许的话,我感到像登顶卡瓦格博神山之举,已经牵涉到了一个是否尊重当地民众的信仰和民俗的问题。这座山是他们的至尊,那登山者是否应该尊重世世代代与这座山相依为命的藏民的感情呢?还是一味由着人类的某种征服欲望和虚荣心,无视别人的感受而一意孤行?

我认为登山者也应该尊重当地人的信仰和意愿。我很理解很多登山壮士的一腔豪情,就如流行在他们中的那句名言:"山在那里,所以我要攀登!"而对德钦的藏民来说,神山是他们的灵魂和生命皈依的圣地,怎么能这样亵渎?而最关键的问题,就是登山家们,可能还从来没有考虑过,一座他们梦寐以求要想"征服"的雪山,在千百年来,却与当地民众的生命和信仰不可分割。他们是否在举步登山前,应该思考一下尊重本地民众的情感、信仰和文化传统的问题。

据说1991年初卡瓦格博山难后,在接下来的几年里,中国登山协会接到了许多国家和地区的登山申请。对于登山者来说,雪山只是一个高度和海拔,攀登一座从未被攀登过的山峰,看来是很刺激他们的,尤其是这座山峰发生了登山史上如此著名的大悲剧。据说出于对死难者的感情,云南省为京都大学登山队保留了5年的首登权。1996年首登权期限的最后一年,京都大学登山队再次进入卡瓦格博。而这次登山使争论再次升级。卡瓦格博山下很多村寨的村民以他们的方式捍卫神山的庄严。有些村庄的人全部下山,有躺在路上的,有躺在澜沧江桥上的,以此告诉登山队如果要攀登卡瓦格博神山,那就先从他们身上踩过去。

最终1996年中日联合登山队再次克服来自藏民的阻力,再次攀登卡瓦格博,但这次登山还是失败了。这也更刺激了登山壮士要征服这座山的激情,而围绕它的争论也越来越激烈,争论的焦点是:登山是否需要尊重当地文化?山峰除了自然属性,是否有文化属性?登山除了海拔高度,是否存在文化的尊严?

鉴于广大藏民对攀登卡瓦格博强烈的反感情绪和反对意见，德钦县和迪庆藏族自治州政府也在重新审视和思考攀登卡瓦格博这一行为，最后坚定了禁止攀登卡瓦格博的决心。

1999年12月24日，《中国青年报》刊登了一篇短文，醒目的标题是《中国人将攀登梅里雪山》。文章称在1999年与2000年这个世纪之交，由中国人发起、以中国最优秀的登山家为主体的梅里雪山登山队已确定好路线，将在近日出发，对我国云南省内闻名世界的梅里雪山主峰——卡瓦格博峰作出20世纪末最强有力的一次冲刺；该文还称指挥本次梅里雪山冲顶活动的，是西藏最优秀的世界级登山家仁青平措。

这个消息再次惊动了云南的藏民和很多关心卡瓦格博的人士，以及云南省和迪庆藏族自治州各级政府，报载云南省体委等有关部门都提出了异议。云南省政府也给西藏自治区政府致函交涉，认为梅里雪山三分之二的山体在云南，所以攀登梅里雪山有必要事先同云南协商并征得当地信教群众的同意。经过激烈地争论和交涉，最后在国家体育总局、国家民委等部门的协调下，决定梅里雪山登山活动暂缓举行。

接着，在2000年10月，在美国大自然保护协会（TNC）、民间环保组织"绿色高原"和迪庆藏族自治州和德钦县的政府联合召开了"梅里雪山保护与发展国际研讨会"，30多名中外各种专业的知名专家以及当地干部、活佛、群众参加了这次会议，梁从诫先生也从北京赶来参与此会。我当时是美国大自然保护协会（TNC）云南项目的文化顾问，也参加了这次会议。本地的很多藏民代表也参加了此会，发表他们的看法和观点。给我留下很深印象的是在参与性的讨论中，当地藏民所表现出来的对卡瓦格博雪山那种深沉的信仰和情感。后来以卡瓦格博神山等为核心区域的"三江并流"地区被评上"世界自然遗产"以及日后蓬勃发展的以朝拜卡瓦格博神山的旅游，证明了这座山对广大旅人的吸引力主要是它的神性、信仰的神秘因素，而它的外观之美不是最主要的因素。

在会上，根据与会代表的倡议，我和藏学家王晓松、民间环保组织"绿色高原"的史立红3个人受大会全体代表的委托，起草了一封写给时任副总理的温家宝的信，全文如下：

尊敬的温家宝副总理：

我们是参加于10月11日至14日在云南省德钦县召开的"梅里雪山保护与发展国际研讨会"的代表。这个会是根据云南省人民政府与美国大自然保护协会合作的"滇西北保护与发展行动计划"项目的进程而召开的。梅里雪山因其独特的以藏文化为核心的多元文化、保存完好的自然生态和丰富的生物和景观多样性的价值而不仅成为中国的，也成为全人类的重要的文化和自然遗产。目前，云南省人民政府正在积极将包括梅里雪山在内的这一区域申报世界与自然遗产。因此，这个研讨会标志着一项以保护梅里雪山的文化与生物多样性和促进当地社会经济的可持续发展为宗旨的示范项目的开始。

在这次会议上，保护梅里雪山成为与会者的共识，禁止攀登梅里雪山也成为所有与会者关注的焦点。梅里雪山是藏族地区著名的神山，在藏族同胞的心目中有崇高的地位。我们不断听到当地群众代表、宗教界人士、政府部门代表和学者的强烈呼声：不希望任何国内外登山者来攀登他们心中这座至高无上的神山。我们也了解到，自1987年以来国内外有关机构多次组织的攀登梅里雪山的活动给当地群众的心灵和情感带来了严重的伤害，也给这一藏区的社会稳定、民族团结和贯彻落实党的民族宗教政策造成了消极的影响。1997年初，国务院有关部门曾经表示："今后此类活动要事先听取各方面的反映，并尊重地方政府的意见。"1999年底，德钦县人民政府曾向云南省人民政府和国家民委递交过要求劝止梅里雪山登顶活动的请示。

因此，我们给您写这封信。希望您能在百忙之中关注和过问关于攀登梅里雪山的事情，希望有关部门能按照国务院曾经做出的正确决策来执行，并敦促有关部门尽早公开宣布梅里雪山为中国境内的禁登山之一。

此致
敬礼

2000年10月14日

这封信经全体与会代表签名后，请参会的全国政协常委、"自然之友"会长梁从诫先生转交国务院领导。

后来的结果如何，我从"自然之友"的网站上，看到了如下信息：

全国政协对梁从诫关于梅里雪山建议的回函

梁从诫委员，您好！

您关于"建议宣布梅里雪山为禁登山"的重要意见，已专报国务院有关领导同志。国务院有关部门就此事进行了专门研究，并与相关省、州、县进行了协调。现在各方面已达成共识：鉴于缺少法律依据和国际先例，不将梅里雪山宣布为禁登山；但考虑到有关情况，将继续暂缓攀登梅里雪山。

您可以采用适当形式，将此情况和意见转告当地同志。让我们共同努力，为民族地区的稳定和发展，也为了我国登山运动的健康发展，尽我们的一份绵薄之力。

全国政协信息中心
2001年9月24日

在此将梁从诫致关心梅里雪山的各位朋友们函一并附上：

2000年10月，我在德钦县参加"梅里雪山保护与发展国际研讨会"期间，曾受各位的委托，向中央领导反映大家出于对梅里雪山的爱护和对当地藏族同胞宗教感情的尊重，希望有关主管部门能正式宣布梅里雪山为禁登山的建议。回京后，我通过全国政协将各位的签名信呈送给了国务院领导。据我所知，领导十分重视，亲自做了批示。国家体育总局有关主管部门为此也多次派人到云南省和德钦县与地方主管官员就此进行磋商，并曾与西藏自治区有关方面进行过协调。最后形成了一个处理意见，由全国政协信息中心以书面形式正式给了我一个答复。在答复之前，还专门邀请我到国家体育总局，就他们的处理过程和思路与我交换了意见，解释了他们不能完全满足呼吁书中的要求的原因。

我个人认为，中央领导对各位的呼吁是重视的，全国政协信息中心和体育总局处理此事的态度是认真、负责的。目前这样的处理办法虽然没有法律上的强制力，但基本上能够达到劝阻继续组织攀登梅里雪山的效果，也许是目前仅有的可行方案了。

我个人为此尽了最大努力，希望没有辜负德钦县各族父老乡亲和关爱梅里雪山的朋友们交给我的使命。

现将全国政协信息中心给我的答复的复印件寄上。请各位一阅。

敬祝我们的梅里雪山永远圣洁无瑕屹立苍穹！

敬祝各位吉祥如意扎西德勒！

全国政协常委
"自然之友"会长梁从诫
2001年10月16日

这次会议后不久的2001年，德钦县人大常委会正式立法，禁止任何登山队伍再攀登这座永远的神山。这可能是中国乃至全世界唯一一座因为神圣而禁止人类攀登的山，是一个创举。中国的云南德钦首先在尊重本地神山文化的举措上率先走出了具有历史意义的第一步。

本书作者（右1）、梁从诫（左1）和美国大自然保护协会（TNC）云南项目高级顾问爱德华（Ed Norton）先生（中间）在德钦县合影（2000年摄）

那次在德钦，梁从诫先生和我们一起爬山来到雪山明永冰川附近，梁先生精神健旺，一路拍照。我和他还谈到云南藏区的一些民俗和文化，特别是本地藏民保护山川河流的信仰和村寨保护山林的各种习俗。梁先生对环境和生物多样性保护的一片赤子之心，使我深受感动。想起他的父母梁思成和林徽因，在新中国成立初期为保护北京城墙等古建筑文化遗产奔走呼号，最终却未能说服政治家们，使中华失去了一宗辉煌的文化遗产，不由得让人叹惜。我曾读到梁思成先生在北京老城墙即将被最后拆除前夕抚墙砖而哭泣的记载，也曾使我深为震撼和黯然神伤。

梁从诫先生多年致力于保护中华环境和生物多样性，创建中国第一个民间环保组织"自然之友"，虽已年迈而不辞辛劳四处奔波，与梁氏家族的忧国忧民、虽战而败但屡败屡战的家风一脉相承。听云南本土环保著名人士奚志农友讲起，梁先生在北京出门骑自行车，从"我"做起身体力行实践环保信念，也使我深为动容。

岁月如风10年过去，我再没有见过梁从诫先生，而他的行踪和言论却常常从"自然之友"网站和相关媒体获悉。不料他过早地离开了他所为之奋斗不息的事业，离开了他并肩战斗的朋友们。逝者已去，而其高洁之志将长留人间。更多志士仁人会继续梁先生的事业，呵护中华的山川河流、花草树木和野生动物，呵护我们赖以存身的大自然。

谨记下这段往事，纪念我尊敬的梁从诫先生！

翻越唐古拉山和可可西里

2016年10月，我第二次越过唐古拉山脉。第一次是在2011年，但那次是坐火车，从青海到拉萨，穿越可可西里，沿途看到辽阔苍茫的大漠莽原、红色的山峦、静默的雪山，还看到了很多藏羚羊和藏野驴，看到了孤独地在空中翱翔的鹰。到了海拔5100多米的唐古拉山口，火车上不少从内地来的乘客发生了高原反应，忙着吸氧，有的还由火车上的乘务员输液。我想到了长年累月在唐古拉山区域生活和工作的同胞，心里默默地向他们致敬。

这次走唐古拉山，是从有"世界最高县城"之誉的西藏那曲去格尔木，那曲是羌塘草原的一颗明珠城市，海拔有4500米。那曲一带西藏史籍称作"卓岱"，意为"牧业部落"；称这里的居民为"卓巴"（意为牧民），或"羌巴"（意为北方人），或"羌日"（意为北方部落）。公元7世纪前，那曲一带属苏毗部落统治。那曲的意思是"黑河"。黑河是怒江的上游，因为水清澈而略显青黑色，因而得名。就是这黑色的河流滋润了羌塘草原。28日清晨，我们从那曲出发。我在2003年走茶马古道全程，曾在那曲县城住过一宿；13年过去，那曲县城发生了很大的变化，有了很多很有气派的高楼大厦。

从那曲到格尔木全程有800多公里，是这次滇川藏青考察之行路途最长的一

有世界最高县城之称的西藏那曲县县城（2016年摄）

天，要在路上驱车13个小时，途中要翻越唐古拉山。一路上，茫茫的原野，积雪的连绵山峦静默地矗立在寂静的天地间。草儿苍黄、河流清澈，很多溪流的边缘已经结冰，清寒的水在雪原上静静地流着。大群的牦牛和羊在高原悠然地吃草，偶尔见一些劳作的人们走过。原野上五彩的经幡在风中猎猎飞扬，给这苍茫的原野增添了一些热烈的色彩。我们路过安多兵站，翻越5170米的妥巨拉山。一路上，唐古拉山的雪山连绵不绝，静默、苍凉而壮阔。

唐古拉山脉（Tanggula Mountains，T'ang-ku-la Shan或Tanggula Shan）位于中国西藏自治区东北部与青海省边境处（青藏高原），东段为西藏与青海的界山，东南部延伸接横断山脉的云岭和怒山。唐古拉山脉高度在海拔6000米左右，最高峰各拉丹东海拔6621米，看去白雪皑皑、山峦连绵。"各拉丹东"为藏语"高高尖尖的山峰"之意，海拔6621米，山势巍峨，冰峰、冰塔林立。看资料，格拉丹东在蒙语中意为"雄鹰飞不过去的高山"，是青藏高原中部的一条近东西走向的山脉。

唐古拉山口山峰上有小型冰川，是长江、澜沧江、怒江等河流的发源地。我来自这三条江并行的"三江并流"区域，如今已被化为世界自然遗产，现在是来到了这三条大江的发源地了，也是来到人们所说的亚洲的水塔，此行长驱数万里，今天登上了水塔的高处，也是幸运。

民间有这样的传说，当年唐朝的文成公主远嫁吐蕃，当来到唐古拉山时，被漫天的大雪所阻无法前行。无奈之时，经随行僧人的指教，公主将其乘坐金轿上的莲花座留下镇风驱雪，这才得以安然过山。又说当年气吞山河的成吉思汗，率领大军想取道青藏高原进入南亚次大陆，却被唐古拉山挡住了去路。由于气候恶劣，再加上缺氧，大批士兵和马匹死亡。所向披靡的成吉思汗，只能望山兴叹，

途中所见几个负重而行的女子（2016年摄）

在唐古拉山山口镌刻着"光明天路——唐古拉山口5231米"的山口碑下留影（2016年摄）

败退而归。

我们来到了海拔5231米的唐古拉山口，大雪茫茫，寒风凛冽，真是风头如刀面如割。我在镌刻着"光明天路——唐古拉山口5231米"的山口碑下留影。经幡在山口凛冽的劲风中飘舞。这里有个红色大理石材质的军民共建兰州西宁拉萨光缆通信干线竣工纪念碑，有前国家主席江泽民1998年的题词。

从唐古拉山口前行，一路上，连绵不绝的雪峰横亘在高原上，天地如此寂静高远，长空、冰凌、雪峰和黄色的冻土构成的图景非常壮观而美，看去像一幅幅绘出来的画。结了冰的河流还在流淌，这个静谧而壮丽非凡的景象，深深地印在我的脑海里。

从唐古拉山口前行40公里，就到了唐古拉山兵站，海拔大约4900米，这是青藏线上海拔最高的兵站，被誉为"天上兵站"。兵站的墙上写着"世界上最高的兵站欢迎你"一行大字。青藏公路上各个兵站的主要职能是为在青藏线上执行运输任务的官兵提供食宿、训练等后勤保障，同时也为途经此地的官兵提供相应保障。据说在特殊情况下，也为往来此地的地方人员提供帮助。在这个兵站工作的士兵真是不简单，长期的缺氧是对常年在此处劳作的官兵身心的极大挑战。以前听过很多这个兵站感人的故事，很敬佩这些长年累月在这个兵站工作的解放军将士们。在西藏和青海高地，我们一路上看到很多解放军战士在修公路，他们为祖国奉献着青春和生命的热力，我在心里默默地向他们致敬。

我们经过长江源头正源的沱沱河，沱沱河发源于姜古迪如冰川（"姜古迪如"据说在藏语中是"人越不过去"的意思），海拔6542米。大冰川的融水，就是万里长江的最初水源。各拉丹东雪峰和姜古迪如冰川都是巨大的冰雪山体，有"江河之母"之称。就如我家乡的玉龙雪山冰川，也是丽江的水塔，很多水系

发源于姜古迪如冰川的长江源头正源沱沱河（2016年摄）

都与玉龙雪山冰川密切相关。

沱沱河全长346公里，为长江正源。它最初是一些冰川、冰斗的融水汇成的小溪流，这时的水面宽只有3米、深只有20多厘米，一直向北进入唐古拉山脉和昆仑山脉之间的宽谷，众多河流交汇后形成了河道开阔、水流交织的长江上源——沱沱河。此行我们是来寻找纳西祖先的迁徙之路和文化源流，取木火土铁水五行。按照原来的计划，我们一行在长江正源沱沱河里取圣水，这里风沙飞扬、寒风刺骨，沱沱河的水一汲上来很快就变成了冰。我这个生长在长江第一湾区域的纳西人，在青海也曾去过有"长江第一县"之称的治多县，那里的草原上也流淌着长江上游的水。而今天，我又来到风沙很大的长江上游的沱沱河。无数条发源于唐古拉山脉的溪流，逐渐汇成了长江这条中华民族伟大的母亲河。上游的水是如此清澈寒凉，而我的故乡"长江第一湾"，在春季和冬季江水还是很湛蓝。

黄昏时分，我们进入可可西里无人区，暮色朦胧中见到一些藏野驴和藏羚羊。因为是黄昏时分进入可可西里，两边的壮美景致看不清楚。还好我在2011年乘火车穿越可可西里时看到了壮丽的景色，还有很多藏羚羊和藏野驴，对可可西里留下了深刻的印象。

我很高兴可可西里的藏羚羊如今得到了有效的保护。我曾看到相关报道，说在2014年10月15日青海省申报世界自然遗产工作正式启动。青海省申报世界遗产工作领导小组总负责，成立了生物多样性、地质、水利水文、规划、美学等多专业融合的青海可可西里申报世界自然遗产专家组。最近又看到这样的报道，中国联合国教科文组织全国委员会秘书处函告联合国教科文组织世界遗产中心，正式推荐"青海可可西里"作为2017年自然遗产项目、推荐"福建鼓浪屿"作为2017

沿途见到的一些藏野驴（2016年摄）

年文化遗产项目。在格林尼治时间2016年1月30日17时前，青海可可西里申遗文本已正式送达位于巴黎的联合国教科文组织世界遗产中心，这意味着青海可可西里获得2017年中国申报世界自然遗产的唯一入场券。如果可可西里也像云南的"三江并流"那样成功申报为世界自然遗产，这片神奇的土地和各种动植物将会得到更为有效的保护，而且也会更加受到国际上的重视，我心里很欣慰。

途中因为路上坎坷不平、碎石多，我们的一辆车爆了一个轮胎，几个驾驶员抓紧时间换轮胎。可可西里原野寒风刺骨，比我们在冈仁波齐神山下面时的气温-9℃还要冷得多，真是风头如刀面如割。天很快黑下来了，我们在黑夜里奔波在可可西里荒原，途中又不巧碰上几辆大卡车因事故而导致大堵车，好不容易疏通后车辆缓缓前行。路上因为有很多大卡车在刹车时流了不少水在路面上，很快就结了冰非常危险，一不小心汽车就会打滑。司机们小心翼翼在暗夜里开车前行，一路历尽艰辛，终于在凌晨一点多钟安全地赶到了青海省的格尔木。

茶马古道上的本波与东巴

神秘的中国西部横断山中，山风长烟，莽原大江，云拥雪岭，浪击青山。历史上，一条穿行于横断山脉、绵延数千里的"茶马古道"，将大西南边地很多民族联结到了一起。千百年来驮着朝霞与夕阳、岁月与流光的马背上，不仅驮载着来自东西南北的货物，驮载着老幼妇孺的希望，也驮载着各族人民之间的友谊和精神世界的交流。它不仅仅是一条商道，它还是一条圣道。多少年来，在这条古道上，不同民族的人们心灵与心灵相碰、灵魂与灵魂对话。他们之间的宗教文化交流，形成了横断山脉神奇的文明。它犹如一条心灵的河流，上面流淌着大西南各民族生死歌哭的旋律，回荡着永恒的心声。

纳西族的东巴教和藏族的本教，就是与这条古道密切相关的两个心灵和神灵的世界。这两个世界，在古老的"茶马古道"上相互碰撞，产生了种种的故事。

多年来，我在"茶马古道"云南的各个驿站漫游，神思常常沉浸在东巴教的鬼、神、人三界中。2002年6月我有机会参与由西藏昌都地区、四川甘孜藏族自治州和云南迪庆藏族自治州这3个藏区联合组织的"茶马古道"考察，从这条古道最重要的驿站之一丽江出发，向着目的地拉萨进行了一次古道远行，沿途经过云南的中甸县（今香格里拉市）、德钦县和西藏的芒康县、左贡县、昌都县、类乌齐县、丁青县、那曲县并最后到达高原圣城拉萨市。在旅途中，除了探寻那些当年风餐露宿走天涯的"藏客"的行踪之外，我特别注意探寻、观察纳西东巴教和藏族本教这两种古老的宗教在这条古道上的故事和现状。

一　千年前被放逐的本波在"纳西古王国"找到安身立命之所

"茶马古道"顾名思义，它与茶和马密切相关。然而，从滇、川、藏沿"茶马古道"的区域里连年发现的一种古老的石棺墓葬看，这条古道在唐宋时逐渐形成"茶马互市"的通道之前，曾经是一条民族迁徙往来的大通道。同样，它在很远的过去，就已经是一条藏族和其他民族进行宗教、经济、文化等多方面交流的古道，其中藏族本教对纳西族的影响可以回溯到公元8世纪之时。

"茶马古道"上，有一个被纳西人称为"女人的星星落在这里"的"美女之乡"。它名叫塔城，现在是云南省丽江市的一个乡，离丽江县城145公里、与迪庆藏族自治州的维西县山水相连。在塔城境内的金沙江边有一个可回溯到隋代的"铁桥遗址",1000多年前横跨在湍急的金沙江上的这座铁桥,在中国的历史上有"万里长江第一桥"之誉。这座早已在唐代吐蕃与南诏的战事中沉落江底的铁桥,记录着1300多年前吐蕃政权一段强大与辉煌的历史;我很多次来到这里考察,当地人说在金沙江水相当清冽的季节,还可以从碧波绿浪间看见这座巨大的铁索桥隐隐约约的身影。

吐蕃在公元7世纪崛起于青藏高原,在公元680年(唐调露二年)长驱南下,铁骑征服了当时称霸云南的"西洱河诸蛮",在塔城建立了神川都督府和"铁桥节度"。当时纳西人所聚居的大部分区域基本上在这一铁桥节度的辖区内。当时吐蕃的南征之路,与我们今日所称的"茶马古道"密切相关。

佛教传入之前吐蕃的本土宗教是本教,在藏族文献《西藏王臣记》《贤者喜宴》等书中,都记载着在拥立吐蕃第一个赞普聂赤赞普登位时的12个贤人中,有6人是代表各部族的本教人士。本教从藏王聂赤赞普开始,即已参与国政。据吐蕃宗教简牍及史书记载,吐蕃民间及镇守边区的军队主要还是信仰本教,吐蕃军中实行"军中本教师"制度,军队中配有大批本教巫师。吐蕃的本教在那时就开始影响纳西人的宗教,因此才产生了以藏人之神"盘"为首席大神的一个神祇系统。东巴教把它的神系中出现最早的开天辟地之神祇"盘"神解释为"藏人之神",反映了纳西先民曾长期被吐蕃统治的历史。

在唐代,吐蕃境内数次发生了本教与佛教之间你死我活的争斗。诸多藏王中,有的扶持本教,有的扶持佛教,两教的命运,随着王室对它们的不同态度而

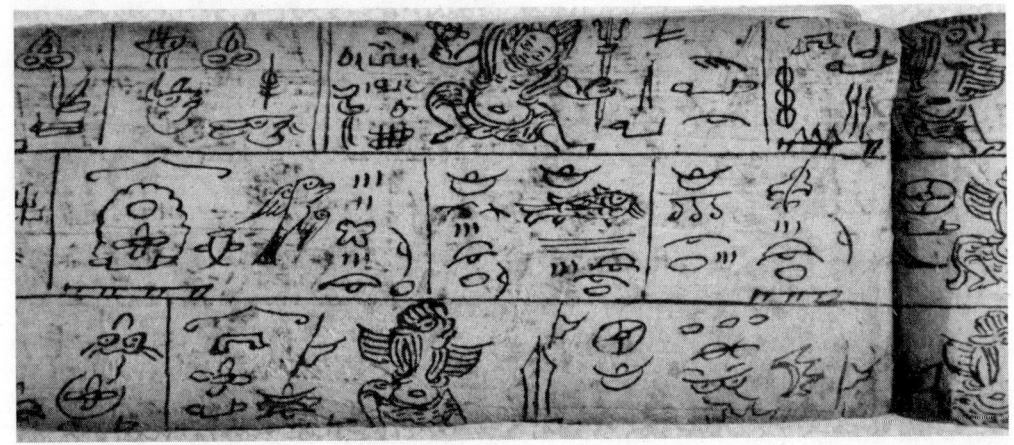

与本教有密切关系的东巴教创造了一种独一无二的图画象形文字,它用这种文字记载了纳西人千百年的悲欢离合和心灵史(2001年摄)

沉浮。公元8世纪，吐蕃赞普赤松德赞实行"扬佛灭本"的政策，他下令活埋了宫廷本教大臣马尚仲巴，又流放了另一名本教大臣达扎路恭。然后，宣布给本教祭司们三条出路：第一，改宗佛教；第二，放弃本教；第三，流放边地。于是，穷途末路而又不愿改变信仰的大批本教祭司们，就开始了他们向滇、川、康与西藏交界地带的流亡之路，纳西人的聚居地就成为他们避难的重要区域。据《西藏本教源流》记："赤松德赞于公元8世纪灭本时，象雄雄达尔等本教高僧用多头牲畜驮运本教经书来到藏区东部的霍尔和东南部的姜域。""姜"是藏人对纳西人的称呼，"姜域"即纳西人之地。

东巴教的祖师叫东巴什罗，又称东巴世罗。本教祖师称东巴先饶（或译为敦巴辛饶、辛饶米沃、辛饶米保等），在藏语中写作STon-pagshen-rab，即"东巴先饶"。东巴什罗与东巴先饶其实就是一个人，"世罗"是"先饶"的音变；东巴先饶实际上是吐蕃后期本教（即雍仲本教）所尊奉的祖师。东巴什罗即"祖师世罗（先饶）"之意，可能民间对东巴教祭司的称呼"东巴"一词也是由此而来。其实东巴教的祭司也像本教祭司一样自称"本波"，从中透露了这两种宗教神职人员之间千丝万缕的历史渊源。

在纳西人聚居的丽江和中甸等地，广泛地流传着一个关于纳西族东巴教祖师东巴什罗的故事，从中可以看出唐代吐蕃本教对纳西宗教的影响。下面录的是我在1989年从有东巴教圣地之誉的中甸县（今香格里拉市）白地村的老东巴教久嘎吉那里听到的故事：

相传东巴教祖师东巴什罗与"米拉"①争当坐镇居那世罗神山的天下之智者，二人以斗法决此尊位，约定清晨谁先登上居那世罗神

东巴教神话中镇压了蛙头蛇身的"署"的神鸟"修曲"与本教神话中的迦鲁达（Garuda）是同源神话中的精灵

---

① 米拉即米拉日巴（1040—1123年），藏传佛教噶举派第二代祖师。

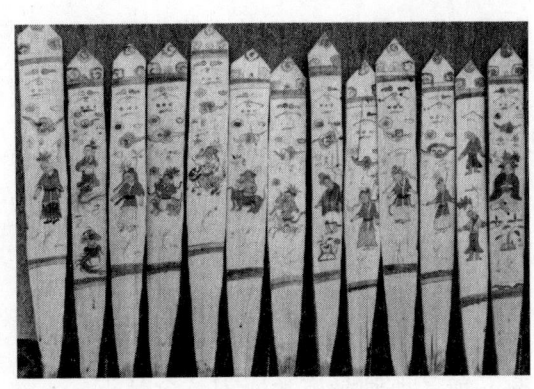

东巴教的木牌画与我国西北地区汉代遗址出土的用于插地祭祀的人面型木牌有传承关系。以木牌画鬼神插地祭祀之俗，原应是羌人的古俗，作为古羌人后裔的纳西人沿袭了这种习俗（1990年摄）

山顶，谁就是天下的智者，应由胜者坐镇该神山。翌晨，米拉佛乘太阳光直向神山顶飞升，东巴什罗则坐在其法器手鼓上扶摇直上。最后米拉佛以一步之遥先到神山顶，按约坐镇神山。东巴什罗向米拉询问自己的归宿，米拉手抓神山上的一把白雪撒向远方，指示东巴什罗到雪落处传教。这把雪刚好落在中甸的白地（一说落在丽江的玉龙山），东巴什罗从此在此地收徒授经，弘扬其教。

在永宁纳人（摩梭）中亦流传着他们的巫师达巴（东巴的异读）与喇嘛在西藏冈底斯山斗法，为米拉所败，于是退让东南，顺金沙江而下流落于纳西族部落中传教的传说。

这个故事反映了本教徒在"本佛之争"中，失败而逃亡到纳西族地区的历史。米拉佛与东巴什罗斗法的故事，来源于流传广泛的米拉日巴与本教巫师斗法的故事。相传本教巫师能骑法鼓游行虚空，东巴什罗骑鼓飞行正反映了传说中本教徒的这一特点。东巴教祭司东巴死后，要举行大型的"祭东巴什罗"仪式；东巴教中有专门叙述东巴什罗生平事迹的经书，这些都是本教在东巴教中的反映。

本教师们逃亡到纳西人的区域，在这个有着对外来文化亲和、宽容和吸收其精华传统的奇异天地，找到了安身立命之所，开始了他们劫难后重新奋发的精神之旅。本波与纳西人本土的宗教神职人员很快就融汇了他们的智慧和心灵，将本教的教义与纳西人的本土宗教融合一起，逐渐形成了一种用一种独一无二的图画象形文字为载体、兼包并容多元文化因素的独特宗教——东巴教。东巴教自产生之日起，一直深深地植根于纳西人的社会和他们的心灵世界中，成为"纳西古王国"全民信仰的宗教。在后来的时代继替中，汉传佛教、藏传佛教和道教相继传入纳西社会，但是东巴教的"国教"地位一直没有被动摇，而且始终保持着它以自然崇拜和祖先崇拜为主要特征的本色。

曾经是吐蕃军事重地的塔城，不仅美女如云，而且历来东巴大师辈出，有"东巴之乡"的美誉，纳西族和藏族两族在血统和文化上相互融合的现象也十分突出。我有时想，这一切，与1000多年前发生在这里的历史风烟有着一种什么样的神秘联系呢？

1000多年前的那些本教大师们的活动天地原是"茶马古道"上离天最近的青藏高原，而最后的安身立命之所则是后来成为"茶马古道"重镇的丽江和相邻的纳西族地区。无独有偶，繁荣于青藏高原的藏传佛教噶举教派，在17世纪与藏传佛教格鲁巴派（黄教）的斗争中失败，最后也是在丽江找到了避难之所。史载：噶举派十世大宝法王却英多吉，在丽江避难和传教的时间长达31年，在纳西木氏土司的扶持下，将噶举派在滇西北弘扬广大，成就了该派著名的滇西北十三大寺。在丽江迄今有不少"噶玛巴圣迹"，大都分布在与"茶马古道"驿站密切相关的点上。

本教创始人敦巴辛饶（Gsen-rab）的形象和本教中降服巨蛇精的神鸟迦鲁达（Garuda）。他与东巴教祖师东巴什罗实则一人（1995年翻拍自[德]霍夫曼（H.Hoffmann）《西藏苯教历史概要》）

这不能不说是发生在"茶马古道"上的一种神奇之缘，冥冥中，这条古道上下两地的神灵与纳西族、藏族两族的祭司、巫师和民众的千年缘分，不知在何年何月就已经注定。

二 东巴的世界里，有很多在藏地消逝的本教之谜

据藏学家的研究，在吐蕃王朝时期，本教没有寺院，其道场是在山洞里或雪山下。青藏高原上所有神秘的高山湖泊，都是本教的理想道场，如冈底斯山、念青唐古拉、朗错湖等。他们自称有三十七圣地。

多少年之后，在青藏高原劫后余生的藏地本教，为了艰难的生存，吸取了佛教的很多内容，其很多原生的信仰形态逐渐融进藏传佛教中，成为佛教化的本教形态。而"纳西古王国"那些农夫兼祭司的东巴们，则一直坚守着融古老的本教与纳西本土宗教于一体的精神家园。他们尊奉的神灵大多栖息在雪山、森林、河

流、高山草甸、古泉清流中，自由自在地往来于天上人间，没有固定成一尊尊泥偶供在一座座庙宇里，有很多鬼神甚至不具备人的形状，是些来无影去无踪的精灵。相传有些凡心未泯的神灵精怪，还与民间女子产生了爱情，偷偷地在密林中开满野花的草甸上，在高山牧人的毡篷里与民家女幽会野合。有不少天上地上的精灵鬼怪还是一些痴男怨女和情种，双双对对为爱而殉情。东巴教中主要为殉情者举行的大祭风仪式中，就有很多殉情的鬼神情侣的故事。东巴们把这些神秘奇谲的故事，都用一种美丽的图画象形文字，记录在他们用一种山中植物自制的纸写成的经典中，画在用木片和硬纸张制作的木牌和纸牌上。

东巴们千百年来以天地山川为舞台，向天向地长歌人间的喜怒哀乐，他们的很多重要仪式都是在原野上的山溪泉流旁或草场上举行的，即使是在家中举行的仪式，也与原野和土地有着千丝万缕的联系。

东巴既是农夫，又是祭司。他们平时日出而作、日入而息地和其他山民一样劳作。当人们在生活中有了难题时，就来恳请他们排忧解难。于是，东巴们就穿上法衣，带上法器和象形文经卷，与神灵鬼怪对话。事毕，又复归农夫本色，去忙自己耕樵渔牧的平常事。平时，他们还是社区的老师，在各种仪式上，以故事的方式、诗歌的语言、音乐的调子，向民众讲述纳西祖先、各种动物和各种习俗的来历；讲人类与自然是两兄弟的故事，说人后来变得贪婪，任意盘剥自然，终于遭到惩罚，从此不敢妄自尊大，得罪大自然兄弟。人们听后深深地思考，不仅学到了祖先传下来的很多知识，也牢记住了不少人生的道理和规则。

东巴是"通神"的宗教圣徒，博通典籍和巫术祭祀卜卦，但他们也是人间烟火味很浓的凡夫俗子，他们像常人一样有七情六欲。在他们身上，既闪烁着灵界的神秘色彩，又充满俗世的人生情趣。由于他们突出的知识、才艺和人生情趣，年轻的东巴过去常常成为热情奔放的纳西姑娘爱情之箭的目标。在过去被称为"殉情之都"的丽江，东巴中也有不少为爱而殉情者。我在山野听到过不少年轻的东巴与情侣因未能成婚而一起殉情的故事，也有殉情未遂的东巴或最终与情侣结成良缘的东巴。

1000多年前，当众多的本教祭司奔波流亡到"纳西古王国"时，我猜想，他们的神灵世界和仪式都肯定是充满了这些山野和俗世的情趣与野趣，以及青藏高原上芸芸众生的悲欢哀乐。从很多藏学家的调查研究中，我们知道早期的本教，是与日常生活关系非常密切的一种信仰形式。至今，各地藏族民间的很多民俗，与本教的教义和仪式有着非常密切的关系。

暮雨朝云，花谢花飞。千百年的岁月过去，"纳西古王国"沧海桑田，时序继替、世事千变，而唯一变化不大的是东巴教的自然本色。尽管在纳西人的城

纳西东巴（2002年摄）

廊里不断出现了一片片有浓郁的中原风格的建筑，出现了一批批在汉学方面几乎可与中原名士比肩而立的饱学之士，然而东巴教和东巴们依然没有寺庙、没有塑像、没有产生神职人员的等级制。太阳、月亮、星星依然是他们顶礼膜拜的神秘力量，空阔无边的天地山川一直是他们纵横驰骋的空间，辽阔的山野依然是他们的祭坛。也就是说，千年前本教的原始风貌，竟然在周围强大的异文化的层层包围中遗世独立、卓尔不群，这是一个深深的谜。

20世纪五六十年代，国际著名的藏学权威、意大利学者图齐（Tucci），在罗马东方学研究所隆重地相继推出了在纳西族聚居地生活了27年的传奇人物、美籍奥地利学者洛克博士的重要代表作两种：《纳西人的纳伽崇拜和相关仪式》（上下）、《纳西—英语百科词典》（上下）。这位长期致力于藏学研究的学术大师非常惊喜地在序言中说，学术界对所发现的本教经典已经普遍地佛教化而感到非常失望，如今发现的这些纳西象形文经典中的不少文献，却纯粹是源于本教的。他欣喜地说，洛克博士对纳西族的研究，为揭示本教的本来面目照亮了迷径。后来形成的国际上的纳西学热，越来越多的学者（包括藏学家）都得出了一个共识：如果要揭开古老的本教之谜，必须从东巴教入手来进行认真的研究。

东巴教和本教，就是在历史的进程中形成了一种生死结，"茶马古道"是联结其命运的一条心灵之路。然而，由于这条古道在后来以茶叶为代表的商业贸易方面的辉煌，使人们忽略了历史上它在各个民族心灵史上的重要性。

三 藏区的东巴，还守望着故土的神灵世界

"茶马古道"在云南的路段上，有一个东巴教的圣地——白地。此次古道之行，我又一次来到曾经多次来过的这个纳西人的圣土。它位于中甸县（今香格里拉市）三坝乡白地村。水光涟漪的白水台就像银和玉砌就的梯田，故事里讲东巴什罗到这里传教后，曾经教纳西人模仿这白水台的形状开梯田种红米，这著名的红米在明朝时随同滇西北霸主"木天王"传播到了康巴地区。

2002年6月的"茶马古道"之行，我在白水台上方著名的神泉处，又邂逅了当地著名的大东巴和志本与树银甲两位老人。在旅游潮流的推动下他们如今已走出自己的家门，在这里为慕名而来的游人举行祝吉祈福的仪式，借此挣一点小钱。神泉畔，插着五颜六色的东巴教木牌画，上面绘的是东巴教的各种大自然神灵"署"。同时，在神泉周围的树木枝杈上也挂着不少经幡，和志本老人说，这些经幡都是来祭拜神泉的藏民挂的。当地的很多藏民对作为东巴教圣地的白水台也十分崇拜，每年二月初八，来此地磕头朝拜的藏民很多。每年来请和志本老人为婚姻爱情、生儿育女、取名等事推算良辰吉日的藏人也很多。

白地白水台的神泉畔，五颜六色的东巴教木牌画（2002年摄）

记得1999年7月，我在白地村调查，当地的东巴习世林告诉我：藏人常常请纳西东巴为他们烧天香（纳西语称为"凑巴季"，指烧刺柏枝等物来祭神祈福）并常请东巴举行驱鬼镇邪的仪式，他多次应藏人的邀请去为他们做这样的法事。而当地的纳西人也常请喇嘛举行法事，如得病后请喇嘛念经。在三坝，纳西人向藏族喇嘛求名的事相当多。有时，喇嘛给藏人占卜会告诉他，他应该取个纳西名字才会顺利，藏人就会来找东巴求名。纳西东巴给纳西人占卜，有时也会发现对方应该取个藏族的名字才会万事如意，就告诉他去找藏人的活佛或高明的僧人求取名。因此，在三坝，纳西族和藏人之间相互求取名、相互认干爹干妈的不少。

四　孜珠山的本教灵洞与白地的东巴教灵洞

在西藏境内的"茶马古道"区域，虽然民众的主体信仰是藏传佛教，但本教的信仰还是比较活跃的。我们一路上考察了几个本教寺庙，如左贡县三坝乡的沙拉寺，丁青县的丁青寺、孜珠寺。其中最有名最壮观的是孜珠寺。

孜珠寺在本教神山孜珠山上，"孜珠"在藏语中据说是"一个山体六个岩峰"的意思，在本教中有"六到彼岩"的美称。据说以前吐蕃地区和象雄地区的上、中、下三区，本教有36个修行处24个圣地。尤其是第二吐蕃王穆赤赞普（藏历火虎年、公元前1074年生）修建了36处密教修行场所，孜珠寺为其中之一。在岁月风烟中，孜珠寺经过了许多坎坷曲折的兴盛和衰落的过程。在藏历水狗年，即公元1382年，由本教活佛罗丹宁布（1360—1406年）重新点燃了本教的余烬，修复扩建了孜珠寺。

孜珠山山高坡陡，信徒们到山上朝拜特别不易，特别是那些来孜珠山举行天葬的人们，行程更是艰难万分。因此，孜珠寺在2000年自己筹资，修建了一条公路。这条公路蜿蜒如带，盘旋而上。我们的车子左拐右弯，好不容易到达山顶。下车举目环顾，便觉心灵受到强烈地震撼。孜珠山的六座山峰峭拔高耸，仿佛一把从天而降的青森森的巨扇，张开在茫茫的天宇。六座山峰的对面是一片苍苍茫茫白雪皑皑的雪峰，从山底下看这些雪峰时觉得它们都高耸入云，而如今在孜珠山上则可以平视这些雪峰。雪山与孜珠寺之间天宇浩渺，流荡弥漫着一层沉沉的清气静气，使人倍觉孜珠山的神秘和壮观。

孜珠寺所在地海拔4350米，寺庙建筑群随山势高低散落在山峰间，显得疏朗清爽，仿佛神话中所描述的洞天福地。我们在山顶上看到一群群来自各地朝拜此山的藏民信徒，其中还有拄着拐杖一步一挪的信徒，不知他是费了多少力气才来到了山顶。据说这里的天葬台远近闻名，因孜珠山是著名的本教神山，很多地方的人都愿意把过世的亲人抬到这里来行神圣的天葬礼，全然不避路途遥远艰辛。

在没有公路之前人们是抬着死者爬这么远的山路来行这一礼仪的。据说,现在每天都有五六起来这里行天葬的人群。

有关资料上说,孜珠寺的历史可以回溯到两三千年以前。它不仅是西藏昌都市最大的本教寺院,在全西藏,它也是规模最大、教徒最多、仪轨保留较完整的本教寺院之一。寺庙位于觉恩乡境内,距县城45公里。据藏文《孜珠寺简史》记载,藏族第一位国王聂赤赞布的儿子木墀赞布时期,从象雄邀请了108位本教智者,分派到藏区的上(卫藏)、中(康巴)、下(安多)修建这座本教道场,比较有名的9座分支道场中有"协来加嘎",指的就是孜珠寺。

这里的本教还保持着古老的灵洞崇拜。孜珠山上有很多僧人修行的灵洞,我去看了一个最有名的灵洞,在海拔4350米处再往上爬100多米,要手脚并用地爬

1999年在白地调研时,当地著名东巴习阿牛父子(右2、右1)、和志本(左1)在给本书作者(左2)讲解东巴经

白地村纳西族的传统民居,墙上筑有平时用以祭神的白色烧香台(1989年摄)

西藏芒康县东坝乡本教寺庙沙拉寺里的神像画（2002年摄）

西藏琼布丁青寺的本教面具舞——牛舞（2002年摄）

西藏琼布丁青寺本教面具舞——鹰舞（2002年摄）

西藏琼布丁青寺的本教面具舞——虎舞（2002年摄）

过一段极陡峭的岩石才能到达这个灵洞内。这个灵洞是个大溶洞。到了洞内，发现其中一角又一个小洞。洞口极小，要全身匍匐方能钻进去。我和同行的西藏作家马丽华等人随着当地向导爬进去，摸黑匍匐爬行半响，终于在僧人所用的一种手提照明灯的照耀下看到了洞内景象：洞内可容数十人，有不少钟乳石，可惜有不少部分已经被朝拜者敲断带走。钟乳石上挂着不少朝拜者献的哈达。随同前往的一个当地学者说，这个洞在200多年前的藏文经籍中有记载，但一直没有发现。数年前，从藏北那曲来了一些朝山者，其中一个12岁的小孩不知怎么就钻到里面去了，大家听到他的叫声后才发现了这个神奇的洞中洞。

我后来在拉萨有机会拜访了该寺的孜珠·丁真俄色活佛，他是丁青县孜珠寺寺主、昌都地区政协常委，年龄31岁，生得十分俊朗儒雅。他介绍说，本教僧人应在灵洞内修行40—100天，在秋天或开冬开始在洞内读经、静思及领悟本教的智慧和教义。

据很多文献资料记载，早期本教徒的宗教活动不是在庙宇内进行，而是在野外小小的神坛旁或山洞里。特别是各种形状奇异的山洞，本教师认为是最好的"修法室"（sgrubkhng）。在吐蕃王朝时期，本教也没有建立起寺院，很多仪式仍然在山洞里进行，本教师们在山洞中冥思苦想天地人间的奥秘与修炼自己的心性。

本教的这一古老习俗，至今仍然是纳西族东巴教的一个神圣礼仪。在东巴教圣地白地，与白水台相对的上柏峰山腰，是赫赫有名的圣迹——阿明内可（意为阿明灵洞）之所在——传说这是出身在这里的东巴教大师阿明曾经修行过的一个岩洞。另一个传说说这曾是东巴教祖师东巴什罗冥思和修行之洞，因此也叫"什

洛克在20世纪40年代所拍的东巴教灵洞"什罗内可"，洛克对此图有这样的文字说明：所有纳西祭司东巴都有一个愿望，至少来这个灵洞来朝拜一次，他们的祖师曾在这洞中修行。图中可看到有两个东巴在举行仪式（采自洛克著，刘宗岳等译，杨福泉等审校：《中国西南古纳西王国》，云南美术出版社1999年版，第156页，图139）

罗内可"或"什罗埃可"（意为什罗住的岩洞）。我于1991年在三坝乡文化站站长和尚礼的引导下，朝拜了这个在东巴祭司中无人不知且个个向往的圣洞。这是个两洞相连的喀斯特溶洞，我去时见到洞外有人们烧过的杜鹃木、松枝等，还立着一根看去刚立不久的祈神求福的神塔，高约1.5米，旁边有一根看去年深月久的旧神塔，比新塔粗，上面凿着三级台阶，约长2米，上面满是岁月风雨剥蚀的痕迹。在洞的外壁上有东巴象形文题词，字迹斑驳，与苍苔相混，看去已很有些年月。

相传阿明大师曾在此洞修行，写经书，传授徒弟。民间传说他用过的鼓、铃、钗、锣、白螺均留在洞中，增加了灵洞的神秘性。后世的各地东巴到白地朝圣学经时，都要到这个灵洞来祭拜和进行"加威灵"仪式，在东巴大师的主持下，请东巴什罗祖师赐予威灵，只有举行了这个仪式才算是成为一个正式的东巴。当地东巴常常来此灵洞求威灵。我在当地东巴和志本家中发现神龛上摆着几个乌黑的小石块，他告诉我这是从阿明灵洞中拣来的灵石，当地东巴都在家中神龛上供有这种灵石，他们将它视为能赋予自己神力的圣物和镇鬼的武器。白地东巴认为，每当一个东巴要去世时，白天洞中会冒出一股烟，夜里洞中会发出一团亮光，并会发出鼓锣钹铃声。从这种种传说中可以体会到东巴对这个灵洞所怀有的崇拜和神秘感。这个灵洞是东巴教的一个神圣之地，各地东巴在祭山神时，一定要提到这个灵洞之

西藏丁青县本教寺——孜珠寺头戴虎皮法帽的僧人（2002年摄）

西藏丁青县本教寺——孜珠寺的堪布手捧着本教祖师东巴先饶（STon-pa gshen-rab）的金像（2002年摄）

来朝拜本教圣山——丁青六峰山的藏族本教信徒（2002年摄）

名，迎请东巴什罗大师和阿明什罗大师的威灵。

丽江也有几个著名的"什罗内可"，如汝南化村什罗灵洞。此洞在丽江文笔山后汝南化村山上，洞朝西，洞后有瀑布飞流。相传白地东巴大师阿明什罗的后裔阿明余勒（一说是阿明本人）来丽江时，曾在此洞长期修行传教，故称为"什罗灵洞"。此洞成为东巴举行仪式时所咏诵的灵地之一。每年阴历二月八日，四乡的东巴便到这个灵洞前集会，诵经和跳东巴舞蹈。

从孜珠山的本教灵洞和白地的东巴教灵洞中，我看到了一种神秘地跨越地域、跨越民族而又确实是同源异流的古老信仰。

五 "本佛之争"已成永远的过去，两种信仰握手言欢

我总认为，作为为人类身心和精神的迷惘和痛苦寻找慰藉与出路的宗教，无论其教义有多么大的差异，在人生关怀和求真向善这一点上，应该有息息相通的因素。历史上，发生在世界各地那种种宗教之间你死我活的残酷争斗，是人类的不幸。那发生在雪域高原充满刀光剑影的"本佛之争"，也是这样的人间悲剧。

此次的"茶马古道"之旅，使我深切地感受到，本、佛这两种代表着两种文明的精神之光，经过千百年的岁月洗礼，已经化解了过去的恩恩怨怨，在雪域高原和谐地相依共存、融汇一体。1000多年前发生的那血与火的"本佛之争"，已经成为永远的过去。佛教吸收了大量本教的内容而形成独特的藏传佛教，而本教也吸收佛教的大量内容，产生了本教的活佛转世和世袭制，产生了本教的《大藏经》等。

孜珠·丁真俄色活佛对我说，古老的原始本教在举行仪式时，要用大量的祭

灵洞崇拜是东巴教和本教共有的宗教现象,此图是东巴教灵洞"什罗内可"(东巴什罗修行的灵洞)或称为"阿明内可"(阿明什罗修行的灵洞),位于东巴教胜地中甸县(今香格里拉市)三坝白地村(1991年摄)

牲,而现在本教已经不再杀生。这显然是受了佛教思想的影响,客观上对民众的生产生活、对人间众生有利。而本教对藏民俗世生活的亲和力,与藏族民间习俗的密切联系,也使青藏高原的人世生活中洋溢着人间烟火的别样情趣。东巴教在古代也要用大量的祭牲,后来也以面偶代替祭牲,并且产生了无节制地杀戮野生动物和家畜是罪孽的观念,说明这两种宗教都在逐渐地调适着自己的文化习俗,向更为人性化和慈悲心怀的境界发展。

孜珠寺是远近闻名的神山。本教信徒中流传着这样的说法,在孜珠寺修行一天,等于在其他寺修行20天,一月等于一年。来朝拜孜珠山的不限于本教徒,每年,远至青海等地的藏传佛教各个教派的信徒都来朝孜珠山。孜珠·丁真俄色活佛对我说,本教不排斥任何一个教派,强调人人都可以自由地思想;孜珠寺欢迎任何教派的教徒来朝拜参观。这真是一种超然豁达的境界。在左贡县位于怒江峡谷深处的三坝乡,我曾采访了当地本教寺庙沙拉寺年轻的僧人主基,他告诉我,现在村子里可随自己的心愿信奉藏传佛教或本教,不受任何约束。本教和佛教的僧人,相互之间都很尊重和友好。

如今的本、佛两教,真正形成了"你中有我,我中有你"的和谐局面。原来曾是水火不相容的宗教,早已"相逢一笑泯恩仇",握手言和,自由地发展自己的思想和教义。在藏区,信仰藏传佛教的藏民很多,信仰本教的人也不少。两种信仰已经没有了过去那种不可逾越的鸿沟,有不少的民众既信佛教又信本教。它们的精神,正在逐渐汇融成一种有共性的灵性力量,在雪域高原闪耀着永恒的光芒。

此行使我感到很新鲜的是,当代的本教活佛也在以一种全新的姿态面对大

西藏丁青县本教寺——孜珠寺僧人从本教神山——六峰山的圣洞中朝拜后爬出（2002年摄）

千世界的新事物。孜珠·丁真俄色活佛本人于1997—1998年在北京佛学院学习，到北京、上海等地讲经说法，在这些大城市中有不少信徒。他现在还在学习电脑和英语，他觉得只有学习现代文明的种种知识，才能更好地为弘扬教义做更大的贡献。

六　让心灵之光永远照耀着"茶马古道"

"茶马古道"上曾经走过无数身上维系着一个个家庭和商帮生计、驮载着亲友和同仁希望的"藏客"和伴随他们顶风踏雪走天涯的马，走过想为自己和芸芸众生解脱人生苦难和困惑的祭司、巫师、僧人和苦行者，走过在横断山的高山大岭中苦苦寻找一个个梦中的美好家园的迁徙流浪者。在他们身后的脚印和马蹄印中，既留下了一种人生苦斗的精神，也留下了一种豁达乐观的人生态度，一种不同民族之间的宽容与和谐，一种闪烁着信仰的理想主义的光芒。

如今，随着旅游大潮的兴起，越来越多的人们对这条古道发生了兴趣，时下有不少的旅行社都热热闹闹地打出了"茶马古道之旅"的旗号。可以预见，这条古道会逐渐从沉寂中热闹起来。但愿走上这条古道的当代旅人，不是仅仅将这古道之行当作一种好奇、猎奇的"游山玩水"之旅。我想，品味横断山中留下的这条古道的历史沧桑和文化内涵，寻找过去那无数的平凡人在这山道上留下的壮举和艰辛的足迹，寻找那已随岁月的流云远逝的先人留在苍茫山中的心之音、灵之歌，这才是这漫漫的古道之旅最有魅力之所在。

朝拜纳木错和羊卓雍错湖

一 来到纳木错

2016年10月到11月，我行走在西藏高原，去了不少地方。西藏有很多的湖泊，很多湖泊都是藏民心中的神湖，是他们心中的圣洁之地。我此行是参加一个纳西祖先文化考察队来到西藏，又去了纳木错湖。这是第二次来到这个圣湖畔，第一次是在2009年9月。

纳木错湖位于西藏自治区中部，在拉萨市区划的西北边界上和其以北的当雄县与那曲地区东南边界班戈县之间，距离拉萨240公里。纳木错湖约有五分之三的湖面在那曲地区的班戈县内，五分之二的湖面在拉萨市的当雄县内，是西藏第二大湖泊，也是中国第三大咸水湖。湖面海拔有4718米，形状近似长方形，东西

9月的纳木错湖（2009年摄）

长70多公里、南北宽30多公里，面积1920多平方公里。早期的科学考察认为，纳木错的最大深度为33米，但几年前对湖泊进行了重新测量结果发现纳木错最深处超过了120米。蓄水量768亿立方米，是世界上海拔最高的大型湖泊。

纳木错湖南边和东边是雄伟峻峭的冈底斯山脉和念青唐古拉山脉，北边是起伏较小的藏北高原丘陵。看相关资料，"纳木错"是藏语，蒙古语则称之为"腾格里海"，都是"天湖"之意。纳木错是西藏的"三大圣湖"之一，相传纳木错是古象雄文明的民间宗教本教所信奉的神湖，佛教传入后也成为著名的佛教圣地之一。古代本教一个典型的特征是大自然崇拜，最突出的是对神山神湖的崇拜。佛教传入藏地后吸收了本教的这种信仰，所以藏传佛教中也有很多神山神湖崇拜，并且最早与藏民的民间宗教本教信仰密切相关。

民间传说，纳木错是帝释天的女儿、念青唐古拉的妻子，它们的造像分别是：念青唐古拉山神头戴盔甲，右手举着马鞭、左手拿着念珠，骑白马；而纳木错女神的形象则是骑着飞龙腾云驾雾，右手持龙头禅杖、左手拿佛镜。念青唐古拉山在北方诸神灵中很有威力，相传它拥有广袤的北方疆域。在西藏古老的神话里、在本教和藏传佛教的万神殿中、在当地牧羊人和狩猎者的民歌和传说里，念青唐古拉山和纳木错不仅是西藏最引人注目的神山圣湖，而且是生死相依的情侣。念青唐古拉山和纳木错湖形成了两相辉映的高原大美。

2009年9月，我来朝拜纳木错湖。首先在海拔5190米的那根拉山口远观纳木错湖，当时纳木错湖的上空还乌云密布；而来到纳木错湖边后却云开雾散，蓝天白云，雄伟的念青唐古拉神山露出了真容，白雪皑皑、晶莹如梦。按照本地的说法，我这是与这个圣湖有缘的说明。

纳木错湖的湖面海拔是4718米，到湖边一会儿后天越发蓝了，云彩变幻着各种形状，远处的念青唐古拉山雪峰在云里忽隐忽现，湛蓝如梦的清波拍击着沙滩发出一阵阵喧腾的拍击声。念青唐古拉神山露出了它白雪皑皑的雄姿，云彩在皑皑的雪峰间飘荡。

我绕湖漫步，看到湖上方飞来一只水鸟，在清波和雪峰间翱翔。此情此景，颇有古诗句"天地一沙鸥"的意境。纳木错湖的水和蓝天的色彩在变换着，不同的角度，可看到不同的形状。湖边有很多经幡在风中猎猎飘扬，我仿佛听到了人们对神湖和神山倾诉的心语。纳木错上空云彩的变化无穷使人意醉神迷。我看到有一只黄色的狗也徜徉在神湖边，它在低着头慢慢地走，仿佛在转湖，也像思考着什么。我在湖边搭了一个玛尼堆，寄托了我对神湖的礼敬之情，也作为我朝拜神湖的标志，永远地留在了湖边。

在湖边走着，眼前是一望无际的雪山、草原和湛蓝的湖水，天地如此静谧。

我沿着湖一气走了四五公里，中途看到了神湖上面虽然是晴天但有局部下雨的奇观。在神湖边，我看到有个藏族小伙子牵着一头打扮得很美的白色牦牛，招呼着客人来合影。牦牛特别是白牦牛是纳西族和藏族信仰的神兽，和红虎一样也是守卫东巴教仪式之门的神兽，我很高兴地与牦牛和藏族小伙子合影，我想，在这个神湖边或许白牦牛会把它"高原之舟"的力量传给我吧。

在湖畔路过一个巨大的石头，人们称之为合掌石，酷似巨大的合掌，上面挂着很多哈达。这天造地设的合掌之石，寄托了生活在人间的人们对浩渺天地冥冥神灵的期盼、敬畏和祈祷！在纳木错湖边有大片的草原，羊群在上面悠然地吃草，草原上有一些黑色牦牛毛织的帐篷。洛克博士曾在考察纳西先祖居住过的青海等地的文章中描写过纳西先祖所住的牦牛毛做的黑色帐篷。那次我刚离开纳木错湖，天又变阴了！还下起了雨。我真是幸运，也相信和神湖有缘分！

时隔7年，在2016年10月27日，我又来到了纳木错湖。这次考察的重要内容是考察与纳西族信仰密切相关的神山神湖，所以我们的行程包括考察玛旁雍错、羊卓雍错和纳木错这三大西藏的神湖，还有青海的青海湖。和上次来相比，时间只是晚了一个多月但景象已经很不同，念青唐古拉山已经披上了比上次多得多的雪，绵延不绝的雪峰晶莹纯净。纳木错湖在5190米的那根拉山口已经建了一个规范的游客可以眺望的观景台，山口的经幡堆积得比2009年时大多了，周围的山头也积满了白雪。驱车去纳木错湖的路上，两边是苍黄的土地，上面有很多积雪，牦牛在吃着冬季的枯草。一路上的建筑物比2009年时多了，苍黄色中的远处一抹湛蓝无边无际，朦朦胧胧的远方的美正在向我们靠近。一路看念青唐古拉山白雪皑皑的山峰连绵不绝，这是上次来没有看到的壮美雪景。来到纳木错湖畔景象更是壮观，湖畔念青唐古拉山雪峰白茫茫逶迤起伏，气势磅礴。纳木错湖里一层层

纳木错湖畔的"合掌石"，酷似巨大的合掌，上面挂着很多哈达（2009年摄）

白色的浪花汹涌澎湃，呼啸着拍向岸边。才隔了一个多月这儿的天气已经非常冷，寒风刺骨，再像上次一样绕湖长时间走已经不可能。我们在湖边待一会儿，再次与高原神兽牦牛合影留念后就离开了这里。

二　来到羊卓雍措

10月16日，我来到了慕名已久的西藏三大圣湖羊卓雍错（YamdrokTso）旁边。看资料，羊卓雍错在藏语中意为"碧玉湖""天鹅池"，是西藏三大圣湖之一，位于雅鲁藏布江南岸、山南浪卡子县境内。湖面海拔4441米，东西长130公里、南北宽70公里，湖岸线总长250公里，总面积638平方公里，大约是杭州西湖的70倍。湖水深20—40米，最深处有59米，属咸水湖，是喜玛拉雅山北麓最大的内陆湖。羊湖的岔口较多，高处看像珊瑚枝一般，因此它在藏语中又被称为"上面的珊瑚湖"。

羊卓雍错是个高原堰塞湖，大约在亿年前因冰川泥石流堵塞河道而形成。它的形状很不规则，分岔多，湖岸曲折蜿蜒，并附有空姆错、沉错和纠错等三小湖。历史上曾为外流湖，上述几个湖连为一体，湖水流入雅鲁藏布江；但后来由于湖水退缩而成为内流湖，并分为若干小湖，其湖面高度相差不过6.5米。

从拉萨到羊湖需要翻越5030米的岗巴拉山口。我是从山南的江孜出发去羊卓雍错的，翻越过一个个积雪的山峦，一路看到很多在苍黄的草甸上徜徉的牦牛。翻过一个经幡飞舞的山口，眼前倏然出现了一个大湖，宛如一颗巨大的蓝宝石铺在天地之间。西藏的神奇就是在不经意间，一个天地的大美就突然呈现在眼前，使你惊叹大自然的壮丽神奇。眼前的羊卓雍错湖也是给我这样的感觉，这种美的冲击力如此之大，常常使你禁不住要大声地惊叹不已。

一个如此湛蓝的湖，湖的两岸是苍黄色的山峦，湖绕过边上的山峦向远处延伸而去。湖如此平静安详，一片翠蓝仿佛如山南高原上的蓝宝石，远处是连绵的雪山。我看过11月份拍的羊卓雍错湖的照片，湖的周围白雪皑皑，更显出一种白雪簇拥的美丽。

我们走下山坡，来到了羊卓雍错湖畔。这个季节的游客不多，到湖畔的路旁有不少摆摊的，卖一些藏区特有的各种坠饰、雕刻精美的藏刀等旅游纪念品，有一些流浪狗在湖畔悠闲地溜达。羊卓雍错湖和纳木错相比显得这样静谧，微波不惊，静如处子。与纳木错湖的波涛汹涌、涛声沉洪又完全不同，羊卓雍错湖上面蓝天上的白云和湖水相辉映，更显得湖的静谧。湖畔有一块巨石上镌刻着"羊卓雍错，三大圣湖之一，海拔4441米"，在湖的西面有宁金抗沙峰等三大雪峰。此峰高7206米，是后藏地区最重要的神山，也是西藏传统四大神山之一。在湖畔看这座大雪山，非常像梅里雪山的卡瓦格博峰。湖畔有几头被打扮得漂漂亮亮的白

凌驾于羊卓雍错之上的宁金抗沙峰等三大雪峰（2016年摄）

色牦牛，让游客牵着或骑着它照相留念，这和另一个神湖纳木错湖边见到的是一样的。

据民间传说，羊卓雍错湖是天上一位神女下凡变成的。据记载，羊卓雍错形似蝎子，相传曾为9个小湖，空行母益西措杰担心湖中许多生灵干死，把7两黄金抛向空中并祈愿、诵咒后又把所有小湖连为一体，其形似莲花生的手持铁蝎。据说流域内一些地名与蝎子有关，如湖上游热耶白比吾、热域曲龙热耶。热域为蝎子左右角，指该地正处在蝎子的左右角之位置；居蝎子心脏位置的圆布多岛屿上有一座公元16世纪中叶仁增多俄迥乃兴建的宁玛派小寺遗址，寺附近还有莲花生大师的手印，湖西南还有桑丁寺，故称西藏三大圣湖之一。

沿湖边继续前行，一路上，只见湛蓝的湖水映着晶莹的白雪。在湖边的湿地上，还看到了几只黑颈鹤，正悠然徜徉在湖边草地上。牧人在放牧着羊群。据说羊卓雍错湖白色的水鸟很多，这次来所见很少，可能不是观鸟的季节，也许像我的故乡丽江的拉市湖等地一样只有冬天才能看到很多的水鸟。

我们从羊卓雍错湖来到了乃钦康桑雪山下。乃钦康桑雪山是西藏四大神山之一，位于西藏浪卡子县和江孜县交界处317省道旁，海拔7191米。晶莹雪白的冰川在阳光照耀下，闪烁着晶莹的光芒。卡若拉冰川就在乃钦康桑雪山下，冰川雄

距羊卓雍错湖不远、海拔7191米的乃钦康桑雪山和佛塔（2016年摄）

伟如一道巨大的玉屏。据说卡若拉冰川的融水就是雅江上游重要支流年楚河的东部源头。

有两个美丽的藏族女郎在冰川下面的佛塔下，盛情邀请路过的客人留影。我和她们合了个影，她们非常熟练地指点我几个合影的动作。这是客人要花钱的旅游项目，她们很敬业、态度也很好。在西藏和新疆比较好的风景名胜区我都碰到过本地年轻女子盛情邀请客人合影，我觉得只要价钱合理，这也是让客人高兴又裨益本地藏民的事情，会给旅人也留下一段美好的回忆。

此行西藏朝拜了玛旁雍错、纳木错和羊卓雍错这三大神湖，不仅领略了她们的绝世姿容，也更为深入地理解了纳西族东巴文化中的美利达吉神湖崇拜。

西藏阿里之行

从2016年10月9日开始,来自丽江、昆明和四川几个地方的东巴先生、学者们组成一个成员共16人的纳西祖先文化考察队,开始了历时一个多月的考察。此次考察既有追溯祖先迁徙之地文化的内容,也有探寻与东巴文化密切相关的象雄文明、神山圣湖的文化寻踪,还有寻找与纳人所信仰的藏传佛教密切相关的一些胜迹秘境的探寻。

苍茫大野,冰封雪岭,静谧的湖泊,静默的雪山,荒原上沉寂的山峦——走在西藏,常常使你灵魂悸动。我去过西藏多次,而这次则是第一次去阿里。想去阿里,这是我多年的梦想。在研究纳西东巴文化的过程中,我常常碰到涉及阿里区域的一些文化问题,比如东巴教中的居那什罗神山和含依巴达神湖信仰与古代象雄文明的关系,与古本教的关系,都要涉及到阿里这个神秘的地方。

一 从日喀则萨嘎县赴阿里

10月19日,从日喀则地区萨嘎县出发去阿里,约上午10点,沿途经过一游牧定居点,气温是-4℃。我们冒着严寒过突击拉山,山口海拔有4920米,和藏区众多的山垭口一样,五彩的经幡在风中飘扬。我们来到了仲巴县,仲巴县是雅鲁藏布江的发源地。我们在清澈的雅鲁藏布江旁见到一古堡的断壁残垣,不知这个古堡里曾经有过什么故事。雅鲁藏布江之源杰马央宗冰川位于日喀则地区仲巴县境内,杰马央宗藏语的含义是排列成万字形的沙石滩。发源于喜马拉雅山北麓的杰马央宗曲,是雅鲁藏布江的正源。雅鲁藏布江的水在仲巴县内显得很清澈,与下游形成明显的对比。

我们继续前行,到了号称是世界海拔最高的小镇仲巴县帕羊镇(此地海拔4597米),蓝天白云下苍黄色的草甸一望无边。有一群牦牛在这里很悠闲地吃草,有的躺着有的站着。我们走过去拍照,这些牦牛安详地看着我们,可能已经习惯了常被人拍摄。

在阿里边境检查站稍事休息,并留了个影。这里海拔有4900米,背后是莽莽荒野大漠,原野苍茫四顾无人,白云在悠悠地飘,高原的风吹得很凌厉。

我们继续前行,来到一个叫公主错的湖边。西藏高原有数千个湖,"错"就是湖的意思。这个公主错中绿浪翻卷,一阵阵白色的浪花呼啸着涌到岸上,这种寂静原野中发出的声音,宛如动人的乐章。

阿里的公路修得非常好,一马平川,途中没有收费站,完全免费。但是路上是限速的,限速的方式很有意思:前一个检查站会给路

在清澈的雅鲁藏布江旁有一座古堡的断壁残垣(2016年摄)

过的车辆发放一张记录有通过时间的小纸,纸上写明到下一个检查站应该遵守的时间,不能提前到,提前到就算超速。我们的越野车速度很快,所以,在距离下一个检查站几公里的地方一般就要停下来休息,等待规定的时间来到再往前走。

一路往前,左边是雪峰连绵不绝的喜马拉雅山脉,右边则是冈底斯山脉,我们在位于这雄伟壮丽的两大山脉之间的公路上前行。终于远远见到了向往已久的玛旁雍错神湖与冈仁波齐神山,眼前一片壮观的蔚蓝色,远处是一座洁白的雪峰巍然矗立在绵延的山脉之上,形状有些像我在埃及见过的金字塔。我们来到了冈仁波齐神山下的塔尔钦小镇,这个小镇海拔4680米,位于西藏自治区阿里地区普兰县巴嘎乡。在冈仁波齐南面,是转山活动的起点,我们在这里住宿。

这个初冬时节朝山的人很少所以行人寥落,很多店铺关了门,来自四川等地的开店老板已经陆续回去了,到来年春天再来。我们见到一些讲英语的西方人在街上溜达,显然也是来朝拜冈仁波齐的。据说马年这里可是人山人海热闹非凡,来自我国藏区和内地各个地方的旅人以及来自印度与尼泊尔等邻国的朝山者也很多。从宗教文化的角度讲,本教、佛教、印度教等各种宗教信徒都来朝拜这座"宇宙之山",冈仁波齐神山的信仰现象很值得深入探讨。

二 祭拜玛旁雍错神湖

10月20日,上午去拜祭西藏四大神湖之一玛旁雍错神湖,玛旁雍错(Lake Manasarovar)在西藏阿里地区普兰县城东35公里、冈仁波齐峰之南。这是藏地所称三大"神湖"之一。玛旁雍错是中国湖水透明度最大的淡水湖、藏地所称三大"神湖"之一,它也是亚洲四大河流的发源地,马泉河、象泉河、狮泉河、孔

纳西族祖先文化考察队的东巴们在祭湖（2016年摄）

雀河都发源于此。马泉河藏语称当却藏布，是雅鲁藏布江的上游；象泉河藏语称朗钦藏布，是印度河最大支流萨特累季河的上游；狮泉河藏语称森格藏布，是印度河上游主干流河源，进入克什米尔后称为印度河；孔雀河藏语称马甲藏布，由普兰流入尼泊尔后叫格尔纳利河，是恒河左岸的重要支流。它们都源自玛旁雍错和其周边的雪山冰川，所以玛旁雍错自然而然成为了亚洲的中心。在佛教的《大藏经·俱舍论》中记载：印度往北过九座大山，有一大雪山，雪山下有四大江水之源，这大雪山指的是冈仁波齐，而四大江水之源就是指玛旁雍错，唐朝高僧玄奘在《大唐西域记》中称为"西天瑶池"的地方。

玛旁雍错湖海拔4587米，湖水由冈底斯山的冰雪融化而来，看去是如此清澈蔚蓝又有些神秘的幽蓝。看相关资料，湖水最深处有81.8米，湖心透明度高达14米以上，据说是我国目前实测透明度最大的湖。

玛旁雍错最早名为"玛垂"，或"玛垂错"，相传是本教广财龙王之名。佛教经典中说四大神湖中原来有四大龙王，起初他们总是兴风作浪、危害民生，后来佛教的莲花生大显神通收伏了四大龙王，使他们皈依佛法，逐渐成为藏传佛教的四大护法神。从此"玛垂错"也改名为"玛旁雍错"，有时写作"玛法木错"，藏语意为"永恒不败的碧玉湖"。这些山水故事，都是历史上佛教进入藏地后逐渐取代本教的反映。

玛旁雍错湖最早是古代象雄文明时本教的神湖，古象雄雍仲本教《大藏经·俱舍论》中所记载的"四大江水之源"指的就是圣湖之母玛旁雍错。东为马泉河，南为孔雀河，西为象泉河，北为狮泉河。"玛旁雍错"在藏语里有"不可战胜的碧玉之湖"的意思，藏语的"玛旁"就是不败、无不胜的意思[①]。有意思的是，纳西族东巴教也有这样的说法，说纳西神山居那什罗旁边也有3条河流：第一条河是从狮子嘴里流出来的，纳西语称为"都排西格空尼补美吉"，意思是从

---

① 格勒：《玛旁雍错——世界江河之母》，《中国西藏》（中文版），2004年第3期。

白海螺般的狮子嘴里流出来的；另一条河是从大象嘴里流出来的，纳西语叫"含使崇仁空尼补美吉"，意思是从黄金般的大象嘴里流出的水；再一条河是从孔雀嘴里流出来的，纳西语叫"含使玛尤优空尼补美吉"，意思是从黄金般的孔雀嘴里流出的水。这3条河流的说法应来源于"冈仁波齐下有'四大江水之源'美称的圣湖之母玛旁雍错，东边是马泉河、南边是孔雀河、西边是象泉河、北边是狮泉河"的说法。

玛旁雍错是神湖，在离它不远处却有一个鬼湖，藏语叫"拉昂错"，意为"有毒的黑湖"。纳西东巴文化神话中的神湖美利达吉的传说与玛旁雍错湖密切相关。在纳西东巴经记载的神话中，除了美利达吉神湖之外还有一个与之相对的"毒恨拿"，意思就是鬼的黑湖。有意思的是，玛旁雍错是淡水湖，而拉昂错是咸水湖。

东巴教卷轴画中的丁巴什罗，相传他死于鬼湖，所以身体呈黑蓝色（黑色）（丽江东巴文化研究院收藏）

民间说这两个湖像两颗心，一白一黑，白的自然是玛旁雍错，黑的就是拉昂错。东巴教的基本观念也是认为白色是吉祥的象征，黑色是邪恶的象征。东巴教中有关东巴教祖师东巴什罗的一系列故事，如他先与大女怪固松麻同居，然后设法将其镇压的故事；东巴什罗跌入毒鬼的黑海，两只绶带鸟用自己的尾巴把他从鬼海里捞出，他的身体从此变成了墨绿色。

考察队中来自四川木里县俄亚纳西族乡的大东巴依丹茨里几年前来朝拜玛旁雍错湖，一个本教僧人告诉他说，关于东巴教中记载的人类创世始祖美利董主在神湖旁的神山上诞生以及他的妻子茨抓吉姆在神湖里诞生的故事，本教也有情节一模一样的故事。很明显，东巴教的美利达吉神湖和居那世罗神山的故事与本教的冈仁波齐神山和玛旁雍错神湖的崇拜密切相关。

印度教也有关于玛旁雍错的传说，相传玛旁雍错是从创造神大梵天的心中造出的。"破坏与再生之神"湿婆和他的妻子——雪山神女常在此湖沐浴嬉戏，古梵文称其为"玛那萨罗瓦"，是由"玛那"（心）和"萨罗瓦"（湖）两个词组成。每年都有许多印度教徒前来这个湖转湖朝圣。印度神话认为这个湖是天鹅们夏季理想的栖息地。除了本教、佛教、印度教外，耆那教和婆罗门教也认为玛旁雍错是他们心目中的圣湖，这种信仰是和对冈底斯山的崇拜连在一起的。

在玛旁雍错神湖边，纳人祖先文化考察队举行了祈福仪式。咏诵东巴经典，迎请圣洁的湖水和湖里的沙，郑重地装在带来的水瓶和袋子里，意思是迎请回神湖里的五行圣物。今天天地之神也作美，阳光灿烂，晴空如洗，在玛旁雍错湖上空同时见到了日月双辉。

神湖清澈湛蓝，皑皑白雪山峰倒影在神湖里，天地苍茫，万籁无声。湖畔有个玛尼堆，五彩的经幡随风猎猎飘舞，湖边偶尔有几个转湖的藏民走过。有几只流浪狗在玛尼堆旁溜达，有的懒洋洋地躺着晒太阳。我几年前在纳木错湖边听藏民讲过，这些在神湖边上流浪的狗很受藏民的爱护，认为这些狗是守护神山圣湖的，每年冬季都会有人冒着大风雪用车拉食物到湖边喂这些流浪狗。

我想到远在川滇交接地带我民族的东巴文化却与这片世界屋脊阿里高原上的神湖有着一种内在的关系，感到文化的魅力和神秘，一个族群的居住和迁徙是受时空制约的而文化则是无疆的。

三 祭拜冈仁波齐神山

10月21日是祭拜冈仁波齐神山的吉祥日子。这天清晨六点半我们就起床了，天还一片漆黑，乘车前往神山脚下。在黑暗中行约半小时，天依然没亮。时已初冬，寒风刺骨，气温只有-9℃。我们昨天下午就来勘察了祭祀的地方，选定在两条小河中间的一块空地上，垒好了烧天香的祭坛。没想到今天清晨，河水涨了，只好临时找石头搭一个方便蹚过河的石桥。但水一沾上石头很快就结冰，非常

清晨所见的冈仁波齐神山（2016年摄）

滑；河里的水一溅上衣裤，立刻结冰，瞬间变得冰硬。大家费了不少劲，才跨溪流来到祭场。太阳慢慢出来了，照在冈仁波齐神山上，纳西东巴祭司们开始举行东巴教的祈福仪式。我们祭祀的地方海拔为4805米。

考察队的东巴们非常认真地按照祭神山的仪式规程祭神祈福，咏诵了好几本相关的东巴经典。祭神山的仪式整整举行了三个半小时，大家都一一向神山跪拜祈福，主祭东巴也用柏枝蘸净水为大家祝吉。

冈仁波齐与梅里雪山、阿尼玛卿山脉、青海玉树的尕朵觉沃并称藏传佛教四大神山。冈底斯山脉横贯在北部昆仑山脉与南部喜马拉雅山脉之间，如一条巨龙卧在西藏西部阿里广阔的高原上。冈仁波齐主峰看去如一座大金字塔，耸立在阿里普兰的高原上，海拔6656米。

冈仁波齐是世界公认的神山，同时被中国西藏雍仲本教、印度教、藏传佛教以及古耆那教认定为世界的中心。冈仁波齐并非这一地区最高的山峰，但是只有它终年积雪的峰顶能够在阳光照耀下闪耀着奇异的光芒，夺人眼目。据说佛教中最著名的须弥山也就是指冈仁波齐。据《佛学小辞典》中称：须弥，山名，一小世界之中心也。前佛教时代的象雄雍仲本教时期，冈仁波齐被称为"九重（万）字山"，相传有本教的360位神灵居住在此。本教祖师敦巴辛饶从天而降，此山为降落之处。在公元前5世纪—公元6世纪兴起的耆那教中，冈仁波齐被称作"阿什塔婆达"，即最高之山。

本教的神山是冈底斯山，藏族文化中的冈底斯山崇拜可追溯到原始本教文化时期，三界宇宙观（神界、人界、鲁界①）是原始本教的基本信仰载体，本教认为冈底斯山位于三界宇宙的中心②。

"冈底斯山又叫本日山（本教之山）、象雄本日山（象雄的本教山）、拉日山（灵魂山）、拉日江噶（灵魂大雪山）、冈底斯山和灵魂山。象雄的灵魂山也是登天或下界的天梯。因此，落在它身上的任务就如同把天地联系起来的攀天光绳（天梯）的作用一样。辛饶的幻体也落到了该山上……据说也是由《莲花生遗教》传播的一种传说认为，共有360座宫殿，把冈底斯山解释成一年360天围绕着它转动的世界之轴心的作法也是很明显的。大家认为大山是一座水晶石坛城，或各族天神都居住在那里的一大宫殿。该宫共有四门，分别称为：汉地虎、乌龟、红鸟和青绿色的雷（青龙）。其任务是保护天的四方：东、北、西、南。"③

东巴教中的居那世罗山也是一座神化的世界山，东巴经中说这山山顶住着众

---

① 鲁界，即水栖生灵之界。
② 才让太：《冈底斯神山崇拜及其周边的古代文化》，《中国藏学》1996年第2期。
③ [意]图奇、[西德]海西希：《西藏和蒙古的宗教》，耿昇译、王尧校订，天津古籍出版社1989年版，第273页。

多的神。不仅神灵生灵毕集于此，日月星辰也围绕此山运行，时序代谢也以此山为中心。山脚下和山的四面八方住着千千万万各种部落的人，住着司掌大自然的精灵"署"。

居那什罗也是一座灵魂之山，不少地区的纳西族就把祖先之地解释为在东巴教所尊崇的居那世罗神山上，有的把它看作送魂路线的终点，有的则把它看作距终点不远的山。各地纳西族都有把死者灵魂送到33个神地之说，并把33个神地与祖先之地和居那世罗神山联系起来，认为33个神地在祖先住的地方居那世罗山上。这座神山也有人和神登天或下界的天梯的功能，有把天地联系起来的攀天光绳（天梯）的作用，东巴教神话中提到纳西始祖崇仁利恩和衬红褒白咪从天上往人间迁徙时是从攀天光绳和柏木梯子上下到居那什罗山上的。

冈仁波齐真是座神奇的山，周围山峰看去高度差不多但都不积雪，只有冈仁波齐神山顶有常年不化的皑皑白雪。看到冈仁波齐，我就想起了东巴象形文字所写的纳西居那什罗神山这个字："⛰"。我一直想，为什么这个象征神山的字中间会有一根线，也许这就是东巴教中传说的攀天光绳或天梯；而细看冈仁波齐神山，中间就有一条非常明显的槽，据说是千百年形成的一道冰槽。这或许就是东巴象形文字的居那什罗神山中间有这么一条线的造字原因了。

冈仁波齐是冈底斯山脉的主峰，这座神山对纳西东巴教有深远影响。关于佛教宁玛派祖师米拉日巴尊者曾与本教师在这座山上斗法的故事流传很广，这个故事也普遍流传在丽江、香格里拉和四川俄亚，反映了唐代本教和佛教之间的争斗的历史。在赤松德赞在位时期（755—797年），西藏扬佛灭本，赤松德赞先活埋了宫廷本教大臣马尚仲巴，又流放了另一名本教大臣达扎路恭，尔后又让佛教大师与本教大师辩论教理之优劣并借机宣布本教是一种谬误之教。他给本教师们三条出路：一是改宗佛教，二是放弃本教，三是流放边地①。

因此，大批受迫害的本教徒向东逃亡（或流放），有不少人进入纳西人聚居地区。这些本教徒无疑在本教影响东巴教的过程中起了重要的作用。唐代西藏"扬佛灭本"中本教徒流亡到纳西族地区的历史也反映在纳西族的民间传说中。

意大利著名藏学家图齐记载了与上述情节接近的一个本佛斗法的故事，本教祭司纳若巴琼向米拉日巴挑衅提出斗法，希望以此说明佛教、本教哪个更为强大。他们认定，谁在预定的时间登上冈底斯山顶谁就是获胜者，成为圣山之主。这位本教祭司希望获胜，于是他坐在鼓上，敲着手鼓在天上飞驰而过。《青史》中有一小段叙述了这一情节："一位法力高强的本教徒骑在一面鼓上，他意欲前

---

① 参看房建昌：《东巴教创始人丁巴什罗及其生平》，载《思想战线》1989年第2期。

来朝拜冈仁波齐的藏民（2016年摄）

往积雪覆盖的山顶。圣人米拉日巴一瞬间就抵达了积雪的山顶。他铺开袈裟后，把这位本教徒连同鼓一起送到山下，并向他展示了许多的奇迹。"据笔者调查，在称为东巴教圣地的云南中甸县（今香格里拉县）三坝乡白地纳西族中流传着这样一个故事。

在西藏以外的萨满教中也有类似骑鼓飞往仙境的传说，从阿尔泰文、布里亚特文和雅库特文的资料中也可以得到一些引证。在西伯利亚部落中，人们认为萨满实际上是骑鼓飞到天上去的。当然，其意义是萨满的灵魂在击鼓节奏的伴奏下进入了另一个世界。在早期，在西藏发现类似传说不足为奇，因为本教与中亚与北亚的萨满教有许多类似之处。有关这些传说的佛教典籍认为，本教似乎需要花很长时间，通过冗长的宗教仪式，才能达到精神的最高境界。而佛教圣贤只需转瞬之间，通过内心的顿悟就能达到①。

眼前的这座神山，有过多少不同的宗教的较量和角力，产生了多少有趣的故事；但有意义的是，这座神山并没有被某一种宗教所垄断和独尊，而是保持了它包容大千、各个国家各种宗教及其信众都共同祭拜它的格局。这真是神山崇拜的奇观。而这座古本教神山的信仰也传到了遥远的滇西北纳西人的居住地，而这与古代本教对作为古羌人后裔的纳西人的影响和唐代吐蕃赞普在长期的本教佛教的争斗中最终"扬佛灭本"的举措密切相关，大批本教师逃亡到了滇川藏边界地区，逐渐催生了东巴教这种融合了本教和纳西人本土宗教于一体的民间宗教文化。文化的跨越时空的传播，也体现在不同国家不同民族的人对冈仁波齐和玛旁雍错神山、神湖的信仰中。

---

① [意]图齐等：《喜马拉雅的人与神》，向红笳译，中国藏学出版社2005年版，第68—69页。

四　在阿里高原与藏羚羊和藏野驴相遇

10月22日，离开冈仁波齐脚下海拔4680米的小镇塔尔钦，走上回拉萨的返程。一路领略阿里无人区的茫茫旷野和连绵不断的喜马拉雅山脉，草儿苍黄、大野寥廓，一边是连绵不断的雪峰，一边是苍茫辽阔没有植被的荒原山峦。来的时候没有见到野生动物，这次回去倒是很幸运，好几次见到了西藏野驴群、藏羚羊和藏原羚。我们来的时候是下午，可能这些野生动物多是上午出来活动。

有一群藏原羚在越过公路时甚至站在公路上不动，傻傻愣愣地看着我们，然后才不慌不忙地穿过公路到另一边的原野去。有的藏羚羊很悠闲地卧在草甸上自得其乐，有一只藏羚羊甚至从牧民的住处旁不慌不忙地跑过。

以前我从影像中看过可可西里大批的藏羚羊被利欲熏心的猎户用冲锋枪屠杀的惨景，与猎杀藏羚羊的凶手对垒而壮烈牺牲的藏族英雄索南达杰给我留下非常深刻的印象。如今看着这些安详地穿越公路和在路旁荒原上休闲徜徉的藏羚羊，没有显现出看到人惊慌失措的样子，我感到当下在阿里的藏羚羊和本地民众的关系是和睦的，公路两边提示要爱护动物的标牌也显示了这一点。这也许和藏族民众信奉藏传佛教忌杀生有关吧，人的贪欲和如何对待生命与他们的信仰和人生观有密切的关系。我们在路上还看到一只狐狸，在草甸上悄无声地匍匐前行，看上去是要捕猎附近洞里的老鼠。

几头藏羚羊在过公路。有一头跨过了公路却站下了，向公路的另一边殷殷眺望，原来是伙伴还没有过来，它正在等着车辆过去。看到这情景，心里很有些感动，动物的亲情和友情也和人一样，有时可能比人还单纯而自然。

阿里原野所见的藏原羚（2016年摄）

2011年我有机会穿越可可西里，看到了很多藏羚羊。国家已经采取一系列措施保护藏羚羊，藏羚羊终于得到了有效的保护，任意杀戮藏羚羊的残忍行径终于大都被制止。我由衷地为藏羚羊的命运得以改善而高兴。此行再次看到这么多藏羚羊和藏野驴，也是一大收获。

第三章

走在纳西古国

登山识玉龙

我1993年登上玉龙雪山上的仙迹崖，那里海拔3150米，也有大片的杜鹃树丛，可惜当时是冬天，没有看到漫山遍野如彩霞云霓布满山岗的那种壮观景象。1999年和2016年登老君山九十九龙潭，倒是领略了那儿非常壮观的大树杜鹃树林。

1999年的牦牛坪之行，我看到草甸上开满了那么多的野花，我对多数花都叫不出名，但那种漫山遍野的花和绿茵茵的草交织在一起，马和牦牛慢悠悠地在花丛草海里漫游的美丽景象，给我留下了很深的印象。

我想起留居丽江27年、以玉龙雪山山麓的玉湖村（雪嵩村）为基地，在中国西部探险的美籍奥地利学者洛克，在他不得不离开玉龙山之后，一直梦魂相依地苦苦眷恋着这座大雪山和雪山下的纳西古国。在他去世之前的日子里，他在夏威夷的病榻上多次说："与其死在这病床上，我是多么想死在玉龙山的白雪和鲜花丛中！"由此可知，玉龙雪山的鲜花，给他留下了多么深刻的印象，梦魂萦绕地

玉龙雪山的牦牛坪草甸上开满了野花（1999年摄）

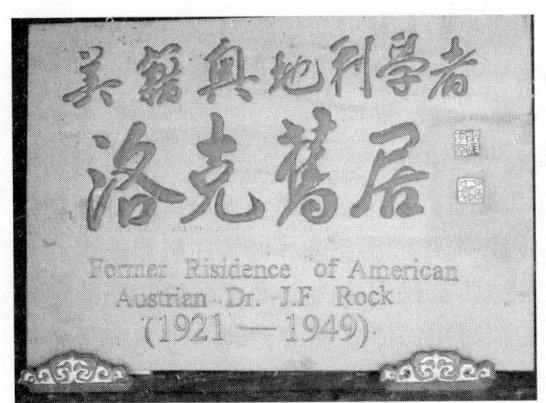

本书作者题写的"洛克旧居",在玉龙县白沙镇玉湖村

想葬身于玉龙雪山的花海中。1962年12月5日,洛克因心脏病在檀香山独居的家中逝世,享年78岁。直到临终,丽江是他在这个世界上最留恋和思念的地方。

一 从体验中认识玉龙雪山

(一)第一次登雪山

我生长在玉龙雪山下,听到过她的那么多传说和故事,但在读大学前,除了到玉龙雪山脚下的一些村庄和草甸等游玩之外,没有登过这座雪山。在20世纪80年代初读大学时的暑假,我和几个青春气盛的丽江同学约在一起,怀着一腔好奇神秘的心情去攀登了一次雪山。

我们骑自行车越过白沙荒原,把自行车寄存在雪山脚下一个村子的农民家里,然后由曾经随他的草医父亲在雪山上多次采药的大学同学李建龙带路,先向在蚂蟥坝上面草甸上由草医李老的一些学生在雪山上实验种药材的药场出发。因为要穿越蚂蟥坝,我们按照有上雪山采药经验的李建龙的嘱咐,尽力武装全身,每个人都绑上了绑腿,衣服则严严实实地紧揽在裤腰带里。因为这是雨季,蚂蟥坝的蚂蟥们就等着人畜来下口吸血了。

我们在沙砾和树丛里前行,目的地是一个药场。途中路过一个小溪流旁,我们歇息一下吃点干粮,也顺便检查检查身上有没有被蚂蟥偷袭过。解开衣服一看大吃一惊,好几个人的身上都叮着几个黑乎乎的蚂蟥,也不知道它们是怎么钻进去的。后来我听说,蚂蟥栖息在树叶上,一有人畜来,就会飞快地吸附在猎物上并很快就会寻找到下口之处的。我们多少知道一点纳西民间对付蚂蟥的办法,用手掌使劲地拍,终于把蚂蟥拍掉在地上。

我们来到了位于蚂蟥坝上方的药场。蚂蟥坝海拔约3100米,这里有较大的草甸并有牧人在放牧牛羊。周围森林茂密,矮小的灌木丛也很多,据说这一带是采草药的一个好地方。蚂蟥坝东北侧位于同一垂直高度的"木老爷牧场",与这里属于同一类型的山腰放牧草甸。

在药场,一个中年草药专家在领着几个年轻人种植草药,人工种的多种草药已经长得很不错。据药物学家的研究,玉龙雪山区域有800多种药材植物,因此玉龙山素有"药材王国"之称。早在清道光年间,丽江纳西族民间中医和介山在大研镇开设"绍恒堂"行医,精于医治各种温病、伤寒等。和介山吸收传统的中医药理论,结合本地草药编绘了《玉龙本草》一书。书中记载了草药500多种,并详细记载了这些草药的分布地点、采挖时间、加工制作方法和临床效用等;还收集了部分纳西族的传统药物和单方、验方。这是云南第二部本草(原本已散失)。民国时期,"绍恒堂"第三代医和纯侯采集整理了336种标本,充实《玉龙本草》。而民间相传在明朝万历年间,丽江古城和氏十八代原姓祖阿普井日(纳西名)——也就是纳西族民间中医世家"绍恒堂"的创始人——就已经开始在玉龙雪山采草药、探讨雪山的草药,为他的后人编写《玉龙本草》奠定了基础。

在种药场我们从这些草医身上学到了对付蚂蟥的几种方式,其中最有效的一种是随身携带一个装着盐巴的小瓶,只要发现被蚂蟥叮上了,就拿出点盐巴一抹,蚂蟥负痛马上就掉了。

夜幕来临,我们围坐在火塘边烤几个土豆和几块肉,药农还采来了一些野菜,我们吃得很香。夜里我们住宿在药工们的窝棚里,听着森林里的各种虫鸣,听着雪山上的风啸,感受到一种夜宿雪山、寂静而神秘的情趣。

第二天一大早,由一个当地的药农和比较熟悉雪山的李建龙老兄带路。一路都是莽莽苍苍的森林,我们此行穿越了不同的几个森林群落。我大学毕业走上学者之路后,因做"玉龙雪山区域农村发展和生态保护调研""玉龙雪山自然保护区与周围社区的关系"等项目,还有校译洛克的巨著《中国西南古纳西王国》等,开始广泛涉猎关于玉龙雪山的资料,逐渐知道了玉龙雪山森林植被的一些情况。

(二)雪山的森林资源

根据植物学家的研究,玉龙雪山区域地形复杂多样,林木资源十分丰富,有种子植物3200多种。玉龙雪山上的林木树种包括云南松、高山松、华山松、垂枝云杉、丽江云杉、云南紫果冷杉、长苞冷杉、川滇冷杉、大果红杉、云南铁杉、丽江铁杉等多种针叶树种和高山栎、桦木、青皮、山杨、桤木等多种阔叶树种,其中丽江铁杉、长苞冷杉、红豆杉、领春木、金铁锁、栌菊木、棕背杜鹃、云南榧树等20多种树是国家保护的珍稀濒危植物。

在玉龙雪山的森林群落中,松林是玉龙雪山下部分布最广、面积最大的一个森林植物群落,其中包括云南松和高山松两个树种。高山松在雪山上的分布比较云南松的分布而言,其海拔稍高;云南松耐干喜光、自生能力强,生长在海拔2600—3200米之间土壤较为贫瘠的雪山区域。我经常去的玉湖村、干海子、白水河一带的玄武岩上,这两个树种都有广泛的分布;而在海拔3100米以上的地方,则多为分布较散的松树,很少有大片的松林群落。生长松林的地面灌木层主要有种类不多的阳性灌木和小乔木组成,有矮刺栎、波罗栎、云南榛等约30种,灌木层的高度一般在30—40厘米之间,松林内的植物种数也是玉龙雪山山区所有森林群落中最多的一个。由于云南松林群落最接近雪山上的人类居住区,往往是遭受破坏最严重的树群。据植物学家的研究,由于玉龙雪山的地形母岩和人为干扰程度的不同使松林产生不同的变异,玉龙雪山区域内云南松的林型有6种。

松林群落之上就是云杉林群落,到过玉龙雪山著名景点云杉坪(纳西语为"达饶国",意思是"地神下降的草甸")的朋友们,对云杉树就比较熟悉了。云杉林群落分布在云南松林带的上面,海拔在3100—3300米之间的地段,其海拔高处的云杉林与红杉林相接并常与红杉和冷杉树混合生长。

玉龙雪山的云杉林带处在夏季的云雾线上,冷湿多雾,土壤水分充足且土层肥厚。我曾独自在云杉坪的森林中走过,云杉树遮天蔽日,脚下是厚厚的落叶和腐殖土层。成年云杉树的高度约为20—25米,听说林龄一般在100年左右。有的地方的云杉树有高达35—40米、胸径100—150厘米、树龄500年以上的老树。云杉林内的灌木以竹子为主,夹有大叶醋栗、长柄忍冬、野牡丹等疏生的耐阴灌木树种。

从云杉林地带再往上爬,就到了红杉林群落,它分布于云杉林带之上。红杉林带的上部又与冷杉林参差相接,有的红杉林沿着沟谷向下延伸至海拔2800米处;最高的红杉林带是在玉龙雪山称为瓦哈的后山海拔3300—3550米的地方,保留了大片天然的红杉林,而红杉林在其余的地方,多不成林,比较稀疏。由于红杉对土壤肥沃度的要求不高因此其分布幅度大,海拔2800—3900米的地方都有零星的分布,在森林边缘的流石滩上仍然有一些分布。红杉树的高度一般为10—20米,胸径25—40厘米。红杉林内为灌木层,以竹丛为主,也有株高6—8米的杜鹃,周围散生锈斑杜鹃、榛叶荚迷、小羽叶花楸等多种灌木。

纳西语称"达饶国"(地神下降之高地)、汉语称云杉坪,有莽莽苍苍的原始森林(1992年摄)

再往上走就到了冷杉林群落，据植物学家的研究，它是玉龙雪山分布最为普遍且面积最大、最耐得住冷湿的森林植物群落。在垂直分布带上，冷杉林位于云杉和红杉林之上，最高可达海拔3850米处。冷杉林外观呈暗绿色，由于外观颜色的差异，云杉林、红杉林、冷杉林带很容易区分。冷杉林群落由于生长在高远之处人迹罕至，所以大都处于天然自然状态，很少受到人类的破坏。冷杉树高度一般在15—20米之间，高的在25米以上；胸径一般在20—35厘米之间，大的达60—70厘米。

穿过这些林带，我们看到了大片的杜鹃丛，植物学家把它称为"杜鹃林群落"。在竹丛和冷杉林中的低凹平坦地段，我们去时是7月，杜鹃花已经萎谢了，只剩下一丛丛的杜鹃树。后来我读有关资料，植物学家的研究表明玉龙雪山上的杜鹃花就有56种，蔡希陶等国内外一些著名植物学家因此将玉龙雪山誉为世界杜鹃花的中心。每年每到4月至6月间，在海拔4000米左右的地方，到处都是盛开的杜鹃花。

玉龙山上还有铁杉混交林群落等，但我在大学时的那次登山对上述几片森林群落印象较深，而对铁杉混交林等没有留下深刻的印象，据说铁杉混交林主要分布在玉龙雪山主峰的前、后坡以及玉龙雪山上藏族人居住的三大弯附近地区。

而对纳西人的祭天文化等来说有特殊含义的黄栎树林，我则在每次到玉龙雪山去都看到。2009年春节，我坐车穿越玉龙雪山区域去往玉龙县奉科乡考察忽必烈率蒙古军"革囊渡江"处，在沿途玉龙雪山后坡的石灰石巉岩间，看到了大片大片的黄栎树林。想起过去纳西人选择迁徙地都要首先寻找黄栎树多的传统和传说，想到玉龙雪山的那么多植物都与特定的纳西人的文化密切相关——比如生长在海拔高之地的冷杉、云杉、铁杉、黄栎等等，在纳西人的东巴教仪式里，大多与神圣的神灵世界有密切的联系；比如黄栎树在纳西人的祭天大典中，代表天神、天

玉龙雪山的霜秋红叶（1992年摄）

妻,而松树代表战神,杜鹃枝叶专门用来除秽和镇邪——不禁浩叹玉龙雪山文化的神奇和神秘。

(三)雪山上的动物

玉龙雪山上草甸很多,在森林里常常可以看到比较开阔的草甸。我们去时正是雨季,有的草甸草长得很深,向导用一根竹竿拨开草丛前行,一路上看到有好几条蛇在我们的侵扰下惊慌地逃走。我后来看相关资料,知道玉龙雪山上的蛇类还是比较多的,有蟒蛇、雪山蝮、黑花蛇、黑眉锦、菜花烙铁头、竹叶青、水蛇等,其中蟒蛇为国家一级保护动物。我的一个朋友曾告诉我,在20世纪70年代,劳改农场的几个劳改犯人在甘海子附近的裸美罗山谷里打死了一条大蟒蛇,好几个人扛着都还有一段拖在地上。那时人们还不知道大蟒蛇是国家级保护动物,只知道它会伤害牲畜,所以当时打死它觉得是除害之举。

我后来多次到玉龙雪山的各个地方,所见过的动物只有雉鸡、白鹇等一些鸟类。特别是那些五颜六色的雉鸡,在树丛中快乐地穿行。2004年我去丽江宝山石头城,车子在玉龙雪山的乡村公路上穿行时忽然从旁边的树丛里跳出一头岩羊(又称野斑羚,纳西语称为"塞"),看去十分健壮,它看了我们一眼又飞快地穿过马路钻进树丛里去了。听位于玉龙雪山境内的鸣音乡和宝山乡的农人讲,最近这几年,岩羊又多起来了,有的人还见到过獐子。岩羊和獐子是常常在纳西民间故事和诗歌里提到的动物。随着玉龙雪山森林覆盖率的逐渐增多以及人们对动物的呵护,我想,玉龙雪山的野生动物会逐渐多起来的。

我读有关玉龙雪山的资料,根据科学家的研究玉龙山在地质史上没有受到大面积的冰盖,山谷呈东西纵向并列,山谷之间空间距离短,不仅有利于动物在冰期和间冰期间纵向和水平方向迁移并给动物提供了良好的相对隔离的环境,有利于动物的存活和分化,因而玉龙雪山区域被认为是野生动物的保存中心和分化中心。玉龙雪山低海拔区可见东洋界的种类,高海拔区可见古北界的种类,两界动物交错过渡;在我国动物地理区划中属东洋界西南区中的西南山地区,具有明显的垂直变化分布特征。动物区系的主要成分属横断山脉—喜马拉雅分布型的种类。据初步调查,主要经济动物有59种,其中的滇金丝猴、云豹等10余种动物属国家重点保护的珍稀濒危动物。

根据云南省动物研究所在1960、1964、1979年间三次调查的资料及前人调查资料统计,玉龙雪山区域内兽类有金钱豹、云豹、豹猫、金猫、小灵猫、大灵猫、小熊猫、黑熊、棕熊、猕猴、滇金丝猴等70多种。其中属国家一级保护的有滇金丝猴、金钱豹、黑麂、云豹4种;属国家二级保护的有猕猴、豺、黑熊、小熊猫、石貂、大灵猫、小灵猫、金猫、马麝、林麝、斑羚、水鹿、马鹿、岩羊等17种。

玉龙雪山上的鸟类也非常丰富，有各种鸟类288种。其中属国家一级保护鸟类的有秋沙鸭、黑颈鹤、黑鹳、雉鹑；属国家二级保护鸟类的有血雉、藏马鸡、白腹锦鸡、红腹角雉、白鹇、勺鸡、灰鹤、灰头鹦鹉、大绯胸鹦鹉、楔尾绿鸠、棕背田鸡。

玉龙雪山在世界昆虫地理区划上处于古北区和东洋区的交汇地带，因此昆虫种类众多，其中蝴蝶资源极为丰富，是我国蝴蝶种类最多的地区之一，为世界瞩目。1993—1997年，由丽江地区科委组织，对雪山区域内的蝴蝶进行调查研究，共鉴定出蝴蝶222种，隶属于9科108属。我记得20世纪90年代初，发生过几个日本人借旅游之名偷偷到玉龙雪山偷猎蝴蝶的事，后来被发现，有关外事部门做了严肃处理。我记得媒体提到，他们偷猎的一对珍稀蝴蝶，在国际上价值15万元人民币。据《环球经济间谍战揭密》透露，一个叫若原弘的日本人交代，他曾经在丽江偷猎一对高山绢蝶，在日本售价高达560万日元，在当时约相当于40万元人民币。

我在一些资料上看到，蝴蝶品种多的地方主要是在横断山脉，所以玉龙雪山等就成为日本人等猎捕蝴蝶的目的地。在云南丽江被日本人发现的绢粉蝶被命名为"鬼井绢"粉碟。此外，日本人在四川峨眉山偷猎的蝴蝶被取名"上田""西村"等，这是值得国人深思和警惕的事。

1993年，我曾和国内外的几个同行穿越虎跳峡，走的是当地人和国内旅行者所称的"下路"，国外探险者称之为lower road。哈巴雪山一边多相对平缓的谷坡带，因此山坡上分布着一些村落和农田；而峡谷那边的玉龙山却峭岩笔立，重峦叠嶂，因此渺无人迹。但草甸和青冈栎树林、箭竹林等散布于绝壁深壑之间，并从山岩间迸涌出一道道清冽的山泉，因此是野生动物出没之地。玉龙山上的一些灵禽异兽，常常光顾这雪山之脊。据住在哈巴雪山一面的峡谷山民讲，他们过去经常见到一些小熊猫、熊、斑羚、麝、猕猴、獐子以及被列为国家一类保护动物的滇金丝猴，从江那边的树丛中款款地下到江边来溜达，其态悠哉游哉。因为前面是雷霆万钧的滔滔大江，背后是飞鸟难越的玉龙屏障，因此它们没有感受到人类的威胁，故能有此闲情逸致漫步江边。峡谷中核桃园村、雅昌阁村的村民认为峡谷那边水草丰美，多奇花异草，能使病弱羊子恢复强壮，因此常常划着皮筏在水流较缓处把病弱的羊子送到对岸，让它自由地在那里当一段时期的"野生动物"，过一久又把它们接回。据说接回的羊往往膘肥体壮，而且带上了一点点野性。

二 当年猛虎去了何方

我在多年游历玉龙雪山和虎跳峡的过程中，十分注意大雪山与老虎之间的关系。老虎是纳西人信仰的神兽，是东巴教仪式的"门神"，有专门记述老虎来历的东巴经《虎的来历》。在大量的东巴教典籍中，都说到纳西武士的勇猛是老虎和牦牛等神兽赐予的，人的勇猛顽强是向老虎学习的。东巴们在举行祈神镇鬼的各种仪式中，都祈祷自己能获得如老虎那样的神力。"拉汁"（larzerq）即"老虎的神威和力量"，是祭司东巴和巫师桑帕（桑尼）所希望得到的一种神秘威力。

过去玉龙雪山上是有老虎的。在当地民歌和民间故事里常常有关于老虎的种种传闻，在一些玉龙雪山的地名里也可以看出雪山上过去老虎很多。相关的材料中也说，区域内过去曾有老虎，但近二三十年来未发现过。

我在玉龙雪山背后的虎跳峡多次进行田野调查时得知，这条大峡以虎而得名，汉语中称其为"虎跳涧"。"虎跳涧"纳西语称"拉磋拉洛古"，意为"老虎跳跃和腾跃之处"。峡谷中很多地名都与老虎有关，如出峡口下虎跳附近的丽江县大具乡"拉尤"村（即汉语所称的"小米地"）。"拉尤"意为"老虎游逛之地"，"拉本"（老村）意为"虎之村"。在"虎之村"还有被当地百姓称为"拉若拉美肯"的两个石头，意为"母虎和仔虎石"，传说是由两只从玉龙山上下来的老虎变的。据下虎跳大具乡小米地的村民讲，过去小米地一带常有老虎出没，上辈老人看到过老虎卧在田地里双眼如炬的情景，有的听到过老虎惊天动地长啸和甩尾的声音。

据虎跳峡下诺于村村民罗明光回忆，他小时候，奶奶吴桂秀（生于1874年）多次向他讲述过她亲眼看到老虎跳过上虎跳石的真实情景。那是她16岁那年阴历三月的一天，她和三个小伙伴一起赶着羊群，到大火山头上的大溜槽（上虎跳入口处，在原大理石厂的采石场顶上）放牧。响午时分，她们在松梁子上一棵松树下烧火热饭吃，忽然听到玉龙雪山脚下江边的刀背岩上传来像金钱豹吼叫却比豹子还粗壮的叫声。大伙儿都很奇怪，就目不转睛地注视着传来声音的地方。不一会儿，果然看到江对岸刀背岩梁上有一只火红的大野物，细看还有一只小的。大的站着，小的坐着。过一会儿，小的坐着不动，大的坐下又站起来，这样反复了三次，就把身子一拱，抖动一条美丽的大尾巴，向上一竖，一个箭步就跃到右边那个江心大石头上，然后坐下来，回头望着小的那只。小的那只往下走了几步，纵身朝大的那只跳来。不料，毕竟还小，力不从心，掉进了右岔江心后被汹涌翻滚的江水吞没了。大的那只往江水里望着，凄厉地大吼了一声，然后悻悻地跳过左岔江水到西岸来。然后这个大野物从棉纱湾慢慢地往上爬，一直爬到两佳仁（又名两家人，村名）过来的大梭坡路边。

开初，几个小伙伴看着那野物的身子又长又大，还拖着一条很长而漂亮的尾巴，不知是啥东西，又害怕却又想看。待那野物爬到棉纱湾的路上，窜进在那里放牧的两佳仁的牛羊群里咬死一头半大的牛吃起来，才知道是老虎。她们几个吓得心惊肉跳，慌忙把羊群往回赶。回到家里，个个连话都说不清了："我们……我们……今天放……放羊，看……看见大……大猫①了……"她们的父母听了都半信半疑。过了几天，大人们相约着从马路绕道，一起去查察看老虎经过的地方。果然发现了老虎的许多脚印，老虎吃牛的地方也是一片狼藉，爪印累累，才相信她们说的是真的。

过去虎跳峡一带常有老虎出没是完全可以相信的事。雪山上过去老虎多，有很多地名与虎有关，如"拉若果爪"意为"小老虎之家"，"拉辽愣咪游果堆"意为"听得见老虎在吼叫的殉情者游玩之地"。我听雪山周围不少村子的老人讲，过去听到雪山中的虎啸是常事。

老虎是纳西族所尊崇的神性动物，东巴教中有专门讲述老虎来历和故事的经书《虎的来历》。纳西先民认为人的勇猛强悍都是学自老虎，老虎是武士的老师。老虎与牦牛是东巴教神坛、祭场和家庭的卫护者。因此，纳西族地区以虎为地名的山岭、村寨很多，人以虎为名字的现象也很普遍。纳西人中代代相传着玉龙雪山中有一个"红虎当坐骑，白鹿当耕牛"的爱情圣地——"玉龙第三国"。与玉龙雪山为一体的虎跳峡关于老虎的传说既是当年老虎生存的生态乐园时真实的反映，同时，也是纳西人历史上虎崇拜文化的一个部分。

如今，虎跳峡名称依旧，而人间世事已非，神奇的峡谷里早已不见老虎的踪影，玉龙雪山上的老虎也早已绝迹不知所踪，只有老虎的故事还留在人间。当年人与虎和睦相处、互敬互畏的往事，只能在残留的民间故事和东巴经中去体会了。

三　雪莲花·深壑·雪崩

穿过森林，我们再往上登，植物越来越稀少，裸露的沙石多起来，地面上多是砾石堆。这里的海拔已经在4000米以上了，偶尔可见小片的高山草甸。我后来知道了这种砾石堆和流石滩地带被称为"高山砾石冻荒漠群落"。在砾石堆中，这儿一朵，那儿一朵，生长有很多的雪莲花。纳西语称之为"本举巴巴"（bbeijjuqbbalbba），意为"雪里的花"。后来我知道它属于菊科植物白雪兔，味甘苦，性温，叶可凉血，根具益气养血、安神调经的功效。

雪莲花的样子很有特点，花朵素白洁净，被毛绒绒的外壳簇拥着。我环视周

---

① 家乡人忌讳说"老虎"，称"老虎"为大猫。

围，都是荒凉空寂的砾石堆，看不到其他植物。它们就那么沉静、孤寂而坚强地生长着，当时很惊叹这种植物那顽强的生命力。周围的植物很少，雪莲花显得那样醒目。

丽江清代著名诗人马子云（1782—1849年）曾在他的《玉龙山记》一文中写了他从"玉柱擎天"处登山来到如我所到的这个地方的一些感受："……将至铁堂（凡近古雪处皆名铁堂），不生一木，唯有白草，草皆风卧无挺生者。至铁堂，则并不生一草，唯有石耳。石皆皲裂芒角，无一平滑者。游者至此止矣。铁堂之上，古雪千仞，光彩夺目，清寒逼人，可望而不可即。"不知他当时是否有缘欣赏到这遗世独立、风神高迈的雪莲花。

山上雾很大，飘忽不定，有时露出一线蓝天和些许雪峰。我们想再向上攀登，不料走了一会儿，眼前看到雪峰了而且看去离我们不远，但脚下却突然出现了万丈深渊。凛凛寒风呼啸着刮过深谷，越发显得山谷深不可测，我们只能看着对面的雪峰兴叹。向导和常随父亲来雪山采药的李建龙，过去也没有攀登过雪莲花生长区上方的区域，因此也没料到这里会有如此巨大的深谷拦路。我们无奈，在这里采撷了一些雪莲花，然后慢慢下山。沿途，我们看到了雪峰上的雪崩。先是听到隆隆的轰鸣，向导说是雪崩了；远远看到皑皑雪峰间升腾起巨大的旋风，里面夹杂着雪，但我们只看到烟尘。向导说雪山上常常会有雪崩的。当夜我们再住宿在药场的窝棚里，深夜又听到了雪崩的隆隆声，这声音使人在静夜里产生了慑服于大自然威力的恐惧感。

这次登雪山，我们原来的打算是至少登上在丽江坝上可以看到的最矮的那座雪峰，但当我们真正亲临其境，才知道雪山上的地形地貌是那么复杂、气候又瞬息万变，人总是渺小的，在大雪山面前尤其如此。我们这几个血气方刚的大学生，能够在首次登雪山就来到这样的高度，看到了雪山上那么多的奇景，事后回忆起来常常念念不忘此次登山。

1983年我去德国从事纳西学研究，与痴迷玉龙雪山一生、自己总结前半生"玉龙看雪"而后半生"故宫看画"的"麽些先生"李霖灿先生书信往来，成了忘年之交。他记述的20世纪40年代初他的一次登山，也有着和我有些相似的经历和体会。

他于1939年2月首次到丽江，晶莹清寒的玉龙十三峰玉容尽展，似乎在笑迎这位来自中州的青年艺术家："到丽江的时候，几乎每天都能看到那一列皎洁而不寒冷的擎天玉峰。我一见皈依，知道这就是我'安身立命'之所在，遂决定就在此地要完成我那'为山川立言'的壮志。"他回去后对一帮学友大肆渲染玉龙山绝世之美，把他的挚友李晨岚听得如醉如痴，最后夜闯宿舍告知李霖灿决定跟

一生痴爱玉龙雪山的著名学者、台北故宫博物院副院长李霖灿先生81岁时题赠本书作者的照片，背面有题为《题秋深哲思图》一诗："秋色深如许，老态正可掬。玉龙雪山白，金沙江水绿。"

他一起到丽江去画雪山。他们于1939年12月再次来到丽江，开始了流连四载的丽江之旅。

1940年4月，李霖灿与李晨岚发起攀登雪山的建议。27日几个壮士聚集一起商议登雪山之事，28日开始登山。据李霖灿回忆，一起登山者还有这么几个人：一个是行伍出身的业余摄影家周启，他是个文官上校；一个是纳西族学者周炼心（周汝诚），李霖灿记曰"周炼心先生是当地的文化人，他讷讷寡言，却嗜山如命"；一个是西南联大化学系毕业的刘绍庭，曾发明过"杜鹃花精"；一个是常常给洛克当向导的山乡豪侠武士——"双枪李士臣"，"他曾随洛克博士登玉龙山及甘肃积石山，枪法奇准，人又豪迈，他一来参加，整个登山团的气势为之大振"；一个是雪嵩村的农人和文育。庐山植物园主人秦子农，专门借帐篷给这几个登山勇士并教其扎帐篷的方法。①

他们一行人按照事先拟定的日程，第一日"见雪而止"，在饱览了上半截是白雪、下半截是流水的雪山瀑布和瞬息万变的雪山景致后，在雪鸡坪搭帐篷宿营。他们以厚厚的云杉树枝当床垫，任随山风飞来的雪粒雨珠击打着帐篷而香甜入梦。第二天，他们一行人向雪山主峰扇子陡出发。明知这神秘的雪山最高峰是俗人可望而不可即的圣域，他们来之前不久，全副精良装备的澳洲登山队来登此峰而败北，但这几个年轻人有一个"希望能抚摸主峰一下"的心愿，便在雪峰冰岭上向这云里雾里的高峰进发。历尽艰辛攀爬，当觉得云雾缥缈的扇子陡近在咫尺的时候，眼前却雪尽路断，陡然一片黑森森直下八千尺的深壑凌空横亘眼前，几个年轻人想抚摸主峰一下的愿望，顿成泡影。

李霖灿当时尽管一片颓然，但他毕竟用一双艺术家的锐眼从近在眼前的这座神秘高峰中看到了超然世外的美丽：

隔着这条天公鸿沟舒展望去，正在我的对面，玉龙雪山的主峰，当地人称之为扇子。白雪如银地迎面倾流而下，真是展向碧海青天的一把玉扇，扇骨

---

① 李霖灿：《中州二李的虹桥故事》，载《阳春白雪集》，清泉出版社1981年版。

折叠之处冰河四面汇聚，宇宙清寥无哗，白雪坚实晶莹。自洪荒太古以来，从无人类触摸过，世界上还有比这更洁白的么？这无疑的就是丽江父老告诉我的"太古雪"了。太古雪峰以一个白色金字塔的形式矗然直耸入蓝天白云中。

一点声响也没有，我一个人静对千古白雪，这一时间的感觉没法描绘，又像是"百感交集"，从宇宙的开始，到我渺小生物的生命搏动，刹那间一一想到，人像是"一无所思"，白雪千古，人与银色世界静凝为一，全无一点世尘思潮，静得像入了定。①

雪山的万丈沟壑，当年隔断了李霖灿想抚摸圣峰的热望，40年以后又把我这个玉龙雪山下长大的纳西青年想继续登临雪峰的豪情给隔断了。我在山中迷离于奇峰深谷、白雪和流沙间，惊奇于那在寸草不生的砾岩中如一片展开的素玉般开放的雪莲花，那坚韧异常的生命力和那种寂寂立于寒凉和白雪中的旷迈风神使我的心深受触动，曾拥此奇花在雪山高处摄影留念。攀登中，我们也如当年的霖灿先生一样，最后被突兀出现在眼前、烟霭迷离而深不可测的绝壁所阻，只能对着似乎近在咫尺的皑皑雪峰徒然叹息。

曾先后有5支国外登山队从3条路线（西南侧、南壁和东山脊）攀登玉龙雪山，国内登山队8次从东南侧南山脊攀登，试图登顶但均告失败。据说其原因是因为玉龙雪山陡峭的山体多为岩壁、冰壁或冰岩石混合地形而且很不稳定，技术要求很高，攀登难度极大，所以至今仍为处女峰。

我想，冥冥天意，玉龙雪山是不能登顶的，对她的神圣主峰我们只能远远瞻仰朝拜。其实这给登山者营造了一种欣赏绝美之境、神圣之地所应有的距离美，只有保持一定的距离，你才能展开想象的美丽翅膀，你才会体验到人不可达到自然界的大美境界。可惜很多人现在还不太明白这种诗意的感受，因此，当世吵着嚷着要"征服"某座神山圣山的呼声一直不绝于耳，玉龙雪山的亲家卡瓦格博神山（梅里雪山）前几年的遭遇就是一个典型的例子。2001年，德钦县当地人大常委会正式立法，禁止任何登山队伍再攀登这座永远的神山。这可能是中国乃至全世界唯一一座因为神圣而禁止人类攀登的山，是一个创举，中国的云南德钦首先在尊重本地神山文化的举措上率先走出了具有历史意义的第一步。丽江纳西族自治县人大常委会在1993年4月7日公布了《云南省丽江纳西族自治县玉龙雪山管理条例》第十二条规定：凡在管理区内从事科学、教学、拍摄影视片和登山等活动，须向管理委员会提出申请，经批准方可入内。我觉得，玉龙雪山作为纳西人

---

① 李霖灿《阳春白雪玉龙山》，载《玉龙大雪山——霖灿西南游记》，扬名出版社1976年版。

李霖灿先生在1988年从台湾寄自己的白发给当时在德国的本书作者并委托把白发埋在玉龙雪山上,本书作者(右2)等为李霖灿先生瘗发前在云杉坪合影留念(摄于1991年)

的神山和国家自然保护区、作为冰川等的核心区生态环境十分脆弱,应该加强保护,明确规定禁止攀登。

四 怀念采药死去的表哥

这座纳西人的神山,目睹了纳西人的悲欢哀乐、生离死别。容纳了无数殉情爱侣的灵魂,也容纳了在苦难的岁月中离世的贫苦农人。我那30年前因采药而死在雪山上的表哥,就是其中的一个苦命农夫。

我的表哥阿石龙,比我只大3岁左右,是我大姨妈的大儿子。他自幼聪颖,学习成绩很好,但因为我大姨爹的所谓问题给误了前程。我大姨爹曾被抓壮丁而当过国民党的兵,官至连长,尽管他有参加过抗日战争期间的情报工作、腾冲受降等光荣履历,在20世纪80年代之前的漫长岁月特别是"文化大革命"中,他还是被打成了"四类分子""九种人"等。因此,也影响了他的子女,表哥因此不能升学读初中,只能戴着黑崽子的帽子在家里务农。大姨妈的村子在白沙,土地贫瘠收成不好。我记得表哥常常到城里我家来取托我们买的豆腐渣,即豆腐做成后剩下的豆渣,纳西人称为"子贝",是用来喂猪的,但在饥荒之年农人常常就来买它作为食品充饥。

大姨爹懂草药,常常带着两个稍大的儿子去雪山上采药。那时采药不是卖,而是采回来给乡亲们看看病,做些善事。因此尽管大姨爹是"四类分子",但他和村民的关系一直都比较好。

1979年10月,大姨爹带着我表哥石龙和表弟寸草两个儿子,如以往一样又从玉龙雪山西南的文海村登雪山采草药去了。这个时候采药无论是从气候还是药的生长情况看,都是很好的季节。他们采药期间,白天采药,晚上就睡在山上的一个岩洞里。有一天父子三人采药回到岩洞,看看天色还早,表哥表弟两兄弟就让父亲在洞里休息,他们再登到高处去采一些药。不料在采药中,雪山上产生了雾气,越来越浓。兄弟俩赶紧下山,但在返途中因雾大而迷了路,怎么也找不到他们栖身的岩洞。天色越来越暗,他们只好先在一个避风的大石下坐下来。天很快全黑下来了,雪山晚间的风寒冷刺骨,兄弟俩只好相互紧紧倚靠着取暖。到半夜时分,由于海拔高,山上缺氧且气候寒冷,身体比较瘦弱的表哥用微弱的声音断断续续地对表弟说:"我不行了,你一定要活着,天亮后去和父亲会合。"表弟寸草紧紧地抱着哥哥,感觉哥哥的身体在不停地颤抖着,体内发出咯吱咯吱的声音。后来哥哥的身体在慢慢地冷却,他在黑咕隆咚的山里只能紧抱着哥哥哭泣。表哥就这样在表弟的怀抱里死在雪山上了。

第二天一大早,雾气稍散。表弟连滚带跑地下了山,一路喊着父亲,终于在岩洞里找到了焦急地翘首以待的父亲。他昨天也出去找两个儿子,大声呼唤,但在浓重的雾气里无功而返。大姨爹听到大儿子的死讯,号啕大哭。寸草好不容易说服父亲赶紧下山,村里的乡亲闻讯后马上组织了一帮精壮男人上雪山,在那个大石头旁边找到了死去的表哥。表哥瘦弱的脸上表情安详,旁边还放着一袋他采集的草药。表哥就这样在采药的过程中不幸过早地死在玉龙雪山上。

五 雪山上的花海

玉龙雪山是云南高山花卉的汇聚之地,有山茶、杜鹃、梅花、云南樱花、牡丹、芍药、玉兰、十里香、桂花、月季、玫瑰、报春花、百合花、兰花、水仙、贴梗海棠等200多种,云南八大名花山茶、杜鹃、木兰、兰花、百合、报春、龙胆、绿绒蒿在玉龙山都有。

由于季节的原因,我在玉龙雪山所看到的花海的壮观景象不多,其中印象很深的有几次。一次是1991年和加拿大西蒙大学(Simon University)的学者们在丽江做"在新时期如何发扬丽江在抗战时在国内外很有名的'工合'运动,推动农村合作组织发展"的项目,在乡镇里调研。一次是去宝山石头城,要穿越玉龙雪山,时间刚好是在5月。我在鸣音乡望雪亭附近看到了开满山野的杜鹃花,它盛开在草甸上和树林间,与雪峰交相辉映,一路上还看到森林里有不少大树杜鹃,以粉红色的居多。另有一次是在1999年5月份,我和一些朋友徒步登到牦牛坪,一路上也是在森林里看到了一簇簇、一蓬蓬的杜鹃花。

根据植物学家的研究,玉龙雪山上的杜鹃花就有56种,蔡希陶等国内外一些著名植物学家因此将玉龙雪山誉为世界杜鹃花的中心。每年4月至6月,在海拔4000米左右的地方,到处都是盛开的杜鹃花。玉龙雪山上的杜鹃花品质极多,有大白花杜鹃、紫玉盘杜鹃、棕背杜鹃、平卧杜鹃、密枝杜鹃、黄色的露珠杜鹃、

玉龙雪山的知音吴冠中与李霖灿这两位西湖艺专的同窗久违半个世纪后，最后重逢在加拿大，相聚在一生都魂牵梦萦的"玉龙雪峰"前（此画为吴冠中赠霖灿先生之作），这次重逢竟是他们的永诀

亮叶杜鹃、宽钟杜鹃、褐黄杜鹃、凝毛杜鹃、川滇杜鹃、腺房杜鹃、落毛杜鹃、红棕杜鹃、楔叶杜鹃、灰背杜鹃、岩生杜鹃、木里三花杜鹃、山生杜鹃、云南杜鹃等。

我1993年登上玉龙雪山上的仙迹崖，那里海拔3150米，也有大片的杜鹃树丛。可惜当时是冬天，没有看到漫山遍野如彩霞云霓布满山冈的那种壮观景象。1999年登老君山九十九龙潭，倒是领略了那儿非常壮观的大树杜鹃树林。

1999年的牦牛坪之行，我在那里看到草甸上开满了那么多的野花。我对多数花都叫不出名，但那种漫山遍野的花和绿茵茵的草交织在一起、马和牦牛慢悠悠地在花丛草海里漫游的美丽景象，给我留下了很深的印象。

我想起留居丽江27年，以玉龙雪山脚下的玉湖村（雪嵩村）为基地，在中国西部探险的美籍奥地利学者洛克在他不得不离开玉龙山之后一直梦魂相依地苦苦眷恋着这座大雪山和雪山下的纳西古国，在去世之前的日子里他在夏威夷的病榻上多次说："与其死在这病床上，我是多么想死在玉龙山的白雪和鲜花丛中！"玉龙雪山的鲜花，给他留下了多么深刻的印象，使他梦魂萦绕地想葬身于玉龙雪山的花海中。

礼敬雪山之神与纳西保护神——三多神

一 玉龙雪山山神的故事

玉龙雪山是纳西人的一座大神山,有意思的是,纳西族全民信仰的民族保护神"三多神"同时也是玉龙雪山的山神,民族神和玉龙山神二者一体也可看出玉龙雪山在纳西人心目中的神圣地位。玉龙雪山是三多神的栖息地和化身。

"三多"是大多数地区的纳西族都信仰的民族保护神,又称为"阿普三多",意为"祖先(或爷爷)三多",相传他属羊,是个战神。纳西人自称"纳西三多若",意思是"纳西是三多的儿子"。关于三多神,纳西族民间流传着这样的一个故事:

古时候,玉龙雪山下的一个村子里,有个力大无穷的纳西猎人,名叫阿布嘎丁。有一天他牵着狗到玉龙雪山上打猎,突然发现了一只如白雪一样晶莹灿烂的白鹿,他急忙张弓搭箭射这只白鹿,但白鹿倏然消失。阿布嘎丁急忙跑过去看,看到刚才白鹿出现之处横卧着一个雪白的大石,他用手推了一下这个大白石竟然动了起来,他看到这个石头很神奇便将它背回去。开始时这石头竟然轻飘飘的,他背到雪山半山腰时放下石头歇息了一会儿,然后想把石头背上再走,不料此时这个白石变得重如山。阿布嘎丁意识到这是个灵异的石头,便拿出身上带的干粮供奉在石头前,跪拜祷告说:"神石!神石!这里不是你待的地方,请让我继续背你走吧。"于是白石又变得很轻,阿布嘎丁将它背到一个地方也就是后来建盖了三多庙的那个

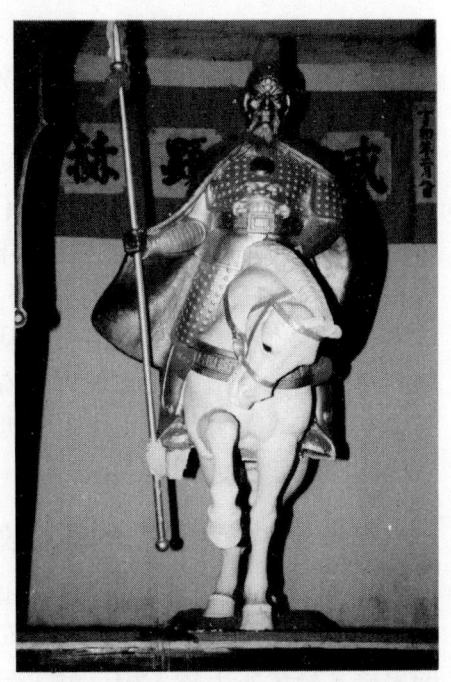

玉龙雪山山神和纳西民族保护神——三多神的塑像(1989年摄)

地方时，这个白石又变得重如山而且再也不变轻了。这件事惊动了纳西酋长（即明代木氏土司的祖先），纳西酋长便命令在这里建盖一座神房，纳西话叫亨吉（heijjiq），直译就是"神的房子"，然后把这块白石供奉在神房里。

从这以后每逢纳西族与敌人战斗时，总是会有一个面如白雪、目如闪电且身着白盔白甲并骑白马、持白矛的武将出现，帮助纳西士兵战胜敌人，将敌人击败后又倏然消逝。这个神秘的武将曾托梦给纳西酋长，说他的名字叫三多（said-do）。从此，纳西酋长统治的王国在这个神祇的帮助下变得日益强盛起来。后来，人们为了纪念那个将白石背下来的猎人阿布嘎丁，就在白石神三多像的一旁也塑了他和他的猎狗的像。

在丽江最早的汉文志书乾隆《丽江府志略》里，则将这个发现神石的故事与宋代纳西酋长麦宗联系起来："麦宗（宋朝末年纳西族的首领）常游猎雪山中，见一獐，色如雪，以为奇，逐之变为白石，重不可举，献猎人，所携石祝之又举其轻如纸，负至今庙处少憩遂重不移，因设像立祠祀之。元世祖忽必烈征大理，由丽江路敕封'雪石景岳安邦景帝'。时土府木氏与吐蕃战，神屡现，白袍将跨白马助阵，万历间重拓殿宇，铸大鼎大钟以纪其事，至今每岁二月八月土人祭赛祈祷多验。"

关于这个三多神的来历，民间有种传说他是从北方来的。我20世纪90年代在纳西东巴教圣地中甸（中甸县从2014年起称为香格里拉市）三坝纳西族乡白地村听当地老东巴和志本讲，三多神最初是从北方下来，首先来到白地，后来他去了有这座大雪山的丽江。这可能与历史上纳西先民的迁徙路程密切相关。

二 与"格萨尔"争雄的故事

藏族人称丽江叫"三赕"（Sa-tham），也就是我们所说的三多神。在藏族著名的史诗《格萨尔王传》中三赕（三多）是与威名赫赫的岭国国王格萨尔大战的姜（hjang）国国王，如果你行走在滇川藏毗

三多神也是纳西族巫师桑尼（桑帕）所尊奉的保护神，这是洛克所拍摄的一张桑尼（桑帕）在降神仪式上所用的三多神像卷轴画［采自洛克的The Na-khi Naga Cult and Related Ceremonies（《纳西人的"纳伽"崇拜和相关仪式》），Roma, Is.M. E. O.1952.Part 2］

邻的藏族和纳西族居住区会常常听到人们谈论得很多的一部英雄史诗，这部史诗的汉文名字叫作《格萨尔王传·姜岭大战》，它是反映历史上纳西族和藏族两族先民矛盾冲突及友好关系的一部作品。

纳西先民所居住的四川盐源等地有很多著名的盐池，吐蕃势力在唐代进入滇、川地区后双方围绕与生活须臾有关的盐池发生了利益冲突，于是发生争夺盐池的战争，这一历史上的纠葛被曲折地反映在著名的英雄史诗《格萨尔王传》的《姜岭大战》中。这部宏伟的史诗描写了麽些（纳西）人的"姜国"和吐蕃的"岭国"之间争夺盐海所发生的战争，因此，这部史诗有的抄本又名《保卫盐海之部》。"姜"（Ijiang）即是藏语中对麽些人和麽些人分布地的称呼，姜国国王"萨丹"这个词是藏语对丽江坝子的专称，汉文有关史籍常常根据藏语的语音Sadam而音译为不同的同音异字比如"三赕"。

主要流传于藏族地区的这部作品，描写的是古代的姜、岭两国为争夺一个盐海而发生的一次历时9年的大战。相传姜国国王萨丹（三多）因在梦中受到姜国地方神（守护神）的唆使想将岭国的"阿隆巩珠盐海"据为己有，于是派王子玉拉托居为先锋去抢夺盐海，格萨尔派辛巴梅乳泽为先锋，用计将姜国王子玉拉俘获并收降了他。姜、岭两国恶战5年，姜国死伤惨重，后来格萨尔王变化成一条金鱼乘萨丹王口渴来海边饮水时钻进了他的肚子变成千幅轮，从而降伏了姜王萨丹并攻下了姜国京城"玉珠塞尔王宫"。

而在藏族民间，也有说盐海原来是属于姜国的，姜国是受侵者。如云南藏族民间的传说中则有这样的说法：盐湖本为姜人先占有，格萨尔的叔叔晁同屡次去买盐，见姜人得利颇厚遂起掠夺之心。于是他带了一帮人马，佯装迎亲，去争夺盐池。结果被姜人打败，惹起战争，格萨尔亲自出战制服姜国。

据藏学家的研究，史诗《姜岭之战》虽树"姜"为敌，但在描写其地貌、人民还有萨丹（三多）国王时语言十分考究，处处流露出羡慕敬畏之意。单从这点，可见这一民族在藏人心目中的地位。史诗中说姜国男儿个个英俊骁勇，姑娘个个漂亮聪明，对以玉拉托居尔为代表的姜国男儿和以姜撒班玛曲仲为代表的姜国女子的形象、言行和心理的描绘，丝毫不带半点的歪曲和贬低之意。战争结束后，格萨尔王为他们安置了妥当的归宿："玉赤母子初安置到珊瑚色红城中"，玉拉托居尔也来与母亲和姐姐相见，亲人异地相逢悲喜交集而难免洒下了几滴眼泪。后来，姜撒班玛曲仲与尼奔达雅配成夫妻，玉拉托居尔被委任为属国姜国国王并列入岭国英雄行列。玉赤贡哇在母亲身边侍奉，同享幸福。战争一结束，两个民族之间便和睦相处友谊长存①。

玉龙雪山的山神和纳西族民族神三多，与藏族民间相传最有名的英雄格萨尔王之间反映在史诗里的恩怨情仇，反映了纳西族和藏族先民这两个在纳西人的神话史诗里认同为"老大、老二"兄弟之间那千丝万缕的关系。

从种种民间传说看，三多神有可能是古代纳西人的一个部落首领逐渐衍变而成的神祗。

民间相传玉龙雪山山神三多各有一个藏族和一个白族的妻子，从中也可以看出这种从神山信仰中折射出来的纳西族和藏族、白族之间密切的历史关系。纳西族的创世神话《崇搬图》中说纳西族、藏族、白族三族是一对父母所生的三兄弟，藏族是老大、纳西族是老二、白族是老三，这也可以对照起来看这三个民族在长期的历史中形成的那种密切关系。

三　雪山之神的古庙和节日

（一）帝王枭雄崇拜的雪山

世世代代的纳西人都对三多这个雪山之神、民族之魂顶礼膜拜，而纳西人供奉上面说到的那个象征三多的白石的神庙就在玉龙雪山山脚白沙乡玉龙村村头，民间称之为"三多阁"。"阁"（goq）在纳西语里指那些有草甸的高地，雪山上就有很多的"阁"，"三多阁"的意思就是"供奉三多神的高地"。

曾为一代枭雄与唐朝和吐蕃两大势力对垒抗衡的南诏王异牟寻，在唐德宗兴元元年（784年）仿效中原内地的做法在云南境内封"五岳四渎"，封点苍山为中岳、乌蒙山为东岳、高黎贡山为西岳、无量山为南岳、玉龙山为北岳，金沙江、澜沧江、黑惠江、怒江为四渎并各建了神祠祭祀。在明代万历年间云南学者李元阳修纂的《云南通志》"丽江府"词条中有记载："北岳为五岳中最高山峰，北岳庙有正殿五间。"

我2002年在剑川县调查期间得知大理白族自治州剑川县著名的石宝山在白族话中称为"朝巴色"，意为"朝拜雪山的地方"，其原由即源于南诏王封玉龙雪山为"北岳"的历史。石宝山上的寺庙"海云居"所在地，即过去人们在石宝山朝拜玉龙雪山之处②。

1253年忽必烈南征大理国成功后，在丽江时与纳西酋长、木氏土司的祖先麦良结下了深厚的友谊，忽必烈后来封玉龙雪山之神"三多"为"大圣雪石北岳定

---

① 王晓松：《浅谈〈姜岭大战之部〉的"姜"》，载和建华《云南藏学研究论文集》，云南民族出版社1995年版。

② 此系剑川县学者张文先生所告知。

国安邦景帝"。

这两位当时叱咤风云的世之雄杰,都希冀这座大神山能护佑他们的江山永固、福星高照。"三多阁"又名北岳庙,南诏王异牟寻敕封后的北岳庙建于唐朝大历十四年(779年),是丽江最早的汉式建筑寺庙。在丽江最早的汉文地方志书乾隆《丽江府志略》里就记载:"北岳庙,在城北二十里雪山麓,唐时建。"光绪《丽江府志》中记载:"北岳庙,一名玉龙祠。"由此可见这座古庙与玉龙山的密切关系,它所供奉的也是玉龙雪山的山神。在庙内,至今还有一棵唐柏,高25米、胸径2米且树龄已有1200年,是云南圆柏中最古老和粗大的一棵。

北岳庙内供奉着"三多"神,明朝丽江第八代土知府木公(1494—1553年)在《重修北岳庙碑记》中这样写道:"夫北岳即玉龙也,玉龙即雪山也……岳山之灵者,神也。"三多是玉龙山的神灵,所以在庙门上有匾题曰"玉龙祠"并有横额"恩溥三多"四个大字("恩溥"即"阿普",是"爷爷""祖父"的意思),匾额题字是民国年间白沙纳西族书法家白沙人黄缉熙(1995—1939年)所书。

北岳庙历来是丽江香火旺盛、匾联最多的一个寺庙,在正殿、偏殿、钟楼、鼎亭上匾联众多,从中可见三多神在纳西人心目中的崇高地位。正殿正中的匾额大书"雪亮"二字,是明代第十三代土知府木增所书,从这两个意蕴深远的两字中,可以想象这位有文韬武略、一生钟情玉龙雪山的纳西人杰的一种要以雪山为鉴的人生境界。玉龙宫的题额和那副门联"一片垂葱花马国,千秋永镇玉龙山",相传是明代大书法家董其昌所书的。

(二)纳西首领心中神圣的玉龙山

纳西人的首领也一直把玉龙雪山视为保佑他们和民族兴旺发达的神山,自号雪山的明代纳西著名土司木公①曾撰有《重修北岳庙记》,从文中反映了玉龙雪山及其神庙当时对纳西人的影响和它的崇高地位:

夫北岳即玉龙也,玉龙即雪山也,巍巍乎!雪山乃一滇之所望也,然而岳山之灵者神也,神即岳山之气也,气爽则神灵,神灵则人杰也。况我木氏,世守丽江,此非岳之钟而神之毓者乎?于呼!岳山之崇,雪贯四时,而玉立万仞,此非一滇之所望者乎?岳自大唐代宗十四年(779年),异牟寻迁苴咩城,改元,明年上元始封玉龙为北岳也。

景帝即岳山之禅号也。然所以建庙于岳麓之下,其长官齐民,卑躬肃祀,求而无所不灵,祷而无所不验。是故,庙貌威严,殿廷高邃,林木深稠,见者无不

---

① 木公(1494—1553年),纳西名阿秋阿公。

敬畏而崇礼也……恭唯乃圣乃神，福我之民，障我之疆，佑我木氏千百世之子孙祀神而神飨，如今日之神之飨之，人之祀之也。①

木公还写有《题雪山》："北郡无双岳，滇南第一峰。四时光皎洁，万古势巃嵷。绝顶星河转，危巅日月通。寒威千里望，玉立雪山崇。"

另外一个著名的明代纳西土司木增②也写有歌咏玉龙山的诗文，其中一首《玉山瀑布》这样写道："天上银河落玉峰，穿云喷雪吼蛟龙。千条练曳千山界，万丈虹拖万壑封。策杖仰观舒素抱，披襟坐对洗尘惊。不辞百折终朝海，泛斗乘槎我欲从。"

木增还写有《雪岳赋》，文章用华词丽句备极赞美玉龙雪山，并提到了玉龙雪山的"灵异"，其中曰："雪山孤高莹洁，灵异如斯，不获与海内名山并提而论，览胜者无不扼腕，故感而赋之。"

木增还写有《玉山洞记》，赞美玉龙雪山"巍巍玉岳，结象于虚无……四维磅礴，允矣万山之宗"，还描写了他在玉龙雪山的古洞中"危坐其中或箕踞鼓琴，或跏趺敛息，万缘顿寂，一真自如"的隐居生活和感受。

明代纳西土司木靖③也有一首《雪山》，其中"玉垒千年存古雪，金沙万里走波澜"，被本地人传诵至今。

（三）雪山山神的节日

在欢度三多节的玉龙村纳西村民们（2000年摄）

---

① 参见明嘉靖年间（1522—1566年）丽江土司木公《重修北岳庙记》。
② 木增（1587—1646年），纳西名阿宅阿寺。
③ 木靖（1429—1485年），纳西名阿习阿牙。

相传每年的阴历二月八日，是纳西民族神和玉龙雪山山神三多的生日，各地纳西人都要祭拜他。从1987年起，每年的阴历二月八日成为法定的纳西族民族节日——"三多节"，三多节成为迄今各地的纳西人民间最盛大的节日。

每年的这一天，来自远近各个乡镇的纳西人就络绎不绝地来三多阁朝拜三多神。过去，大多数人都步行来，也有人骑马、坐马车，有些身弱年迈的则由家人用滑竿和轿子抬着来。人们一片虔诚地祭拜三多神，三多庙内外人山人海、香烟缭绕。此时又是离此不远的玉峰寺内万朵山茶树盛开之时，人们赏花对歌，呈现一派歌潮花海的景象。

边远地区的纳西人来不了"三多阁"（北岳庙）但各个村寨都有"三多"庙，农历二月八日这天各地村民在当地祭祀三多神。大东乡著名的大东巴和士诚告诉我大东乡村寨各家各户在三多节这天要出2斗大麦，由每年祭天轮到出"祭天猪"的这户人家主持祭祀仪式并负责酿酒、烧香等。这户人家在这天被称为"许季达玉"，即意为（当日）"烧香的庙祝"。

明代的一个儒生朱方曾写过一首《白沙庙》，其中曰："古木丛中庙象新，岁无虚日赛神灵。林鸟得食长迎客，山兽驯廊不避人。"从中可见明代时民众在"三多阁"（白沙庙）祭祀三多神的盛况和当时人兽和谐相处的一片祥和景象。

清末纳西族诗人和柏香曾写道："玉龙宫殿雪山前，烟火迷蒙二月天。土人爱听土人曲，万家齐唱落梅田。"这里的"落梅田"指的是纳西族民间盛行至今的歌舞《喂默达》。从这诗中可以想象清末时民众在北岳庙祭三多的盛况。

在沉寂了很多年之后，如今每逢农历二月初八，到"三多阁"来祭拜民族保护神三多，欢度纳西民族节的民众越来越多。在2000年的"农历二月初八"，我

兴高采烈来三多庙过节的纳西妇女们（2017年摄）

曾参加了在白沙三多庙举行的三多节：庙内香烟缭绕，民众摩肩接踵，有纳西族的祭司东巴在主持举行祭三多神的仪式；庙外来自四乡的纳西族、藏族、白族等族老幼妇孺歌舞唱酬，土场周围的树下是各种出售传统食品用品的摊位，充满纳西传统庙会的乡野民俗气息。

远离玉龙神山，身在异乡为异客的纳西游子每年也都要祭"三多"，一直相沿至今。如现在位于昆明市海埂的纳西民族村就立有三多神的大石像。每到三多节，数千旅居昆明的纳西人聚集一起向着玉龙雪山的方向祭拜三多神，轰轰烈烈地过自己的民族节日，昆明郊县和玉溪等地的纳西人每年也来此祭献猪头等传统供品并烧香祭神。

三多是玉龙山山神，是民族保护神，又是战神，因此过去纳西武士出征前都要祭"三多"神；无数纳西儿女在沙场上高呼着"三多"的威名，冲锋陷阵，视死如归。

今天，你如果来到"三多阁"会发现庙宇宁静，背后的玉龙雪山静默无语，庙的右侧生长着历经千年风雨沧桑的唐柏虬枝向天、苍劲高古。在这里怀古品味数千年往事，会对这座玉龙雪山和纳西人有更深的领悟。

这座神奇的雪山，演绎出大千世界天地精灵和纳西人无数悲欢离合的故事，将无数传奇和胜迹留在人间，将纳西人漫漫岁月中的心灵史融在雪间。

三多庙里的千年唐柏（2017年摄）

探秘玉龙雪山"仙迹崖"

莽莽苍苍的玉龙雪山十三峰之间奇境迷情无数,如果要一一介绍雪山上的所有自然人文景点,需要写一部大部头的"玉龙雪山志"。这里,我仅与读者一起去神游其中几个人文与胜景俱佳而又可以到达的胜地。

玉龙雪山上的"仙迹崖"是一个融纳西传奇和佛教文化于一体的一个神秘所在,我自20世纪90年代初以来,四次考察过这个秘境"仙迹崖"。

我在1993年和1995年两次在白沙玉湖村进行田野调查,历时一个多月。1993年12月,我同该村村长阿长林等人一起到"仙迹崖"考察。"仙迹崖"位于从正面看为玉龙雪山数峰中右面最矮的那座雪峰之下,从白沙乡玉湖村出发约走了3个小时的山路,穿过人们所说的"木老爷牧场",芳草如茵使人想起当年木氏土司在这个草甸山谷里放牧大群牦牛并在这一带陶然山水、吟诗作赋的往事,一种怀古的思绪油然来到心间。

从玉湖村出发,约走3个小时的山路,便来到了这个胜地。这个巨崖上面不远处就是著名的"雾路本更"(ngvlvbbeegeel),意为"雪山的腰带";左面的山坡当地人称为"世日补"(shilriqbbuq),"世日"在纳西语里是"山神",而"世日补"就是"山神坡"的意思,过去人们到这里来放牧打猎都要先祭山神。

据玉湖村的老人讲,纳西族历史上最著名的明代土司木增(木生白)到中年时即厌倦红尘纷扰,独自隐居雪山并到处漫游。天长日久,与山中飞禽走兽相知甚深能识众鸟兽之语。一日,他率

与本书作者一起去玉龙雪山仙人迹考察的几个村民(1993年摄)

此处相传为木增遁世的地方——玉龙雪山上的"仙人迹"悬崖,上面相传是他骑虎而去的痕迹（1993年摄）

百兽千禽在此巨崖草甸上歌舞嬉戏,尽兴而欢,然后骑一只红虎（或说是白马）腾跃过巨崖遁入深山云雾中从此不见踪影,崖壁上留下酷似一人骑虎的斑斑痕迹。相传木增骑虎遁世时,留下了一句话:"等到狮子露骨、象山无毛时,我便回来!"这给后世的纳西人留下了一个永久可以猜测的谜团。

在20世纪50年代初,有几个笃于爱情的年轻人在这附近殉情,死前在悬崖上还写下了这样的话:"在马头生角、石头开花之时,我们再回来!"显然是模仿民间相传的木生白的故事这样做。每当玉龙雪山上的绿雪奇峰在阳光云霓的作用下闪烁出莹莹绿光时,人们会说,这是成了雪山之神的木生白在高兴地笑呢。

我到仙迹崖时,相传木生白骑虎越过巨崖的印迹尚清晰可辨,后人称其为"仙迹崖"。相传此处曾有一神秘漂游僧人栖息,因此人们称此处为"和尚义

相传是木增为担当和尚提前修建的"冰豪"的断壁残垣，就在"仙人迹"附近（1993年摄）

古"，意为"和尚栖息之处"。后世曾有一云游僧紧傍巨岩筑庙修行，现断壁残垣尚存，因此此处又被称为"达巴吉次丹"，意为"和尚建房之处"。

民间相传这个在崖傍筑庐修行的人是明代著名的诗僧担当和尚，他的名字是唐泰。木增与担当和尚相交甚笃，担当曾这样评价木增的诗作，"入于山又能脱于山，而又不离乎山"，"犹冻雪之有声，清泉之有响，出之自然"。担当和尚可说是木增的知音和挚友，因此，"仙人迹"旁的这些历史残留烟云极有可能就蕴藏着这两个山水中人的一些难忘往事。

我去时，这个传说中的诗僧修行居所的残垣断壁尚存。我登上白岩高处，见上面还镌刻有模糊可辨的一些梵文（或藏文），不知何意，只觉得一片神秘。

几个经常栖息在高山"画都"（简易木棚）中放牧牛群的牧人告诉我，每天清晨，在岩下那一大片草甸上，有成群结伙翩然嬉戏的五彩雉鸡和白鹇鸟。相传它们属于"雾路游翠国"里的殉情精灵们，每天清晨到这个纳西王曾率百兽千禽歌舞的胜地来散步嬉戏，太阳一出便又隐匿到那人们看不到的爱情灵域中去了。岩下草甸上还有一奇，有一块约5米见方的草坪四季常绿，而四周的草在冬季则枯死，因此，这块小草坪在冬季远远看去像一块绿玉嵌在其中。当地人称这种常青小草坪叫"衡"（Her）。

我站在这个神秘的巨崖之下，力图深入地理解这个著名的"木天王"遁世传奇之谜。我首先记起明代不少著名文人对这位奇人的种种评价，如进士通议大夫、礼部侍郎蔡毅中说木增"生则神气逼人，好洁净，少眠食，五六龄即通史书，读书一目十行俱下"，明代进士、云南布政使召右参议冯时可所撰《木氏六公传》中写道："增生而秀异，如琼林玉树，迥出风尘，世间浓艳华美一无所羡。"徐霞客（一说章吉甫）为木增《山中逸趣》诗集所作的序中这样评价他的诗作："拈题命韵，高旷孤闲，烟霞之色，扑入眉宇；读之，犹冷嚼梅花雨瓣也。"木增曾作《芝山居》："我爱芝山景最佳，屡经甲子不思家。此中饮食殊人世，辟谷常吞日月华。"又有一首《采芝曲》："采药南山曲，云霞染我衣。呼童收拾净，带得紫芝归。"从这些记述和诗作中，可以看出木增超凡脱俗、飘逸有林下风的一面。木增具有惊人的文韬武略，多年征战，保境安民，业绩辉煌。他一生笃信佛教，也信道教，乐善好施并多次在省内外捐资建桥修路。此外，他在鸡足山建造壮伟的悉檀寺并在藏区广建藏传佛教寺庙，赢得藏民的交口赞誉，被称为"木天王"。他又一生钟情于汉文化，在府署旁建盖了著名的"万卷楼"，集诸子百家之书于楼中，"凡宋明各善本以数万记，群书锓版亦备其大要"。

他虽建有不世之功但性喜山水，飘然世外的性格和气质使他又厌倦于俗务，在他37岁那年就让位给儿子木懿而退隐于林泉，独自在玉龙山南麓的芝山别墅中修身养性并过起对山长啸、对月曼吟的林泉之士的生活。

从木增所作的《十隐词》二首中，我们也可以感受到他的一些性情和心态。其一曰："清樾千章，就此沫茅架屋。半揩床，半揩书楼，一囊琴，画图万轴。有客来时，便煮葫芦苜宿。凉生袍服，影摇棋局，最可人翠涛满目。"

其二曰："迤里芝林，峻似孤雪云两角。最高寒处，斜通雪岳。槛前筠，森森玉槊。鹤梦初酣，那管山僧剥啄。寥寥数埆，蘧蘧一觉。胜人寰，喧嚣龌龊。"

从他的诗作中，可以明显看出他飘然于林泉、寄情于山水的情志和厌倦憎恶世俗恶浊的心态，可知民间关于他厌倦红尘并最后避世成神的传说是有所根据的。

玉龙雪山第一村

丽江山野多名村名镇，堪称"雪山第一村"的玉湖村即其中之一。

玉龙雪山南麓有湖如玉，皑皑雪峰倒映湖中，恍如缥缈梦境，形成著名的丽江雪山十二景之一：玉湖倒影。相传纳西王木土司为防湖水渗漏，曾置玉壶于湖中心。过去木土司在湖畔筑避暑夏宫、玉龙书院，建养鹿场。玉湖村最早的居民即是为木家护宫养鹿的人。玉湖湖畔草场万顷，春夏草长莺飞、野花万点闪烁其中，牛铃叮咚、牧人作歌。深秋严冬牧场草黄，湖中大片芦苇随风起伏，瑟瑟响如一片悲秋琴弦，一派苍茫寒凉景象。我多次在暮秋初冬时节访玉湖，颇有心绪苍凉之感。

游玉湖，必引发一段怅惘思古之幽情，因玉湖埋葬着纳西王室一个凄惨哀怨的故事。我在玉湖村收集到的传说之一说，木土司的公主远嫁外邦"伯"部落王子，王子图谋夺取岳父丰饶之领地，而爱夫笃深的公主则助夫策划。但其计划被木土司派去的特使察觉，派灵犬回来报信。木土司伏重兵于玉龙雪山黑、白水峡谷及白沙。来攻打丽江的"伯"部落兵马全军复没于此，王子阵亡而随军远征的

玉湖湖畔深秋严冬，牧场草黄，湖中大片芦苇随风起伏（1992年摄）

公主则被其父俘获并被囚禁于玉湖湖心亭中，每日喂其炒肉干饭却唯独不给水，欲使其渴死以报助夫反父之仇。但公主于夜深时在亭中垂长辫于湖汲水喝之，多日过去，公主花容不改。后隐情暴露，木土司令人剃去其发，公主不几日便惨然渴死于湖心亭。公主死后亭中长出一棵当地人称为"虑朱"的大树，万千枝叶皆垂向水面，使人宛然如见公主生前渴急欲得水时的哀戚之状。相传每当风清月白或雨雪霏霏之夜，在湖畔会隐隐听到公主的幽泣声。此树于"文革"中颓然枯死。相传纳西古乐《白沙细乐》中《公主哭》《一封书》《阿丽丽金排》等即是歌咏其事的乐章。

玉湖村多古迹秘境，清代"改土归流"后派任丽江的第一任知府杨馝题"玉柱擎天"四字，使人镌刻在村西南角峭壁上，形容玉龙雪峰峭拔峥嵘之状。雍正三年，郡丞聂瑞又在其下横书"玉壁金川"四字。"玉柱擎天"峭壁下的森森古树林中，有一泓碧清如玉的水潭，因水清如镜、含氧多故能养名贵的虹鳟鱼。石壁下有一掬清泉，据说此水不但能治眼疾亦可明目，还能给人吉祥和福气，因此当地人和外地人都喜欢来此汲水洗目和求福。又相传此地有灵，能赐子给不孕妇女，因此，过去亦有不少来此求子的妇女。此地修有"太子庙"，奉祀赐子祈福于人的"太子神"。"太子神"是个小男孩的形象，来求子的妇女以钱币投于裸身"太子"的生殖器上，以投中为即将怀孕生育的吉兆——这是边地流行的生殖崇拜信仰的民俗古风。

玉龙雪山是一座融汇了不同宗教文明的圣山，除了东巴教等纳西本土宗教外，它与藏传佛教有密切的关系。在著名景点"玉柱擎天"，有一个佛教圣迹，相传是藏传佛教噶举教派（白教）领袖、明廷封之为"大宝法王"的噶玛巴大活佛坐禅的神秘所在。相传噶玛巴云游来到"玉柱擎天"上面，看周遭是一片吉祥福

清代"改土归流"后派到丽江的第一任知府杨馝题"玉柱擎天"四字并让人镌刻在村西南角峭壁上，形容玉龙雪峰峭拔峥嵘之状（1992年摄）

地便在此静坐冥思，不久，雪山中很多虎豹熊狼等野生动物都纷纷来到他面前俯伏于地听活佛念经。有个给木氏土司放羊的人牧羊来到此地，羊群全涌过去聚集在噶玛巴周围听他念经，赶也赶不走。牧羊人将这个异人的情况告诉给纳西族土司"木天王"（明代滇川藏地区藏族、纳西族等族对纳西木氏土司的称呼）。"木天王"赶紧派他手下的重要官员来请他，从此噶玛巴常驻丽江，广开佛缘。相传这里的岩上至今尚留着许多兽蹄印迹，这个民间传说与藏传佛教噶举派黑帽系八世活佛弥觉多吉、十世活佛曲英多吉在明代曾到过丽江且噶玛巴十世曲英多吉曾长期留居丽江的史实密切相关。

从玉湖村往雪山北方向走约十数里路，便到神秘的"仙人迹"岩。相传纳西王木生白人到中年即悲戚于他一生精忠的明王朝的日渐衰落，厌倦红尘，独自隐居雪山。天长日久，他与山中飞禽走兽相知甚深，能识众鸟兽之语。一日，他率百兽千禽在此巨岩草甸上歌舞嬉戏，尽兴而欢，然后骑一红虎腾跃过巨岩遁入深山云雾中从此不见踪影，岩壁上留下酷似一人骑虎的斑斑痕迹至今清晰可辨，后人称其为"仙人迹"。后世曾有一个云游僧（民间相传是担当和尚）紧傍巨岩筑庙修行，现寺庙残垣断壁尚存。

村子西南面是一座峭拔入云的山峰，峰顶是当地青年祭传说中的殉情始祖和殉情者的灵域圣土"玉龙第三国"爱神的圣地"花泠古"，此地有风吹不到的高山草场。在峰顶往西观可以看到气势磅礴、深不可测的金沙江峡谷，往东则可看到美丽的丽江坝和连绵起伏的群山。在山顶上有祭爱神的石头堆，上面竖着代表爱神的木头人，周围还可寻见竹笛、口弦等遗物。

后世的玉湖村与不少名士结下奇缘，如在西方有"纳西学研究之父"之誉的美籍著名学者洛克在丽江留居达27年，这27年中他的居住地就在玉湖村，以他为首的"美国国家地理学会探险队"总部也设在玉湖村。洛克一生致力于研究纳西族历史、东巴文化和玉龙山植物以及丽江与中国西南诸多地区的地理等，著作等身，闻名遐迩。现有越来越多受他的影响到丽江来旅游和从事研究、考察的游客、学者、学生等，很多人都慕名来瞻仰这位传奇人物住过的地方，不少国际性的合作研究项目也与洛克的影响密切相关。数年前，自青年时代就与玉湖村结下不解之缘的纳西人黄泰先生把洛克先生在玉湖村长期居住的宅院辟为"洛克旧居纪念馆"，收集了数百件流散纳西族民间的洛克遗物陈列在这个"洛克故居"中。

此外，中国著名的纳西学家、美术史家、原台北故宫博物院副院长李霖灿先生20世纪40年代在丽江研究东巴文化时曾多次到玉湖村，与村民结下了深厚友谊。2001年，李霖灿先生的儿子以及丽江东巴文化研究所协作，在玉湖村"玉柱擎天"巨崖附近立了"李霖灿先生衣冠冢"。中国著名书法家、老革命者、云南书法家协会主席、纳西人的好儿子李群杰先生因病于2008年5月30日去世，享年96岁。他生前留下遗嘱撒骨灰于玉龙雪山"玉柱擎天"处，2008年10月5日，我们和李老的亲属一起来到雪山下，举行了撒骨灰的仪式。从此，又一个纳西人杰长眠在玉湖村的土地上，与玉龙雪山和玉湖人长相守。

玉湖民居（2009年摄）

玉湖村的民居在丽江别具特色，房墙全用当地特有的石头砌成。这种石头呈黄白色，石面粗砺不平，有的呈蜂窝状，别有一种山野人家的粗犷简朴韵味。雪山脚下，茫茫旷野，寂寂荒草，一片苍凉空阔。一排排石墙青瓦木屋与村里特有的棕榈等树木的青枝绿叶交相辉映，清冽的泉水哗哗流淌，所有这些，构成了在丽江坝子内见不到的一种山野农家田园风光。

云南省社会科学院的学者与美国加州大学戴维斯（U.C.Davis）分校、国际山地协会开展国际合作项目"玉龙山农村发展和生态环境保护"，玉湖村是项目调研点之一。项目组的学者们在1993—1994年当时设计了"环绕玉龙山徒步生态旅游"路线，玉湖村是主要景点之一和驿站（第一站），它与距此三四个小时山路的白沙乡文海村生态旅游合作社（第二站）已形成这一徒步环游雪山的两个基地。

如今，玉湖村的旅游胜景有"玉柱擎天""雪嵩庵""明目泉""神潭枫树""太子洞""玉湖民居""玉湖书院""噶玛巴坐禅处""仙人迹""花冷哺"等和野外观杜鹃花等旅游内容。此外还有多条骑马或徒步登玉龙雪山的游路，我2003年秋天借在丽江参加国际学术会议之便与几个友人骑马游雪山，云遮雾掩中，无数变幻无穷的雪山幽情胜景飘然来眼前。

玉龙山是一座神山、奇山，玉龙山域林莽雪峰中的纳西村寨也有着那么多的古意野情。朋友，当你远游玉龙山，别忘了去山脚下那寂静寒凉、阅尽纳西王国沧海桑田之变的"雪山第一村"玉湖看看，你多知道一些玉龙山中纳西人的旧事今情你就能更深地解读这座山。

天人合一玉龙村

一 最靠近纳西神灵的村子

玉龙雪山怀抱中的纳西村寨有一幅幅隽永的人文胜景,玉龙县白沙镇的玉龙村即是其中之一,这个村子是我常去的地方。这个村在纳西语中称为堆古(ddi-uqgv),意为"大地之头",因其地势高而得名。这是千百年前作为古羌人后裔的纳西人迁徙到丽江后最早定居下来的村子之一,因其延伸到玉龙雪山的尽头且地势又比较高,因此被称为"地之头"。又由于供奉纳西民族神"三多神"的丽江最古老的寺庙"三多阁"(汉名北岳庙,建于唐朝大历十四年,即779年)在该村境内,人们习惯地称这个村为"三多阁"(saiddogoq)。

玉龙村位于丽江坝子最北端的玉龙大雪山南麓,海拔2600多米。根据2016年调研的数据,该村现有177户675人。全村分三个社,有杨、赵、和、闵、沈等五姓,共144户618人。

从玉龙村里出来,沿着田野阡陌和从雪山上流下来的山泉溪流走到这个村紧傍雪山处,便是一片由草地、泉水和百年枫林构成的幽美之境,如今这里是已经闻名遐迩的国家4A级旅游景点"玉水寨"。在茂密的枫树林中,涌流出一股异常清澈的山泉——玉龙村人称之为"署丁署

玉龙村(2016年摄)

笨古"（svqdeesvqbeelgv），意思是"署神起来和产生之处"；也有称为"鲁丁鲁笨古"（lvqdeelvqbeelgv）的，意为"龙起来和产生之处"；此外还被称为"雾路果吉"（ngvlvgojjiq），意思是"来自雪山高地的水"。泉眼四周长着各种枫树、大栎树等古老的树木，在泉水涌出之处周围插着一些木牌，上面绘着各种蛙头人体蛇尾或人首蛇体的精灵，还有日月星辰、风与云团、飞禽走兽等等。在这种栖息于山林泉水处的原始宗教艺术中，深藏着纳西传统文化中一个关于"人与自然"的古老秘密。

这些蛙头蛇尾人身的神灵在纳西语中称之为"署"（svq，即祭大自然神），在纳西人的东巴教中，他们是司掌着山林河湖飞禽走兽的大自然之神。古老的东巴经中说，自然神署与人类在开天辟地之初就是同父异母的两兄弟，他们最初和睦相处，生活得十分和谐。但后来贪婪的人类开始过分侵扰自然，污染河流、乱砍滥伐、滥杀野兽，冒犯了"署"。结果兄弟成了仇人，人类遭到大自然的报复，洪水横流、百病丛生。人类在惊恐无奈中只好祈求神灵、东巴教祖师和大鹏神鸟来调解。自然和人类这两兄弟便约法三章：人类可以适当开垦一些山地，也可以砍伐一些木料和柴薪，但不可过量；在家畜不足食用的情况下，人类可以适当狩猎一些野兽，但不可过多；人类不能污染泉溪河湖，劈山炸石。在此前提下，人类与自然这两兄弟又重续旧好。从此，在纳西族民间形成了祭"署"的礼俗，每个村寨都有固定的祭场和固定的祭祀时间。在玉龙村，你可以领略到纳西人这种典型的传统生态保护文化。

玉龙雪山是纳西人的一座大神山，有意思的是，纳西族全民信仰的民族保护神"三多神"，同时也是玉龙雪山的山神。民族神和玉龙山神二者一体，也可看出玉龙雪山在纳西人心目中的神圣地位。玉龙雪山是三多神的栖息地和化身。三

玉龙村的"雾路果吉"泉是个人们络绎不绝地来祭祀的神泉（2015年摄）

多神是纳西族全民信仰的民族保护神,又称为"阿普三多",意为"祖先(或爷爷)三多"。相传他属羊,是个战神。纳西人自称"纳西三多若",意思是"纳西是三多的儿子"。

　　与唐朝和吐蕃两大势力对垒抗衡的南诏王异牟寻,曾经封玉龙雪山为"北岳";1253年忽必烈率军跨革囊渡过金沙江南征大理国,在丽江时与纳西酋长麦良结下了深厚的友谊,他后来封玉龙雪山之神"三多"为"大圣雪石北岳定国安邦景帝"。这两位当时叱咤风云的世之枭雄都希冀这座大神山能护佑他们的江山永固,福星高照。因此,"三多阁"又名北岳庙。南诏王异牟寻敕封后的北岳庙建于唐朝大历十四年(779年),是丽江最早的汉式建筑寺庙。在丽江最早的汉文地方志书乾隆《丽江府志略》里就记载:"北岳庙,在城北二十里雪山麓,唐时建。"光绪《丽江府志》中记载:"北岳庙,一名玉龙祠。"由此可见这座古庙与玉龙山的密切关系。

　　每年农历二月初八这一天,来自远近各个乡镇的纳西人络绎不绝地来到位于玉龙村的三多阁朝拜三多神。大多数人都步行而来,也有人骑马、坐马车,有些身弱年迈者由家人用滑竿或轿子抬着来一片虔诚地祭拜三多神。三多庙内外人山人海,香烟缭绕。此时又是离此不远的玉峰寺内万朵山茶花盛开之时,人们赏花对歌,呈现一派歌潮花海的景象。现在,玉龙村每年农历二月初八"三多节"更是搞得红红火火,很多纳西人都来祭三多神并虔诚地叩拜三多神以祈福求吉,玉龙县县长亲自念写得很典雅的祭文并献花篮。群众在外面搭台演出各种纳西族歌舞节目,各种摊贩也来卖各种货物和食品,真正是热闹非凡的乡村庙会。

　　边远地区的纳西人来不了"北岳庙",但各个村寨都有"三多神"庙,农

建于唐朝的三多庙,是丽江最早的汉式建筑寺庙(2000年摄)

每年的阴历二月八日成为法定的纳西族民族节日——"三多节"。这是纳西人在位于玉龙村的三多庙前载歌载舞欢庆纳西族的民族节日（2000年摄）

历二月初八日这天全村人在当地祭祀三多神，如：大东乡村寨各户在当天出两斗大麦，由每年祭天轮到出"祭天猪"的这户人家主持祭祀仪式，负责酿酒、烧香等。这户人家在这天被称为"许季达玉"，即意为（当日）"烧香的庙祝"。远离玉龙神山，身在异乡为异客的纳西游子每年也都要祭"三多神"，一直相沿至今。三多神既是玉龙山山神又是战神，因此，过去纳西武士出征前都要祭"三多神"，无数纳西儿女在沙场上高呼着"三多神"的威名冲锋陷阵、视死如归。

神奇的玉龙雪山演绎出大千世界天地精灵和纳西人无数悲欢离合的故事，将无数传奇和胜迹留在人间，将纳西人漫漫岁月中的心灵史融在雪间。

二　恪守古规礼敬大自然的村子

走进这个玉龙雪山山脚的村子，三多庙、玉峰寺等古刹老庙会使你感受到这个古老的村子那种厚重的民族历史文化氛围；藏传佛教噶举派（白教）寺庙玉峰寺内那棵树龄有500年并有"环球第一树""世界茶花之王"之誉的古茶花树和庙内的各种奇花异草，会使你感受到雪域山乡的清丽。使你赏心悦目的，还有那满目苍青的茫茫林海，从玉峰寺后面的山坡一直伸延到"玉水山寨"。在这茂密的树林中，到处有五颜六色的山鸟在飞翔歌唱，清澈的泉水汇成许多小溪欢畅地奔流在森林中和原野上，发出净淙流淌的天籁之音。玉龙村共有2万余亩山林，这是丽江市保护得最好的林区之一。

爱山护林一直都是玉龙村民俗中突出的一面：民国年间，曾有个村民在玉水水源附近开辟坟地，村人认为占了龙脉并污染了泉水，强制他把坟迁出；1978年，有个村民砍了玉水寨水源处五角枫的干树枝，村民开会严厉批评他并责令他在玉水寨水源处种一棵柳树以弥补过失,如今这棵柳树仍活着;在"文化大革命"中有个村民在泉水边砍了老树的一根枝丫,他母亲知道后大为震怒,亲自监督着他在泉水边新栽了几棵树以赎过失。1983年村里就重新制定了《山林管理条约》,当时丽江乡村传统的村规民约被漠视的情况是比较突出的,所以这个《山林管理条约》当时还上报给玉龙村所属的白沙公社,白沙公社让它在全乡推广。20世纪80年代,社会上乱砍滥伐成风,玉龙山周围的一些乡村也卷入了乱砍滥伐的风潮中。而玉龙村恪守山林管理的乡规民约,干部严格管理、群众自觉履行,村里一直有村民选出的护林员,因而爱山护林始终有强有力的措施,大家齐心协力保住了山林。

玉龙村的松子皮脆肉美远近闻名,是玉龙村村民一宗重要的经济收入来源,玉龙村每年采集松子都是由村委会统一安排,全村统一"开山"日子无一例外。正是这种传统的生态保护习俗,使玉龙村成为丽江山林保护得最好的村寨。即使在乱砍滥伐之风最严重的20世纪70年代末和20世纪80年代,玉龙村也坚定不移地恪守着自己的传统,用心地保护住了这片雪山山脚下的绿洲。

三 传承和弘扬纳西东巴文化的基地

我在调研中得知玉龙村是丽江坝纳西族最早的居住地之一,过去,近代丽江境内最著名的几个大东巴如东五、桑尼才等,其家世都可追溯回玉龙村。玉龙村有一个独特的传统节日——"当美空普"。纳西语的"当美"是祖宅地之意,"空普"是开门的意思。每逢"当美空普"节,玉龙村居民家家户户都要大宴同族宾客,从这里分支迁徙出去的族人在那天也都要回到祖宅地——玉龙村认亲团聚。

悠久的历史传统,促成玉龙村成为今天纳西族地区传承和弘扬东巴文化的重地。由玉龙村纳西族民营企业家和长红在玉龙村境内创办并获得国家4A级旅游景区的"丽江玉水寨生态文化旅游有限公司",在景区建成了东巴祭天、祭风和祭自然神三大祭场。早在1999年,该公司就在玉水寨建立了东巴文化传承基地,招收了多批学员并给予职工待遇边工作边学习和实践东巴文化,其中有20多名学员逐渐成长为玉水寨的东巴文化传人,有些来自塔城乡署明村等的青年东巴已经在玉水寨工作了十五六年。2012年11月,玉龙村还在和长红先生的努力下,成立了"丽江东巴文化学校"。

四 胡耀邦总书记访问过的村子

1985年2月13日,时任中国共产党总书记的胡耀邦到丽江访问,当地政府安排他去有"环球第一树"之誉的丽江白沙乡玉龙村玉峰寺参观。出玉峰寺门乘车下山的时候，胡耀邦突然提出要去附近的村子看看，进行了没有按照地方政府预先安排的一次实地调研。他由丽江行署专员木凤章陪同，走进了离玉峰寺不远的玉龙村。胡耀邦随意走进了一户农家，主人杨清正正好在家。他仔细询问了杨家去年的生产和收入及明年的打算，并说可以利用村头的荒地种草种树，发展畜牧业。胡耀邦还与闻声而来的众多村民交谈，询问生产生活情况。还看了杨清正家的粮柜、储存的腊肉等。村民和村干部回忆说，胡耀邦来村里与大家交谈后，大家对改革开放的政策更了解了，原来对改革开放政策还有些狐疑，不知道会不会又变了。耀邦书记的一席话，鼓舞了大家大胆走改革开放之路的决心和信心，使大家鼓起了劲头一步步走来，换来了村子日新月异的大变化。直到现在，玉龙村的村民还在津津乐道这位亲民总书记的那次调研，怀念这个和蔼可亲的总书记。

五　田园风光和民俗相融一体的美丽乡村

玉龙村郁郁葱葱的山林，碧波潋滟的姊妹湖，源自玉龙雪山并潺潺流过玉龙村的供丽江城区饮水的溪流，大片四季色彩不同的农田风光，让人心旷神怡，我以为这个村是迄今丽江坝区田野、山林和农田风光完整地保留下来的少数村落之一。村里的民居全是传统的青瓦白墙农家院落，有的农家还保留了传统的晒粮架。

玉龙村里还有村民自己组织的纳西古乐队，男女村民都有参加的。他们特别擅长演奏缠绵悱恻的"白沙细乐"。"白沙细乐"在纳西语中称为"伯石细里"，

1983年玉龙村里重新制定《山林管理条约》，这些老年协会的老人们促成了这个新的乡规民约并有效地保护了村里的山水资源（玉龙村委会提供）

丽江东巴文化学校的东巴老师们（2016年摄）

相传是"元人遗音"。民间普遍传说这一套乐曲是元世祖忽必烈南征大理时赠送给对他礼遇甚厚的纳西首领麦良的元人宫廷音乐，因此又称为"别时谢礼"。有的认为这是蒙古音乐与纳西本土音乐融合而成的古乐。那与纳西族历史上"白沙古战场""龙女树""黑水白水送魂"等悠悠古事联系在一起的乐章，都使人闻之而心灵震颤。

玉龙村以她独特的丽江历史文化和生态文化特色，构成了丽江发展村落文化的一个典范，正在逐渐发展成为一个保护生态环境和纳西族文化传承的模范社区。

玉龙雪山下的裸美落和东巴谷

　　玉龙雪山脚下有个"裸美落"（lomeiloq），纳西语的意思是"大深谷"。它位于玉龙雪山的东南麓，是一条南北走向、北高南低的断裂层峡谷，北起干海子南端、南止白沙坝中部的畜牧场，全长为15公里左右。

　　裸美落峡谷蜿蜒曲折且宽窄深浅不一，最宽的地方有四五十米而最窄处仅有一两米，最深处约30多米而最浅处为七八米。峡谷两岸只有少数地段为比较陡的土坡并可通往沟底，绝大部分为陡峭的悬崖峭壁。山谷里的岩石久经风雨剥蚀，石炭岩表面呈现出黑褐色。在黑褐色的岩壁上有自然天成纵贯横列的红色或黄色的岩浆线条、色块，崖壁上生有千奇百怪的钟乳石和大大小小的岩洞，最大的岩洞高达13米、宽5米，是典型的喀斯特岩溶地貌。

　　裸美落峡谷的海拔在2600—3000米之间，年平均气温相对丽江坝子较低，约在11℃左右。峡谷里的小气候适宜于植物生长，加上谷底及崖壁最高处都堆积有厚而肥沃的红壤、黄棕壤土层，因此峡谷的生态小环境很好，森林覆盖率在80%以上。峡谷的植被呈立体分布并广泛生长有云南松，杂生云杉、红豆杉、五角枫、白桦、高山松、华山松等珍稀经济林木，伴生有高山栎、黄背高山栎、刺叶榾栎、青刺果、广防风、马鞭草、天冬、天南星、百合、杜虹花等几百种中草药植物，还附生有杜鹃、牡丹、报春、兰花等数十种花卉及松茸、牛肝菌、白粉菌、铜绿菌、

裸美落峡谷的一段，从这里下去就可以开始神秘的"东巴谷"之旅（2009年摄）

青头菌、老鹰菌等近十种食用野菌。

裸美落峡谷野生动物众多，有蛇、蜥蜴、兔、蛙、蚌、穿山甲及鹰、乌鸦、杜鹃（布谷鸟）、相思鸟、锦鸡等众多鸟类栖息，蝴蝶有数十种。我在《登山识玉龙》一文中，曾写了人们在这个深谷里打到一条蟒蛇的故事。

直到2009年，我才首次到裸美落峡谷即著名的旅游景点"东巴谷"去考察。如果说，当代旅游的乡村文化旅游中有自然村寨之游和"人工村寨"之游，则东巴谷是一个人工建造的"文化生态民族村"。

据丽江有关人士的介绍，在2003年年底，裸美落2500亩的土地以50年的使用权出让给丽江东巴谷生态文化旅游有限公司，裸美落峡谷也因此更名为"东巴谷"。公司在保持原有自然生态不变的前提下，在峡谷中下段投资近亿元，建了一个"丽江东巴谷生态民族村"。其"村落"选择了商购丽江具有代表性的纳西族、普米族、傈僳族、藏族和他留人（彝族支系）富于民族建筑风格的典型院落全宅搬迁。同时还收集购买了大量各个民族的民俗旧器作陈设。每个村落由招聘来的各个民族村民为这里的"村民"，有点类似昆明海埂的民族村。但因为它们坐落在玉龙雪山脚下，就在这些民族休养生息的故土或离故土不远之处，因此，它还算是个不离本土的民俗文化村吧。

东巴谷生态民族村难能可贵地坚持了在文化旅游的经营活动中进行本土文化艺术教育和传承的特点，让民间老艺人把他们吹树叶、跳东巴舞、演奏民族乐器等等的技艺传授给年轻的村民。如村里的玉兰老人能用普通树叶吹奏很多民歌和流行歌曲，很受游客欢迎。在她的引导下，不少村里的年轻人向她学习这门绝技。他留人院落的兰绍龙老人精通五种民族乐器，是"云南省民族民间艺人"，通过他的传、帮、带，年轻的小伙子兰新平已掌握了老人所有器乐的演奏技巧和曲目。有"傈僳族民族民间音乐（歌、舞、乐）传承人"称号的民间艺人阿石才，他吹、拉、弹、唱无所不能，还能自己编词编曲，通过他的带领许多年轻人已继承了濒临失传的民族歌舞。3年前我和一个来自泰国清迈的傈僳族首领在丽江邂逅相遇，他非常兴奋地告诉我，阿时才所唱的歌他全能听懂，也非常喜欢他弹奏的乐器。他买了好多阿时才的歌舞器乐磁带，回到泰国的傈僳族社区去播放，非常受欢迎。此外，纳西族民族民间舞蹈传承人、纳西族"勒巴舞"正宗传人李文义以及他留人原生态民歌演唱能手贺明菊、海现英等人，也在这里言传身教，在为传承和展示本民族的艺术和技艺而努力着。

东巴谷生态民族村除了展示传统的民族歌舞、民族技艺外，各民族院内还展示着各自民族特有的丰富多彩的饮食文化、传统手工艺、各民族的语言文字等。民族村还定期举办各个民族节庆活动和宗教仪式，通过举办民族节庆活动和宗教仪式来传承和展示民族和宗教文化。我在村里还看到有一些旨在宣传保护生态环境和生物多样性的标牌，比如有个标牌上就写着"一棵树的生态价值有多大"，然后用文字详细进行了介绍。

据我参与和组织的云南省社会科学院同仁在2009年的调研获悉，从2008年开始，东巴谷生态民族村又与有关方面合作，计划把丽江市宁蒗县拉伯乡托甸古村寨立为"普米文化传习基地"的同时把丽江市永胜县六德乡营山古村寨立为"他留文化传习基地"。

由于丽江东巴谷生态民族村逐渐形成了自己的特色，先后后获得了"国家AAA景区"、"全国最佳生态景区"、云南省"省级文明风景旅游区"等称号。

傈僳族民间艺人阿石才一家吹、拉、弹、唱无所不能（2009年摄）

裸美落从原来雪山山脚荒野的一个山谷到被打造成了一个人工的民族文化旅游村落，这可以理解为是当代的一种文化变迁和民族文化产业的一个创意吧。它和我们在这本书里所介绍到的玉湖村、玉龙村、文海村和大具乡的村落等自然村寨不同，我们可以把它理解为是玉龙雪山生态文化旅游发展的一个当代案例。从这个民族村推出的各种旅游项目看，它和玉龙村的"玉水寨"有相似的一面；但"玉水寨"虽然离开了玉龙村聚落却还是在玉龙村的地界，其最重要的那泓清泉，与玉龙村民的历史和信仰都密切相关。我们从玉龙雪山村落旅游的发展中，可以看到当代的文化变迁和文化产业的发展。

裸美落东巴谷里的民居（摄于2009年）

老君山九十九龙潭之行

一

家乡有座老君山是个神奇之地。它是云岭主脉在丽江、剑川、兰坪、维西等县区内的总称，横贯丽江玉龙县境内的巨甸、鲁甸、金庄、黎明、红岩、石鼓、石头、仁和、仁义、九河等乡镇。它的地理坐标在北纬26°38′—27°15′，东经99°70′—100°00之间。民间有个传说，说太上老君曾在此山炼制长生不老之药，因此得名。根据宗教学家的研究，西南本来就是原始道教的发祥地，所以这里有老君的传说可能也与这个因素有些关系，而不一定就是后来的道教的影响吧。

在2003年7月2日以后这座山更成为了举世瞩目的一座山，当天第27届世界遗产大会正式表决，通过云南"三江（金沙江、澜沧江、怒江）并流"列入世界自然遗产名录。

老君山壮观的景致主要有如下片区：九十九龙潭片区、金丝厂金山玉湖片区、利增滇金丝猴自然保护区以及黎明、美乐丹霞地貌片区、新主植物园片区。丰富多样的高山植被、众多的冰蚀湖、神奇壮丽的丹霞地貌和纳西族、白族、傈僳族、普米族、彝族等各民族多样性的文化，构成了老君山景区融自然和人文景观于一体的独特风貌。

我第一次去老君山是在1999年，那时云南省政府和美国大自然保护协会（TNC）合作实施"滇西北保护与发展行动计划"（含大河流域国家公园），我所在工作单位参与其中并承担了调研滇西北民族文化资源和村寨的任务，我就有了去老君山调研的机会且先后去了九十九龙潭和黎明黎光景区。到2016年7月，我主持一个国家公园和社区互动的调研项目，再次来到了老君山。

我第一次走进九十九龙潭刚好是农历五月端午后不久的正是杜鹃花开的季节，满眼密林森森、山花繁富，宛如置身在花的海洋，特别以高山大树杜鹃居多。茂密的杜鹃林龙蟠虬结、遮天蔽日，薄雾在杜鹃林中如丝如缕地缭绕飘曳，不愧为叹为观止的杜鹃花王国。开花时节，五彩缤纷的杜鹃花开得漫山遍野，远远望去宛如天上的七彩锦绣，火树霞林都落到了青山绿水之间。

到2016年7月第二次去九十九龙潭,大树杜鹃开花的旺季已经过了,但这次去有幸看到了开花期稍微靠后的黄杜鹃林。黄杜鹃花据说只有这里有,我们看到了相当繁茂的一片黄杜鹃林,花黄灿灿的,有些接近象牙的色泽但色泽又比象牙深一点。

两次九十九龙潭之行,我都从密密的老君山杜鹃树林中穿行而过,饱览了杜鹃林的壮丽之后便观赏到了山中湖泊的静和美。一个个如明镜又似翡翠般的湖泊,静卧在绿树花丛之中。高山密林中有如此之多的天然冰蚀湖群黑龙潭、双龙潭、黄龙潭、红龙潭等,真使人惊叹大自然的神奇造化。相传太上老君曾在老君山上砌炉炼丹,太上老君在炼丹时不慎将万里之外汲来的东海之水溅落在山上,形成了星罗棋布的九十九龙潭。据说在景区的南天门附近,一个起义军的首领安鹤林在民国二十一年(1932年)建盖过老君庙,现在还有断壁残垣。

九十九龙潭周围遍布冷杉、杜鹃和实心竹林,白云蓝天、绿树鲜花倒映在碧清的湖水中。1999年来时碰到一阵轻雨,一层层薄雾在湖面树林花丛中飘摇而过,湖面上仿佛沉浮着一层淡淡的轻雾,周围的山峰时隐时现宛如梦境。民间传说中老君山与太上老君相关,因此很多景观有浓厚的道教色彩,如太极岭、太上峰、无极岭等。我没有来得及认真调研周围纳西族、白族、傈僳族等族是否有对这些山岭和湖泊的地名,显然这些汉名是汉文化传入后人们取的。传说由来已久所以在民国年间有人还出资建盖老君庙。由于九十九龙潭周围没有邻近的社区,所以人的开发行为幸好没有过多波及到这片静谧的山中净地。20世纪80年代金沙江上游林区乱砍滥伐的风波曾一度波及这里,由于有茂密的原始森林故曾经有些民众骑着马要来砍伐,后来林区所在地玉龙县九河乡河源村的干部群众自觉地来守护这里的森林,所以保住了如今这莽莽苍苍的原始森林。

1999年到九十九龙潭,山上到处都不费力地就可以采集到各种野菜,这也给我留下了很深刻的印象。当地人告诉我们说,以前晴朗的天,如果在湖边高喊几声,天上会落雨下来。

2016年所见的老君山九十九龙潭(2016年摄)

珍稀的黄色大杜鹃花树（2016年摄）

当时湖边正下着微雨，无法验证。本来想好奇地吼上几嗓子看看是否会下雨，但看看眼前的雨，就没有喊了。2016年7月再去，虽然大树杜鹃林的花儿已经所剩不多，但龙潭边还开着很多的杜鹃花，有粉红色的、红色的、白色的，真是美不胜收。同行的九河乡友介绍说，老君山的杜鹃花花期不一样，是按节令一波波开的，所以从5月开始一直到8月都会看到不同颜色的杜鹃花。至于是否会大喊上几声就会落雨，本地人说过去来这里的人极少所以会这样，但现在已经不会了，其原因可能和来的人增多有关系吧。

二

2016年的老君山九十九龙潭之行是个比较深入的调研，我们一行首先去九十九龙潭所属的玉龙县九河乡河源村委会调研。河源村周围翠绿的林海使我想起这里是丽江著名的林区，但在20世纪80年代末到20世纪90年代初也曾经历过遭受乱砍滥伐的劫难，现在保护得这么好还是使自己感到惊讶。调研中获悉河源村现在的森林覆盖率竟然有90%，我不禁对这里的村民刮目相看。

九河乡河源村委会地处老君山腹地，位于九河乡的西南面，是老君山国家公园的核心区，海拔2600米至3000米。河源村境内居住有白族、纳西族、普米族、傈僳族等少数民族，共有14个村民小组513户2145人。河源的森林覆盖率这么好，是与九河乡党委、政府和河源村委会有效的管理及群众爱山护山的自觉行动密不可分的。

这次调研中了解到，早在2009年，九河乡政府就在北京三生环境与发展研究院争取到项目并在九乡河当地生态环境较好而生活较贫困的河源村委会实施该项目，开展了"三生共赢"项目。所谓"三生共赢"的意思就是努力实现生态、生活、生产的分别改善、提高和发展，并使这三者在时间和空间上达到共赢。

这个"三生共赢"的具体做法真不错：首先，建立社区为主体的自然保护地并制定全体村民签字通过的封山保护条例，条例规定在保护地严格禁止砍伐树木、采挖野生药材、捕猎野生动物、开垦土地等，对违反规定的村民进行严肃的惩罚；其次是建立村寨银行并设立村寨互助基金以缓解村民流动资金不足的问题，如今已经成立了9个村寨银行，不仅在资金上扶持了村民，还让不少村民学会了自我管理、自我监督，这样不但提升了村民的理财本领和信用度，还提升了他们生存的本领。村寨银行制度和环保制度联动，如果农户参加村寨银行之后还去封山育林区做了破坏保护条例的事情，全组其他农户有权从他的村寨银行股金中扣除相应的罚款，并限制其参加村寨银行的借贷。

国家环保部和云南省环保局也把河源村委会的大麦地和石红两个村子列入了国家生物多样性保护与减贫示范点，其内容包括：寻求替代生计和替代能源，通过培训使村民掌握一两种实用技术，推广使用清洁能源如太阳能，推进生态旅游，通过产业调整杜绝村民对周边自然环境的破坏并最终达到生物多样性保护和村民减贫增资的目的。两个村民小组制定了《自然保护地管理制度》，相互监督与自觉遵守相结合，我觉得这是当地传统的乡规民约与当代具有契约精神的制度化管理结合得很好的范例。

我们在村子里除了看到种植经济价值高的药材等，还看到了农民养蜂和取蜂蜜的过程。由于这里没有污染，空气好，而且蜜蜂一般都是到山上采蜜，所采的都是纯净的山间野花，所以蜂蜜的质量很高，被人称为生态蜂蜜，购买的人很多。好山好水也使这里的蜂蜜成为一个著名品牌。

我们在通往老君山核心区的路上，看到了九河乡林政管理与护林防火综合执勤点，乡里聘的工作人员每天在这里尽职尽责地监督过往车辆，所有的进山游客也需要在这里一一登记名字、身份证或电话号码。随着越往上走越茂密的森林，我不禁想到，这莽莽苍苍的森林，是靠了现在越来越精细化的制度建设和九河乡的各族群众自觉地爱山护林的精神和行动而形成的。没有这些，茂密的森林是保不住的。

当我来到了老君山九十九龙潭腹地，满目姹紫嫣红的杜鹃花，清幽幽的高山湖泊，湖中的森林倒影，在林中飞翔的各种小鸟，我不禁想到：大自然给予了人类这么美丽的景色和茂密的森林以及各种山珍，这是天地的恩赐，人要知足和感恩，呵护这些得来不易的大自然资源。这是本地各民族的衣食之源，也是吸引游客能千里迢迢地来欣赏的动力。只有本地民众和游客都爱惜这些好山好水，控制垃圾，不污染山林河湖，它们才能永久地为人提供赏心悦目的风光和沁人心脾的空气，才能转化成经济优势而赐福给人们。九河乡河源村的老百姓，正不断地向这个目标努力。目前已经制定了未来的游憩设施规划将远离国家公园的核心区域，向下撤退，撤到国家公园所允许的边缘缓冲区地带。

走进丽江红石林

一

以前不知道，在丽江玉龙县金沙江边的万山丛中，有这么一个美如丹霞的巨大红石林。云南有列入世界自然遗产名录的路南石林，名声远播。而在玉龙县黎明乡境内则隐藏着一个红光闪灼、明霞灿烂的巨岩之林，它在离古城60公里的老君山——黎明景区，属于今黎明乡黎明黎光村委会。这是一片方圆240多平方公里、由红色砂岩和砾岩及泥岩构成的丹霞地貌，一座座千姿百态的悬崖峭壁皆彤红如霞。

我有幸三次到这个著名的丹霞群山怀抱中，多次在阳光月光下欣赏这些天幕下的红色巨岩，觉得这些红岩犹如长天落下的巨大红岩矗立在青山绿水之间，映照得满山遍野都洋溢着一片红色的温暖。民间传说太上老君曾在离这里不远的老君山上炼丹，那红艳艳的火焰一直蔓延至此，于是就有了这一片丹霞地貌奇观。它镶嵌在莽莽森林的万绿丛中显得更加璀璨夺目。

明朝人诸葛元声所著《滇史》中曰："麽些诏，蛮波冲据之。一名越析诏，即古筰国，今丽江府也。自罗波九赕汉、猛二蛮世居三川，麽些蛮夺之，故称麽些诏；波冲复据有其地，遂以名诏。通安、巨津皆其地也。州之东南百五十里，

老君山黎明乡的丹霞地貌奇观。它是中国"三江并流"世界自然遗产的重要部分，镶嵌在万绿丛中，显得更加璀璨夺目（2016年摄）

石壁上有色斑斓类花马，麽些诏因名其国曰'花马国'。南诏外此诏最大，其地最广。南诏灭之，子孙犹世守其土。宋元尚存。"①

　　清朝初年顾祖禹所撰《读史方舆纪要》中在讲述到丽江的巨津州（今巨甸塔城等地）时也有一段这样的记载："华马山，州东南百五十里，悬崖有石如马儿色斑斓，故名。昔么些诏（即今纳西）自名其国为花马国。忽必烈南灭大理时，三赕土酋麦良内附，并破铁桥之华马国，以功授职务，即此。"②当时的巨津州境内有如此五彩斑斓巨岩的地方，只有现在这黎明黎光的丹霞地貌，有可能这个华马国名字的来历，就源于如今这一大片酷似马和其他动物的巨大红岩林。

　　我1992年第一次和进行玉龙山区域农村发展和生态调查的课题组成员来到黎明乡时获悉黎明是个傈僳族乡，主体民族是傈僳族，黎明这个地名是1949年以后取得，意思是新中国带来了黎明。纳西语称这里为"弯罗"，意思是左边的山沟，因为是黎明附近金庄乡等地的纳西人称呼的，以他们的方位而言就是左边的沟壑了。当我看到那些巨大的赭红色的山崖在阳光下闪射着一片红光呈现在我的眼前时的那种冲击力真是巨大，与面对玉龙雪山的皑皑雪峰是一种别样的感受，我真没想过在我的家乡深山里隐藏着这么一片神奇的巨大的红石林，这些红色的山林比天下闻名的路南石林更崔巍巨大、别样奇观。

　　在多次的丹霞岩林之行中我觉得，这里所有的自然景观中，最奇的要算千龟山、大佛崖和"太阳三起三落"景致了。千龟山位于黎明村西南，整座山有不少红色岩石表面风化，形成美丽的龟裂状（龟板、菠萝状）构造，其中有一座山坡形如千万只小龟聚集而成，山的表面看去像有无数个披着赭红色的龟甲的小乌龟正在阳光下向上爬着，山顶则有一座奇特的乌龟峰，像一个巨大的陀螺盘旋而上。

　　在黎明村村公所往南约60米的大桥旁，有一座陡峭非常的丹霞绝壁，上面有一块巨石，远看酷似一尊巨佛盘腿坐在莲花台上冥思，人们称其为"大佛崖"。但走近去看，其实那座大石与后面的巨崖是分开的。从侧面看，这个红色的大石又酷似一个女子在眺望远方。领我们参观的小熊说，当地人又称之为望夫女，相传她是在远望着去远方谋生的情人归来，年年岁岁眺望着，年深月久她便化成了一个石头。这不禁使我想起离黎明不远处的金沙江边也有一个相传是纳西美女达勒阿萨咪化成的石崖，美女达勒阿萨咪因为被父母包办嫁给一个她不喜欢的人，途中她惆怅地回头张望情人所在方向而犯了出嫁女不能回头望的禁忌，所以被一

---

　　① （明）诸葛元声著，刘亚朝校点：《滇史》，　刘州朝校点，德宏民族出版社1994年版，第116页。

　　② 方国瑜主编，徐文德、木芹、郑志惠纂录校订：《云南史料丛刊第五卷》，云南大学出版社1998年版，第776页。

阵狂风刮去金沙江对面的巨崖上,从此她化作石人常常悲声呼唤着自己的情人。想来这片区域有如此灿如明霞的红石林,除了华马国、大佛和望夫女的传说,还应该有很多神奇的故事。

2016年7月我在老君山国家公园黎明、黎光景区调研,感到最欣慰的是千龟山的核心景观龟背建了保护栈道并禁止游客直接踩踏了,而过去是游客可以随意在龟背上走来走去。记得以前看到很多电视媒体介绍老君山黎明黎光国家地质公园时,主持人都喜欢走在千龟山的龟背上豪情洋溢地介绍这个大自然奇观,人们都没有去想想这样的踩踏对这个丹霞地貌风化岩层是最大的破坏。有的岩石表层已经被逐渐磨平。我也呼吁过很多次并在新浪微博上也发声反对游客任意踩踏千龟山龟背的行为。在很多人的强烈建议下,几年前景区管理者要求游客换上软鞋才能上去走,但毕竟不是很好的方式。这次看到千龟山已经建起了围栏和栈道,专门有人守护。我从管理员那里了解到,常常有游客趁管理人员不注意,会跨过围栏站到龟背上去照相。我觉得,好山好水,需要所有的游客有比较高的自觉性,呵护关爱。如果不自觉,那山水再美,也会逐渐遭到破坏。

老君山景区内还有滇金丝猴、短尾猴、小熊猫,红豆杉、楗树等多种珍稀动植物。据本地人讲金丝猴喜欢群体活动,它们的鼻孔朝天,每逢下雨,雨水容易流进它们那朝天的鼻孔里而发出一阵阵奇特的啸声。在雨中漫步在老君山的森林,只要你听到这一片奇特的啸声,便可知道这些可爱的国宝正在你的周围徜徉嬉戏。

千龟山上一座山坡形如千万只小龟聚集而成,山的表面看去像有无数个披着赭红色的龟甲的小乌龟正在阳光下向上爬着(1993年摄)

黎明、黎光所属的老君山，由于它独特的森林、高山湖泊以及丹霞地貌等景观，在1998年之后获得了一系列荣誉：首先在1998年被国务院评为国家级风景名胜区；2003年滇西北"三江并流"被列入世界自然遗产名录，而老君山是其中的重要构成部分；2004年，黎明黎光丹霞地貌被我国国土资源部列为国家地质公园；2009年作为云南省建设国家公园的试点，被云南省政府批准设立了国家公园。这片红石林一下子带上了4顶世界级和国家级的桂冠，这样慕名而来的人也日益多了起来。

我2006年第二次来这里时修了爬山的石阶，最具创意的是在石阶旁有一道一直从山顶上引下来的泉水，清冽的泉水在木水槽里潺潺流着，爬山时渴了可以一路掬这清泉喝，感觉特别好。

二

2016年7月，我和两位同事再次到黎明、黎光调研，这次调研的内容与国家公园与周边社区的关系有关。这次来看到了这里的大变化，由丽江市和云南世博旅游合建的丽江市旅游投资有限公司修建了游路栈道、登山索道、电瓶车游山道路以及诸多相应的各种配套措施，使游客能很方便地饱览这丹霞地貌红石林的壮美景观。

由于旅游的发展，促成了山水造福人间，本地民众也从中获益不浅。这里的居民主要是傈僳族，他们很早就已经居住在这片区域，是最早迁徙到丽江的土著之一。早在唐代樊绰编写的《云南志》中就记载，铁桥（今玉龙县塔城）和九赕川（今巨甸）一带，就已经有"顺蛮""施蛮"居住；《元一统志·丽江风俗》中就记载："丽江路，蛮有八种，曰麽些……曰卢（傈僳族），参错而居。"施蛮、顺蛮和卢，都是傈僳族先民，他们在元代就受丽江路宣慰司（木氏土司祖先）的统治。在明清的史书中都记载，在金沙江、澜沧江两岸的高山，都有傈僳族分布。

2016年7月再次走进黎明后发现变化大了，街道用红色的石头铺了，桥也用红色石头砌成，很多村民的房子也用红色的石头砌了墙石，满眼红色但又不是那种刺眼的红而是自然的山石之红。黎明的植被很好，从老君山高处流下来的河水很清澈，这些红石头就掩映在青山绿水中，使人感受到一种大自然和人居之地相互映衬的美。

国家公园的旅游开发是否对社区民众带来好处这是很关键的一条，我们在调研中了解到，经营者采取了一系列旅游资源反哺社区的措施，旅游资源反哺两个村委会受益的有200多户。现在旅游公司和玉龙县教育局合作在建一所完小并由其出资300万左右负责土建工程，原有的小学由该公司征收后建设成旅游服务设施，将云旅希望小学（学生共有200多人）和黎光小学（学生共有200多人）合并建成寄宿制的完小。这些举措也将大力促进本地社区的教育。过去这里的学校教育条件比较差，本地人对教育的重视程度也不高。现在在旅游中实施的社区参与举措中，招聘当地人成为公司员工，要求具有中学学历是一个基本条件，这些都在促进本地村民对教育的重视。

黎明、黎光村委会的不少村民参与了旅游公司的工作，开旅游观光车的司机都是从黎明、黎光村委会村民中招聘的。为我们开电瓶车游览的女子小熊是本地傈僳族，她为我们讲解这里的山山水水和一些当地的传说，如数家珍，讲解时流露出对家乡的美特有的一种自豪之情。她说过去黎明、黎光是出名的穷地方，从来没有想过自己的家乡会有这么多的客人来欣赏，没有想过会发生这么大的变化，村民都感到很自豪。很多外地人也愿意来这里落户居住，她自己也找了个情投意合的四川小伙子，丈夫现在也能听懂傈僳语了。现在村里的傈僳人自己开客栈、饭馆及开小卖部的逐渐增多，有的还买了汽车做旅游和运货等生意。这些对傈僳人来讲是巨大的变化，过去他们是没有这种经商的传统的。旅游公司还建了一个以傈僳族火塘文化为主题的民俗院，请本地熟悉民俗和音乐歌舞的傈僳人展示傈僳族的传统文化。这里还有一个村子，村里的男人以善于制作葫芦笙和吹奏葫芦笙闻名，所以人们称这个村是葫芦笙村。这个村的男子常常被邻村请去吹奏葫芦笙，现在他们制作的葫芦丝也逐渐成为一个当地有特色的文化产品。国家公园的建立促进了有利于社区民众的旅游，也促进了本地民众保护传承自己的文化艺术，现在在黎明和黎光两个村委会都已经有了丽江市级的非遗传承人。

黎明村委会还组建了一个村民旅游合作社，组织了一个30多人的傈僳歌舞队，每天晚上旅游公司邀请他们来跳芦笙舞等。村民的歌舞表演给黎明红石林景观增添了人文色彩。在村子里，我们还看到了"生态公益林"标示牌、省级水产种质资源保护区的标识牌，禁止在保护区内捕捞鱼类等水生物。国家公园的建立，也促进了本地对环境的呵护和具体的保护措施。

在调研中黎明村委会书记黄文武和我们交流，也提到了如何保护好当地环境的个人观点，他认为国家公园建立起来之后，通过政府和管理方的宣传教育，社区居民的环境保护意识不断得到了提高。目前当地民众因做饭、取暖而进行的砍柴薪的行为还是比较普遍的，对山林有比较大的影响。一个四口之家一年中至少要烧掉六方的柴薪，有这么多的人口居住在国家公园内，对林地的破坏是不言而喻的。黄文武认为，现在丽江电站建了不少，故应该考虑从电价上实行优惠政策，让当地百姓尽量用电做饭、取暖而不去砍树，这对国家公园的环境保护将会

黎明村的街巷上，还保留了传统的一些老房子（2016年摄）

起到重要的作用。他说他在玉龙县的"两会"上曾提过这个议案，但一直没有得到反馈。他还就现在村民大量种植经济作物白芸豆，每年都要砍伐大量灌木做豆杆，而木豆杆的寿命只有两年，两年后又得重新砍伐灌木做豆杆，建议以后改用水泥柱代替传统的豆杆从而大大减少对生态的破坏。

我们觉得这些建议都非常好，我们的决策者可以多听听类似合理又能解决问题的民间的声音、智慧，这将有利于国家公园和世界自然遗产地保护得更好，更有效地造福于民。

在调研中了解到，如今黎明也成为云南大学、云南师范大学的实践教学基地，老君山中的这一片宝地，正在日益发挥着它裨益民众、开启民智、造福人间的功能。根据建立国家公园按照要求所做的游客承载量计算，该景区最大的游客承载量是每年20万—50万人次，但2016年预算进入景区的游客人数仅为10万人次。现在丽江的游客数是3000万人次，但很多都集中在丽江古城、玉龙雪山等景区，如果能分流出一些游客来欣赏这里独一无二的红石林，对减轻丽江一些景区的游客压力有好处，同时又可以展现丽江作为世界遗产地的另一种精彩。

天地赐福让渺小的人类能栖息在如画的山水中，山水怡情悦性造福人间，人类应感恩戴德这大自然的恩赐并好好呵护她，保持她长久的魅力——这是我在黎明黎光时，再次想到的。

在丽江佛教神山牟波居

在这个不安宁的地球上，古往今来，各种宗教和教派之间的纷争是异常惨烈的，很多地方的宗教发展史上充满了刀光剑影和血雨腥风。相比之下，这横断山脉中纳西人的家乡却曾是各种宗教和平共处的一方乐土，一块祥光缭绕的祥和宽容的福地。

时代继替、社会变迁，纳西族地区的多元宗教信仰也发生了很大的变化，自20世纪50年代到20世纪80年代期间，佛门圣地那种僧侣众多、香客盈门的盛况已如烟飘逝。20世纪90年代初期和中期当我走进那一个个昔日佛光辉煌的深山古刹，已经是寂寂古寺，满目夕照。

一 会发出响声的银石山

20世纪90年代，丽江佛教盛况不再，但圣迹仍存而灵气未泯。行走在深山野地，走进那寂寞的深山古刹，我常常为尚残留各地的佛光余晖照得心灵一阵清爽和豁亮，料想那就是精神受神灵启示起领悟宗教哲思之心，而使肉眼凡胎变得一时空灵而能短暂摆脱心中的红尘迷障之时。

坐落在丽江坝子西南面离城8公里的文笔山（过去汉语又称之为"珊碧外龙山"）上的文峰寺是我去过多次的佛门圣地。1995年我再次去朝拜这座在滇、川、藏赫赫有名的藏传佛教古庙，这回去朝拜与孩童时去玩的心情截然不同，因为我在多年的学海生涯中已经进一步知道了这座山和这座古刹非同寻常的神圣性。

这座寺所在的文笔山在纳西语中有好几个名字：一个叫"珊碧日雾鲁"，意思是会发出响声的银石山（"雾路"一词主要指雪山，可能过去此山也常积雪）；此山另外还有一个纳西名字，称为"生笔阿纳居"，意为"珊碧地方的老奶奶山"。

早在唐代，这座山就已经是在吐蕃和南诏政权境内都相当有名的神山，它象征藏人称作"日达蒙波"（gzhi-bdag-smug-po）又称为姜日木保（IJang-rismun-po）的山神。这山神是"姜"地土地神的首领，"姜"则是藏人很早以来就是对纳西人的称呼。纳西人则称这山神为"世日曼波"。在藏文经典中山神叫德喇哈

滇、川、藏、甘、青数省藏民景仰的藏传佛教噶举派寺庙——文峰寺大门（2006年摄）

(Dra-lha)，这座山称为姜里木波（Jang-ri-mug-po），其意为姜（Jang，即指纳西）国的紫山①。

文峰寺的藏语名称为桑纳噶察林（gSang-sngags-dgah-tshalgling），意思是神秘的修行之寺庙和幸福乐园。古时这地方有个寺庙称灵寿寺，但后来颓败。清雍正十一年（1733年），藏人喇嘛葛立布在此盖茅庐讲经。乾隆四年（1739年）驻锡今四川省甘孜州德格八蚌寺的四宝法王来到丽江，向知县管学求捐款修建文峰寺，于是寺庙在5年后落成。

穿过丽江西面坝子丰饶的田野，从碧波荡漾的文笔海岸爬上文笔山上弯弯曲曲的小路，穿过一丛丛还比较茂密的松林和栗树林，最后来到这座名寺的门前。寺门前有一个大水塘，水清莹晶亮，一些银亮银亮的鱼儿摆动着婀娜的腰身悠哉游哉地穿行在水草之中；寺门两旁长着高大古老的柏树、槐树和银杏树。

进得寺中，满院树木葱茏，一片静寂，大殿正在修复中。大殿最高一层上挂着上书"古佛地"三字的匾额，这是中国佛教协会会长、著名书法家赵朴初的手笔。一个小僧人告诉我，老僧罗中正在念经，我不想打扰他故决定朝拜灵洞后再下来找他。

早就听丽江普济寺、玉峰寺以及康巴藏地寺庙的不少僧人说过，文笔山上有一个在藏传佛教中很有名的灵洞，因此这次我到文峰寺后，专门爬到寺庙后山上去寻访这个位于文笔峰峰腰的灵洞。关于这个灵洞，有这么一个传说，大宝法王噶玛巴曾经三次渡过金沙江，遍寻一个圣地，最后才发现了这个不同寻常的灵洞。相传这灵洞是南瞻部洲的二十四个灵洞之一，所谓南瞻部洲是佛教徒所指有

---

① ［奥地利］勒内·德·贝内斯基·沃尔科维茨：《西藏的神灵和鬼怪》，谢继胜译，西藏人民出版社1993年版，第254页。

人居住的世界。

我沿林中陡峭的山路来到了这个灵洞之前。从外观看去这是个十分普通的岩洞，据文峰寺老僧孙诺讲这个灵洞称"内可"，与纳西人对任何宗教圣洞的称呼一样，但却是金刚亥母曾静坐过的地方。洞外面生长着一些我叫不出名称的绿叶灌木。我进洞观察，从外观上看不到有什么奇特之处，只是觉得洞中十分清凉，有一股清气直贯全身。

二　噶举派的最高学府

洞外平台上玉龙山与此山遥遥相对，丽江坝子如画般的山水田园尽收眼底使人心旷神怡。我不懂风水地脉之说，但直觉地感到在这个面朝纳西圣山、背靠圣灵之洞、眼观山水河流及人间万象的地方长期打坐参悟禅机，一定能参透一些天地的玄机与人生和自然的秘密。

洞外那一片平台上的断壁残垣和败瓦朽木把我带回文明遭浩劫的年月，这儿原来是"灵文阁"（又称为"静坐堂"和"安乐吉祥林"，纳西僧人称之为"笃可"）旧址。这是滇西北著名的噶举派十三大寺的最高学府，过去这十三大寺已经去过西藏堆龙楚布寺大宝法王处或西康德格八蚌寺四宝法王处受戒，取得"格隆"称号的僧人在此按噶举派修密法的传统闭关修行三年三月零三日，然后可得到"都巴"学位，从此可以在佛事活动中主持法事。大宝法王和四宝法王曾题"圆通冠顶"四字，制成匾额悬挂于"静坐堂"上。

这个静坐堂是在清朝嘉庆年间由本地"藏客"（跑藏区做生意的纳西商人之称谓）李荫孙修建的。据文峰寺僧人孙诺老人讲，在文峰寺僧人中还流传着这么一个故事：李荫孙跑西藏做生意，也常常到噶玛巴所在的楚布寺去烧香磕头，求噶玛巴保佑其生意兴隆昌盛。噶玛巴曾示意他应在文峰寺捐修"静坐堂"以行功德，李荫孙满口允诺了，但由于忙于生意而一直没能修成。有一次他在楚布寺又见到噶玛巴法王，法王问他"静坐堂"修得怎么样，他一时语塞，窘迫中谎说已经在修建了。法王一笑，展开衣袖叫他看，整个文峰寺及灵洞都赫然在内却没有什么"静坐堂"的影子。李荫孙大惊，忙磕头告罪后赶紧回到丽江，立马组织人动工修建"静坐堂"，不久修成。他的哥哥李洋还在洞上题了"南州第一灵洞"六字，并有跋语曰："尝考文笔山灵洞，其详见于四宝法师语录，乃金刚嬉戏与金刚亥母常住之区。其见于大理海边石上者，又为观音菩萨统摄之境。商周时，滇国通于西天，凡西天五通得道之侣，在此洞焚修者，代不乏人。汉唐而后，人迹罕到，树林荫翳，榛莽荒秽。自四宝法王三渡金沙，搜索胜地，灵洞始现，乃南瞻部洲二十四灵洞之一。今则灵洞之外，有亭台，四周环以楼阁，登而望之，俨然花马一大观也。因题额曰'南洲第一灵洞'。"从这段记载中也可看出当地关于这个灵洞来历的传说已经很古老。

这培养了无数高僧的佛门学林终究难逃"文化大革命"浩劫，寺房被毁一空，只留得如今的满目疮痍，似乎在向茫茫宇宙昭告人间无所不在的种种劫难。

三　藏钥匙的福地洞天

我离开灵洞和静坐堂遗址，去观瞻那著名的藏钥匙圣石。这是一座看去很普通的山岩，离圣洞约500米的岩上生长着一簇簇的栗树和矮松，在阳光下闪耀着灿烂的黄色和绿色的光彩。据说那神圣的开启鸡足山"佛门"的钥匙就是藏在这山岩中间的一个石头里。藏钥匙的圣者是相传为释迦牟尼十大弟子之一的古印度摩揭陀国人迦叶尊者，又称摩诃迦叶尊者，是佛教第一次结集的召集人（即邀约弟子们集会，把释迦牟尼口述的佛经进行甄别审定，系统地把它确定下来）。他持金缕僧衣，万里迢迢到云南的鸡足山来等待弥勒佛下生人间。

他在到达鸡足山之前，因观丽江人杰地灵颇有佛缘便先在此说法讲经，并将一把钥匙留在那块山岩中的一块石头上之后才去鸡足山，最后在鸡足山入定。从此，文峰寺就成了佛教的一大圣迹所在。凡是到鸡足山朝佛的藏、川、滇、青四省区的藏族、蒙古族、纳西族等族香客，首先要到文峰寺灵洞里烧香敬佛并向灵石祭拜"借钥匙"，从鸡足山朝圣返回时也要到此来"还钥匙"。

据文峰寺孙诺和罗中两位老僧人讲，以前每到朝圣时节即每年农历十二月到次年二月这三个月来自各地的藏族香客络绎不绝地行走在文峰寺的路径上，有的还赶着羊，羊身上驮着

文峰寺后山的"藏钥匙处"。据说那神圣的开启鸡足山佛门的钥匙就藏在这里（2016年摄）

几十斤重的干粮、盐等。据说朝圣过的羊是不兴宰杀的。文峰寺外那个湖边周围到处是露宿的香客，他们也不兴到寺庙来借宿，有的香客在此流连一个月、有的十天，有的在这儿过春节，而有的则当天来当天去。从鸡足山回来的香客们每人手里还拿着一根从鸡足山采来的青竹竿，他们把它视为沾了佛光的吉祥之物，回去后会插在火塘边祭神祈福，人口多的家庭的火塘边就俨然成了一小片竹林。

文峰寺以其宗教圣者的足迹和故事，成为滇川藏信仰佛教的人们心中的一块吉祥福地，在印度、尼泊尔、缅甸等国佛教界也有较大影响。据孙诺老僧讲，1956年8月释迦牟尼的两颗佛牙之一从缅甸迎来我国，曾在文峰寺举行盛大的迎送佛牙法会，从8月8日迎来到8月25日送出为止，中国佛教协会、云南省佛教协会都前来指导，先后参加朝佛牙法会的各地民众有十几万人。1986年10月19日，中国佛教协会名誉会长班禅额尔德尼·确吉坚赞大师视察了文峰寺，除赠送了"上师本尊诸菩萨画像"十一幅和本人的大幅肖像外还为文峰寺题了字。

神山往往多灵圣之迹，在文笔山除了上述这佛教的圣洞，还有纳西族本土宗教东巴教的一个著名灵洞——如汝南化村的"什罗灵洞"。此洞在文笔山后汝南化村山上，距文峰寺约有5公里山路。洞朝西，洞后有瀑布飞流。相传白地东巴大师阿明什罗的后裔阿明余勒来丽江传教，曾在此洞长期修行传教，故称为"什罗灵洞"——文峰寺的僧人称之为"东巴内"，意思是"东巴的灵洞"——此洞成为东巴举行仪式时所咏诵的灵地之一。每年阴历二月八日，四乡的东巴便到这个灵洞前集会，诵经和跳东巴舞蹈。1947年2月，曾有上百名东巴聚集于此，举办祭祀东巴教祖师东巴什罗的大型法会。从佛教灵洞去东巴教灵洞还要爬老半天山路，我此次来文笔山主要是来朝拜佛教圣洞，因此没有去看这个东巴教的灵洞，留下一个憧憬以待来日。

四 牟波居佛寺现在的变迁

牟波居的文峰寺沉寂多年后，丽江17世东宝仲巴活佛白玛塔青开始重振丽江噶举派藏传佛教，他在2004年劝请香港噶举派居士曾纪明捐资重建了静坐禅院前的无量宫。无量宫修好后，我2008年重返故地，2016年又到文峰寺。当时看到这个无量宫真是修得金碧辉煌，塔高三层，远看近看都是一片黄灿灿的金黄色，以前我去看过的那个灵洞如今已经在殿内保护起来。无量宫前就是静坐禅院，2008年我去时正在修建。从静坐堂到文峰寺的路也已经铺成了很好走的石板路，路上有几个玛尼堆，五彩的经幡在风中飘扬，蓝天上飘着一些如白羊似的云朵。整个文峰寺已经面貌一新。

2008年我去文峰寺，看到在文峰寺的大门前的空地上一些藏族老太太和几个藏族小姑娘在唱跳着藏族歌舞，节奏舒缓、歌声悠扬。自从17世东宝活佛到丽江后就致力于重振丽江噶举派藏传佛教，原有的一些寺庙已经一改原来凋零颓败的情况而焕然一新，可谓气象非凡。但经过很多年的时代变迁，现在丽江纳西族信仰藏传佛教的信徒很少，只有玉龙县塔城乡一带还有一些信众。目前在丽江几个寺庙里的僧人多来自四川稻城

藏族妇女在文峰寺大门前载歌载舞（2007年摄）

等地。宗教随着时代的变化而变化，寺庙可重修重建，但一种宗教要重新焕发往日的繁荣兴盛、在民众中重新建立威望和凝聚力并不是那么容易的。如今文峰寺的寺庙禅院已经被修复得金碧辉煌，我希望能看到丽江的藏传佛教能更多地接地气，关心本地民间众生的疾苦悲欢并给芸芸众生更多心灵的抚慰与引导，如往日的很多高僧一样能以本地土著的语言向大众宣讲佛法、点化人生进而建立起民间的诚信与威望。2016年再次去文峰寺看到借钥匙处修建得更好了，有很多罗汉的小塑像，而静坐堂早已经完全修好了。据介绍，现在来自各地的善男信女不少，都来静坐堂静坐修行。静坐堂分了男女信徒各自的修行院，我看到一个闭关修行院外面挂了一个牌子，上面写着：女众闭关院，闲人禁入。

　　站在牟波居，对面就是玉龙雪山。这两座神山都凝聚了纳西人在不同时期的精神向往和信仰。玉龙雪山更多地含有本土的信仰，纳西族的保护神三多神也是玉龙雪山的山神，玉龙雪山的信仰与纳西人对祖先之地的信仰有更多密切的关系。牟波居山则融汇了纳西人本土的东巴教信仰，后来又融入了藏传佛教信仰并最终成为藏传佛教信仰为主的神山。我在牟波居山上深深地祈祷和祝福，愿它为营造丽江祥和安宁的氛围和人间的善念良知，重塑当年万众来仪的佛缘。

珍珠泉忆旧*

这张照片是丽江古城的水源地黑龙潭的珍珠泉,水非常清澈,泉水犹如一串串晶莹剔透的珍珠从地底下联翩而出。雪影投射在水波中,人影投射在水波中,人在水波光影中也朦朦胧胧,显得绰约多姿和富有灵气。黑龙潭独有的无鳞鱼在水潭里游来游去,婀娜飘逸,俨然水神钟爱的宠物。

珍珠泉畔留下了那么多我童年和少年时的美好时光。每年农历三月,在黑龙潭举办龙王庙会,来自各乡镇的民间艺人或在泉畔对歌赛歌或登台唱滇戏和京戏。大人小孩口渴了就跑到珍珠泉边汲水,有的用土碗,有的用铜瓢,更多的人是用双手掬水喝。节假日,泉畔红男绿女笑语如银铃,和泉水的叮咚声融会一起飞向蓝天白云。我每次回乡都要去黑龙潭漫步,来到珍珠泉畔都要按小时候的习惯用双手掬几捧水喝,顿时沁心润脾、怡然神爽。

丽江纳西人都相信,水中的鱼儿是纳西自然神"署"和龙神的家眷,人不能伤害它们。记得小时碰到天降大雨,来自黑龙潭的丽江古城大小溪流会猛涨水,于是随水流游下来的鱼儿也会不小心飘出水面并随溢出的水搁浅在四方街的石板

丽江古城的水源地黑龙潭的珍珠泉(2005年摄)

---

* 此文写于2013年11月。2018年8月7日黑龙潭泉水重新缓慢流出。

路上，我们会遵照大人的教导尽快地把这些鱼儿小心翼翼地捧起来放回河里。

每天，珍珠泉畔会有不少本地市民拿着大瓶小瓶、大桶小桶来汲水，然后用自行车驮回去，偶尔也见有赶着马来驮水的。这清清的泉，伴随着丽江人的生活与梦想。来泉畔祭拜龙神和大自然神"署"的纳西族、白族、藏族、汉族民众也不少。前几年我在泉畔看到树杈上飘动着五颜六色的经幡，这是信仰藏传佛教的藏族人敬拜灵泉时系的，表达他们对珍珠泉的礼敬之情。而泉畔的草地和岩石上，则可看到纳西人祭祀神灵用的栎树和刺柏枝等。

与珍珠泉一路之隔，就是祭祀龙王的龙神祠，修建于清乾隆二年（1737年）。龙神祠对面则是一个平面呈品字形的九脊悬山古戏台，建于乾隆年间，旧名"玉泉龙王庙"，因获清嘉庆、光绪两朝皇帝敕封"龙神"而得名。《光绪丽江府志稿》中记载："玉泉龙王庙，在府城北象山麓，依山面水，殿阁高耸，古树浓荫，寒潭漱玉，天然美景不假人工，诚邑之盛境也。"

不料在一年多前，这一汪清冽无伦的泉水连同黑龙潭的其他泉眼突然一个个都干涸了，珍珠泉露出了潭底的鹅卵石，那些无鳞鱼自然也难逃此劫完全不见踪影了。满潭干枯的鹅卵石凄楚无助地望着天，昔日满潭碧水一池清波何处去了？只余满目枯槁，一片苍凉。

如果说山是丽江的形体，那么水就是丽江的灵魂。纳西人历来对水是非常敬畏的，东巴经典中有专门歌咏水的《迎净水》及其祭仪，东巴为人祈福都要用刺柏枝蘸着净水洒到人的头上、身上。东巴经书和纳西民间最常用的一句祝福辞是："愿流水满潭！"说了这一句才会继续说："愿足食长寿，身魂平安！"纳西人很早就知道一个地方要吉祥如意、生活幸福首先要有水，流水满潭是吉祥的象征，而人们只有爱山爱水，节制滥采地下水和浪费水资源的恶习并保持现代化发展与本地水资源的均衡关系，才会被山水所钟爱和垂青，否则就会遭到大自然的惩罚。

如今黑龙潭的珍珠泉干涸了一年多了，所有的丽江人眼巴巴地盼着她再涌甘泉，无数热爱丽江的人也在殷殷期待着福音。今年云南有幸水量充沛，但珍珠泉依然还没有冒水，这几年我除了多次提出保护丽江地下水、保护水源地的"民间提案"之外，每天在睡里梦里、在心中都不断地祈祷与期盼着珍珠泉再次垂青拥抱丽江人。我也越来越深切地意识到，人们只有敬畏山水、爱惜天地的恩赐，才会有这吉祥的"流水满潭"。

看着这张我几年前拍的珍珠泉的图，我期待着，殷切地期待着那琤琮的流水声重新响起那吉祥的福音！

古关隘邱塘关怀古

一 古关隘的"小长城"

在纳西土司统治时代丽江有不少险关要隘，除上面讲到的雪山门关外，还有通往西藏的要津石门关、塔城关、九河关等，其中有个叫邱塘关的关隘，在今丽江古城城南10多公里外的关坡，这是古代丽江的重要门户。

木氏土司统治时，在此严密守关，任何人不得擅入。徐霞客在其游记中写道："出入（此关）者非奉木公命不得擅行。远方来者必止，阍者入白禀报，命之入，乃得入。故通安（明代丽江七州之一）诸州守，从天朝选至，皆驻省中，无有入此门者。即诏命至，亦俱出迎于此，无得竟达。"连朝廷命官都不得随意进关，可见当时纳西土司视自己的领地如"古王国"，逞边邑王之威的意味。

在我下乡当知青时，常常骑自行车到这个古关下的七河乡知青朋友家串门，有时也到与七河紧邻的鹤庆县去逛有名的辛屯集市，因此常常路过这个古关隘。但当时对这个著名关口缺乏一种历史的兴趣和认识，因此没怎么留意。曾经有一次在距此不远的"木家桥"（即发现十万年前的"丽江人"头盖骨之处）附近一个知青朋友处住宿数天，曾到邱塘关山上来玩并看到了被人们称为"丽江小长城"的古石墙，约高一至两米，蜿蜒连绵地随山势延伸开去。

听放羊的老人讲这是"木天王"修筑的长城，其实这不过是一道长长的军事壁垒。此壁垒修筑于康熙十二年（1673年）十一月，当时吴三桂反叛朝廷，虎踞滇省，纳西土司木尧不服从吴三桂并暗中派人与朝廷军队秘商对策，"随即调夷众聚邱塘关，先行砌墙堵御，以听调用"（《木氏宦谱》）——这就是当时砌的石墙，长约1000米左右，它与秦始皇所修建的巨砖高墙、难以逾越的长城完全是两回事。纳西语称这石墙叫"鲁再栽"，直译意是"石垒石"，可见人们也不过把它看作是一道石墙而已。当时对这一道长长的军事壁垒虽觉稀奇，但亦不怎么在意。

2016年我又到这里调研，听熟悉邱塘关的本地老人和相飞（73岁）讲述了当地的一些掌故。据他说，邱塘关原来有"玉龙关"，他还记得关口有这样的楹联：玉龙山上石狮子，锁住千秋人地脉；花马国里石牌坊，佑馨万代子孙贤。距"小长城"不远处，有个小村子叫老罗哨。过去是守关士兵的驻扎地，

被人们称为"丽江小长城"的古石墙，蜿蜒连绵地随山势延伸开去（2016年摄）

现在是一个小村子，只有5户人，可能其他守关士兵的后裔已经搬迁去其他村子。附近还有一地，名为"驻兵罗"（rhvqbbiuqloq），意思是驻扎士兵的山谷。清咸丰年间杜文秀军队攻打丽江时在此发生激战，当时被毁的村子很多而且士兵伤亡也很惨重，现在有个地名叫季笃摆（jildvqbbaiq）的就是用来超度阵亡将士之魂的地方。此外还有一个专门用来烧香的般米志补（bbaimizheelbbuq），直译就是"烧香之处"。另外还有个烧烽火的塔叫作类吕古（leilliuqgv），这个塔是空心的，可以在其中烧烽火，烽火一燃起来大研古城都可以看得到。

二 火烧岩石开良田

1998年，我到邱塘关下面的垓肯等村调查，了解到很多有关这个古代关隘的故事。与我同去的纳西语文专家和洁珍是当地人，著名歌手和学孔老人告诉她，她外婆的家族就是过去邱塘关守关人的后代。我专程到邱塘关的"烧岩谷"去考察了一番，并专门向和学孔等当地老人了解了这个山谷的来历。

"烧岩谷"在纳西语中叫"埃般罗"，意即"岩石被烧之山谷"。这个纵贯邱塘关山脉的深谷气势峥嵘，深谷两边的岩石呈一种深沉的红色在朝阳的映照下熠熠生辉，它记载着早年纳西王（即明代成为土司的木氏）对丽江的一个历史功绩。

相传古时的丽江坝周围全为大山，而泄洪之处只有邱塘关的一个沟壑，其水平面与丽江南坝子的高度相差无几，因此南坝子是一片茫茫的汪洋。纳西王冥思苦想要把这湖水排泄出去好开拓出万亩良田，而唯一的办法是在邱塘山依山就势开出一个深谷，但邱塘关山脉到处是巨岩顽石，要靠锤钎锹镐等物开凿一个山谷谈何容易。

最后，聪明过人的纳西王终于想出了一个办法：采取火攻之法。他便令四乡民众砍来大量木柴，堆在原来用以泄洪的岩石山谷里，然后烧起熊熊大火，连烧数天数夜。然后叫人们将水泼在火烧过的岩石上，岩石一遇水，便纷纷开

邱塘关的"烧岩谷"，相传是当年木氏土司用火烧岩石之法开出的泄水之河（2016年摄）

裂，人们便用铁镐、铁锹等将岩石捣掉。这样以火攻之法，慢慢地开出了这个长长的深谷，丽江南坝漫漫一片的积水就顺着这"烧岩谷"流泻下去了，于是丽江就有了最富饶的一片坝子。

我在谷底走着，谷中流淌着的是来自丽江南坝漾弓江里的水，我为这山谷中的江水的变化而大为吃惊。水流是如此浅软无力，水中的石头还锈迹斑斑，简直就是一条垂死的山溪，而且这滞缓地流着的水还散发出一股浓浓的臭气。我记得在我当知青的20世纪70年代曾来过这里，流淌在这山谷里的水是那样汹涌澎湃，而且水波清澈，山民们在山谷的水流中可以轻易地抓到大大小小的鱼。如今的惨状全是因为多年前在丽江的南坝建了一个造纸厂而造的孽，这种污染的工业彻底毁了漾弓江这条丽江著名的河，不仅彻底结束了"芦花在风中飘舞，鱼虾在江中畅游，人们在周末纷纷来到这条垂柳依依、芦花随风摇曳的河流边垂钓"的雅趣和景致，而且给像七河这样处于下游的村镇民众的生产生活带来极大的灾难。

现在的漾弓江经过治理后，流过"烧岩谷"的水比20世纪90年代我所见的要好多了。

三 毁于风水迷信的古塔

如今，经过很多年的摸索，故乡人终于开始意识到在高天大地施恩惠而赐福于自己的这一方秀山丽水中，应该怎么选择无害于它的发展道路。我盼望着，在不远的将来，清澈的漾弓江水又将流过这古老关隘的山谷，给关下的民众带来吉祥和福音。

从小长城上远眺邱塘关（2016摄）

风水是中国传统文化中一个古老而又神秘的题目，可过分迷信风水，有时也会给文物古迹带来厄运。我在邱塘关下的垓肯村调查时，和学孔老人对我讲了这么一个有关西关觉显复第塔的故事：

明代万历年间，一个云游高僧到丽江，为木氏土司看地脉风水。他建议在邱塘关修建一个塔，以防止丽江地脉在此关"下冲"（走失其气势之意），不利于丽江的好风水。木氏遵其建议在此修建了"觉显复第塔"，十分雄伟壮观，从七河整个坝子和与七河接壤的鹤庆县都看得到。自从这个塔修成后，这个古老的雄关显得更加气象万千。

塔修成100多年后有个鹤庆的风水先生放出话来，说邱塘关上的觉显复第塔正对着鹤庆县著名的云鹤楼，压了鹤庆的好地脉，影响当地的繁荣和出俊杰。对风水十分迷信的鹤庆地方名流士绅听了这话后成了一块心病，觉得这座雄关上的塔似乎如压在他们身上一般，木氏土司数百年的显赫威焰更使他们相信鹤庆是被这象征木天王气势的塔给压住了。

于是，他们开始绞尽脑汁想除掉这个塔的办法，明火执仗地去拆当然行不通。最后，富有的大户想出了一个办法，谁拆来一块觉香复第塔的砖，就以银子为赏钱。这样一来，很多常跑丽江与鹤庆街子的人贪图银钱，便顺道拆塔砖去领赏钱。时间一长，这座著名的塔就垮了。纳西族民间流传有一句话：木老爷支生，该古塔别生。意思是说木氏土司的威焰熄灭了，邱塘关的塔也倒了。从这句话和民间传说拆塔的时间上分析，这座塔的毁灭是与1723年清廷在丽江进行"改土归流"，木氏土司的统治宣告结束的历史时期相呼应的。

丽江另一座著名的白塔据传也毁于"风水"之迷信。这座白塔即木氏土司于明洪武年间在丽江蛇山上修建的东圆白塔。相传"改土归流"后，被派到丽江任儒学教授的万咸燕，同时也是个风水先生，认为要稳固朝廷在丽江的统治，必须首先破坏木氏土司的所有"龙脉风水"。于是，被他认为是重要的木氏"龙脉风水"要害之一的蛇山白塔，以"蛇岂能生角"的借口给拆了。

从这两座著名的古塔被毁的民间传说中，我不仅感受了纳西王室的盛衰兴亡，同时也深切感受到"风水"这个词在中国文化中那沉重而神秘的意义。

纳西族木氏土司家的出家人、活佛及其传奇

《历代噶举派活佛高僧传》（藏文台湾版）记载：铁鼠年翼宿月（藏历二月）十一日，杰措·农布桑波活佛在建塘一房东家转世。七世红帽系为众多俗民讲经，以汉俗，《甘珠尔》朱版（意指在《甘珠尔》版上刻上汉文）。丽江木王（指木懿）的幼子噶玛米旁丹碧尼玛出家，筹建建塘仁昂拉康（大宝寺）主殿。杰措·农布桑波活佛八岁时授居士戒，赐名巴农布桑波卓敦滚夺桑波。供奉帽子，举行坐床仪式。而据日本学者山田敕之的考证，木增有个儿子karma-rinchen，出了家。

1723年（清雍正元年）清朝在丽江实行"改土归流"，以流官取代了木氏土司，将木氏土司降为土通判。在改朝换代和政治、社会与文化的大变动中，木氏土司信仰藏传佛教的家风一直延续了下来。

直至19世纪，木氏土司家中还产生了一个在滇、川、藏藏传佛教信众中闻名遐迩的大活佛——东宝活佛。他生于1860年，卒于1925年，是土通判木曙东之长子，原名木槐青，本应为土通判一职继承人。他7岁时被噶玛巴（大宝法王）认定为十四世东宝活佛仲巴曲吉旺秋的转世灵童，送入位于今丽江市玉龙县拉市乡的指云寺，当了十五世东宝活佛，藏名白玛赤烈旺秋。他坐床后请西藏和丽江精通佛典的名师驻寺教其读藏文、汉文和佛经，苦读10年，成为汉藏兼通的高僧。他按惯例多次赴西藏受戒，但因路途受阻而未能成行，便破例在有噶举派"三大禅院之一"之称的丽江文峰寺"静坐堂"闭关静坐苦修三年三月三日三时，取得"都巴"称号。他又于1882年进藏，终于到达西藏拉萨北的堆隆楚布寺大宝法王噶玛巴处受戒。因其佛学修养和汉文修养均好而深受大宝法王的器重，留居楚布寺9年，其间东宝活佛还代表法王外出与汉官打交道办事且均有满意结果。1885年噶举派仅次于大宝法王的重要领袖西康德格八蚌寺司徒活佛（即四宝法王）圆寂，大宝法王派东宝活佛前去代理四宝法王职务，可见大宝法王对东宝活佛的器重。他后来回到丽江弘扬佛教，曾任中华佛教总会云南支会副会长。

文峰寺老僧孙诺老人（已于2000年病逝）曾告诉我木大喇嘛法号东宝，是丽江木氏土司后裔，作为长子理应承袭土通判一职，但被认定为掌管滇西北噶举

派十三大寺和四川稻城县著吉、崩坡二寺的仲巴活佛十四世的化身而成为仲巴活佛十五世，因此没有承袭土通判一职而由他弟弟木春庭承袭。十五世仲巴活佛藏名白玛赤烈旺秋，后来改"仲巴"为"东宝"，因此又称东宝大喇嘛（纳西语称活佛为"喇嘛迪古今"，意为"大喇嘛"）。木大喇嘛后来前往西藏朝拜大宝法王，钻研佛学典籍，在大宝法王处一修行就是9年。回到丽江后他在文峰寺静坐堂苦修了3年，后来被任命为丽江五大寺总管，驻锡指云寺。有一回西康一个远近有名的大喇嘛听到木大喇嘛的名声后给他寄来一封信，信中讲了一些深奥的佛学玄理，明显想试一试木大喇嘛的虚实深浅，木大喇嘛便用古梵文回了一封信，西康那个大喇嘛看得云天雾地，只看懂一点皮毛，心中大惊并说这个人不得了，便与其他一些当地高僧联名请他去那里讲经论法，因而木大喇嘛在当地佛教界和民众中有很大影响。这件事被一些一贯打家劫舍的著名强盗团伙知道了，便埋伏在他回来的路上，准备抢劫。木大喇嘛只带了馈赠的三分之一金子回来而其他则未接受，300多个强盗一见他就从四面八方围拢过来，木大喇嘛轻蔑地哼一声："你们要来真的！"他从地上抓起一个牧人在野外用的火塘灶石，在手中一挥便变成一个降魔杵，又一摇便狂风大作，似有无数把利剑直刺强盗心窝，强盗一下子都人仰马翻。强盗们心胆俱裂，全部跪下不敢动弹。孙诺老人讲到这些情节，眼中满是惊奇和神往之情，可看出木大喇嘛等纳西高僧在僧人中的地位。

丽江十三大寺喇嘛在堪布活佛（即仲巴十五世、东宝一世活佛）56岁时的1915年集体为之祝寿，其所撰祝寿寿屏中追溯了东宝活佛"纳藏互转世"的生世和他的业绩，并叙述了木氏土司家族与佛教的缘分，从中还可以看到发生在民国年间丽江佛教界的一些重要事件：

在梅里雪山明永冰川下面的太子庙见到的十五世东宝活佛的画像（2007年摄）

师世守木氏曙东公之长子也，其先十二世，均降生于青海，转为大喇嘛，至十三世为四宝大弟子，十四世生于维西，迎为红教（噶举派红帽系）总管，住于指云寺，现世相仍荣登法座，经术甚深，戒律甚严，静坐灵洞，面壁三年，始游西藏，受大宝戒。继历青海，代理四宝教权。厥后巴塘扰乱，劝导有功，进号堪布。旋充藏文教员，译歌化俗，其在于清季者然也。自民国成立，政府虽有信教自由之令，而狼子野心之徒，辄欲乘机以覆名山。师复不辞跋涉，条陈极峰，均蒙允准，而后佛教乃转危为安。由是于僧则创设小学，开办蚕林，立佛学研究社，改组织布工厂，又复晋省赞助佛会，当支部副会长，回丽成立丽（江）、永（胜）、中（甸）、维（西）佛教四分部，以植其根本；于国则随军宣慰，道取阿墩子（德钦），驰赴藏属，凡察瓦龙一带，夹笼、毕土、党衣、党满、闷空等处，周围数千里，向风归顺。是以将军则匾以"热忱爱国"。中央则奖以五等文虎章，以彰其筹略。是师对于民国则为忠，对于教中则为慈矣。窃尝考师之先祖有麦琮者，旁通百家诸书及识鸟音，时有南中异人之号，虽治国教民，日不暇给，而饭僧事佛，出于至诚。又有生白（木增）者，滇南之冠冕也，能承先志，于文无不通，而性尤好佛，故自令为不动金刚，尝于鸡足山创建大刹，即今之悉檀寺是也。其于云南各处，皆有庙宇，现称为丽江寺者，均其所构造焉。而于本地则首启解脱林，后更名曰福国寺，今之所存"安乐招提"四字，是其遗笔焉。自是而后，名僧辈出，乐相则开指云寺，其徒或开文峰寺，或开普济寺，又或开玉峰寺，总称为五大寺者，此也。昔也，生白以布施而开佛教于前，今也，法师以勤劳而保佛教于后，是师对于教中则为活佛，而于木门则为孝子也。

此文由和恩弟撰文，纳西族著名书法家杨鉴勤书写，落款的祝寿者以"中华佛教总会云南丽维分部正会长圣露活佛"为首，包括了丽江各大寺的大喇嘛、二喇嘛（堪布）以及所有僧众。

文峰寺老僧孙诺老人曾经对笔者讲过，在20世纪三四十年代丽江信奉藏传佛教噶举派的民众还很多，经常有人来请文峰寺的喇嘛去举行法事，特别是丽江木土司（1723年"改土归流"后被降为土通判）还天天念经。民国年间孙诺在文峰寺当僧人时，木家还请解托林（福国寺）的喇嘛轮流天天到他家念经，直到1949年以后才终止。木土司家祖祖辈辈认为是喇嘛教（噶举派）使木家昌盛的，自认与噶玛巴法王是一家人，因此历来尊崇藏传佛教噶举派。

伤怀泸沽湖

  我有缘到泸沽湖边的纳人（摩梭人）村寨多次调研，其起因皆与承担当地的文化保护与发展项目有关。每次来，在陶醉于当地使人意醉神迷的山湖风光和民风民情的同时，有几个与我此生有缘分的故人总是触动我的万千思绪。

  已经于1999年过世的台湾故宫博物院副院长李霖灿先生曾在20世纪40年代到泸沽湖边进行人类学田野调研，结识了纳人小活佛宣言（即洛桑益世活佛）。

  李霖灿在他写于20世纪40年代的散文《为君清丽写泸沽》中这样写："小活佛原本就讨人喜欢，尤其是和我们合得来。他很喜欢同我们去碧海中荡舟，也常常邀我们去森林中打猎，他划船的本事很不坏，有时还同岚兄作划船游泳比赛。他是活佛，不准杀生，所以在打猎的时候，他的哥哥和娃子们奔驰追逐，带着猎狗呼啸而去，只有他常是静静地坐在我们旁边，看我们勾勒山水草稿。我们三人都不'见猎心喜'，而且都是'意在山水之间'，所以我们相处匝月，已成知心。"在他们离开永宁之前，宣言活佛还亲自来恳求李晨岚："明年我就要进藏学法去了，请赏画一张泸沽湖，以便在西藏也可以看到自己的家乡！"①

纳西族人的母亲湖——泸沽湖（2015年摄）

---

 ① 参见《霖灿西南游记》，扬名出版社1976年版。

泸沽湖畔的小船
（2015年摄）

数十年过去，李霖灿先生蜇居海岛，历经诸多劫难的宣言活佛则长居故乡，两人天各一方彼此完全没有任何信息。也是我与这两位奇人有缘，无意中充当了一个重新搭起双方桥梁的角色。1985年1月我的第一次德国之旅结束后回到我原来工作的云南省人大常委会，不久与两个同事去宁蒗出差，拜访了当时任宁蒗县政协副主席的洛桑益世活佛（即李霖灿所说的宣言活佛）。第一次德国之行我尚未与李霖灿先生有联系，当时一点也不知道他们两个数十年前的一段缘分，只是与这个相当和蔼的活佛在他纤尘不染的寓所里随意交谈。我们谈到了洛克博士，他给我们讲了不少洛克当年与他父亲的交往情况，还出示了一些信件和照片。

1988年，我第二次德国之旅返回，当时我已经在云南省社会科学院工作。1991年我到中甸县（如今的香格里拉市）进行人类学田野调查，随身就带着李霖灿赠我的《霖灿西南游记》一书，在读到《为君清丽写泸沽》一文时才知道当年他与年轻时的洛桑益世活佛在宛如仙境的湖畔有过那么一段难忘的交往，非常感慨。不料第二天就在我下榻的永生旅馆，竟意外地见到了身着僧服的洛桑益世活佛，他是来中甸开一个有关藏传佛教会议的。我非常高兴地拿着这本书，给他看描写他的有关章节和他小时的照片。活佛异常高兴，一再叮嘱我要代他向李霖灿先生要到这一本书，我一再答应。回来后很快给李霖灿先生去信，谈到我在中甸巧遇宣言活佛的事，并转达了活佛非常想得到这本书的愿望。李先生获得多年音信杳然的活佛的音讯，高兴万分，不久就给洛桑益世活佛寄去了此书。

在20世纪40年代寻访纳西先民迁徙路线的旅途中，李霖灿一方面记录了纳西人的漫漫迁徙之旅和灵魂之旅，同时也记下了不少当年发生在那山野中的至今读来仍使人怦然心动的种种友情。①我在这里想提到他所记下的西方著名"纳西学之父"洛克与永宁总管阿云山那生死不渝的友情。

洛克在20世纪三四十年代多次到永宁,与永宁总管结下了很深的友谊。他在《中国西南古纳西王国》一书中曾这样写道:"永宁首领们的友好,尤其是已故总管阿云山对我的殷勤招待,是无法比拟和难以忘怀的。阿云山的友好亲善,使人真正感到自己受到热情的欢迎。"②

根据李霖灿的回忆,在他陶然于永宁泸沽湖山水的第三天,洛克博士忽然来到了永宁。原来那一阵子日本人进攻云南西部,腾冲保山都有失守的传言,洛克惊惧之下来这里避难。李霖灿写道③:

湖山无恙,而故人已逝,那两棵他手植的尤加利树苗早已高可参天。洛克博士一进山门便用他那老态龙钟的双手一再抚摸树干,手背上的皱纹和尤加利树干的光滑相映成趣,我忘不了那老头子泫然欲泣的凄怆表情。我更忘不了那天总管夫人盛装相迎阶前,两人相对无语,好一会儿,老博士含着眼泪强作微笑送上许许多多的礼物,总管夫人依照当地风俗搴裙为礼之后即泣不可仰地径返佛堂,传出话来,连嘱尽量招待这位不远千里而来的自己丈夫的生前好友,却一日尽在小小佛殿前哭泣诵经。

第二天,洛克邀约李霖灿等去看老总管的坟墓,但遍寻不见,同去的总管的两个公子也茫然不知道自己父亲的埋骨之处。这使得洛克悲怆恼怒不已。李霖灿在当日的日记上写道:"终日陪洛克博士访云山总管之塔不见,一死便不可寻,令人凄怆无限。"④

几天后,洛克博士黯然神伤地离开了泸沽湖,李霖灿在岛上一个美丽小亭子中的左壁上见到洛克留下的一篇英文留字,大意说:"若说这是我最后一次来看泸沽湖,我说这话时心中实在是十分难过,然而一个人年纪如此,不这么说又怎么说呢?……泸沽湖依然是美丽动人,但由于没有了我的老朋友阿云山,我是在这里住也住不下去了,我只能心有余恨地在这里向泸沽湖山告别。"⑤

李霖灿感慨地写道:"这是洛克博士对阿云山总管及泸沽湖的告别词,两位湖上奇人的深情凝结在这最后的湖山留题上,也凝结在湖上的碧波无际中。"⑥

洛克在《中国西南古纳西王国》一书中,也这样表达当时他的心境:"现

---

① 关于李霖灿先生的纳西古国传奇行旅,可参看杨福泉《绿雪歌者》,云南教育出版社2000年版。

② [美]约瑟夫·洛克:《中国西南古纳西王国》,刘宗岳等译,宣科主编,杨福泉、刘达成审校,云南美术出版社1999年版,第290页。

③④⑤⑥ 李霖灿:《为君清丽写泸沽》,载《霖灿西南游记》,杨名出版社1976年版。

永宁总管阿云山的妻子和他的儿子，他妻子怀抱的他的小儿子后来被认定为拉萨哲蚌寺的转世活佛（翻拍自洛克著《中国西南古纳西王国》）

在奈络普岛已被遗弃，给他生命的那个人是它真正的灵魂，而他已经不在人间了！"①

　　1999年深秋我怀着对李霖灿、洛克博士等故人深深的缅怀之情，乘一叶小舟划开碧澄如玉的泸沽湖水，登上留下了这两位性情中人足印和心迹的泸沽湖水寨岛（即Nyo-ro-p'u岛），凭吊我这两位已经离世的学业导师和那已如烟飘逝的古岛往事。深秋的小岛风景依旧，湖水碧蓝如梦，如丝绸般温柔，秋色染黄了的大片大片的树叶与水波粼粼的蓝天碧水相交映，高原的阳光在黄叶上闪烁着透明而神秘的光，这一切交织出一片如梦如幻的迷离。洛桑益世活佛和他的两个兄弟，就是出生在这个美丽的岛上并与他们那被霖灿先生称为"湖山奇人"的父亲和善良美丽的母亲度过了难忘的童年，但此刻呈现在我眼前的遍地的断壁残垣却使我有满目苍凉凄怆之感。想起李霖灿当年描述的这蓬莱仙岛上的楼台亭阁和当年洛克博士含悲咽泪悼念他那生死之交的阿云山总管及到处寻

---

① [美]约舍夫·洛克：《中国西南古纳西王国》，刘宗岳等译，宣科主编，杨福泉、刘达成审校，云南美术出版社1999年版，第297页。

小活佛宣言，即洛桑益世活佛（翻拍自洛克著《中国西南古纳西王国》）

觅他的埋骨之处的情景，再看眼前的狼藉一片的瓦砾残砖，那废墟中瑟瑟的枯草不禁怅然叹息。

夜宿湖边的大落水村，夜半梦回推窗望湖，眼前茫茫一片渺远的水波，万籁俱寂。只见一轮有些暗淡的寒月，将一把清辉洒在静静的墨绿色的湖面上，湖中的月光在粼粼的波光中忽闪着，一片凄迷。我眼前仿佛出现了当年李霖灿月夜泛舟此湖，听划船村姑高歌，他兴致勃勃地跳进这高原圣湖中翻波跃浪的情景。如今，当年的这青年才俊亦已成古人永隔云端，湖水依然而当年的歌声已飘逝在千载悠悠的白云寒水间，思之怆然！

面对寒月波光，我又漫然想起李霖灿所记录的洛桑益世活佛之生母和阿云山总管（活佛之父）的一段爱情故事。当年阿云山毅然背弃陈腐的"门当户对"观念并不顾本家族的激烈反对，将自己倾心相爱的大落水村平民之女格则尤玛娶来作夫人，在这美丽如画的岛上生下了如今的洛桑益世等3个孩子。这是个美丽而善良的女人，据洛桑益世活佛回忆，她非常爱鸟。每逢下大雪时泸沽湖畔山峰平地都被白雪覆盖，小鸟无处觅食，这时她总是用一个筛子端着稗子或谷子在房子屋檐下给小鸟们喂食。而这个美丽而贤慧的女人，在"文化大革命"浩劫中却难逃厄运受到批斗凌辱，最后含恨投于这生她养她的母亲湖中告别了人生。

这个美丽绝世的高原湖，飘荡着无数浪漫动人的故事，也埋葬着很多人世上的悲伤和心酸。

丽江小吃"女大腕"

　　这是一张我家珍藏的老照片,拍摄于1980年6月,照片上可见到如下文字:欢送职工退休留念。照片中可看到前排6个即将退休的老太太胸前都戴上了大红花,这是那时的一种习俗,民歌里唱:"戴花要戴大红花,骑马要骑千里马!"

　　我母亲1955年生下我不久,城里开始了合作化运动,上级机关要求所有丽江古城里经营传统小吃的家户联合起来办合作社。我祖母属于做丽江粑粑的家庭,也在应该参加"合作小吃店"之列。因祖母要照顾刚生下不久的我,母亲就接替祖母参加了筹办合作小吃店的活动,并被指派具体负责组织这个"大研镇合作小吃店"。

　　母亲(二排左二)很快牵头将大研古城各个著名的传统名小吃私家店铺联合起来,成立了"大研镇合作小吃店"。成员除了一两个男性外都是清一色的纳西族妇女,她们是丽江古城小吃界的"女大腕",其中有"丽江粑粑司令"李仲兴

1956年大研合作小食店的部分店员及其部分亲属合影，后排右1是本书作者的母亲、大研合作小食店经理王秋芬，她抱着的小孩是本书作者。后排右2是文中提到的川籍老人"汤圆王"，第二排左二是"丽江粑粑"传人阿妈凤仙

的传人（他的儿媳妇）阿妈凤仙、"面条女大王"阿妈六（前排右二）和丽江火烤粑粑高手阿五奶（前排左四）。阿妈益生（二排左三）来自一个与藏商有房东贸易关系的"藏客"家庭，她家在20世纪40年代时就有120匹马并雇有一个"马锅头"（马帮首领）。她的4个哥哥常走拉萨，父兄都会讲藏语，她本人也能听懂一些。他们家有一些常来常往的藏商，纳西话称这种藏族商人为"扣巴"，与丽江古城居民对有生意关系或朋友关系的主顾的称呼一样。

小吃店里还有一个人称"汤圆王"的四川籍陈姓驼背老人（拍这张照片时他已去世），是合作小吃店最初的唯一男性店员。他在20世纪40年代流落丽江，始终过着独身生活。有天夜里，他起床到屋后河边小解时睡意蒙眬中跌到湍急的河里，第二天早上才被人发现已淹死。人们赶紧去叫我母亲，母亲赶到河边后连鞋也不脱就跳下河去并从冰冷的水中把老人的遗体抱到岸上，然后又忙着张罗丧事、选坟地，让这位异乡老人长眠在他生活了大半辈子的丽江。

小吃店从一开始的7个成员逐渐发展到20多个成员，母亲被推举为经理，率领一群纳西族妇女创业。小吃店在古城里开了四五个店铺，卖各种纳西传统小吃，晚上还卖消夜。

"阿妈六面条"、火烤粑粑、油煎粑粑都是小吃店的招牌小吃，特别是那先在平底锅上双面煎黄后又放在一个鹅卵石上慢慢用松木火烤的"丽江干粑粑"，因价廉、味美、保存期长而深受藏族马帮的喜爱。我常常在母亲的店里看着头戴宽檐毡帽、腰插长刀的藏族赶马者，把一大摞一大摞的干粑粑装进藏式褡裢里，兴高采烈地赶着马扬长而去。这种粑粑十多天都不会坏，一直为跑"茶马古道"的藏客所青睐。古城喜欢钓鱼的人，也爱带上这种干粑粑当野餐的主食，在河边佐以铜火锅煮的鲜鱼和豆腐，是使人垂涎的美味。如今，丽江大研古城已经难得见到这种地道的火烤干粑粑了。

这群纳西族妇女闯荡风雨人生路数十年，在后来很多人都吃上了"国营"的"大锅饭"之后，这个合作小吃店一直坚持自负盈亏。由于小店"大腕"多、技艺高强而颇有名声，外地人出差到丽江古城，一来就找那著名的大石桥小吃店一饱纳西小吃的口福。

在我的印象里这个小店气氛十分融洽，大家紧张地工作了一段时间后便定期相约穿上传统的纳西妇女盛装，到黑龙潭等风景名胜区去游玩、野餐。她们是一群极能吃苦，但又会把生活过得有滋有味的纳西族妇女。

我小时候最期盼的事是一年一度的"物资交流会"和"骡马交流会"，分别在农历三月和七月举行。到时数百顶白色的帐篷在会址平地搭起，其中就有小吃店搭的帐篷，母亲她们每天忙碌地迎来送往。在这些大帐篷中有一种茶馆帐篷，那是我爱去的地方，因为这里每天有说书和说故事的人，我乐滋滋地听本地高手讲古道今并学到了不少地方掌故。

后来随着私营企业的发展，有一些年轻店员去从事个体经营了，小吃店的人越来越少。母亲在世时，常常怀念这个小吃店曾经辉煌的过去，怀念那些与这个店的兴衰荣辱与共的老同事们。原来住在大研古城的老店员们已经搬迁到城郊的住宅小区里，大家相聚一次变得很不容易，但这些纳西女人还是尽量找机会相聚，聚会时还是喜欢穿上长期保存的最好的纳西民族服装，吃上一顿好饭，在一家庭院里唠家常和回忆那倾注了她们的美好韶华时光、有灿烂阳光也有风霜雨雪的过去。

如今，这张照片上越来越多的老人都已经离世，我的母亲也在2015年冬至之日去世了。看着这张老照片，想起这些纳西族妇女含辛茹苦又快乐温馨的一生，我觉得：一张照片里，可以读到人生的很多酸甜苦辣；一张老照片，会打开一扇人生永不磨灭的记忆之门。

丽江大研古城五一街记

一

要解读一个历史名城的文化内涵和底蕴,最好是从它的各条街巷开始,"世界文化遗产"丽江古城也不例外。在中国很多城市的历史街区不断沦丧于"旧城改造破旧立新"的风潮时,滇西北的丽江古城却留下了完整的五条古老的历史街区,它们成为中国城镇幸存的瑰宝。

丽江古城里这五条历史街区——新华街、新义街、五一街、光义街、七一街——现设为五个街道办事处。在这五条街道中,又有30多条主街和主干巷道和数百条小巷道纵横其间。以四方街为中心,呈放射状,四通八达,回环连贯。丽江

洛克在1923年拍摄的丽江古城四方街。(采自洛克著,刘宗岳等译,杨福泉等审校:《中国西南古纳西王国》,云南美术出版社1999年版,第150页)

古城是"茶马古道"上的商业重镇，兴于商也繁荣于商，因此，四方街和主干街巷两旁的民居建筑结构大都是这样的结构，即临街一面或开铺子或做商店或为手工作坊而内院为住宅。

让我们走进五一街，来体验和看看这条丽江古街巷的古风遗韵。

五一街位于古城东部，辖兴仁巷、文治巷、文华巷、振兴巷、文明巷。

源于丽江古城北面黑龙潭的三条河在城内又分成纵横交错的无数条支流入墙绕户，形成主街傍河、小巷临水、跨河筑楼、依山而居的高原水城景象。三条河流里的东河开挖于清代，它穿过五一街，流向东面的乡村。

从四方街往东过大石桥，就来到了小石桥——我们就到了五一街的兴仁巷。它分为上、中、下三段，西起大石桥、东至"雪山书院"遗址，新中国成立前被称为"书院街"。1723年清廷在丽江实行"改土归流"，清雍正二年（1724年）第一任丽江流官知府杨馝在精通风水之术的教授万咸燕（进士）的帮助下，选择了与位于古城西南面的丽江明代纳西木氏土司衙门不同的区域和方位，在位于古城东面的今五一街区域兴建丽江知府衙门、兵营、教授署、训导署等，并环绕这些官府建筑群修筑城墙。他在兴仁巷建办了著名的"雪山书院"，此条街巷因此得名。丽江从1723年"改土归流"以来到废止科举制度的180多年间，当地近百名优贡以上的读书人，都出自这个雪山书院。

兴仁巷在纳西语中称"告肯"，一般认为它的意思是"粮仓旁的村子"。这条巷内有节义祠遗址，还有个汉传佛教的大佛寺遗址。民国年间，很多寺庙道观被用作学校校舍，我父亲就是在这个大佛寺里读初小。当时该寺庙的一部分作学校，另一部分还是留作寺庙用。父亲读书时寺里还有4个和尚，其中有几个是纳西人，父亲记得4个和尚中的二师父是丽江黄山乡长水人。每年的农历正月十五，远近各个寺庙的和尚们就到大佛寺来做法事，和尚们的诵经声与学生们的诵书声交融在一起。我的小学也是在这个学校读的，那时叫兴仁小学，"文化大革命"时曾经改名为"兴无小学"。我国研究西南历史地理的著名学者、大研古城纳西人方国瑜在这里读过书，后来这学校的名也改为"丽江兴仁方国瑜小学"。

五一街的五花石板路，是这条街道的居民们长期以来自筹经费铺就的。据我父亲讲述，在父亲读高小第二学期的假期恰逢抗日战争胜利，整个丽江古城都沸腾了，洋溢在一片喜庆胜利的欢乐中。我家所在的告肯（汉名兴仁村，即现在的五一街，当时古城的各个社区都称为村）民众决定举办"龙灯会"来庆祝胜利。"龙灯会"除了耍龙以外还有由小孩为主角表演的"耍云"，这是由6—8岁的小孩装成小喜鹊模样，手持一团彩云形的舞灯团转飘舞。此外还有"跳猴""演戏"等内容，其中演戏最为重要，要从10—12岁的小孩中挑出嗓子好、漂亮活泼、聪明伶俐者并请戏师排练教唱。龙灯会要博得大商号的欢迎和邀请全靠这出戏，唱得好，请舞的人就多，商号给的酬劳也就多。因此，这出戏被称为"彩戏"。

告肯村（兴仁街）的村人选出了6个小孩来排演两出滇戏，请丽江当时最有名的滇戏票友我的祖父指导。父亲和几个中选的小伙伴一起演出了《高旺过关》，剧情内容描写宋朝忠良杨家将中的杨八姐为抵抗异国入侵外出求援，请来的猛将高旺在途中却被乌牛国牧虎关守将、高旺的亲生子张豹所阻拦，但高旺外出十多年因而父子不相识。全剧是描写最初父子相战、老夫人亦出战，最后夫妻、父子相认的一出戏。父亲在这出戏中演张豹，他的同伴赵耀刚则扮演高旺。另一出戏名叫《游御园》，亦由父亲等6个小孩全部演出。

在龙灯会上，八十老翁掌龙头，六个孩童出喜剧。首先在丽江著名的黑龙潭公园公演一次，然后从除夕开始，多次上演。由于反映很好而受到了不少古城官

位于五一街的兴仁小学（方国瑜小学），过去是个汉传佛教寺庙（2008年摄）

宦商贾富户的邀请所以要一一到这些人家家中去演，先唱戏后舞龙，一个晚上要去五六家，一直到正月十五才告结束。后来，兴仁村将这次演出由各户所赏赐的收入用来修兴仁村的街道路面。原来兴仁村街道路面因年深月久已经坑洼不平，只有两块石板并排的一溜窄窄的五花石板路面，石块两旁则是泥土路一到下雨天十分泥泞。村人用这次演出的收入将路面全部铺上了五花石，从兴仁村的"将军

第"（因该村出了个陆军中将习自强而得名）一直铺到大石桥，长达500米。如今从著名的大石桥向东面上来的这一段长长的五花石路面，是当年父亲他们一帮兴仁村（街）的小孩和大人一起用自己劳动的汗水铺就的。现在父亲每回忆此事，说走在这石板路上想到自己还是个小孩的时候就为社区做了一些贡献，心里觉得很惬意和舒坦。

五一街在丽江古城可以说是人杰地灵、名人辈出，在政界、军界、学术界、文化艺术界出了不少名人，还出过几个在滇、川、藏"茶马古道"上闻名遐迩的大商人"藏客"。

从明洪武年间被木氏土司盛情相请而留居丽江的医儒世家"杨氏家族"的祖居地就在这条五一街，这个杨氏大家族自明代以来与纳西木氏土司有千丝万缕的联系且历史上在丽江的医学和汉学教育方面有卓越的贡献，被学者们称为"丽江文化的桥梁"。

杨氏家族十三代孙杨绰（1778—1877年）设馆从教50年，被清道光皇帝敕封获"孝廉方正"称号，丽江地方士绅因此在大石桥旁立下石碑，上书"钦赐孝廉方正奉直大夫竹溪公杨老夫子绰德教碑"。我小时，此碑尚立在古城大石桥旁边。"文化大革命"中这块碑被毁，它的断残部分，成了河边人们洗衣时捶衣的石头。而大石桥边重新树了一块碑，上面就刻了"大石桥"几个字，这个碑似乎可有可无，因为大家都知道这座桥是座大石桥，而原来的碑却是古城的一页历史。

清代，兴仁巷内还出过如桑映斗、桑炳斗、桑照斗等纳西族著名诗人，其中以桑映斗（1782—1850年）最为著名，有《铁砚堂诗稿》2000多首传世。

离我家不远的五一街"告肯"小石桥附近的一个宅院里，住着一个在"茶马古道"和整个藏区商界都赫赫有名的风云人物。我小时不太知道这位老人的底细，只知道他是丽江著名的"四大家族"之中的一个，是个大商人。新中国成立后，他把自己所有的资产捐献给了

本书作者的父亲和他的小伙伴赵耀刚在20世纪40年代演出滇戏以筹资修五一街石板路（杨福泉供稿）

人民政府。当时这位神秘的老人在我眼里是再平凡不过的一个老人,他一脸笃厚之相,手拄一根拐杖、穿一件米黄色的旧风衣并带着两条狼狗天天清晨去北门坡散步且风雨无阻,有时一身泥水地回来,显然是在山上跌了跤。

这个老人就是"达记"商号之主李达三(1895—1973年)。他靠在"茶马古道"上与藏民做生意起家,性情豪爽、精通藏语。他的生意做得很大,在昆明、康定、昌都、察隅、拉萨、印度等地都设有分号。他与藏区各路显贵和百姓都十分相熟,常让做生意的对方赊账取货,信誉极高,各地藏民亲切地称他"冲本达三","冲本"是"生意官"的意思。

当时"茶马古道"上常有强盗出没,但对"达记"马帮却从不侵扰,民间传说当时达三老人的一张纸条胜过成百上千的军队。20世纪40年代,国民政府欲勘测中印公路要经过察隅等藏区遭到一些地方头人的阻挠,最后靠达三老人与藏区上层的亲密关系由他亲自出面从中调停协商才使此项工程得以顺利进展,达三老人因此被任命为"国民政府中印公路少将副专员"。在印度经商卓有名声的纳西大商人杨守其(1892—1957年)也住在兴仁街。

二

此外,还有过去由束河名门望族和氏开设的著名老字号药铺"寿元丰"也在五一街。这条巷也是"茶马古道"马帮云集之地,直至20世纪50年代巷内尚有10多家马店,其中"老龚店"专门接待来自四川的商旅客人。我小时候还常常见到一队队藏族马帮赶着打扮得光鲜漂亮的骡马穿梭般往来于五一街,领头的马或骡往往神气活现地戴着漂亮的头饰,上面有各种刺绣图案、中间嵌着一面明晃晃的

记述"孝廉方正"杨氏家族的一块碑原立在古城大石桥旁边,"文化大革命"中这块碑被毁,它的断残部分成了河边人们洗衣时捶衣的石头

镜子，脖颈上挂一个大铜铃——此为"茶马古道"马帮的古风，既图吉祥也是炫耀自己的马队，石板路上留下一串串铃声和马蹄声。

民国年间，兴仁巷还出了曾当到滇军中将的习自强（1894—1952年）和滇军少将的习自诚（1896—1954年）的"习家二武将"。1949年7月1日，任国民党丽江行政专员公署专员兼丽江县县长的纳西人习自诚决定和平起义，为丽江的和平解放做出了重要贡献。

从兴仁街继续往东走就到了文治巷，它西起雪山书院遗址、东与文明巷相交。纳西语称此巷为"黑金节"，意为"神房"（祠堂）上方的村寨。巷内有清代流官府署、忠义祠等遗址，还有在中国历史地理学界有"南中泰斗"之誉的中国著名历史学家方国瑜（1903—1983年）故居。此外，著名的抗美援朝战斗英雄戴汝吉（1922—1983年）故居也在这条巷里。

继续往下走就到了文华巷，此巷又名王家庄，北连文治巷、南至环城路。巷内有毗庐阁、清代武校场遗址，还有民国时传教士建的基督教堂、建于1904年的丽江府中学堂（丽江市一中）、1943年大研古城杨超然先生发起兴建的黄山幼儿园、1944年建的大研中心完小等。

再往前走就到了文明巷，西起流官府署旧址，东至环城路。巷内有清代所

茶马古道上著名的"达记"商号之主李达三一家的全家福照片（杨福泉翻拍）

建的文庙，庙前原有文明坊（后来迁建为玉泉公园大门），故名。文明巷又名文林村，纳西语名"斯吉"，一说认为从纳西语"斯局"（柴山）演变而来，而另一说则认为"思吉"是"木房子"之意，因早期当地的纳西人全住的是传统的木楞房因此留下了这个地名。

振兴巷南接十字路，即文华巷与七一街崇仁巷交界处，北至文治巷。振兴巷纳西名称"营盘罗"，为清代绿营兵营。从这个尚存的地名中，可知它是当年作为清军绿营兵的驻地。

我的家就在这条著名的历史老街五一街，我在这里度过了童年、少年和青年的22年时光，直到1978年去昆明读大学。我父母亲舍不得离开古城的老宅院，任外地人出高价来租也始终不为所动并一直住在我家的老院里，有人称他们这样的老人是"最后留守古城的原住民"。直到2013年，他们因为年迈体衰常生病，无奈只好搬到我弟弟在郊区小区的家里住了。

我每年回家看到，越来越多的古城居民搬迁出去，越来越多的外地人租了五一街的民居经商。这条老街的居民在不断置换，这条历史老街的纳西物质和非物质文化在日复一日变迁、在如烟如云地飘逝，这条老街与纳西人悲欢离合的活生生的生活图景已经如风而去成为历史了。

著名纳西族历史学家方国瑜教授故居（2006年摄）

位于五一街王家庄，有民国时传教士建的基督教堂（2017年摄）

一个老宅院的前世今生

丽江大研古城有很多老宅院,其中有一个给我留下了很深的印象。

这个老宅院1949年属于我的画家朋友和品正家族的一户富有人家,"一进两院"的两层楼,是这个茶马古道古镇"藏客"喜欢的那种走马转角楼的形式。新中国成立后,这个院子成立安置孤寡老人的地方,大家都称这个宅院叫"幸福院",院子里花花草草很多而那些老人又和蔼可亲,我小时候常常和小伙伴们去那里玩。

在20世纪80年代初,在时任丽江行署副专员的纳西族资深老领导和万宝等人的大力支持下,丽江各地民间传统的古乐会开始恢复活动。大研古乐会是最早恢复活动的组织,他们最早开始在大研古城的玉龙花园进行公益性质的演奏。自1987年6月起,经相关部门的批准他们开始了有偿演出,票价对中国人2元、对外国人4元钱。

到20世纪90年代初"幸福院"换了个地方因而这个老宅院就作为公房被收回来了,恰恰当时宣科先生和他的老师和毅庵先生等一帮热爱纳西古乐的纳西人,正致力于演奏传承纳西古乐,其中包括了传统的"洞经音乐"和"白沙细乐"的一些曲目。

从1991年开始云南省社科院与加拿大西门弗雷泽(Simon Frazer)大学国际交流中心合作在丽江实施"丽江'工合'的历史演变及其发展前景"项目,项目的目的是发扬抗日战争期间由路易·艾黎等率先发起的影响深远的"工业合作化运动"(简称"工合",英文Gung-ho)精神开拓丽江多领域、多产业、多层次的"工合"企业,为其国际合作进行可行性研究。加拿大的学者们从此开始频繁来丽江,我多次和他们一起去原来的那个"幸福院"听大研古乐队的演奏。

在这个古色古香的院落里,大研古乐队的一帮元老为我们演奏,包括"乐坛怪杰"宣科先生、古乐队礼乐总监和毅庵老人以及对洞经音乐有很深研究的杨增烈先生等。和毅庵先生是丽江洞经音乐的重要传人之一,现在大研古乐队的不少乐手都是他的学生;他本人又是个善于制作纳西妇女羊皮披肩等纳西传统皮革制品的工匠,亦是抗日战争时期俄国人顾彼德(P.Goullart)在丽江一手创办的"工

1991年,"大研古乐队"在"纳西人家"院内对外演出纳西古乐（1991年摄）

合"的元老之一。

记得和毅庵先生在接受我们项目组的采访时,说过几句让我印象很深刻的话:演奏古乐不仅是用手更要紧的是用心,有杂念就演奏不好,一有杂念也就起不到古乐"养心"的作用了。我每看大研古乐团演奏,和毅庵老人那种气定神凝、精神似乎飘逸云间的表情神态,常常使我的心灵也与音乐融为一体。宣科先生则妙趣横生地介绍一个个曲目、一件件乐器和一个个乐手,他那幽默的解说常常使听众发出会心的微笑。

在当时的印象里,这些纳西乐手奏起那超凡脱俗的古乐时面容宁静、神态安详、深邃而幽远的眼神,仿佛在引导你进入另一个清音缭绕的精神世界。在那一阵阵仿佛如天上飘来的典雅音乐中,一派祥和空明而宁静致远的气氛在这古老的纳西四合院中冉冉升起,使每一个置身其中的聆听者都沉浸在一种飘然世外的意境中,和我们一起去听古乐的加拿大教授于勉克女士竟然泪如雨下、情不自禁地抽泣起来。下来后她告诉我们说,明月星光下看着这些老人在这个静静的庭院里演奏这典雅的古乐,心里感到莫名的深深的感动,眼泪控制不住地就簌簌流出来了。

后来丽江大研古乐队越办越红火,演奏地点也就搬到古城大石桥附近一个更大的宅院里了,我也就没有再来过这个大研古乐队当初的创业起家之地。一晃20多年就过去了。2016年6月份我在丽江迪庆调研,应邀参加了位于束河的"丽江一杯茶艺术空间"的揭牌典礼,在这里碰到了纳西青年创业者和育苗,我在乡友的微信群里知道她正在致力于做促进纳西民俗的保护传承和宣传的工作并成立了丽江喜鹤民俗文化有限公司。这次和她聊起来,知道她看过很多关于纳西文化研究的书,她告诉我特别认真地看了我在2000年出版的《殉情》《魂路》等书。她最初是当导游,由于喜欢看书学习,对纳西族的各种民俗文化了解的比较深,因此她关于纳西民俗的导游解说也吸引了游客。她说纳西人那种地老天荒的爱情绝唱和兴趣盎然的婚俗使她深深地感动,从此萌发了要把纳西人的婚恋习俗让游客知晓的念头，把纳西族婚庆民俗文化介绍给更多的游客而且让游客通过实际的参与来了解纳西族的婚姻习俗，于是就办了一个"纳西人家"民俗院落。她邀请我和几个丽江的朋友第二天去"纳西人家"坐一坐。第二天，我和丽江师专的杨林军博士、丽江画家和品正、丽江大研古城文脉研究会会长车文光几个人，就去和育苗的"纳西人家"做客了。

不去不知道，去了才知道这就是当年丽江大研古乐队创业时演奏节目的那个"幸福院"，古色古香的纳西庭院大门上面挂着一个大书"纳西人家"的匾额。进去后是熟悉的一进两院、一个"三坊一照壁"的院落，二楼是个可以自由通达整个楼房间的"走马转角楼"，院里种着很多花草、盆景令人赏心悦目。而特别引起我的兴趣的是和育苗苦心收集的一些纳西传统生产生活用具，比如木织布机、木纺车、古色古香的八仙桌、老书桌、座椅和乐器三弦、苏古笃，其中有几件乐器就是和育苗的父亲制作的，他是个善于制作乐器的巧匠。"纳西人家"的核心民俗器物是纳西人在传统婚礼上用的各种衣服、床、被褥，比如被套是传统的十字花氆氇以及七星羊皮披肩、绣花鞋，还生产传统的手工刺绣产品。和育苗在纳西传统的制作工艺上提升后制作出了纯粹用青刺果油和灶灰、米汤水等为原料的纳西土皂，很受本地人和游客的欢迎，她说，这个纳西土皂融进了她对一生勤俭持家并善于动脑子做手工的外婆浓浓的思念。

"纳西人家"里有来自乡村的几个民间艺人，有来自东巴世家的东巴、歌手，其中有个才20多岁的大东姑娘从小就喜欢唱民歌，在即兴作词对歌的歌会上还唱赢了50多岁的老歌手，此外有个女子弹口弦的技艺也很不错。

2016年回丽江，我看到丽江纳西文化产业开发有限公司与丽江市古城管理局合作，在丽江古城五一街的一个老宅院里建成了"手道丽江"传统手工院落。"手道丽江"院内由东巴陶艺、东巴造纸、纳西皮艺、纳西刺绣、纳西木雕等8家手工艺展示点组成，现在开设的主要是造纸、刺绣、木雕等传统纳西手工艺产品展示、体验、销售等环节。据了解今后还要开设食品作坊并对纳西蜜饯等丽江特色小吃进行手艺展示和销售。希望这些有意义的活动能坚持下去。

丽江古城的原住民很多已经搬走了，愿古城的一些传统的民俗文化能够多存留在这样的老宅院里，让每年上千万来丽江旅游的人能从这些老宅院里看到纳西人的生活氛围和民俗与传统技艺。

走在古城，痴心不改

丽江自从旅游繁荣发展起来后，丽江大研古城在不断变迁中原住民不断外迁，我每次回古城，都会产生很多感慨。2008年8月的一个雨夜，我独自一人走在古城，迷离的灯光照着五花石板路，街上是熙熙攘攘的游客，因为古城的乡亲越来越少了，我一下子感觉自己很孤独，仿佛是个外乡人。

在2016年我用大白话的写法写了一本小书《象形文里写春秋》，旨在引领读者朋友去纳西人的家园读山、读水、读人，粗略了解一下纳西这个民族的方方面面。在文中我尽量客观描述，避免个人的主观色彩。而此书写完后，作为作者的我，也想向读者们表达笔者作为一个纳西人对当下纳西人和纳西社会现状的一点忧患之思，心中的情结不外乎就是希望自己的民族能发展得更好、能长保一种文化的魅力与活力。

文化是流动的……

千百年来"纳西古王国"以它博大的胸怀和文化包容力，广采博纳各种外来文化，使丽江成为一个多元文化相融共存的乐土；但它又绝不轻易趋同于一种文化，坚定地守望着自己的精神家园，依仗着它强大的本土文化的力量和善于学习的开放精神使纳西家园成为一个既融汇大千而又卓有个性的文明之邦。

如今物换星移、日升月落，社会与文化发生着越来越大的变化，丽江也出现一种逐渐向强势文化、主流文化趋同的趋势，这在丽江古城及周围的坝区表现得最为突出。一方面是旅游的繁荣和每年上千万的游客涌向纳西人的聚居中心丽江，而这

在演奏洞经音乐的纳西老人们（云南省社会科学院图书馆供稿）

些游客许多可能是因纳西人拥有三份世界遗产的赫赫名声而来欣赏丽江、解读丽江，旅游逐渐成为当下丽江的支柱产业。

而另外一个具有悖论悲情的现象是，受惠于本族文化的纳西人的传统文化却正处在衰落之中，包括纳西人的语言、民俗、宗教、艺术等，其中以丽江古城及其周边坝区的衰落最为突出。今天的丽江古城已发生了天翻地覆的变化，比如在明清时期乃至民国和新中国成立早期，汉族移民来到丽江，纳西人和汉族移民相互学习各自的文化，由此并形成了融会着汉族、纳西族两族文化精粹的古城文化；而汉族移民则也入乡随俗，学习原住民的语言、习俗、礼仪等，久而久之变成了新的纳西人。

今天的情况正相反，很多来丽江谋生或常住的新移民他们很少有学习原住民语言的，相反地逐渐出现了纳西人的年轻一代逐渐地向汉族趋同的趋势，纳西语正在大研古城和家在机关单位的一代纳西少年儿童中不断衰落，会讲纳西话的小学生一天比一天减少。不少家长也希望子女学好汉语乃至英语等，因为很现实的一个问题是，孩子们面临着用汉文中考、高考等的竞争激烈的考验以及毕业后找工作的考验。在我国，除了几个较大的民族可以用自己的文字中考、高考之

1965年，一对纳西族青年男女在弹口弦（云南省社会科学院图书馆供稿）

1965年，一些纳西族青年男女在跳"乌仁仁"传统歌舞（云南省社会科学院图书馆供稿）

在古城狮子山鸟瞰木府（杨福泉2000年摄）

外，其他民族是没有这个条件的。而当下很多的纳西人还不太清楚历史上人才辈出的纳西人，其实大都是操双语乃至三语四语的佼佼者，乡土文化的学习传承与外来文化的学习其实是不矛盾的并且这样的案例现在也有很多。

旅游不仅使丽江古城成为最热闹的风景名胜区也大大地提升了古城的房价，丽江古城大研镇的原住民逐渐把自己的住房租给外地商户并搬迁到郊区现代式的小区里居住，现在依然居住在古城的纳西原住民已经所剩无几。纳西人的离开，也带走了他们传承的一整套鲜活的文化体系，使承载在他们身上的古城的各种纳西民俗没有了依附之体。很多国内外的旅人，常常不得不从英国人在20世纪90年代初期拍摄的纪录片《云之南》中，去寻觅丽江古城日常化的纳西人生活的原态。

古城纳西人的迁走主要是受经济利益的驱动，当然也有人想要躲开旅游的嘈杂和喧闹。尽管对这个现象争论激烈，但原住民外迁的脚步却日趋加快。当今，有人寄希望于那些已经居住在新小区里的纳西原住民能够在新的社区继续传承自己的文化，但时过境迁，失去了过去那种生活的大环境与生活格局，纳西人能否在新的小区里营造纳西文化的氛围并传承自己文化的精粹，目前依然是一个很大的疑问。

当下，在乡村，纳西人传统的民间丰富多彩的民俗活动也日益衰落，传统的民歌谣谚在衰微且年轻一代里能即兴编词对歌的传统民歌手已如凤毛麟角。而过去遍布城乡的歌手一唱三叹令听众如醉如痴，很多人能出口成章（民歌）且年轻人甚至以即兴编歌斗歌来谈情说爱，这样的盛况已成如烟往事。当代电视文化对过去民间故事、礼俗谣谚的家庭传承的冲击更犹如风卷残云。

此外，随着大批年轻人进城打工，特别是女性离开乡村走向城市，原来农村里两性均衡、其乐融融的社会性别生态已经被打破，这也影响到乡村文化的传承和延续。20世纪80年代乃至20世纪90年代我去乡村里做田野调查时都要参加晚上的篝火晚会或公共集会场所里的对歌唱歌，那时都是青年男女皆来，月色溶溶、星光点点，人面如月，两性同乐，可谓汉文古诗里所描写的那样："巧笑倩兮，美目盼兮"与"窈窕淑女，君子好逑"，好一番情浓意也浓。而越到后来，这种光景变得越来越黯淡。有几次我去常去的村子，有客人来，盛情的村民们晚上照旧来打跳和娱乐。但明显的变化是帅哥依旧在，靓妹已无踪，当地妇女大多到城里打工去了。

在这样的社会情境变迁中纳西人的乡村和小镇文化如何保持她那传统的魅力和活力，如何保持能与目前繁荣的旅游互动的一种文化魅力，这是一个令人心忧的局面。

文化像一条河流，是流动的而不是静止不变的，任何一个民族的文化都会随

纳西族人十分重视庭院的绿化和养花，以高大的橘、香橼、苹果、花红等花果树作为绿化的中心，正房前的廊房（厦子）是沟通内室和院子的中介，向阳明朗的院子与遮阳挡风、冬暖夏凉的厦子形成了使人心旷神怡的居住空间（1999年摄）

着时代和社会的变迁而发生变化，这是文化人类学的一个基本原理，当代的文化变迁是自然的现象。而每个时代都在期盼和呼唤着新的充满活力的新文化诞生，呼唤着在传统的基础上创新的当代文化的出现和繁荣，但如果没有足够的政府和民众互动的文化自觉、没有有效的付出与努力，它是不会水到渠成地自然形成的。纳西人的祖先以非凡的文化创造力与吸纳力，为今天的纳西人留下了两个世界文化遗产以及很多充满魅力的文化遗产。今天的纳西人需要思考如何在祖先的业绩上再创今日的纳西文化魅力，让纳西人的家乡始终能充溢着一种独特的文化个性和魅力并使文化能长久惠泽民生，而不是任随那曾经与一代代纳西人风雨相伴、塑造了纳西人的精神气质与个性及心灵的传统多元文明之美随风随雨地逐渐离我们而去。

1965年时的丽江洞经音乐纳西老乐手们（云南省社会科学院图书馆供稿）

2006年春节，宣科与丽江大研纳西古乐队在户外演奏（2006年摄）

这是一个当下普遍性的现实，不仅仅是在纳西人的家乡，在很多不以文化产业和旅游为支柱产业的地区，传统文化的衰落不会那么明显地影响本地的经济繁荣和民生生活，但在以自然和文化资源为本地经济发展的重要支撑如丽江这样的地方，文化的保护、弘扬和再创造就成为至关重要的事情。丽江市委市政府几年前在发展战略中有要把丽江建设成"文化硅谷"一条，看得出执政者也看到了文化对丽江发展的重要性。

20世纪50年代，一对纳西夫妇和他们的孩子

面对当代工业文明的冲击和影响，值得欣慰的是，如今不少纳西族有识之士在忧患之中执着地在呼吁保护母语、创新文化艺术并通过各种办法和途径在学校里进行双语教学以及开设乡土知识的课程。我自己也身体力行，曾在乡村里实践"培养东巴传人、纳西乐手"和"在小学里推进乡土知识教育、民间妇女手工业传承"等项目。有一些纳西女老师走村串寨，搜集流散在村镇里的纳西童谣，然后在幼儿园里传授这些童谣并编撰成书。民间有精通纳西语的纳西汉子在用典雅的纳西语独立主持起名为《可喜可乐秀》的电视节目，也有一批年轻人发起创建新的母语叙事、新的母语歌曲等的电视节目，他们名之为《纳西讲聚营》，意思是纳西人在一起快乐地聊天和交流。为了吸引母族的年轻人学习母语、记住母语，他们还用相当幽默诙谐的纳西语翻译一些经典娱乐故事或电视片。还有年轻人将现代音乐元素与纳西传统音乐相融合，创作出新颖别致的纳西音乐。一批来自乡村的木雕青年艺人，用母族的传统文化素材再创出当代纳西木雕艺术作品；一些酷爱东巴文化的年轻人，正在苦学纳西东巴经典、纳西古歌和举行祭天法祖、祭拜大自然精灵的传统东巴教仪式，立志延续东巴文化的香火。

寸草之意赤子之心！这些都是使人振奋和感动的实践与行动。尽管强势文化影响弱小文化是时代的趋势，小民族文化的衰落是当前全球比较普遍的现象，但当我们看到这些努力，我们在怅望之中依然有一些期盼在心头，有一缕温暖、激情和壮心在心头。

文化的趋同也许是世界性的趋势，但纵观当下的世界各国，大多也在努力营造本国本地本民族的文化特色和个性。费孝通先生"多元一体"的文化格局的提出引起了国内外很多人的共鸣和赞同。就中国而言，比如"七彩云南""多彩贵州"的民族文化之美，给中华民族文化增添了值得我们自豪的精采，而纳西族的文化也成为七彩云南中非常独特而美丽的一道彩虹。无数事实证明，多元一体的民族文化、多姿多彩的民俗生活，只会使民族和国家受益。

纳西人和他们的故乡丽江——这个头戴三顶世界遗产桂冠的高原山城，这个充满创造力为中华民族争了光的民族——在当下的社会与文化巨变中，他们未来的文化命运会是什么？那充满魅力和个性美的文化，是否会逐渐被湮灭在岁月的风风雨雨中、逐渐被同化在有些千篇一律的工业文明的洪流中？我作为一个古城人，心有忧思，提出来与读者交流。

如今丽江是个每年有1000多万游客且游客量还在逐年增加的旅游胜地，笔者也热望更多的旅人在走进纳西家园的同时也走进纳西人的心灵，关注他们的未来发展，为留住丽江和纳西的美丽与永恒留下你们的一份关注和热情。

后 记

作为"行走中国"丛书之一的这本《大江高地行——从云之南到青藏高原》汇集了我多年来行走考察滇藏线的一些散文。第一章"大江探奇"的14篇聚焦大江，是从我家乡丽江境内的金沙江写起，上溯怒江、澜沧江、金沙江这"三江并流"地区走向青藏高原，读者可以从篇目的顺序上看到这个沿江上溯的行旅。第二章"高原行踪"的14篇则聚焦大山，是从云南出发到青藏高原的山地行旅，其中写了滇藏高原的铁路、茶马古道和盐马古道、国家公园、村镇、名寺、雪山、师友、祭司以及高原神山神湖等。第三章则聚焦在行走丽江，集中写了丽江纳西人的神山神湖、龙潭灵泉、村镇、老宅、古关隘、故土人物等。原稿中有一些穿插在文中的诗歌，因为要与"行走中国"这套丛书的体例相吻合，所以删去了。

祖国山河壮丽，广袤浩瀚，行走中国是人生的壮行，我行走的这条滇藏线即与当下耳熟能详的"藏羌彝走廊""茶马古道"是重合的，这是一条自然和人文景观都壮丽非凡，气势磅礴的"天路"，是一条闪烁着各民族信仰和文化光芒的圣道，是洋溢着人类生命的艰辛、坚韧与欢乐的高原之路。

愿我在这本书中所记录的一些行旅印迹和心路历程，能给读者们带去领略云之南到青藏高原之旅的一些信息和个人行走中国西南读山读水读人的感悟。

杨福泉
2018年3月24日，昆明